赤日

平凹
秦岭故事集

贾平凹
著

CS
湖南文艺出版社·长沙

图书在版编目（CIP）数据

赤日 / 贾平凹著. -- 长沙 ： 湖南文艺出版社，2024.8（2024.9 重印）. --（平凹秦岭故事集）.
ISBN 978-7-5726-1906-9

Ⅰ. I247.7

中国国家版本馆 CIP 数据核字第 20245PT789 号

赤日

CHIRI

平凹秦岭故事集

作　　者： 贾平凹
出 版 人： 陈新文
监　　制： 谭菁菁
责任编辑： 徐小芳　夏必玄　刘　敏
装帧设计： @Mlimt_Design
版权策划： 黄博文　邓　云
出版发行： 湖南文艺出版社
（长沙市雨花区东二环一段 508 号　邮编：410014）
印　　刷： 长沙超峰印刷有限公司
开　　本： 787 mm × 1092 mm　1/32
印　　张： 13
字　　数： 236 千字
版　　次： 2024 年 8 月第 1 版
印　　次： 2024 年 9 月第 2 次印刷
书　　号： ISBN 978-7-5726-1906-9
定　　价： 58.00 元

目录

好了歌

一

陕南有个地方，四面都是山，长满了青竹、红桃和高高低低的白桦，中间绕着一道河，终年流着浅浅的水；岸北岸南，相对错落着一片房子，这就是商洛镇，秦岭深处的一个出了名的好去处。前些年里，地质队勘探了一番，发现这一带的山梁尽是石灰石，于是乎，几年光景，省上、地区、县，大小不等的水泥厂就相继修建起来了，满沟满谷都是烟囱、厂房，铁路也铺了进来。镇子慢慢扩大起来，有了大街、高楼，竟发展成了一座小小的工业城市呢。山地人先是高兴，渐渐就恐惧了；

因为城市才在兴建中，环境保护一时还没有抓起来，终日里，烟囱里喷出的黑烟，水泥炉里飞出的灰尘，漫天弥散，河水不再清亮了，树木也不甚生长，农产品却紧张起来。

而且不久，各个矿区，黑户人口骤然增多，社会秩序很是不安；城南的地方又建起一座新安大水泥厂，据说尽是劳改犯就业的，上千名就业工人，差不多没妻无家，钱挣多了，花不出去，就生出邪事来：城市居民倒没什么，倒霉就在邻近山上的农户人家了。因此，不断风闻什么村子出了什么强奸案，什么私通案，什么家庭发生了什么风波，什么裂痕。一时间，这里是不干不净、不清不静的天地了。

山上的南洼村，离城较远一些，烟屑灰尘飘不过来，村里草木依然茂盛，但村子里的人却十分贫穷。自城市兴建后，人们差不多都去各厂找些临时工干干，日月过得倒还凑合，可村里的光棍却多了起来。这一带姑娘原本就不愿嫁到这里来，如今就都谋着去城市找家，光棍们痛心疾首，只是没有办法。有一个叫刘宝成的小伙，自幼死了父母，孤零零守着一院房子，人生得黑瘦老面，长到三十一二，成不了家。先头还心不死，攒钱囤粮要找个媳妇，但几年没个结果，长叹一声，从此也就罢了，不去胡思乱想。孤身在家觉得天长，就锁了门，学得一手弹棉花的手艺，终日往山下去为人弹花网被去了。

他为人心诚，在外落得自在。逢着人家待他言语和气，就舍命儿为人家干活，遇着家贫舍寒的，又多不收钱，如此跑上一冬一春，并不落下几个零钱。待到麦收时节，才回到村来，收割碾打，每每到了夜里，抱了茶壶，一个人在门口独独地坐地乘凉。

这一日傍晚，才吃过晚饭，他正在门前打坐，看见人们却闹哄哄从巷里向东边跑，一时兴趣，也赶了过去，看是什么热闹。只见东巷口的槐树下，坐着一个老婆子和姑娘，老婆子脸色青黑，窝嘴凸眼，正口若悬河地为人算卦，那姑娘二十一二年纪，却生得白皮细肉，花朵般的鲜活。宝成看了一眼，心里叫道："多好的人才！"就不敢再看第二眼。但一时又心神慌乱起来，他狠狠拧了自己一下，想：这母女穿得整齐，可也是同咱一样的可怜人哟，这么走乡串村地算卦，还不是巧着要饭罢了。便要离开，旁边有人嚷道要给他算，他先是不肯，说是自个命蹇，自个知道。众人却说算算看嘛，看今生有没有媳妇。那老婆子就相了面，看了手，问了生辰八字，说：

"性宽心好施，手巧百事能，工艺务本分，衣食足不失。"

众人都道："神了！"宝成也吃了一惊，当下蹲在面前，一时就向老婆子道了自个家世，说他只是一人，吃的倒也不缺，他认为自己一生没做亏心事，也看别人真心待他，只是家里没个媳妇，不能使刘家传代延根。那老婆子笑了一笑，燃起一支香烟吸了，便又说出一溜曲儿来：

"枯井破了已多年，一朝流泉出水鲜，滋生济渴人称羡，时来运转乐自然。"

宝成便问："这话怎讲？"

老婆子道："谋望有成，婚姻撮合，出入皆吉，百事亨通。"

宝成哈哈一笑，道了一个谢字，当下从怀里掏出一元钱来，交给老婆子，再看那姑娘时，姑娘也看他笑，一时更有了精神，便要这母女去他家用饭。那老婆子也不推辞，拉了姑娘便到了宝成家。

这母女吃罢晚饭，提出夜里歇在这里，宝成满口应承，他就到村饲养室去睡了。第二早回来，却看见那姑娘两眼红肿肿的，不知发生了什么事情，也不好问。那老婆子又待过一天，并没有要走的意思。第三天一早，对宝成说：

"宝成啊，我们母女在这打扰了你两天，你是积福行善的人，这也是你命中所定。念你孤身寡影的，我想将我女儿嫁配于你，不知你愿意不愿意？"

宝成听了，一时不相信自己耳朵。看那姑娘时，却在一边呜呜地哭了起来。他知道那姑娘是看不上自己，当下就说："大娘，你真是个好人，我一辈子都不忘你，只是我家贫身单，长得又丑，只怕委屈了你的女儿，这能使得吗？"

老婆子说："我这女儿，跟我走南过北的，见的世面儿广大，心性高傲，当然看不起你这猥琐模样，可这事我拿了主意，这也是你们命中注定。只是你要明白，你不能亏待了她，再说，我养了这女儿，也不是容易的。”

宝成心实，但也能听得话的意思，当下说事要真成，他就管顾老婆子到百年，再拿出六百元作聘礼。老婆子当下喜欢，就叫了一声：“真是我儿！”这门亲事就这么定成，一时风声传出，山上的村庄摇了响铃。这姑娘姓李叫玉玉，先是死活不依，她娘连打带骂，玉玉便睡了三天，不吃不喝。宝成一时心软，觉得自己有罪，就端吃端喝，百般儿殷勤。

玉玉就骂道：“你真是癞蛤蟆要吃天鹅肉！你也不撒尿照照，我是跟你的人吗？”

宝成说：“我知道你看不上我，我也不敢高攀，你若真不愿意，我也并不强求，要你这么不吃不喝，伤坏了身子，怎么好呢？”

老婆子就在一旁骂道：“你要不嫁了他，你给我掏六百元的抓养钱，你配龙嫁凤去吧。你拿不出来，死也要死在这家炕上！”

玉玉一时性起，就拿头往炕沿上撞，宝成忙去拦住，吓得一步儿都不敢离。这么又闹过两天，玉玉同意了，骂宝成不是好人，用钱买了她，又骂老婆子不是好人，卖了她。老婆子就给宝成出主意，四处借了钱，登记，办礼，三天后草草了了结了婚。

二

结婚之后，宝成见人就笑嘻嘻的。人都说宝成有福，他也觉得这一场好事都是他平日待人心善的结果，越发诚心待人了。结婚花销了多年的积存，如今一下子又添了两口人，吃得烧得不如以前宽裕，他想：如今出力也有了心劲，我一个五尺男子，有的是力气，我会使这个家红火的。就又背了棉花弓子，没黑没明地往山下城里，到四邻八村去做活了。人们见了他，总要打趣："宝成，听说你有了媳妇，又有了娘了？"

他笑嘻嘻的，觉得心里舒坦。

"还带有孩子吗？"

他心里有些不高兴，嘴上却说："你真会耍笑哟！"

旁人就嘻嘻地笑起来，又说："宝成，你可要留个神儿，这母女俩是甘肃过来的'黑户儿'，曾在新安厂那儿厮混过。听说老婆子一天要抽你一包香烟是吗？"

宝成就说："可不敢胡说！老人家可是大好人哩！"

宝成说罢，就忙起他的活计来。他将棉花铺在一张床上，把弹弓背在身上，像一名拉弓的大力士，就努力地斜着身子，扬起小棒槌不断地敲打弓弦，嗡嗡嗡，嗡嗡嗡，那黄亮亮的弓弦千百次地颤起，棉花眼见得神奇般地变幻，先是一块毡形，再是一片雪样，末了，棉花愈来愈胀，愈胀愈多，似乎是陡然涌来的一堆白云。他心里乐哉，浑身都鼓足了劲，脚步踩着嗡声，舞蹈般地围着棉花弹打了。

这般早出晚归，挣得二三元钱，不管回来多迟，宝成总要去商店给老婆子买回一包香烟，给玉玉买回梳子呀手帕呀香皂什么的。老婆子当然高兴，玉玉却不理他。宝成也不强迫，只觉得他的炕上有一个女人睡着，就心满意足了。

这事不知怎么就传到外边，村里人见了宝成，不免也要耻笑一番。宝成脸就通红，却要辩解道：

“这不是人家不好，人家能住在我家，也就不错了，我何必要去欺负人家呢？”

这么又过了一月，玉玉回心转意了，夜里不再和衣睡觉，宝成满脸堆下笑来，玉玉却厉声对他说：“你娶了我，你高兴吗？”

“高兴。”

“哼，你当然是高兴了！我看透了，世上就没有好人，你也别高兴太早，我怕永远也不会爱你。你要我做你的媳妇，你就把我娘赶出门去。我从小跟她出来，她在我身上不知赚了多少钱！你要这个家过好，早早就打发她去，她害了我，我也不认她做娘的了！”

宝成却作难起来，说老婆子给了他好处，怎么能赶人家走呢？因此，家里就更不和睦，玉玉常常摔筷子撂碗，和娘和宝成吵闹。

老婆子做了岳母之后，一天三顿只在家里吃饭、抽烟，什么事也不料理。她拿着六百元钱，隔三天五天，就去山下城里一遭，穿得色翠显眼，叼着香烟下饭馆，进剧院。回到家来，还要宝成端喝端吃，宝成只是尽心伺候。老婆子花钱太凶，宝成曾说过几句，惹得骂了几场，他再也不敢吭声。

日子一久，家里慢慢贫困，茶饭一天不济一天了。宝成苦苦巴巴在外干活，舍不得花去一文一分，回来统统交给老婆子和玉玉，可是常常到家，眼见得老婆子偷着擀面烙饼吃，他只是喝些稀饭。四邻人家向他说过几次，说是老婆子有几回拿了家里东西去城里倒贩。宝成总要说：

“人老了，贪个嘴儿。人家给了咱女儿，咱也该孝顺她才是呢。”

也就在这年冬天，宝成一天从外乡弹棉花回来，看见玉玉正在屋里痛哭，立时吓了一跳，忙问怎么回事。玉玉伸手抓在他的脸上，骂道：

“叫你赶了那老不死的，你总不赶，这下好了，她偷了家里五十元钱，抱了两床被子跑了！”

宝成先是不信，找那炕席下的钱，果然没有了，那柜里的两床新被，也没有踪影，心里一阵气恼，但呆了一会儿，便说：

“拿走就拿走吧，她毕竟是咱们的老人，别嚷出去，让外人听了耻笑。”

从此家里少了一人，宝成心想：这下玉玉就会一心一意和他过日月了。玉玉倒也确实比先前好了，夫妻俩开始有了笑脸，宝成干活也越发有了精神。玉玉也收拾得干净起来，常常在村里走动，惹得人的爱怜，村里人到他们家来的脚步也就勤了。后来，邻村的人也来，山下城里的也有人来，有好几个是新安水泥厂的。家里有人来，宝成热心款待，有茶喝茶，逢饭吃饭。夜里小两口坐在炕上，玉玉就说：

“这一年半里，我也算报复了你，如今我娘走了，我真心和你过日子，我却要提醒你，对什么人也不要心眼太实，你要是听我的话，你就不要多出门弹棉花，一走几天不回来。”

宝成说：“尽说孩子话，我仅有这个手艺，不去弹棉花，哪里有零花钱呢？”

玉玉说：“那你不要多理来家的那些闲人。”

宝成说：“你又说糊涂话了！人家能到家来，就看得起咱，咱怎能给人家冷脸儿？”

玉玉说：“人是个肉疙瘩子，知面不知心，谁知道是来打什么鬼主意？我经的多了，还没见到个好人哩。”

宝成笑了：“我看都是好人，我就是好人。”

玉玉说：“你算什么好人？你知道你不配我，偏就要和我做夫妻，你还算好人了？！”

宝成说："我看你也是好人，虽然以前那么凶，现在不是也好了吗？"

玉玉就气得说："我给你说正经的，你只当儿戏，我也真是命苦……"

宝成再要和她说话，玉玉又给了他一个脊背。

三

这一年春上，玉玉生了个儿子。三十五岁上得子，宝成喜欢得念了佛了。他热热闹闹给儿子过了满月，又过了百日，把玉玉更是疼爱得要顶在头上，百事儿依她，什么话儿随她。儿子长得半岁，他和玉玉商量：如今刘家有了根苗，他要攒钱翻修这院房子。玉玉只是骂他"轻狂儿"。他还是心火过盛，又没黑没明地出外弹棉花积攒钱了。

可是，这年秋季雨水多，棉花没有收下，四村八庄的，很少有人请他去做活了。山下城里，新建了轧花厂、网套厂，也差不多没人来请他。一时收入十分紧张，两口子正熬煎没个出路，这时间，新安水泥厂的那几人就来家更欢了，提出他们可以帮忙，让玉玉到水泥厂包工砸石子，一天可以拿到一元五角。宝成很是感激，他和玉玉商量时，玉玉却不去。

"那是什么地方？我不去！"她说，"当年我娘就领我干过那活，那不是正经人干的事。"

宝成也风闻那里的工人爱生邪事，但又心下思想了一阵，说：

“人都那么说，也未必真是那样。来咱家的这些人，不也是新安厂的吗，我看人家就是诚心待咱好。”

玉玉当下没说出什么，第二天背了孩子就下山去了。果然每天回来挣得好多钱，宝成也越发得意自己正确。见天一早，两口吃罢饭，就双双出了门，宝成一直送玉玉娘俩下山去了，他就背了弓子去乡里揽活。

有一天，他回来得早，顺路去新安厂砸石场去了，远远看见那里坐了好多砸石妇人，他就在心里说：

“玉玉也真够多心，要是这里不是正经地方，能有这么多妇女吗？世人能有多少坏人呢？！”

他走到玉玉的身边，玉玉用绷带把孩子裹在背上，正低头砸石，已经砸了偌大一堆了，口里不停地逗着孩子。孩子却早睡着了，歪着头，涎水流了下来。他一时觉得心疼，就夺过锤子来砸，要玉玉在一旁歇歇。玉玉见是他来了，眼圈儿却红了，说：“你怎么才来呢？”

“怎么啦？”宝成说，讨好地笑笑，“你好像是离不得我了？”

玉玉说：“砸完这一堆，我再不来砸了。”

宝成说：“那为啥？苦是苦些，可咱要翻修房，钱还差得远啊！”

玉玉说："我怕。"

"你怕啥？"

"我怕那些人的眼光。"玉玉说，"他们好像一辈子没见过女人，死眼儿看我，像狼一样呢。"

宝成就噗地笑了："你真是！男人都是这样，谁让你长得这么好看哩！"

玉玉就变了脸，哼了一声，起身往回走了。

宝成一时收了笑，知道惹她生了气，就撵上她劝说。玉玉说："女人跟了男人，只想着有了依靠，有了保护，我近来把你看作我的亲人，你却原来竟是这样，我问你，有朝一日了，谁要欺负了我，你会怎么样呢？"

宝成说："哪会有那种事！"

玉玉就骂了起来："凭你这个软面儿，别人能不欺负吗？也罢了，我一心为着你，有什么为头？！"

宝成再没有敢言语，抱了孩子，跟着玉玉回到家里。这一晚，玉玉不再说话，唉声叹气了一夜。天明，宝成又要去弹棉花，玉玉不让去，要他陪她去砸石场；宝成去了半天，觉得他这样砸石不如弹棉花挣钱多，就又去乡里揽活了。玉玉哭了一场，从此和他又生分开来，回到家里，也不打水，也不做饭，宝成忍劳苦作，玉玉越是骂他没出息。

玉玉在家待了几天，觉得憋气，又跑去砸石子，回来也不再对宝成说些什么，后来就把挣得的钱买了新衣新鞋来穿。而且每每出门，都要收拾打扮。宝成见她新衣渐渐多起来，也觉奇怪，问：

“这衣服又是你买的？”

“买的。”玉玉说。

“新近钱挣得多了？”

“多了。”玉玉还是冷冷地说。

那些新安厂的人也时常来家里。宝成很是感激他们，留他们在家吃饭，逢着节日，便让玉玉提了点心，去报答人家。玉玉打扮一新，也就去了。这时候，他就抱了儿子在家哄着，天黑了，玉玉还不回来，他就背了孩子到山边去接。玉玉回来了，不是脚上新添了一双袜子，便是手里多了一双手套，他也瞧着好看，说：

“玉玉，你活得更漂亮了！”

“是吗？”玉玉说，“你也知道漂亮了？”

玉玉一到家，却就把新衣全脱了。

夜里，宝成就把钱匣子搬来，一元一角地在那里数，喜欢得给玉玉说，已经有三百元了，开了春，他就要买砖买灰翻修房呀，又念叨玉玉的娘不该走。

他去村里的砖瓦窑上预订货，村里人就说：

“宝成，你发家了！”

“可不，多亏了玉玉。”

“玉玉真会挣钱哟！”

“可不，她能干哩。”

“她那钱怎么挣来的呢？”

“下苦的呗。”

众人却哈哈地笑了。

宝成感到纳闷，夜里将这话说给玉玉，玉玉当下白了脸，说：“你说他们为什么要笑？”

“他们羡慕咱呢。”

玉玉没有言语，噗地一口吹灭了灯，说：“你说我是好人吗？”

“好人。”

“咳。你呢？”

“你说呢？”

“你是好人，也是坏人。罢罢罢，不说了，睡吧。”

“明日我去集上看那木料去，合适了，咱就动手收拾这房吧。”

四

第二天，宝成在集市上打听了木料的价钱，和大北山的卖主订了合同，准备三天之后的下一集一手交钱，一手交货。宝成第一次经手这么一宗大事，心里很是激动，还没走进院里，就叫一句：“玉玉！”声颤得发抖，玉玉却没有言语。“玉玉！”他又叫了一声，院子里一只猫呼的一声蹿过墙头跑了。他觉得有些蹊跷：这般时分，玉玉也该从砸石场回来呀！堂门掩着，他走过去，炕上乱得炒了“闷饭”，孩子就裹在一堆被褥里，睡得熟熟的了。他看着孩子彤红的脸蛋，心想，她出去淘菜了，还是去隔壁借东西了？

宝成坐着抽了一袋烟，孩子就醒了，他抱了孩子，出来寻找玉玉，却四处没见。眼见得天黑下来，还是不见踪影，村里人说道：“哎呀，这女人是不是跑走了？”

“她怎么会干那种事？”宝成说。

“下午有人看见她和一个工人模样的人出了门，穿得鲜活活的。”

“胡说哩！”宝成说。

宝成在村里找不着人，抱了孩子就坐在家里，给孩子喂着饭吃，只道突然间玉玉就会回来了呢。可是这一个夜里，她没有回来。天明的时候，他才有些发急起来。村里人都知道了这事，拥到他家，给他出主意：“这女人八成跟人私奔了，快查查，看家里丢了什么？”

宝成清检了屋里什物，一件不少，箱子里的衣服，却没了三件她的新衣，忙去揭了炕席，看那筹备翻修房的四百元钱，一个子儿也没有了。他眼前一黑，呜呜地扑倒在地，哭开了。

人们看着这等田地，就都骂起玉玉来，说她们母女原本就是骗子，从甘肃过来以后，就在新安水泥厂那儿当黑户，算卦骗钱，拉客偷人，只是看着宝成老实，就来谋算这份家业哩。

“宝成，你平日都没有觉察吗？”有人问。

“怎么能想得到呢？平日新安厂的那些人来，咱供吃供喝，像客一样相待……”宝成说不下去了。

“你真傻，你就吃了这些人亏了。”

宝成和同村人去了新安厂找那几个人，索要玉玉，可是厂里压根儿没有玉玉的面，清查工人，也走失了一个叫夏冰的就业工人。同去的一伙人就唆使宝成：

“去，到公安局报案去！看这对不要脸的能跑到天南海北！她要找不回来，让厂里赔你的四百元钱。”

宝成一步也走不动了，只是说：

“咳，算了，人都没有了，还要什么钱呢？”

众人听了这话，就骂了一通宝成“大头”，也便各自散了。宝成含着眼泪回来，抱着小儿，又哭了一场，心里数叨玉玉这么心狠：不心疼他宝成也罢，可这孩子，怎么能离得娘呢？他心下又想：玉玉就是再心硬，她一定是会想到她的儿的，说不定，很快时间里就回来了呢。

这以后，他没有出外揽活，在家抱着儿子守候着玉玉。可半个月过去了，玉玉没有回来，他才决定不再在家等她了，就用箩筐，一头挑了儿子，一头挑了弹棉花家具，又去走乡串村了。但每每出门，都要在门板上用炭写着：钥匙在老地方。

一月过去了，两月过去了，玉玉还是没有回来。他便真的恨起这女人了。每次在外干活，他撑着棉花弓子弹棉花，儿子就在身边的土窝里玩耍。外人看着心疼，送一件小孩衣服的，送一瓶奶粉的，他感激得要死，干起活来，连坐下来抽烟也不。回到家了，就抱了孩子到巷道来，人们逗一阵孩子，就骂几声玉玉母女，说是把宝成坑害了。宝成感动地笑笑，便说："我撂了那些钱，权当是要了这个儿子。你想想，出多少钱，能要个亲生儿子吗？"

人们就又要问他："你真傻，怎么就没有发觉呢？"

他也总是要说："怎么想得到呢？她也真能干呀，给我挣了好多钱回来。新安厂那些人来，我供吃供喝，只说人家看得上咱，谁……"

村里人一时把他当个笑料人物了，每一次见他要这样问，每一次他都要这般回答，只觉得村里人都待他好，关心他，就逗着孩子叫别人"叔叔""伯伯"。村里的一帮嘎小伙，却抱了孩子，说："叫爸，叫爸！"

一年过去了，这孩子慢慢长大起来，开始上高爬低，这使宝成少了许多寂寞，四邻人家常常听见他大声和儿子说话，给儿子讲他在外边听见的、看见的有趣事情。也常常在满天星斗的夜晚，他让孩子骑在脖子上，在院子里跑马马。儿子问："爸爸，我妈妈呢？"

"妈妈在那颗星星里。"

"妈妈是什么样子呢？"

"妈妈像你一样好看。"

"人都说妈妈是个坏人，什么是坏人呢？"

"谁说的，妈妈是能干人呢！"

"妈妈啥时候回来呢？"

他一时回答不上，说："睡吧，孩子，睡着了，说不定能见到妈妈呢。"

五

玉玉跑走的事，已经过了一年零一个秋天，村里的人差不多就忘了她，再没有人提说了。可就在这天下午，有人正在村口地里挖渠沟，看见一个女人站在那里，穿着十分好看，却面黄肌瘦的，什么也不曾拿，向村口走两步，又退了回去，又往前走，又站住不动。挖渠沟的人看着奇怪，仔细认时，大吃了一惊，这女人正是玉玉，就一声吆喝，跑了过去。玉玉见来者不善，撒腿就跑，但哪里跑得过这汉子，立时被压倒在地里，拳打脚踢了一通，用腰带捆了双手拉回村子来了。

这事一时传遍全村，有人就来告诉了宝成，宝成正在家里哄着孩子，听了这话，先是不信，反复问实确了，噢的一声，抱了孩子就跑出门去。跑到巷口，看见人们团团围着玉玉，你一拳、他一脚地打着；他再也跑不动了，抱着孩子扎根似的站在那里了。有人看见了他，说:“好了，让宝成收拾这坏女人吧！”

宝成还是站着不动，旁人拉他近去，他一看见瘫在地上、满脸淌血的玉玉，浑身打抖起来，高高扬起了拳头要擂下去了，要擂下去了。人们说这一拳头，会使这女人几天都下不了炕了。但那拳头快要落在玉玉身上的时候，却无力地，软软地，垂下了。他扑塌下身子去，拉着玉玉哇地哭开了。人们都一时没了话，只见宝成痛哭流涕，给众人作着揖，说：

“我求求你们，不要打她了，饶了她吧，只要她回来，说明她是回心转意，还是个好人哩。”

他领回了玉玉，给她烧水做饭，她不吃也不喝，只抱了儿子千声万声地嚎哭。宝成也流了眼泪，说：“你喝口水吧，你只是这么哭，会吓着了孩子，也要伤了你的身子。喝吧，这身上的伤，过两天就会好的。”

玉玉不哭了，说：“你真的不打我吗？”

“我打你干啥？”

“你还要我吗？”

“只要你回来，我就要哩。”

玉玉眼泪唰地又流下来了，说她不是人，对不住宝成，对不住孩子。宝成问她这一年半都到哪儿去了，玉玉说，夏冰勾引了她，跑了西安，又跑了南京、上海，走了好多大地方。那夏冰是个惯偷、色狼、无赖，虽然给她好吃好穿，但经常打她，糟蹋她。后来，夏冰去行偷，被上海公安局抓走了，她吓得要死，连夜就坐车跑了回来。她求他饶了她，她再不敢了。

宝成说：“回来了就好，过去的事咱就再不提了。我这人瞎，没本事，可我不会打你，如今咱又是一家了，好好养活儿子成人，慢慢攒了钱，过两年，还是把房子翻修翻修，这日子会过得不比别人差呢。”

一家日月又过起来。玉玉也很少出门，在家看孩子做饭，宝成便又背起棉花弓子，走乡串村去了。黄黄二月，吃的烧的紧缺，玉玉脱了身上的好衣服，让宝成去卖了，买回几斗包谷，她又拉着孩子，在田野里挖野菜，捡柴火。日子虽然艰辛，倒也十分安静。每到夜里，宝成在门前铺了一张芦席，一家三口坐上去喝茶，孩子让宝成说故事，宝成总是说：

“让你妈妈说吧，你妈妈跑的地方多呢。”

玉玉也就说起城市的新奇：什么多宽的街道呀，三辆汽车能并排开过，什么十二层楼房那么高的，电梯眨眼就把人送上去了，还有那城里的女人，鞋跟多么多么地高，男人头发怎样怎样地长。这时候，孩子听得入迷，宝成也听得入迷。

可是，玉玉出门去，总有人在身上指指点点地议论她，有的男人竟走近她来，说些不入耳的话，她要赶忙走开，人家就说：

“哟，怪正经的哟！你什么玩意没有见过呢？”

她觉得说不起话，回来就对宝成诉苦，竟有时说些寻死觅活的话，宝成就劝着说：

“人家要说，咱也没办法，可不管他们怎样，我是爱着你呢。”

于是，宝成在外，有人要问：“宝成，那娘儿们近来安稳吗？”

“安稳。”

“你要防备她哩，别再一次拐了你哟！”

他就说：“世事还能老是那样？她真会过日子哩，你瞧我脚上这鞋，做得多端正。好人毕竟有好报，她还不是我的老婆吗？那夏冰小子，他也不就坐黑牢了吗？”

可是，谁也没有想到，就在宝成说这话的当天下午，玉玉的娘却突然又来了。

老婆子已经不是以前那么肥胖富态了，她瘦得几乎变了形，头发全部花白，但她依然抽烟，而且瘾更大了，一根不离一根地抽，满口的牙齿都是焦黑。她给宝成说，她上次走了以后，回到了老家，嫁给了邻村一个老汉。前几个月老汉死了，她无依无靠，想跟女儿、女婿度过晚年。又说，她想让玉玉跟她回一次老家，奠奠祖坟，再变卖了家产，十多天后就一同回来。

宝成听了，不免心里一阵难受，陪着老婆子掉了几滴泪，就要玉玉相伴回去。玉玉不愿意，说她娘口里没有真话，她也不想让她娘老待在他们家。宝成就说：

“老娘不好，那也是以前的事了，人老了，心也便要慈善，她能再来咱家，咱怎么能赶出门外？接娘过来，三世同堂，不是更好吗？”

玉玉说：“你有多少本事，还要养活她个无底坑？你对她这般好，她不知要怎么暗算你呢！”

宝成说：“咱做儿女的咋能这么说话！”

玉玉说：“咳，跟着你，活该要一辈子受穷，受累，受外人欺负呢。”

宝成依然左说右劝玉玉，玉玉最后也便应允了。老婆子又道没有盘缠，宝成就东借西凑了二百元。邻居偷偷给宝成说：

“那老婆子是个妖精，是不是拉女儿又要跑了？”

宝成说：“她还能干出那事？就是她心坏了，玉玉也不会的了。”

邻居说：“玉玉也是水性人，在外边逛野了的，遇上个有钱有貌又会帮衬的人，她心会不变吗？”

宝成让大伙只管放心。

第三天，玉玉把孩子留在家里，母女俩起身往甘肃去了。

母女一走，宝成在家就收拾了房屋，在东厢盘了一个大火炕，备给老婆子回来安睡。又下山去城里，买了一口大锅。就在他背了大锅路过新安水泥厂门口的时候，厂里有人认识他，过来说：

“宝成，你老婆回来了没有？”

“去老家办事了。”他说，“你怎么知道的？”

那人哈哈大笑了：“你还是个傻子！你以为她还能回来吗？她又跟我们厂一个流氓跑了。”

“你胡说！”宝成吃了一惊，却说，“她娘从甘肃来叫她一块走的。”

“对了，她娘就是拉线的呢。”

宝成忙拉住那人不放，要他说个清楚。那人告诉宝成：玉玉娘来了好长时间，专在这厂里和一些坏人挂钩，就把玉玉又说给了一个流氓。他们设了计，骗出了玉玉，玉玉先是不允，那流氓拿钱拿物，百般讨好，她娘又一边威逼，说这个人怎么怎么好，何必守着宝成？玉玉心就动了。厂里知道了这事，动手调查，他们连夜便跑了，公安局正四处追捕呢。

宝成当下一个趔趄，栽倒在地，哇的一声吐出一摊血来。

六

宝成回到家来，蒙头睡了一天，爬起来，发了疯似的在家里大骂了一通。他骂了新安厂的坏人，骂了以女骗钱的老婆子，骂了不知羞耻的玉玉，再就骂起自己来了：

“刘宝成，刘宝成！你这个肉头，你这个没出息的坯子！你以为世上人都是好的吗，你以为人心都和你一样实诚吗？你一次又一次被人捉弄，搞得快四十岁的人了，要老婆没老婆，要产业没产业，要声名没声名！这怪谁呢，谁都不怪，怪你个傻蛋瓜种！怪你个心眼太实！”

从此，他什么都不相信了，也不走亲戚朋友，也不游街坊四邻，有活干活，没活就和儿子在家，给儿子讲些自己半辈子来的错误。后来，他就领着儿子出外弹棉花，谁要给他说些同情话，他不理不睬，谁要送他些衣服鞋袜，他死活不收，他也不肯多给谁干活，少收谁的钱。他学会喝酒，有了脾气，谁若对他稍有不恭，就破口大骂，甚至大打出手。

有人也曾给他说过一个寡妇，他拒绝了。他守着他的儿子，活得不害人，别人也别想害着他。

过了一年，又过了一年，他患上了腰疼病，动不动就疼得直不起腰，不出一个冬天，眼看得衰老起来。他把稍稍懂了点事的儿子叫到跟前，说：

“儿呀，你虽然还小，可也要学着懂些事哩。你爸说不定什么时候就要死了，我什么也给你没留下，可只给你留下一个教训：在这人世上，万万不可心眼太实了，心眼太实了，就会被人哄得吃了。世人并不是都是好人，害人之心咱不可有，防人之意不可无啊！”

儿子很孝顺，记着他的话，但他并没有很快死去。过了半年，虽然病没有完根，但也没有再恶化。南洼村里，他过得清清白白，刚刚正正，整个方圆几十里地，人们都知道了他这个人，都知道了他这一家子的故事。

就在他过四十三岁的生日那天，他的老亲老故的人都去向他道贺。酒喝到半下午，远在十五里外的老舅突然也来了。宝成惊奇老人这么大岁数也来吃他的生日酒，觉得不妥。老人却说出了一个使他、使众人都惊骇不已的消息：玉玉又回来了。

老舅说：“她昨日到了我家，说她没脸见你，鼻涕一把，泪一把，给我诉说，让我来问你，如果愿意收留她，她再回来，你不愿意了，她也就走了，崖上好死，河里也好死，只是能把孩子给她看一眼，叫她一声妈就是了。宝成，你让她回来吗？”

宝成万万没有想到，玉玉竟又会回来，但他没有多少激动，只是冷冷地说：“她真的又回来了？”

“回来了。”

“这话是她说的？”

“是她说的。”

“你给她说，”他说，“她回来干什么呢？她在外浪荡这么多年了，她记不得我了，我也记不得她了。我宝成这般年纪了，我和我的儿子，日子虽然恓惶，可再也不希图什么的了。”

老舅说：“她什么话也给我说了，她说她不是个好人，可她也有个好人的时候。她小的那阵，心性善良，后来全是她娘引坏了她，她从此觉得人世上没有个好人。后来嫁了你，外人勾引她，也怪你心太实，不给她做主，就横了心：人都这么坏，她也就坏了去吧。跑了这么多年，她跟了好多男人，也受尽了苦楚，她娘去年死了，她也自首去劳教场了一年，才觉得世上还是有好人，你就是好人，就后悔起来，不该坑害了你半辈子。所以，她又一路要吃讨喝回来，只希望你能收留了她，和你白头到老，赎她的罪。”

宝成呆呆地站在那里，一句话也没有说，只是盯着脚下的影子。

“既然你不肯收留她，也就罢了。”

老舅一直看着宝成，末了，这么说，就咳嗽着，出门走去了。

宝成抬起头来，看着老舅踽踽地走了，他突然间流下泪来，叫道：“老舅！”

老舅站住了，回过头来，疑惑地看着他。

“她要回来，”他说，“你让她回来吧。”

干爹娘小史

上

我们高洛镇上，人是杂居的，村中的房子，除了中间两排相对开门，算作是街道，其余的就相当混乱。每一所房子新筑，都是风水先生看过了向；天下的风水先生却各有各的看法，正如人有多么复杂，人的居住也便多么复杂。但是，无论如何，房的主人却都在显示着其极扩张又极保守的性格：每一家都有一个小小的院子，囊括了门前场地；也正是这小小的院子，又是一个四堵墙将自己围圈起来了。于是，村里常常闹地界纠纷，为仅仅一椽的出路，结为家仇，官司打几代不息，以此形成，日月富的盖房，日月紧的也盖房，山墙须一家比一家高，屋脊须一家比一家翘。一切都为着赌口气儿。

计算起来，我们家的房子最破，院墙全倒了，上房的椽头也朽得不能回全。因为我们家是富农，高成分儿，破落是历史的必然，所以也并不嫉妒四周的新房。一座座新房的檐头都高出了我们的屋脊。我们做孩子的倒还常常热羡高房的壮观。尤其是东头韩叔家，屋基垫了四尺，山墙又极高极高，四堵院墙打起来，像是一个炮楼，门一关，密不透风，固若金汤。院门前的两棵榆树上，我们常架了秋千去荡，姐姐抱着我，让男孩荡到与大梁快齐平的时候，院子里的一切就看得清楚。

这韩叔个子矮矮的，和韩婶站在一起的时候，看去一般高，但分开来就显得比韩婶矬了许多。韩婶就说过“假残废”，风声传出来，大家都这么作践他。他俩脾气似乎不合，常常吵嘴，总是韩叔声低，韩婶声高。有一次，我们正荡着秋千，他们又吵起来了，为的是一条缰绳的事。三天前，韩叔将一只羊卖给了邻村的老汉，羊是三十元卖的，羊脖子上系的一节皮缰绳没有算价，韩婶就和韩叔嘟囔个没了结果。后来韩叔不耐烦起来，回顶了几句，韩婶就破口大骂。人们都听见了，去调解，又关着院门。我们在秋千上就看见他们在院子里打闹，结果韩叔不是对手，钻进柴棚里不出来，韩婶说：“出来！”韩叔说：“男子汉大丈夫，说不出来就不出来！”这话又让村里人知道了，取笑韩叔。韩叔否认，人们就拿我们证明，他就笑笑，反倒说韩婶如何能干，亏得有她，才撑起一院新房；旧社会三代人没有翻身，现在是翻了个大过了！村里人也说，这倒是真的，韩叔要是不怕韩婶，就是一个再好不过的贫农汉子；韩婶也是什么都好，只是有一点吝啬，若改了这两个字，也是没挑没拣的贤惠婆娘了；他们两个结发夫妻，如果再能生下一个男孩来，这一家的日月就再滋润没有了。

韩婶却再没有生下一个儿子来，唯一的女儿已经长大，在县中学读书。家里没多余人，街坊四邻去串门的多；姐姐抱了我去，也十分疼爱，有好的给吃，有好的给喝。但一吵架，院门必是先要关了。所以每每一关了院门，我们就去敲那门环，锐声地喊："韩叔！韩叔！""韩婶！韩婶！"

这当然是我三岁时的事了。到那第二年里，我就不再叫他们"韩叔""韩婶"，也从此就长住在他们家里，认他们是干爹干娘了。

道理很简单，我们家兄妹多，成分又不好，平日里父母就让在门前破院子里玩耍。门前本来有条官路，村里人为了避嫌，就全绕道儿走了，父母倒无所谓，最担心伤了我们做孩子的心，当姐姐抱着我去韩叔家，受到喜欢，父母就感激得流眼泪。时间长了，他们也常到我们家走动，父亲会识字，他们过年要求写个对联，正月十五要社火，求父亲出个内容，两厢就熟了。

一日，韩叔说：“我有个想法，不知当说不当说。”母亲说：“有什么不当说的，我们家孩子多，家教不好，有不对的地方，你要多指点哩。”韩叔说：“说了，能行就行，不行就算我没说。”父亲说：“你真是，我还信不过你吗？”韩叔就说了：“成分高，你们两口子倒也罢了，孩子们却要受连累；活该世上事怪，我家什么都好，偏只有个女儿，若是同意，我想将小六的户口转到我名下，孩子当然是你们的，只是从此变了成分，不背一辈子黑锅是了。”父母听了，当下就两眼热泪，说：“难得你这么好心肠！只要你不嫌弃，我们还有什么不悦意的？”当下就让我给韩叔磕了响头。

但是，当转我户口的时候，大队部却坚决不行，指控我父母搞阴谋诡计，又批评韩叔路线不清。韩叔去时，口袋里本来装了两瓶酒，当时就没有掏，出门走了，独自在家喝了个大醉，夜里跑到我家，又骂天咒地，吓得父母把前门后门都关了。韩叔说：“罢了！户口转不上，我和他婶商量了，就认小六个干儿子！认干儿子总不会求他们办手续吧？”父母就劝他，不要以此受了牵连，他拍着桌子说：“我是贫农，谁能把我怎样？把我农民的职开除了去？”

认亲那天，干爹干娘办了酒席，请了好多客。干爹酒喝得脸红红的，在大门口放了一通鞭炮，又脖子上架了我在村道里见人就讲。人们都出奇：干娘怎么也那么大方，一下子给我做了从头到脚三身新衣服？！又说干爹大胆，他说：“男子汉大丈夫嘛，说怎么干就怎么干哩！”

从此，我就整日在干爹家玩，有好吃的，也有好穿的，家里人都说我有福。每每家里茶饭不好，或者挨了父母责骂，我就一拐脚到干爹家告状，干爹干娘就索性不让我回去了。母亲将我的口粮送过来，干爹干娘横竖不收，说：“我能认了他，我就不能养活了他？”到了清明，干爹在门前的榆树上架了秋千，就抱了我上去荡，后来稍稍大些，他就让我自个上去荡，我害怕起来，失声地叫，他在下边喊：“不要怕，脚蹬直！上去了，上去了！”乐得手舞足蹈。干娘这时候就从屋里跑出来，将干爹一顿臭骂，说是危险。接我下来后，夜里还为我叫魂，让干爹提一个灯笼，抱了我在院外走，她提一个灯笼在后，叫一声：“小六回来了！不怕怕——！”要我应一声：“不怕怕！回来了——！”

干爹确实是怕干娘的。家里来了干部，他慌得就递烟倒水，不迭声叫干娘烧火做饭，干娘却总是抱了我坐在卧间里不动，他便掩饰说干娘不在家，但干娘偏要在里边吭一声。干部一走，干爹怨干娘，干娘就火了，说：“你轻狂什么？我家的东西是孝敬他的？我家的猪还饿得哼哼哩！”干爹说：“这些人吃惯了嘴儿，慢待不得，要不怎么就不让小六转户口呢！”干娘说：“不说转户口我倒不上气哩，他凭什么好处就要白吃了我的？”

干爹自然也就不言语了。每天早晨，干娘却催干爹起来烧洗脸水，就在铁勺里为我炒一个鸡蛋。我那时还尿床，半夜里湿了褥子，干娘骂我“死猪”，便又将干爹拧醒，让他睡过来，我们睡过去。鸡叫时我又尿湿了，干娘免不了又骂我一顿，说：“再要尿，明天让你顶了褥子去晒太阳！”但还是让我和她换个地方，用身子去暖那湿处。第二天，我睁开眼，干娘早在枕头边放着一堆柿饼，听见她又在院子里骂着干爹：“你那嘴就那么金贵，总要吃纸烟？”干爹说：“宁舍婆娘娃，不舍纸烟把。”干娘咚的一下，是打过去一件什么东西了：“放的什么屁！没有这婆娘娃，哪儿就有你这纸烟把？”干爹再没吭声，接着是走出门的声音。干娘又骂了：“回来，穿那条单裤出去，关节炎犯了，又要抓药给钱出气吗？把夹裤套上！”干爹说：“套上就套上，谁还不敢套！”

后来我才知道，干爹家并不怎么富裕。他们家以前的房子比我们家的还破烂，常受村里人耻笑。为了咽下一口恶气，挣死挣活盖了这座院落，结果外欠了一堆烂账。如今外人都说他们富裕，内部却空虚着。干爹又是个大大咧咧的人，少不了一切由干娘管着，因此干娘就落下个对男人厉害、对外人吝啬的名声。于是，干娘再要叫干爹给我每天早上炒一个鸡蛋时，我就不吃，又常常跑回家去吃喝，他们就指着我骂：“哼，喂不熟的狗！”拿嘴亲我时，又说：“恨不得将你这没良心的咬着吃了！”

腊月里，干爹为我在小炉匠那儿订购了一副花缰绳戴着，那缰绳十分好看，上边系着一个白铜锁子，还有三个小铃儿，说这就把我拴住了，什么神儿鬼儿都不敢近身。干娘又偏偏喜欢给我做花衣服穿，那头发从不让剃短，当头上扎一个小辫儿。我一出去，伙伴们就都叫我“假女子”，用手拔那独角辫儿。我回来呜呜地哭，干娘就出去骂那些孩子，孩子的父母承了头，说她护一个富农孩子，她一下子跳起来，骂得人家眼睛都睁不开：“这孩子剥削你了？压迫你了？上了你的炕了？我就把他护了，你怎么样！他是老娘的孩子，老娘是贫农，堂堂正正的贫农！”她再给我梳小辫时，一边在头发上唾着唾沫梳理，一边骂道：“你他娘的没个出息，谁要欺负你，你就和谁打，打不过了回来给我说！”

到腊月底，干爹干娘就集集在街道里卖凉粉、热粉。我先是和干爹在街东头卖，干娘一个在街西头卖。每次干爹卖得最快，因为他每碗的量多，谁要奉承几句，一高兴就又多抓一把。不到集罢，摊子收了，他就将我架在脖子上沿街去看热闹，买了一斤花生，在下边剥一个壳儿，手一伸，塞到我的口里。转到街西头，干娘的粉摊上还有一半未卖出，问：“卖完了？”干爹说：“完了！”“收了多少钱？”“三元七。”干娘就变了脸：“你又是碗碗满嘛！你哪是在卖，是送人嘛！”干爹说：

“谁像你这么抠掐，你怎么就卖不过？”干娘骂了：“你人缘好，你就踢腾这个家吧！好好，你不心疼，我也不心疼了，没人来买我不会把这全吃了！”干爹知道她上了火，忙架了我便走。干娘却一直到天黑才回来，她一口也没有吃，掏了一手巾分币倒在炕上，一枚一枚地数。她不识字，数一宗了，就给我手中塞一颗黄豆，然后哗哗啦啦装在一个木匣里，又将那黄豆装在一个小瓶里。接着就骂干爹是“囊子”，干爹一句也不回嘴，只是嘿嘿地笑。

过了两年，干爹干娘攒了好多钱，但账还没有还清。干娘心里发了急，和干爹吵架的次数就更多了。她总骂干爹“假残废”的个子，又没有多少力气，不能像隔壁雷家兄弟，三天五天就进老山沟掮一次木椽。干爹气急了，报复她，一见门前有个妇女骑自行车走过，他就要说：“他娘，你快来看看人家女人，你怎么就不会骑自行车呢？”干娘知道理亏，嘴里还要骂：“你做男人的还有脸说这话，你要能给我买来自行车，我骑着能上天哩！”到了秋后，干娘就开始纺线织布，借了娘家一台旧织布机，安在门道里，每天都坐在上边，脚一踏，手一扳，哐里哐当，布机乱动，那布匹如瀑布一样织出来。晚上月亮明晃晃的，一家人坐在院子里，干爹打草鞋，干娘绕线团，让我用两只手框着。我框得很好，干娘十分高兴，要我叫她，我说：“干娘！”她说：“重叫！”我说：“娘！”她丢下线团，一把就把我抱在怀里，说我是她的心肝、肉蛋，说将来了，这一院子新房就要全给我住。给我找一个体体面面的媳妇，盘最大的土炕，好生儿育女。末了问道：“娶了媳妇，爱你媳妇，还是爱我？”我说：“我不要媳妇，我爱你。”她就对干爹说：“他爹，你听见了吗？你瞧咱这儿子！”

到后来，干爹不经营粉担生意，嫌是不赚钱，就又摆起杂货摊了。他跑好多地方，采购各色各样小么零碎东西，三、六、九日，到夜村集、商镇集、棣花集去卖。他虽然不能说会道，但所卖的都是国营商店紧缺的货，销售得很好。过了端午，旧账全部还清了，干爹干娘心里放下一块石头，人也精神了许多，也越发有了劲头，上下几十里路的集市，一集也不敢短缺。先是一条扁担，两个箩筐，一头担了杂货，一头让我坐着，干娘就为我们烙了干粮，拿手巾包了，吊在扁担头上。但是干爹总要在集散后领我到饭馆去，买两碗荤面，或者几个芝麻糖饼的。末了再给干娘捎回一个，干娘便不乐意，叽咕家里什么吃不得，花这钱！干爹说：“现在没账了，挣多少吃多少，也落个肚肚圆。”干娘就又骂道：“你烧什么包！ 这几间屋里还是空空，没个家具，算什么人家过活？再说人的前途是黑的，谁知道以后有什么变故，手里能不存几个钱呢？”以后，干爹就不再乱吃，钱一并儿交给干娘，干娘就置了好多家具。四邻八舍的都来借用，她心里不悦，又不能不借，总是千叮咛万叮咛不要弄坏了。

我慢慢大了，上了小学，依然住在干爹家。星期天，干姐从县中学回来，干爹干娘什么也不让我们干，只是要干姐教我识字。我那时真笨，成半天记不住一个字，干姐就发脾气，不再教我。干娘就骂："谁大谁小，你不让着他？你当初还不就是这样！"干姐星期一走了，夜里干爹就教我。干爹早年当过店员，识得几个字，但却不懂拼音字母，我在学校学的是普通话，他总是按本地口音读，我们常为一个字的读音争起来。干娘总是向着我，干爹不服气，干娘第二天就让干爹写下那字，到学校去问老师，结果回来少不了骂干爹："不如娃娃！"就一定逼着干爹也学拼音字母。干爹说她是疯了，她说："现在是老的养小的，将来是小的养老的，你是这个样子，还有什么脸面给娃当干爹？"干爹从那时就学会了拼音字母，不免成了习惯，说话中偶尔就用几个普通话字眼。一次去采购货物，见了村里人，问："几时回来的？"答："昨晚。"村里人就传为"坐碗"，很是取笑了几个月。

日子一天天富起来，奇怪的是村里人并没有更加器重干爹干娘，反倒说坏话的多了。我问起干爹原因，他说："人心就是这样，你日子过不前去，就要笑话你；你日子强过他了，就又嫉恨你。"从此十分注意，穿着还是整整齐齐，颜色并不艳乍，做事说话，也不口粗占地方，而且还学会了在人前哭穷。村里人就又说："瘦猪哼哼，肥猪也哼哼。"总是嚷着要干爹请请大家吃喝，干娘不同意，因此又遭到“越有越吝”的赖名声。干爹说：“人要太富，就要出事呢，咱虽然没发横财，但村里人都拿眼盯着，咱要散些钱去，‘财去人安’哩。”干娘说：“一没偷，二没抢，我们怕的是什么？”只是不听，但是，到底应了干爹的担心，一场灾祸就落在他们头上。

那是在社教运动中，农村抓“阶级斗争”，割资本主义尾巴，干爹便成了一个活靶，上了批判会，杂货摊收没了，还罚了好多款。干娘气窝在肚里，害了一场病。再遇到村里人来借家具，就一概回绝，还要说些不三不四的挖苦话。结果又恶了村里人，大队部将他们的“资本主义发家思想”与我们家联系在一起，将我父母叫去警告了一通。干爹干娘就到我家赔情，我父亲说：“这哪是怪了你们，全是我们拖累了你们，还是让小六回来吧。”干娘说：“唉，只说为了孩子好，现在没想也没给孩子多少好处。但我们毕竟还是贫农，小六不能回去！”那天夜里，话一直说到鸡叫，两家老人都流了眼泪。

干爹力气单薄，干农业活就不如人，常受人些奚落，就突然喜欢喝起酒来，先是一两二两，后就半斤也挡不住，一喝就醉。干娘一见醉就骂，骂的是干爹，但左邻右舍听，却觉得耳烧。再到后来，就不当着众人面骂干爹，谁稍稍说了干爹的不是，或是谁白眼鄙视了我一下，她就站在村道里骂，还扎了纸人儿，咒来咒去，在那眼上、心上戳满了针，一把火烧了，又扬个满天飞。谁也没敢承头，背地里指指点点说她是母老虎。我听了，也不敢对她说，只是说几句好话劝她，她倒说我懂事，越发疼我，即使我在外和别家的孩子吵了嘴，她也要出面护短。但是，每每一到吃饭的时候，就伤心落泪，将她米汤碗里的黄豆一颗一颗捞在我碗里，说她没有好东西给我吃。

秋季里，干爹被抽去修水库，到十五里外的地方，半个月才回来一次。干娘夜夜逼我复习课本，她不懂得，我怎么念，她怎么听。一天夜里，我已经睡了，干爹突然从水库工地回来，站在炕下，就从怀里掏出几张蓖麻叶来，里边是五块熟肉片。说是下午水库工地改善伙食，他没有舍得吃，连夜给我们带回来。干娘就摇醒了我，硬要我吃，我吃了一块。干爹让干娘吃，她说："我大人了，那么口馋？"那肉片我一连吃了三天，每天热了只吃一两片。吃完了，她就问："香不？"我说："香。"她就又说："吃了好好学习，你给娘说，长大了干啥呀？"我说："长大了养活干爹干娘。"干娘一闭嘴说："没出息。谁稀罕你来养活。我们之所以待你，是让你将来成人，能干个大事。记住，以后再问你的成分，你就说是贫农！"

在学校，我虽然这么说，同学们却都笑我，说我是假贫农。有一天，我和骂我的同学打了一场，打输了，回来给干娘诉苦，干娘却一头乱发，发疯似的在炕上哭。我问她，她什么也不肯说，我吓得去叫了父母来。后来才听我母亲说，那天中午，干娘正在屋里织布，大队主任偷偷进来，将她从织布机上抱下来，就压在炕上。干娘和主任在炕上厮打，主任扯烂了干娘的衣服，干娘抓破了主任的脸皮；主任逃跑了。干娘虽然没有受到糟蹋，但一口气窝在肚里，两天里不吃不喝。等干爹从水库工地回来，她就瘫在炕上，经多方治疗，命保住了，却从此不会说话，不能下炕了。她什么也说不清了，我就一放学回来教她学语，简直和小孩一样，一个字一个字教，教过就又几乎全忘了，我急得哭，她也拿头往墙壁上碰。

这日子过了两年，干姐中学毕了业，又去报考上了林业技校。家里还是没人干活，干爹还是贪那酒杯，加上给干娘抓药，日子过得恓恓惶惶。到了第三个年头，干娘就死了；夜里本来还好好的，第二天起来，叫她叫不醒，干爹过来看过，她眼还睁着，口里早没有一丝气了。

下

干娘一死，我便回到了我家。父母要干爹也过来吃饭，他不愿意，说他就守着这院房子，等到生活不能自理了，再搬过来一个锅里搅勺把。母亲便常常过去帮他收拾家务，冬缝棉，夏纳单。家里有了好饭，也叫我端一大碗过去。几年以后，我的干姐找了女婿，我母亲一手操办，订婚，送汤，出嫁，回门，都在我家举行。他们小两口都在县林业局工作，待干爹十分孝顺，日子又一天一天好起来。只是两家人坐在一起，就念叨我的干娘，说她死得太早了。

三中全会以后，我已经工作，在一个远远的中学教书，干爹六十岁，头发、胡子都全白了。他身体不好，很少去地里干活，干姐月月将吃喝带回来，夏天便穿一身绵绸衫子，冬天提个火炉，白日在村里游逛，夜里就上我家聊聊闲话。一次我从学校回来，他喜欢地说："小六，听说现在允许摆小摊了，你常看报，报上这么说吗？"我说："政策是这样的。你莫非还要重操旧业？"家里人又都取笑他，说："你现在缺了什么，短了什么，还干那活计？"他没有回答，嘿嘿地笑。第二天集上，他果然就摆开杂货摊了。

消息传得很快，村里人都笑他是鸡命，坐在粮食堆上还是刨着吃，有福不会享。消息传到县上，干姐姐知道了，连夜赶回来，就把货摊收藏了，说："你这不是给我们脸上抹黑吗？外人不知底细，还以为我们不养活你了呢！"干爹说："我闲着没事呀，多挣一个是一个嘛！"末了，他就骂起干姐，说他们成了人物，倒嫌弃老子丢人了？！干姐理上说不过他，也随便了老人，但声明不要到县上去买卖，也不给利用方便采购货物。干爹便一集也不空，仍是当年的售货法：脸面和善，价钱合理，倒是什么也都出手得快。每集赚四元五元，末了在饭馆里一吃一喝，也再不动烟火。干过一冬，一春，一夏，吃得富态，穿得光亮，口袋里迟早装有香烟，见人就散。人们都在说："他家里有上千元的积攒了。"

干爹有个亲兄弟，死得早，留下一个寡妇、三个儿子。儿子都不成器，小时候，干爹院里的梨儿、桃儿，不等熟就被他们偷吃光了，干娘常骂是一窝土匪。在我往干爹家转户口的那阵，这寡妇便说了好多难听话，两家伤了和气，一向不大往来。如今干爹房有房，钱有钱了，老寡妇过来向干爹赔不是，央求让她的小儿子给干爹当个帮手，学学做小生意。干爹心软，又架不住说好话，高高兴兴答应了。小侄儿却赖子惯了，跟干爹跑了三天，干爹夜里清点货和钱，数字总不符，后来一留神，才知是小侄儿手脚不干净，一气之下，就辞退了。亲侄儿不可靠，使干爹伤了心，再出外买卖，一有个头疼脑热，就感到了孤单，给我娘说起来，不免掉下几滴眼泪。这当儿，邻村一个人来，说他们村有一个五十五的寡妇，干干净净的，愿意过来过日子，白天可以做饭，夜里可以暖脚。干爹很是高兴，这天也没有去赶集，特意买了酒肉招待媒人。直到下午，媒人还没有走，村里人就都知道了，有的说干爹太孤单了，那么大的院落，一个人住着也真空旷；有的则怨干爹活得不自在了，偏要讨一个老婆，白白养活一张口；有的便骂干爹要娶小老婆，是老不死的骚情！当然，这些话都不对着干爹面讲，碰个照面了，反倒说恭维话，要干爹散喜烟喜糖。干爹一是高兴，二是也喝了一些酒，脸上皮肉就特别活泛，随手抓一把钱扔过去，说：“吃去吧，吃去吧！”媒人一走，他便将这事说给我父母，我们全家先以为他在说笑话，他正经起来，父母就不言语了，末了说：“好事倒是好事，可得让孩子知道。”我父亲连夜给干姐挂了电话，干姐在电话里口气很硬：坚决反对。

干姐两口很快回来，一整天里，院门关得严严的。村里人都趴在门外听，但无法听得仔细，只是听见他和干姐起了吵声，末了就是干姐呜呜地哭。母亲去将干姐叫过来，干姐说：“我爹越活越糊涂了，这么岁数的人，还娶那么个老太婆，能帮了他什么，倒是要他去照顾人家！”说完就又是哭。当天夜里，干姐两口不见了，半夜时分回来，说是去邻村媒人家了，一场臭骂把亲事“釜底抽薪”了。我父母听了，吃了一惊，也觉得事情做得太残酷。果然，干爹正在吃饭，一听这话，手抖得哗哗哗地拿不住筷子，又一个人待在家里喝闷酒，喝得昏昏沉沉，给我父母流着老泪诉苦，末了就乱骂了一气。干姐两口便又过来跪在干爹面前，央求他住到县上他们那儿去。老人扇了干姐一个耳光，说：“你滚，你过你那小日子去，我老死了，生蛆在炕上，也用不着你们照看！”

奇怪的是，干爹三天后，一切又恢复正常了，他照样去赶集。

村里人偏要取笑他，说：“你太糊涂了！”他说：“是糊涂了。”人家又说：“其实那是一场好事呢。”他便也说：“是一场好事呢。”人家再说：“这下完了。”他就再说：“这下完了。”人家嘿嘿笑，他也嘿嘿笑。每天，赚回四五元钱，吃了，喝了，在腰里的一个牛皮钱夹里塞了，就关了大门，睡在炕上听收音机，竟在音乐中不觉睡去。第二天醒来，收音机已经沙哑了，还在唱着。他又到我家寻见我父亲，要给他写些对联，父亲笑他不过年过节，贴对联为什么，他只是要求，又自个出了内容，上联是“无妻无子无牵连”，下联是“有吃有喝有纸烟”。对联一贴出，村人都去念，说：“这是向咱们夸嘴哩！可惜这老汉，这么一院好房留给谁呀？”

不久，村里却起了风声，说干爹的这份家当必然是属于侄儿的。侄儿三个，两个成了家，老三便是继承人了。那个老寡妇又特意到我们家，转弯抹角地说明这层意思，要让捎话给干爹。干爹听了，却没有言语。过了几天，那小侄儿来对干爹说：大队的砖瓦窑上新烧了一批青砖，他想买下，给老人把墓拱下。干爹一听，心下就明白了，却笑笑地说：“侄儿孝心伯领了，拱墓的事，有你姐哩，他俩会管的。”小侄儿说：“我姐毕竟是嫁出去的人，不属于咱韩家人了，将来你老百年，摔孝子盆还不是我吗？”干爹见话挑明了，就直接截住，说：“孝子盆也是你姐来摔！”小侄儿便瞪了眼，说这要遭村里人骂的，干爹也变了脸："你小子肚里是什么下水，我一眼看得出来。你走吧，我该睡觉了。"小侄儿一走，干爹气得一夜未合眼。

小侄儿家就在干爹家的后边，干爹一开后窗，就直对着那个院子，现在就缺德地在后窗下挖了一个大粪窖。干爹家的后窗不能再开，屋里就特别黑暗。每每那老寡妇和小侄儿上厕所，就要站在窗下指桑骂槐。干爹先是闷气，后来也达观了，逢年过节，请好多人去家里吃喝，偏独独不叫本家众侄。出外采购，夜里让我父亲看门，但每一次夜里过来迟些，屋里就被人偷了。干爹回来，一查东西，心里就估摸贼是谁了。为了丢丢贼人的脸面，他报案到公安局，查来查去，查到小侄儿身上。追赃时，他却拦挡了，只说一句："算了，送给他了！"

小侄儿不敢再来抬门扭锁，但小偷小摸却仍不断。过几天，院墙上的瓦少了几页，过几天，门前的树少了几股。明知贼人是谁，又划不来报案，只是摇头叹气；又骂起干姐：要是那一场亲事成了，家里有个看门的，那小侄儿还敢欺负他吗？他一个本家的妹子很可怜他，常从十里外的山村里过来看望他，说是否将他的儿子户口转过来，一是在这里好上学，二是也帮老舅看看家门。干爹也同意了，但众亲戚却闹开了，说这本家妹子是小猴猴妖精，以前怎么不念惜干爹，现在倒这般亲热，无非还和小侄儿一个心思。就给干爹出主意，说一定要说明，转户口可以，但不能继承家产。那本家妹子果然也就再不提转儿子户口的事了。

一连几件事情，使干爹灰了心，他便不再添置家具，生意赚得的钱，一宗宗存在银行。他到底有多少票子，连干姐也无法知道。

我再一次从学校回来，提着点心去看他，院门却上了锁。问我母亲，母亲只是叹气，说到西头赵家去了。这赵家的男人是个教师，单位在外县，一年半载不能回来，家里儿女多，日月狼狈，那女人就不大正经，一向有风言风语的。我说："干爹怎么到那个地方去了！"母亲说："还不是那坏女人打你干爹钱的主意！"我说："干爹好不明白？！"母亲说："他怎么不明白！全是村里那些人把他逼成这样，活该他那么大岁数的人了……"

我突然恨起我的干爹了，直到第二天走时，也没有再去看看他。

又一年过去了，我因为去某学院进修，也没有回家。父亲来了信，说干爹总是询问我的情况，更关心我的婚事，说是为我筹备了一百元钱，等着送婚礼。我不觉心里后悔起来，感到对不起干爹和死去的干娘了。进修一完，我回到村子，村口有好多人在那里修渠。土地分了以后，人们早嚷嚷修一条水渠，但因要各家筹资，一时人心不齐，筹资不起来，这渠便耽搁了。现在修筑，成了村里一件大事，我近去祝贺，说这水渠早就该修起来了。村里人给我眨眼，说：“哪里，这还是你干爹一个人拿出了一千元呢。”我又惊又喜：干爹怎么就拿出了一千元？！问他人呢，说是又赶集市去了。这使我心里又有些不解，这干爹，如今那么大的岁数，能拿出一千元来修水渠，倒还这么刻苦自己去赶集？

回到家，母亲告诉我，干爹和那赵家女人的事很快就断了。那女人为了钱，给干爹翻了脸，干爹就羞愧起来，跑到干娘的坟上哭了一场，从此醒了心。有一个月，他不大出门，在家将一个闹钟拆了，又摸索着往一块装，装了又拆，拆了又装，常常就把一些零件弄坏或丢失，就花钱去买。如此无聊了一个时期，便又收拾起了杂货摊。但是，采购来的是多少钱，出售时还是多少钱，他一分利息不见。我母亲曾经问过他，他说：“钱这东西，人在世上离不得，它可以拯携你，也可以坑害你。为了这一份家业，我和小六干娘苦了半辈子；也是为了这份家业，我又吃了半辈子苦恼。如今老了，回想起来，才算明白了这个事理。说实话，我现在的钱也挣得不少了，我想把钱都散了去，一千元给村里修这水渠，一百元给小六，留一点够我吃喝也就是了。本来我不再去赶集了，但在家里待着心慌，这么再摆摆货摊，是为了大家买货方便，也是为了我活得自在。我还图什么呢？等我死了，这一院房子，我不留给任何人，让村里拆了，木料、砖瓦就给小学校去吧。”

我走到了干爹的院子门口，门掩得严严的，两个大铁门环静静地吊着。那两棵大榆树还在，一群孩子又在那里架了秋千，荡得老高老高。几十年过去了，这院落并不见多少陈旧，依然在村里是最高的、最气派的。

我叫了一声：“干爹！干娘！”眼泪又禁不住流下来了。

人极

商州有俗：朋友之交，亦称亲家；亲到极处，若妻室各有身孕，又分别生产一男一女的，长大便做夫妇。此俗陈陋，却有野味，虽缺乏时代精神，但山地的经验是，长大恋爱的不一定百年会偕好，自小指腹成婚的，却未必终生无幸无福。商南光子，姓张，二十年前指腹在洛南，洛南拉毛出生偏也是男儿，两厢生世不能完婚，却信缘法，从此认作兄弟，往来年长日久。后，父辈亡故，两人愈加依靠，学得劁猪骟驴手艺，在乡里串游谋生。“文革”二年，社会混沌，光子到拉毛家住下，两人结伴行走，身影从不分离。又一年，搞清查运动，闹哄哄挖出一宗大案，曰“卫刘总队”。刘，刘少奇。保卫刘少奇，违天下之大魋也。故涉及面甚广，先后上百余人被镇压，被投狱，被管制。光子心寒，思想逃脱是非之地回商南去，拉毛说：“先人讲，盛世宜方，乱世宜圆，你黑红组织未参加，只靠手艺巧要饭，咱怕了怎的？过了今夏，到冬里再作回去打算吧。”光子又住过一月。此日天气突然转凉，传说洛河上游下了大雨，两人一早从南山劁猪返回，买了一壶酒在炕上坐喝。隐约听得有阵阵闷响，以为打雷，却见母猪并未在屋里叼草进窝。又喝，窗外巷里已有脚步嘈杂，旋听人喊：“水下来了！”就呼呼隆隆有了吼音。出门看时，村人皆拿了捞兜和背篓往河边跑。拉毛说：“快走，咱也发发财去！”洛河水，年年涨水，涨时，上游的柴草、木料就浮在浪头，下游的人趁机打捞，叫“发水灾财”。到了岸边，夕阳正落得满河，浊水漫沿儿，浪头上什么样的物什都有。村人已占据了每一个突出的岸崖，赤裸裸立定那里，持长长的捞兜打捞。拉毛说：“咱到上岸去，那里站脚不好，却能捞得更多东西。”到上岸，也剥了精光，用热尿揉搓了肚子。抓污泥涂了腿根处那块部位，拉毛便瞅定一根木料，唰地甩出虎爪钩，不偏不倚抓在木头的一端，努力收绳，木料悠悠而来。提上岸，两人大悦，坐下吸烟，其时夕阳收尽，满河已退苍黄，水声之外，一切俱寂。正念叨木料价值，忽闻风起萧萧，崖湾下河芦偃折有声，注念间，风声渐近，身后毛柳摇曳，俄而河面出现一黑物，浮浮沉沉而下。思未定，那黑物急到崖下，铿锵一声，触崖石又旋转而去。光子看时，见是一枯树桩，急呼拉毛，拉毛早甩出虎爪钩，牵了树桩收绳。却又在河芦丛中牵制住，拉扯不动，险些将拉毛闪落水中。拉毛说："兄弟，莫非有了水鬼，怎拉不动？"光子说："那里是河芦丛，必是被挂住了，我下去看看。"光子也是水豹人物，当下口叼了一把砍刀，溜下水去，眨眼间到了树桩前，钻没下去，又浮出头来，脸色大变，拉毛说："是河芦挂住了，还是毛柳挂住了？"光子说："怪了，肉肉的，像是个人。"拉毛大骇，说道："是人？一定淹死的。快上来，别让水鬼拉了替身！"光子却又钻下水，拉毛说："死了还抱着树桩，既是死了，用刀砍了那手，看他还拉不拉？"光子再又钻下水，再出来，手中扬着一片破布，上有花纹，叫道："是个女的，她是双手抱着树桩，身子被河芦缠住了。"拉毛便见水面上浮上一团碎河芦，后就是一个人被托上树桩。光子冒出脑袋喊："收绳，收绳！"树桩及人靠了岸边，光子先将死尸背上来。拉毛说："洛河涨水，哪一回不淹死人，人已死了，你背着做甚？"光子说："她心口还热着。就是死了，上游的家人来找，也做一场好事吧。"女尸放在树下，两人定睛看时，其女年轻，面润如生。揣试心口，果有余温，忙活动双膊，压腹倒水，捏掐人中，那女子双目紧闭，鼻间有了气息。两人一时沉默，相互对视，光子说："此人命大，她又活过来了！"拉毛说："这人活该是冲咱们来的。"

两人背了回去，在牛背上驮了溜达，又吐出许多清水，放在炕上让其清醒。村人得知，全来相看，有懂中医的，掏洗了口中、耳内淤泥，以酒擦胸，用薄荷搓了前额鼻根，便各自散去。入夜，兄弟两人在堂屋挑灯喝酒，等候女子醒来。鸡叫头遍，卧房里窸窣作响，看油灯时，光芯扑闪数下，屋内更加幽暗。两人好生疑惑，起身欲进卧房，但布帘一挑，那女子斜斜靠在门框，头发蓬乱，却弱态生娇，眼波流慧，艳丽从未见过。光子说："你醒来了，你还能站起来？"女子静静看着两人，身子就慢慢跪下去，灯光落在脸上，有两道泪痕，说："二位大哥，是你们救了我？"拉毛忙过来扶她起来，让坐炕边，让她喝酒，女子竟也不推辞，接酒就喝了。光子说："你才醒来，不敢喝酒，做些拌汤喝吧。"兄弟两人就生火做饭，女子慢慢喝下，渐渐有了气力。光子又和拉毛喝酒，喝得醉眼蒙眬，问那女子话，得知女子名叫亮亮，吉川人，路过洛河时，突然洪水下来，卷了而去。问家里还有何人，却缄口不语，眼泪汩汩流下。酒壶喝干，拉毛又取酒喝，眼即瞻顾女子，停睇不转。女子发觉，头便垂下。拉毛说："亮亮，是我们救你上来，你知道不，你鼻子都不出气，手还抱着树桩不放哩！"说着嘿嘿直笑，不能自主，拍着光子说："兄弟，先人说，救人一命，胜造七级浮屠，你我今生还做了这桩好事！"光子见他酒劲发狂，忙去制止，拉毛却溜下炕，醉作烂泥。女子说："大哥，我亮亮记着你们恩德，现我无一相报，等我有了一日，定来重重谢酬！”就起身出门要走。光子说：“亮亮，你这是到哪里去？”亮亮说：“我也不知道。”光子说：“这三更半夜的，你一个女子，身子又刚刚好，你能往哪里去？我们兄弟二人是粗人，心却不坏，既然救你上来，也不是为了什么报答，你夜里就睡在卧房，明天再走。我背他到牛圈楼上去睡好了。”亮亮还要推辞，光子已背了拉毛竟走了。

翌日，光子起来，天麻麻作亮，想起昨日早晨答应给镇子几家去劁猪，就叫道：“拉毛哥，起来，不早了！”拉毛即昏沉不醒，嘴里咕哝着，双眼不睁，而且丑陋地躺在那里，口角流出一摊涎水。光子笑骂一句“你就死睡吧！”，拉被子将他盖好。夜里在牛圈楼上的草窝里，两人合盖了一条被子，草窝里蛇蚤咬得浑身疙瘩，光子就暗笑夜里酒喝得多了，竟能睡得那么浓！扑索了头上的草屑下楼，堂屋的门还关着，叫过了一声，又觉得不妥，寻思道：这女子天明就走，也顾不得送了。转身就独自往镇上去。镇子并不远，短短的一条街面，平日里寂寞寞，昨日里也有人去河里打捞，门口就堆了许多河柴。街这边的门里照例坐有妇人，脚下放着针线笸篮，一边儿在头上毕针纳着鞋底，一边儿和街那边门口的妇人说话。那妇人是坐在织布机上的，脚一踏，手一扳，云板起落，木梭飞动，嘴里应和着昨日洛河沿的事。一个说：“昨日那水发得可大，街口刘家劳力多，捞了十根木椽。”一个说：“听说又死了好多人。掌柜说，眼瞧着河心漂下一个木盆，里面坐了一个妇人喊救命，浪就翻了，再没踪影。”一个说：“听说吗，劁猪的拉毛两兄弟捞了一个女的，捞回去却活了！”光子一出现在街口，妇人就不说话，家家门里有头探出来，嘻嘻望着他笑。光子进了一家，主人早备了酒等候，几杯下肚，面热耳赤，当下从猪圈提出一条猪来，光子蹲在那里，一脚踩了猪后腿，手在后腰带上摸，抽出一刃刀子，寒光一闪，就在猪腿根后划出血口，指头再一勾，拉出血淋淋的一节东西，操弄一会，用刀子割下一个疙瘩来。说：“就是这东西，使它不得安然！”丢下让猫吃了。旁边一人说：“光子你好作孽！有那一点东西，活着才有情有乐呢。”光子也笑道：“有情有乐，才招来有祸有悲的。”众人大笑，一妇女骂道：“光子贱小子，你说得那么好，你怎不自己劁了自己？洛河里淹得什么人没有，偏偏就要捞出一个女子！”光子说：“嫂子，可不敢说这话，我和拉毛哥捞那女子，却没那个歹心！”当下缝了猪的伤口，放生而去，洗手坐下又喝酒。酒到七成，主人说：“光子，听说捞上来的女子长得白漂漂的？”光子说：“生得出脱，不像是托生在农家的。问她的家世，她却不说。”主人说：“这就奇了，怕是外边来的。现在世事乱，这号女子时常有，你老大不小了，也该拾掇一个女人。既然让你们救了她，也活该前世有缘。”光子倒生了气，说：“你也是贱看人，我兄弟俩救人，不是为了得老婆。她一早怕就远走高飞呢！”说罢，气氛尴尬，不欢而散。光子心里纳闷，他不明白镇上的人怎么会这么看他和拉毛，真是社会混乱，人心也都龌龊！光子偏颇，有些谁也信不过的了，就贪那酒，将所得的酬金全丢给镇上的酒馆，揣一个瓶子，一边儿往回走，一边儿喝，脚下就拌起蒜来。才到拉毛家，一推门，门掩着，哗地倒地上，一口秽物吐了出来，同时却听见卧房里“啊！”的一声。光子说：“拉毛哥！”卧房里却悄然无息，窗子响了一下，有人似乎在跳出去。光子生疑，以为贼，卧房里就走出亮亮，头发乱乱的，蛾眉初颦，两腮赤红。光子大惊，说：“你还未走？！”亮亮不语，拿怯怯的目光看他。光子又问：“拉毛哥呢，谁在卧房？”走进去，炕上狼藉，炕下一双拉毛的草鞋，界墙头放着拉毛的烟袋。光子醉眼看亮亮，亮亮却猫儿似的浑身在抖，未等光子再问，便跪下来说：“是我不好，光子哥！你不要怪他，是他救了我，他提出那事，我报他救命之恩。”光子骇绝，一耳光竟将亮亮扇倒在地，出门到后窗外找拉毛，没有人影，空留从窗上跳下的一双脚印。回来一拳将柜上的面罐打碎，吼道：“牲畜，牲畜！”瓦罐瓷片刺破了手，血水在流，人靠在柱子上呆得像一尊石头。

拉毛当时正躲在牛圈，半个身子仄在草粪里不敢出声，悔恨做了伤天害理之事。听光子臭骂打砸。一直待过半日，屋里渐渐安静，灰塌塌地出来，见门板上一行炭写的字，近去看了，是“猪狗不如！”忙里外寻找，未能找见，知道光子是一怒回商南去了。第二天搭车去见光子。三天后到商南，光子果然在家。兄弟相见，拉毛跪倒在尘埃里磕头。光子只是不理，起身去厨房做饭。端上来，满当当一碗面条。拉毛揣思：光子肯饶我了。饿口急吃，吃到一半，碗底却是料豆和禾草节，明白光子在拿喂驴的东西辱他为牲畜。顿时羞愧不已，顺门出去，一条绳索吊在村后的柿树上。光子得到消息，赶去时，拉毛浑身已经僵硬。大悔，痛哭得死去活来。后移尸院里，搭芦席设了灵堂，重金买置棺木寿衣，埋葬在自己屋后的谷子地里。见天三餐盛一碗饭供在灵前，人也精神恍惚，无心无劲打发日子。如是三载，不谈婚事，不近女色，蓬首垢面，形如饿鬼，村人以为痴傻。

来年，商州大旱，到处田地龟裂，庄稼歉收，出门讨要的人甚多。光子一人养活一人，倒也罢了，每日里吃饭，村巷四邻的孩子就坐门口，眼巴巴瞅着他吃。光子骂一句：“全是爹娘教唆的！”却不免将锅里的饭拨一勺打发孩子去。忽一日，光子在锅里炒了荞麦皮和红苕干，又炒了半升大麦，掺和了在碾子上碾炒面。石磙子重，累得他满头是汗。正低头推着，却觉得顿时轻了许多，抬头看时，碾杆那头帮推的是一个女人，面陌生，一副苦容，当时就愣了。那女人见了光子看她，苦皱皱地笑，说道：“这位大哥，你不嫌弃我帮你吧？”光子问：“你是谁？哪里人？”女人说：“我是南山的，出来逃命的。我帮你推了碾子，你能打发一碗炒面给我就是了，大哥！”光子最害怕的是女人，当下自己倒不自在起来，忙说：“使不得的，这使不得，我给你一碗炒面，你快走吧。”便从筐篮里舀了一瓢罗过的炒面倒在女人的布袋里，自个又低头推碾。女人却并不走，又来帮着他推，后来就替他罗炒面，右手中指上戴一枚黄铜顶针，磕着罗帮，节奏蛮是中听。光子停下来，拿眼看她，女人是副大脸，颧骨突出，眉毛很淡，似乎看着只有一半，左耳下豆大一颗黑痣，使这张脸有了几分媚态。不觉神思飞扬了一阵。猛然间却想起拉毛的事，满腔火烧，过去把罗收了，催那女人快走。女人茫然立起身，说：“这位大哥，你也别上怪，我在这里也是住了上十天时间，谁家的活都帮过，我不是坏女人的。”说罢旋脚而去。此后，光子果然得知这女人叫白水，帮过每一家做活，赚得吃喝，夜里就睡在二郎庙里。二郎庙在村南，先前供有一尊泥像，麦秋二料了，生产队在里边存放粮食。曾有人夜里睡在那里，三更时分，就听得大梁上叭叭叭地从这头一直响过那头，然后万籁俱静；夜夜如此，疑为鬼祟，无人再敢投宿。后泥塑被掀了，二郎神的两颗瓷烧的明如宝珠的眼睛嵌在庙墙上，庙窗捣烂，两扇门也在风里呼地打开，呼地合上。光子真不知道这白水是怎么在那里过夜的。

一日，村里一位叫秃子的来光子家闲聊，挤眉弄眼地说：“光子，你没去过二郎庙？”光子说：“去那做甚？”秃子说：“我不信，好多人都去过了，那里有了神的。”光子说：“什么神？你说话嘴上要有点关子，莫让造反队的知道了，说你个封建残余！”秃子说：“就是造反队的常去呢，那神就是南山那个白水。”光子骂道：“你造孽！”秃子说：“第一夜他们去，连毛也没沾上，那女人拿了一把刀，谁敢近身？第二夜三更天里，把那白水就按住了……”光子把秃子推出门，没让他再讲下去，以为信口雌黄。不久，村人就议论起来，说白水在二郎庙里做饭，没柴烧，捡了村头猪羊骨头烧，臭气呛人，又说她在河畔的芦苇地里，专剥死婴身上的裹布，回来洗净了又卖给村人做鞋底“咯本”，队长拿了鞭子抽过她，赶她出去。光子就不明白白水为什么不离开，担心她真会出事。果然不出三天，一个黄昏里，光子在巷口遇着队长，队长那时也“造反”，拉住说：“光子，革命不分先后，你革命不革命？”光子说：“不革了怎样，革了又怎样？”队长说：“不革了就没观点，没观点就等于没有灵魂。要革了，晚上和我到二郎庙去，白水不走，我们已经怀疑她一定是逃避运动来的，不是好人，夜里要去审问她。”光子说：“那好吧，我就革哩！”当下五人往二郎庙，光子心里就叽咕：一个讨饭的女人，还能是什么阶级敌人？这伙人凶神恶煞惯了，咱和他们浪荡什么？就说肚子疼，要上茅房。队长说：“那你随后就来吧。”光子一闪过巷子，摸黑到家睡去了。明日，村里一片风声，说是那伙果然拷打了白水，后来就赤条条将她衣服剥了轮奸。光子又是血气冲心，去找着队长讨骂，队长说：“你有证据吗，就是轮奸了，又怎么样？她是南山人，无家无室，就是靠那东西糊口的！”倒赏了光子一个耳光。光子咽了恶气回去，只是同情那白水，四处打听她被赶走后的消息，却传说是让狼吃了。说那夜被轮奸出走，到了东山龙王沟讨要，后来有人就在二道梁的梢林子见到她，五脏六腑全被狼掏吃了，头却完好，大颧骨脸盘上还是笑笑的。光子听了闷了半日，自此痴傻病又犯了，除了侍弄地里庄稼外，更是任何事不理不睬，人缘就愈发坏起来。到了秋季，秋庄稼还是歉收，包谷颗儿未饱满，就砍了连包谷芯子一块儿上碾子，砸成粥，回来拌了糊糊喝，喝得肚皮老大，像气蛤蟆。且喜后山五分自留地里种了荞麦，倒长势茂密，眼见到了成熟日了，只害怕被人偷去，就在地边搭了庵棚，夜夜前去厮守。一日将荞麦割倒，堆在地头，天就黑严了，寻思明日一早背了回去，便坐在庵棚抽烟。抽过一个时辰，月色已满巷顶，突然间想到三日后就是拉毛的生日，不觉往事涌动，泪潸然落下。恰时听得索索声响，举目看时，巷外远处有一人影，绰绰如鬼，正移步荞麦堆旁。光子心中叫道：“有贼！”却并不喊，等贼走近荞麦堆，见其用绳扎紧了一大捆，然后捆下铺了衣服，就从荞麦根部一把一把往出抽，抽出来的是光秆，颗粒就全脱下，然后又紧捆住，又是抽，反复不已，那衣服上便堆了好大一堆荞麦颗。贼已经在包起荞麦了，光子猛地扑过去，一下将贼按住，再伸手去抓头发，才发现是个女的。女贼一惊，却并未挣脱逃去，光子左一个耳光右一个耳光抽打，女贼满口是血了，反倒仰起脸来，说：“你打吧，我白水是贼，打死了也不屈。”光子定睛急视，果真是白水，倒骇倒在地，叫道：“白水？你不是被狼吃了吗？”光子不知如何是好，默了多时，将那衣服包起来，挥挥手说：“你去吧，你去吧。”白水并不推辞，接了衣服包，转身走了，光子看见女人的腰身笨笨的，似乎是吃胖了。

回到庵里，光子如在梦里，疑心自己是否遇见鬼魔，起身又去看那荞麦，被偷去颗粒的荞麦秆还在，便信任白水并没有死，真真正正是在做了贼，心中好生蹊跷。天明在村里说了，人人也皆吃惊。入夜，天气闷热，光子将门大开，拉张席在门道处来睡。天微亮起来小解，一翻身，触着一个热乎乎的东西，看时却又是白水，惊愕得张口结舌，回想夜里是何时来的，是否做过什么事情。白水见他苏醒，也翻身坐了，惨惨一笑，起身走了。光子跑出门来，残月还在半空，四面没个人影。走回家来，心仍在怦怦作跳。第二夜，独身一人睡下，天明又是白水在身边，再是惨然一笑，悄然而去。光子恐极，出来又不敢对人讲说，免得黑白说不清。第三夜再不敢在门道处睡，前后门关了。第四天下午，从地里回来，门却掩着。不见了门上挂着的锁子，以为忘了锁门，忙到门脑上摸钥匙，钥匙竟不见，脸都吓白了。推门进去，堂屋的土炕上，一炕桌冒热气的饭菜，端坐着白水，腰里套了绳子鞋耙，在织编草鞋。白水还是那身打扮，脸却洗得干净，头发光整，形容判若两人，从炕上溜下说："你不要赶我，赶我我也不走。我不为别的，我只要你一句话，你把我收留下吧。"光子不知所措，说："我怎么能收留你，你哪儿都可去得，这儿我不能要你。"白水就扑咚跪下，泪水婆娑了："我往哪儿去，我出来这两年里，因为我是女的，我才没有被饿死，也因我是个女的，我才哪里也不敢去了。你是老实人，你把我留下吧，我知道你没老婆，没儿子，我没别的本事，我能下苦，我能生孩子……"光子却已经把她推出门了，白水抱住门限不走，哇地就哭了，说道："我不是个好女人，我该去死，可孩子他没有罪呀，你让我把这孩子也弄死吗？"光子说："孩子，孩子在哪儿？"白水眼睛看着自己的腰，光子这才注意到她的肚子微凸，就叫道："这是哪来的孩子，谁的孩子？"白水说："我不知道，我不知道是谁的。"光子一阵恶心，唾了一口，骂道："不要皮脸，你还有脸寻到我这儿来！"浑身打颤，砰地把门就关了。院子里一阵脚步声，接着是咚的一下，光子开门看时，白水瘫坐在地上，无声的眼泪纵横而下。光子也感觉到天地旋转，身子靠着门限软下去，好久好久，气缓过来，说："白水，你走吧，你到二郎庙再去住下，我到时候找你吧。"白水颤悠悠爬起来，慢慢地走了。这一夜，光子在炕上辗转，心里好生难受，他不明白自己这辈子是怎么啦，尽遇些奇奇怪怪的女人。拉毛的事发后，他就不想再找女人，宁愿绝了这宗这门，也准备打一生光棍下去，可偏偏有女人就寻上门来。白水不是好女人，好女人宁肯死去，也不这么窝窝囊囊活着，可白水恨死了那些糟蹋她的人，却对那些恶人带给她的恶种孩子这么死心疼爱。这就是女人吗？光子不是没情没欲的木头石头，可光子怎么能娶了这么一个女人？！他跪倒在拉毛的灵位前，给拉毛发誓，回到炕上，一闭眼却看见那白水挺着大肚子……他心真慌，思想心能掏出来，他就要把心掏出来扔了，撂了，少了这许多煎熬。他连夜去敲二爷的门，二爷是门中长者，听了却拉住光子的手说："光子，全当积福吧，行善吧，女人能三番五次寻到你门下，那也是到了实在没地方的时候，你拾掇了吧。这不同拉毛，拉毛是趁人家大难占便宜，你这是难中救人啊！"光子听了老人言，到二郎庙里去接了白水，去队长家开了证明到公社办结婚证。队长说："哈，找了这女人，老婆娃娃一块儿有了！"光子没有言语，回来接了白水到家，就算是结了婚。土炕上添两个枕头，夜里不再隔门缝撒尿了，买了一个新陶瓦尿盆。

腊月里，白水生下一子，虎头虎脑，光子起名虎娃。虎娃生性拗执，要哭就愣哭，每哄不下，却不大生病，喝米汤能喝一碗，且嘴始终不离，两眼直盯碗面，鼻孔喷出的粗气竟冲得米汤出现两个小窝。光子见儿子可人，日子也过得比先前有味。白水有了丈夫，颜色也上了脸，腮帮丰满，白净光洁，倒比村中同龄妇人嫩面，人皆以为稀罕。光子往往从地里回来，瞧见妇人抱了孩子在院里打转转，一见却嚷："虎娃要骑你的马马哩！"将孩子架在他的脖子上。他也就势在地上爬动，孩子揿他的头，后来热乎乎的东西从脖子上流下来。白水见了，反要说："那又怎么啦，童尿大人喝了还治病哩。"饭菜便端上来，稀稠是现成的，热的。光子知道了女人的好处，也便第一碗献在拉毛的灵牌前。他说："我真后悔作践了他。"

孩子两岁，腊月十四日就过生日，光子积攒了一个冬天，筹款买了六斤肉，五十斤白萝卜，三十斤红萝卜，又将家里二三斗红薯面全舀了，等着那天客来，压了饸饹招待一次。头天晚上，什么都忙活罢了，鸡已叫了头遍，光子迷迷糊糊的，白水突然摇醒了他，说："他大，我做了瞎瞎梦！"光子说："什么梦，倒把你惊醒了？"白水说："我梦见有人到咱家来，把你打死了，把虎娃也打死了，一把火烧了咱家的房子。"光子迷信，当下心里也寒，说："日有所思，夜有所梦，你告我，那来的是什么人？"白水却不说了，含糊其词，末了咬了被头嘤泣。光子说："罢了，为一个梦咱倒这么害怕。人常说梦是反着来的，睡吧。"就又睡下。天明，一家人起来，里里外外扫除卫生，虎娃裹新衣，又用洋红水在眉心点了，客人就来了，立在门前噼噼啪啪放一串鞭炮，就抱了虎娃，说孩子长得好，虽不是光子的血骨，却长得几分厮像，光子只是嘿嘿地笑。后来村中一伙人瞧光子不在场，都来抱了虎娃逗，说："叫爹，叫爹！"气得白水抱了孩子进了屋。客到齐了，全部入席，光子给每一个人盅子里倒酒，后自个端一盅，说："都不要嫌弃，喝啊！"就有一个帮忙的过来说："光子，院门又来一伙人，不认得的。"光子说："只要能来，就让入席坐吧。"帮忙人出去，立时院里进来几个人，横眉冷眼，直叫："谁是光子？"白水正抱了孩子出堂屋，抬头看了，"呀！"的一声急转室内，但四个人已经瞧见，冲进去反手扭住了，推搡到院里。众人大哗。光子上前责问，一个麻脸说："白水是我老婆，走了四年，我到处打听，原来在这里！"光子脸色变了，问白水："这是怎么回事？白水，这是真的？"白水叫道："我不回去，我不回去！"哭声狼嚎一般。麻脸冷笑道："现在你明白了吧？"一巴掌打在白水脸上，骂道："你不回去？你活着是我家的人，死了也得是我家的鬼！"动手就往出拉。光子抱住不放，麻脸说："兄弟，她给你做了两年老婆，你也是到还的时候了吧？眼再不亮，我还要到政府告你，你拐良家妇人！"光子眼前一黑，跌坐在院子里。孩子大声哭娘，光子疯了一般把孩子抱在怀里，叫："白水，白水！虎娃他娘！"白水被人拉到门外，将手中的顶针卸下来，丢给了光子，哭叫着被人拉走了。

光子一病，半个月没有下炕，虎娃被邻居的婶娘养着，日日夜夜哭着要娘。半月后，光子在村里走动，村人不敢相信，他的头发胡子全花白，见人也不说话，靠墙立着，只是手在裤腰里抓。偶尔捏出一个肉肉的东西，也不挤，在空中撂了。整整三年，磨男寡守着虎娃长大，男不男，女不女的，日月过得头份糟心。这年秋天，虎娃在外耍玩，和人打架，被骂是“杂种”，回来哭着一定要娘。光子心里发酸，说：“孩子，你是有娘的，娘在 ××，这村子爹也没法待了，我领你去寻你娘去！”锁了门，往 ×× 一带去，到了洛南，寻着白水家住的地方，那是一片沟地，阴洼里有几孔窑，窑门却锁着，有蜘蛛在上结网。场院里生了蒿草，膝盖深的，人一进去，黑蚊子就扑上身，登时一身红肉疙瘩。光子出来问村人，回答是：白水回来后，痴痴傻傻，终日念叨她的虎娃，不和麻子同床卧枕，麻子用绳绑了她打，第二年春上她就死了。白水一死，麻子也破罐子破摔，迷上赌博，隔三间四地在地窖里要钱，一次犯了事，被公安局抓去，再没回来。光子握着那枚黄铜顶针，扑倒在窑门口呜呜地哭。村人见父子俩可怜，安置了，让暂在一孔破窑里住下。窑已经快塌了，用一根木头在里边支着，如柱子一般，光子找了树枝编了柴门。白日里，领虎娃走东串西，帮人打些杂活混饭，夜里就回来歇身。村人说：“光子，这不是个长久，你说，你还会什么手艺不成？”光子说：“早年学过劁猪骟驴，我多年已不营生了。”村人说：

“这倒好，你置上一套家具，把这手艺捡起来，总比现在饥一顿饱一顿的好，何况大人什么都可以混，这孩子还小，也不能这样下去呀！”光子觉得言之有理，也便重操旧业，赚得一些钱财粮食，竟也想法将虎娃送到村中小学去插班听课。他感激这地方人的厚道，也没脸回老家去，越发为人谨慎，殷勤处事，有了几分人缘，慢慢，此村也承认了他，帮他弄个证明，算作是村中一户了。

当时，此地面正闹腾一件大事，当地政府平反了一件冤案，村子里有好多人，曾被判刑二十年、十五年，如今回来，家家喜庆。逢着喝酒，光子也去了，席间问：“这是什么冤案，竟判你二十年？”平反的人说：“‘卫刘总队’呀！只说此案一辈子不能翻了，真是三十年河东，三十年河西，‘四人帮’却就倒了，刘少奇却是好人，监狱的人就全放了。”光子想起当年拉毛村里的案子，感叹这一桩案子牵涉这么大！也眼看着窗外，院门楼上有人正放鞭炮，下边一伙儿孩子抢着拾，吵得大呼小叫。主人又在让酒，人已经八成醉了，酒淋淋地湿了前心，光子说：“大哥，平反是平反了，这多年的牢也就这么白坐了！”不忍再喝下去。主人说：“哪里就是白坐了！政府还是好啊，每人放出来，十五年以上的补偿六百元，十年以上的补偿四百元，十年以下的也三百元。你想想，就是不坐牢，农民哪儿能拿得出这么多钱？现在有了钱，买了粮，置了衣服，我还准备翻修一下房子，受苦是受苦了，可权当是去挣钱了呢。”光子没有接话，又喝了一盅，苦涩难咽，就告辞回窑里歇下。

三日后，光子出外劁猪，挣得一些钱，便买了一斤肉回来。虎娃不在，出去捡柴火了。窑里就来了一个人，棒槌脸，人中处长就一个黑痣，茸茸长了毛，见了光子笑道：“嗨，日子不错嘛，有肉吃了！”光子说：“多时没见腥了，孩子肚里寡哩。今日你不走，就在这儿吃吧。”那人也坐下来，果然不走，只瞅定光子发笑。光子说：“你笑什么？”那人不语，扳正光子头细细瞧那眉毛，说：“让我看看，你的眉骨白色了没有？”光子就笑：“你还会看麻衣相？”那人说：“是白色了，事情该成了。光子，这顿肉我是该吃了，我给你来做媒的。”光子并不反应，手里忙活。那人说：“吓，我给你说这么大的事，你竟不吭不哈？这女人好多人都在抢了，我闭口不允，专是给你的。”光子说：“我没那个福分，谁嫁了我，也只是要饭的。”那人说：“女人对我说了，她不图高官厚禄，图的是人，说死也不找本地的，你不是正好吗？”说话间，虎娃回来，担一笼柴火，一身泥土汗水。瞧见炒肉，喜欢得就趴在锅沿上。那人说：“虎娃，你要娘不要？”虎娃说：“要的，有娘了我能穿新衣裳。”那人就说：“光子，女寡难磨，男寡更难磨，一家两个光葫芦，被子破了没人补。”光子心便动了，问道：“这是啥女人？”回答是：“人没说的，俏子货哩，要是平常，你光子提百八十的礼也聘不到的，她是坐了牢才出来的，手里还捏有五百元钱哩。”光子叹了一口气，说：“是‘卫刘总队’的？一个女人也判了十五年？”那人说：“受了难，知道的事就多了，光子，这事就说定了，下午我领人来，你和她见见面吧。”当下肉已炒好，三人狼吞虎咽了一场。午后，光子把虎娃支应出去，等着那女人来，心里慌得不行，思想今生还能再娶个女人，犹如在梦里一般。对于女人，光子不是馋嘴猫，那份情火，昔日的冷水已经扑灭了，只是虎娃还小，没人照应，自己若这么下去，人不人，鬼不鬼，也没能力以后让孩子上学，这女人真能嫁过来，就可回商南去住，囫囫囵囵一个家，一生也就对得起虎娃了。思忖不已，听得窑前有了脚步声，心就怦然而动，偏故意坐着不动。媒人在外边叫：“客来了！”光子才迎出去，窑门口站着一个女人，不看则已，一看骇绝，女人也变脸失色，张嘴呼不出一个字来。媒人也呆了，叫道：“你们认识？”光子说：“认得。”便叫那女人：“亮亮，你怎么能在这儿？怎么就坐了牢？”亮亮随之泪如泉涌，径直入窑坐了，说：“人世上不走的路也要走几遭，不见的人也要见几面，光子哥竟也在这儿！拉毛哥呢？”光子说：“死了，我作践了他，上吊死了。”亮亮说：“死了？死了也好。”两人说起往事，都没了激动，心平气和。光子见亮亮身子发胖，胖得极不正常，知道是患了肥胖病，性格也全然变了，若不是那张脸，谁也想不到这就是当年的亮亮。三人说了一些话，媒人便起身走了，说：“既然都是熟人，我在这儿也是多余，你们好好叙叙，明日我来讨你们的准话。”两人坐着到天黑，虎娃也回来，亮亮招之，则热乎而来，似前世有缘，亮亮也全无往昔的羞愧，说了很多这些年的遭遇。先是亮亮在洛南北川，父亲为北川中学教师，母在家务农，亮亮无兄长，一直跟爹住校念书。“卫刘总队”案子发后，爹受到牵连，清查时被人打死。亮亮四处给爹翻案，也被诬陷为“卫刘总队”的人员，就到处寻着抓她，她出逃时在洛河落水，才被拉毛、光子打捞上来。她感激拉毛和光子，却不敢说明自己的身份。那天，她正在熟睡，拉毛拔了门关进来，要和她睡觉，她先是不肯，后觉得有救命之恩，也就迁就了他。被光子发觉后，她羞愧难言，等光子一走，自己也就走了。没想这次事却有了后果，七个月后，生下一个女孩。她抱着孩子逃回老家，母亲经人威逼交出女儿，悲愤上吊死了。也就在当天晚上，来人将她抓走了。孩子当时交给一个陌生人，只说是其父叫拉毛，在洛南 ×× 村，从此身陷囹圄，与外界隔绝。光子听罢，已是泪流满面，后悔那时不该羞辱拉毛，若那时他们做了夫妇，也不至于弄到现在地步。亮亮说：“光子哥，过去的事就不说了。”光子说：“是的，不说了。这些年里，你在牢里也受了苦？”亮亮说：“苦是苦，我只说今生今世就死在牢里了，没想到还能出来。出来了，我亮亮还要办一件大事呀！”光子问道：“什么大事？”

亮亮便从桌上取了烟来抽，直直拿眼睛看光子，说：“难道这牢就这么一坐几年就了了？我爹就那么白白死了？”光子说：“政府不是给你发了钱吗？”亮亮便从腰里取出一沓钱，啪地压在桌上：“是发了钱。可一件冤案，牵涉了二三百人，这是谁制造的？总不能一尽儿推给‘四人帮’？！当年一手搞的那些人，却说当年抓是对的，现在放也是对的，他们照样还在位上。那个姓巩的军宣队现转业了还是个主任，那个公安局长还是局长，这件冤案，他们先是压住不理，后来上边有人提说这事，查下来，才不得已着手办的。从公社到区上，当年设公堂拷打人的，现在依旧原样不动，没想山里人，在这么多年里，也没一个人去上告，放出来的人拿了钱，就喜之不尽！我还是要告的！”光子只听着，脑袋放沉，狠劲吸烟。

这一夜，光子睡不着，看了一夜窑窗窟窿里透进来的月光，听了一夜窑外的蟋蟀声。虎娃爬起来，瞧爹的眼睛光光的，说：“爹，你也没瞌睡？”问话问得奇怪，光子说：“没瞌睡。”虎娃说：“你也想着那个婶婶吗？”光子久久地看着儿子，心里发酸，问道：“婶婶好吗？”应答是：“婶婶好。我好像在哪儿见过。”光子赶紧催他瞌睡：“信嘴胡说，你能在哪儿见过？睡吧，睡吧！”虎娃睡着了，他却直感到命运竟这样捉弄他！他同情亮亮的遭遇，却又害怕同亮亮结婚，当年亮亮和拉毛，是自己侮辱了他们，拉毛才身亡的，如今自己却要同亮亮结婚，虽说过去的事已经过去，但心里总有一个阴影。自己是什么人，农民，最窝囊最不景气的农民，怎么能要一个教师的女儿？亮亮虽然坐过牢，但她已经平反了，她是可以找着比自己更强的人的。他是不敢再见着亮亮，也不能对媒人说明原委，天未明就将虎娃摇醒，收拾了全部家当，拉着走了。虎娃说：“爹，咱这到哪儿去呀？”他说：“这儿不是咱久待的地方，回到老家去吧。”虎娃再问：“那个婶婶也和咱走吗？”光子说：“你没有那个婶婶的！”拉了孩子却去了白水的坟上，父子双双跪下磕头。他们一直往东走，白日吆喝着给人劁猪骟驴，到谁家，也不收费，只求管饭，黑了就睡在谁家。如此半月过后，还未走出洛南县境。一日到县城，父子俩正踅行街头，呼啦啦一群人往东跑。光子不知有了什么事，问时，说是“去看热闹呀！”。光子问：“什么热闹事？”那人说：“有一个女人，天天到县委来告状，书记被她找烦了，再不见她，后来连门房也不让进，她又吵又闹，是个神经病哩。”光子也就不再问下去，到一饭店去吃饭。吃着，虎娃却出去了，再找没有找见，急得光子满头大汗，虎娃回来了，说是他去看那神经病人去的，就附在爹的耳边说：“爹，那神经病人我认得呢！”光子问：“认得是谁？”虎娃说：“就是那个婶婶。”光子脑袋嗡一下，浑身麻木，他万万没想到，亮亮会是这样，一个肥胖症的独身女人这么告状，她住在哪儿，吃在哪儿，一肚子委屈又会向谁诉呢？光子在心里骂自己：“光子，你一辈子干些啥呀，亮亮之所以要找个家，就是有个落脚，好为上告申诉，你却又不言不语走了，这女人已经苦了半辈子，第二天再去找你时，那心里会怎么个想法？”便对虎娃说：“走，领爹去看婶婶！”去时，人已走散，亮亮也无踪影。问门房的姑娘，姑娘说：“神经病，谁知道住在哪儿，天底下还有这号没脸面的女人，才出了狱，寻着又要进狱哩！”旁边有人说：“我知道她住在哪儿。”光子就拱手打问，那人说：“谁也不收留她，她去联合那些坐过狱的人一块儿上告，却被人家笑骂了一场，说她无事找事，不肯让她住，怕再连累。她白日四处找各位领导，夜里就睡在城关七队的看庄稼的庵棚里。”光子道了谢，就一路寻城关七队的庵棚。庵棚没门，里边果然有一床破被子，像是人睡过的，但亮亮没有在。光子流了两股眼泪，对虎娃说：“虎娃，咱让婶婶和咱们一块儿走行不行？”虎娃说：“行的。”光子又说：“你以后愿意叫她是娘吗？”虎娃说：“我娘已经死了。”光子说：“你亲娘死了，她就给你做后娘，你叫不叫她？”虎娃说：“叫的。”父子俩默默坐了一会儿，光子就让虎娃在这儿等着，他去买了几个饼子。赶回来，虎娃已经在亮亮的怀里睡着了，光子叫声“亮亮”，两人相抱，悲痛欲绝。

光子父子从洛南往回走，同行的从此有了亮亮。他们没有结婚手续，但光子做丈夫，亮亮也做了妻子；虎娃跑前跑后，叫一声“爹”，就要叫一声“娘”。一家三口沿途一边儿做手艺，一边儿混嘴赶路，早起晚归，历尽辛苦。光子说：“亮亮，这状是告不倒的，那些人当年制的冤案，现在寻他们告，这不是自讨苦吃吗？咱们回去，将家安顿了，我陪你，咱往上边告，省上告不赢，往中央告！”亮亮说：“有了你，我心里也踏实。一个女人，遇着大事，心里也是没个主见，我为了告他们，是没个主心骨，没个知我疼我的，天黑睡在那庵棚里，半夜半夜地流泪。你娶了我，你不嫌弃我不安分吗？”光子说：“这么大的冤案，我怎能不让你上告？他们作践你是神经病，我看你是比男人家还强哩！我是穷光蛋的人，那天虽偷偷走了，我是嫌我配不上你，没想你……”亮亮也流了泪，说：“日月把我折磨得也男不男、女不女的，一个女人家，谁没有自尊心？可我不那样做，我这心不死啊！咱们穷是穷，总算是一家人了，我相信这案子能翻，恶人会得到惩罚的，到那时，咱的日子是会像人一样过的。”

到了商南，村人皆惊奇，说是光子出去一趟，竟发了，领回来一个老婆。亮亮在村里，劳动不行，又会吃烟，动不动又发大火，又爱认个死理，村里人就又议论她不像个女人。后来知道她是才出狱的，又四处告状，就拿冷眼看她。光子出外，村人就说：“光子，什么人不可找，偏找这号女人，她坐过牢狱，什么也不怕了，能好好跟你过日子？”光子只是不反驳，回来也不对亮亮提说。买了许多纸，夫妇两人在家写状子，光子文化浅，不会写，夜夜就守着灯看着亮亮写，自已拿了鞋耙打草鞋。稻草拉动索索地响，亮亮写不下去，他就笑一声，独自拿了到院子去打。半夜了，亮亮说："你歇着吧。"光子坐炕上，亮亮将写好的状子念给他听，某一处说得太重，他说："话不能这么说，当官的也是人，咱不能一笼统说怎么坏，要告咱就具体告县上那几个制造冤案的人，上边必然会下来调查，一调查了咱再说。"亮亮连连点头。可是，状子接二连三寄到省上，却泥牛入海，没有消息。亮亮又去洛南询问。那做头儿的说："你问状子吗？状子在我这儿。你就是告到天上玉皇大帝，还是批下来让我们处理的。"亮亮回来只气得呜呜哭。光子见女人恸哭，心也软了，好劝说歹劝说，亮亮只是哭得厉害。光子说："你是刚强人，怎么一下子软成这样？"亮亮说："我也不知道，以前遇到什么样的事，我都从未哭过，自从嫁了你，不知道这眼泪就这么多了。你说，现在咱怎么办呀？"光子说："省上告不成，咱往中央递状子。"夫妇就上书北京，每隔十天寄一封出去。亮亮已经在村里住过五个月，苦苦焦焦的，身子不但没有瘦，反倒越发肥胖。渐渐天气转凉，到了冬日。一日，窗外雪雨潺潺而下，光子和亮亮拥坐在火炕，光子忽问："你没有什么感觉吗？"亮亮脸色泛红，摇头不语，后来说："光子，你也是这把年岁的人，我知道你盼有个儿女，这么长时间没个身子，我害怕是这病的原因呢。”一脸羞愧。光子就安慰道：“不会的，你是会有个儿女的，你爹娘死得惨，你上无兄，下无弟，我并不是一定要你给我生个儿女，我想你们这一宗门也不至于从此就没了后代。”话这么说着，又过了数月，亮亮还是没有任何迹象。到了七月十五，瓜果成熟，晚上亮亮上炕去睡，觉得有硬硬的东西，揭了被看时，竟是一个大北瓜。问光子是怎么回事？光子只是含笑不语，问得紧了，说：“是给你偷娃呢。”原来此地风俗，不孕妇女到了七月，村里好心人就从地里偷了瓜果悄悄塞在其妇被窝，这样可祈望怀孕。光子前几天就让村里人给亮亮偷一次“娃”。村人嘴上答应，实际并不肯干。光子就自己从自留地摘了北瓜，塞在自己炕上。亮亮听了原委，先是嗤嗤笑，后来抱着北瓜则嘤嘤抽泣，说她全是这病得的，以前和拉毛，不该生育时倒生了一个女儿，如今成心要生了，却生育不下。光子就说；“拉毛留下的那孩子现在不知道活在世上不？可怜这孩子命苦。”自此亮亮更待虎娃好，家里好吃好喝的全让他吃。虎娃也乖巧，将“娘”叫得很甜。

又是一春，告状依旧没有消息。亮亮说：“与其咱们这么在家死等，不如让我亲自去跑一趟，到北京去！”光子说：“你这是疯了，你知道北京在什么地方？”亮亮说：“鼻子下有嘴，我可以问着去，到了北京，就寻那天安门，北京人还能不知道状在哪里告吗？”光子说：“那要多远的地方，我跟你一块儿去吧！”亮亮说：“我怕这连累了你，这次告不赢，或许我还会坐牢的。你还是在家吧。”夫妇两人就四处筹钱。光子为人家劁猪骟驴，几个月里家里不见油水，如此省吃俭用，积攒了百十元。百十元哪儿够盘缠，后来他就上山去砍荆芭卖，他心重，别人一次背百十斤，他背二百，分两次，一百背下山了，再上山背另一百，然后一路反复倒转，天黑严了才能回来。亮亮身子笨拙，行动迟缓，就和虎娃找着公路养路段，为人家砸铺路石。用竹子编一个圆圈，套了石头，举锤子砸。母子天不明就坐大路边，直砸得满天星月方回。村人皆议论：这一家浪子回头了，像个过日子的人家了。再见着光子，便说：“你们夫妇若早早这样，日子早也富了！”光子说：“我们在攒钱，有了钱再去北京告状呀！”村人说：“还要告状？再要告，就会家破人亡的。人是要安分，农民嘛，还想怎么的？亮亮得了五百元还不足数吗？”光子说：“这你不懂。”村人说：“不懂，我不懂？我看你娶了那女人图了啥，一不能生娃，二不能劳动，就是陪她告状？”越发认为光子是傻子。

阴历七月，虎娃六岁，夫妇双双送去上学。这孩子极尽聪慧，四岁上就开始认字，认得百位以下数目，五岁上有亮亮教授，能背得十首唐诗绝句。到校后自然比别的孩子学业长进，老师也以为奇。八月里，夫妇清点了积蓄，要上北京去，亮亮却病了，光子说：“你这身子，我怎忍心让你一人出门？不如我去。”

亮亮说："这不行的，事情原原本本全装在我肚里，你又是没嘴葫芦，我才不放心你哩。"两个作难半日，最后决定一块儿上路，只是虎娃年幼，带上不方便，又要误了课业。迟疑不决，说知给了老师，老师并不知这段冤情，当下也流了眼泪，说："若不嫌弃，虎娃我管他几个月吧。"又掏出三十元钱给亮亮。亮亮推托不过，跪下竟磕了头，发誓道："老师，这恩情怎么报你！三十元我收了，权当借你的。日后我会加倍偿还的。"两人背了一卷铺盖，又烙了石子饼带上，一路不敢住大旅社、下馆子，讨水泡了石子饼充饥。石子饼是乡里特产，将面团揉到醒透，擀出薄纸一般，放洗净的石子在锅烧热，面饼摊上，再覆一层热石子所做。如此有车扒车，无车步行，走了半月，到了郑州，亮亮已经精疲力竭，坐在火车候车室里不能动弹了。其时天还热，候车的人多极，光子说："我打问了，咱如今方走了一半路程，你就病成这样，什么时候才能赶到北京？还是买了票，坐火车走吧。"一问，车票每人十几元，亮亮就心疼，说："咱不是到北京事就完了，听人说如今上告的人多，全都到北京来，要在国务院门口坐了长队等候，十天八天或许不行，一月两月也说不定。咱们到了那时，没了钱吃什么，花什么？"急得光子挠头抓耳，苦无良策，买了两杯水就石子饼来吃。亮亮说："这鬼地方，什么都是要钱，咱老家水用井盛着，这儿一口水也值得花钱来喝。"候车室人都带有干粮，却差不多全坏了，瞧见光子他们吃石子饼，顿觉稀罕，问是几时烙的，亮亮说：“二十天前。”众人愕然。亮亮就让他们品尝，尝者莫不叫好，就有人掏钱来买。连光子也未想到，十三张石子饼竟卖得二十三元，两人喜不自禁，便买了车票，一天赶到北京。没人处，亮亮哈哈大笑：“石子饼救了咱们，往日都说城里人捉弄乡下人，倒是咱乡下人捉弄了城里人！咱也尽量不吃这饼了，说不定以后还能卖个好价钱的。”

在京城，他们沿着路两边屋檐下走，眼睛东瞅西看，脚步抬得老高。四处打听告状地方，有人就指点，告状有好多个，全国各地上访的都是在国务院的门口，在 ×× 大街那儿。光子就拉着亮亮去找 ×× 大街，问了几个人皆不知道，却要说：“又是告状的，如今告状的人这么多！”后问着一个人，听口音是北京的，亮亮上前问道：“同志，你们北京 ×× 大街怎么个去法？”那人说话极快，言语尽是在舌尖上绕，说怎么过了前边的大街，怎么往右拐进一条街，再向左进一条街。后来总算找到了告状的地方，那里确实挤了好多人，全是外地的，许多装扮是农民。光子也觉得不自在，上去和农民拉话，一拉开，都是告了几年状，皆告不赢的。那人说：“现在要告状，就要到邓大人那里告。”光子问：“什么邓大人？”那人说：“就是邓小平呀！”可是告状人多，每天接待的时间有限，光子和亮亮从早到晚，每次都轮不到，两个人也不敢走散，一块儿出去找吃素面，夜里在街道什么拐角靠墙睡一会儿，天亮又赶去，人又是一长队。亮亮说：“咱这样跑，到哪年哪月才能接待上？还是一个在这儿排队，一个去吃饭，轮流着来吧。”亮亮就担心光子出去，寻不回来，千叮咛，万叮咛。但光子还是走失了，他走了许多大街，急得满头大汗，在地上吐下一口痰。才转身，便被人拉住，他吓了一跳，赶忙用手按住腰间那硬硬的一套东西，问：“怎么啦？”那人凶了脸说：“罚款五角！”光子大惑：“我走得好好的，不偷不抢，罚我什么钱？”那人说：“随地吐痰！”光子更不解了：“吐痰怎么啦，不吐出来，憋在口里？”立即围观一群人，则一起指责光子，光子心慌了，说一句：“北京城才怪了，痰也不准吐！”手只好在腰里掏，掏了半天，掏不出钱来。那人逼得越紧，他越掏不出，就哭丧了脸说：“同志，你跟我到背人处掏吧，这里人多眼杂，保险没贼吗？我是来上告的，农民一个钱不容易啊！”那人就引他到一边儿去，他方解了裤带，在裤裆之间掏出一笔钱，抽一张一元的让找。那人倒不耐烦了，说：“没找的，你耽误这么长时间，罚一元吧。”光子急了，拉住不行，那人面如凶煞，呵斥一通，竟扬长而去，光子气得满口白沫，没个办法，就骂道：“这不是明着抢人吗，唾一口罚五角，凭什么收我一元？”气上来，又吐了一口，眼泪婆娑地走了。到了 ×× 街，亮亮好生埋怨一顿，他也没敢说罚款一事，只恨自己认不得路。从此两人再不拆伴，一天一夜未敢吃饭，在那里守着。这一日终于受到接待，问明了情况，人家又让到 ×× 街 ×× 部门去找，两人又跑了一天，拿了一份证明，又要叫到 ×× 街 ×× 部门去办理，结果又是一天。那部门就收了状子，答应处理，亮亮说：“什么时候有下落？”回答：“你们回去吧，会批转下去的。”亮亮就说：“批下去，还是一层一层往下批，那又不是肉包子打狗吗？”眼泪就流下来，千声万声诉其冤情。部门的人就说：“那好吧，你们等着，过几日来问结果，给你们个具体答复。”两人谢天谢地，出来，光子说：“人家那是什么地方，你怎么又是鼻涕又是眼泪的！”亮亮说：“就要这样，要越可怜越引起同情，要不，告状人这么多，能轮到咱？”这么三日后又去，未有结果；又三日，还是无消息；一连又是半月，两人钱花得差不多了，蔫得霜打一般。光子就又坐街头卖起石子饼来，一人买起，众人都买，一时竟有了声名，传说这石子饼的好处，落得了一笔钱。亮亮说：“北京人怎么爱吃这东西，若是以后案子彻底平了，要做生意，咱也到北京来做吧。”第二十天里，有了答复，他们得到一张批文，同时说明，另一个批件已经批转下去，保证会得到解决的，让回去直接找省上 ×× 领导。两人连夜搭车赶回，又到省城待了七天，便返回商南老家。

一个月后，“卫刘总队”一案进行全面调查落实，亮亮被叫回到了原籍洛南。很快，那些当年制造冤案的人受到了党纪国法的制裁，亮亮父亲彻底得到了平反，亮亮转入居民户口，接替其父的职业。消息传出，轰动了商州地面，那些冤案涉及的二百余人，那些受害的人的成百成千的家属、亲戚，莫不震惊，同时脸上无光，视亮亮是一位英雄了。亮亮从商南还未回到洛南，村里人已经见天到光子家里，齐声夸说亮亮好，说光子憨人憨福，竟能找了一个吃公家粮的老婆。甚至虎娃在外也常被人抚摸了头，评论这孩子长相就不是个当农民的，喊他“城里人”。背过身去，却拍了腔说：“亮亮好是好。但不一定以后就还是光子的老婆，天下的事是有男的在外工作，女的在家务农的，却未听过有女的在外工作，男的在家务农，阴阳颠倒。”光子听见，只当耳边风。亮亮一回来，他却就筹备几桌酒菜，在家招待乡里邻居。亮亮说：“花这么多为甚，这些人都是阴阳脸，咱往日恓惶时，个个如乌眼鸡一般，如今案翻过来了，都好得如同几世的亲戚！”光子说：“世事就是如此，事到如今，他们能来，咱也高兴。何必招惹了他们呢？”酒席间，皆喝得颠三倒四，闹腾了多半夜才走。

客人散后，屋里一片狼藉，夫妇两人累得精疲力竭，坐着说话，恍惚如隔世。虎娃说：“娘，你是要做老师吗？”亮亮说：“娘是要做老师。”虎娃说：“那你就要走了吗？”亮亮吃了一惊，忙问：“你怎么知道？”虎娃说：“村里人说的，说你一走，我又没娘了。娘，你要走，你领我去，你要不要我呢？”亮亮一把揽过虎娃，痴呆呆看着光子。光子也在灯下愣了，忙说：“虎娃！”却说不下去。亮亮便走近去，说：“光子，村里人怎么能这样对孩子说话？我亮亮不是没心肝的人，没有你，哪会有我一个女人的今日！你可不要有这份心思，我亮亮今生今世是你的老婆！”光子一脸尴尬，却笑了：“孩子说话，你也往心上去呀！”三天里，夫妇恩恩爱爱，如漆似胶。四天里，光子送亮亮去洛南，他们没有走公路，斜插了走山路，亮亮背了铺盖卷，一把雨伞，光子挑了一个担，箩筐一头坐着虎娃，一头放着吃食用品，鸡鸣牛儿岭，踏霜到了七道川，一路快走，到了洛南某学校报到。在校待过五天，光子说要回去，虎娃却留下不走，亮亮说：“你也不走吧，多住些日子回去，你我夫妇好容易有了今天，好好在这儿过过轻省日子。”光子就住下来。学校老师都来看过，看过了皆说光子身体好。夜里光子就对亮亮说：“我来这里，也给你丢了人了！”亮亮说：“丢什么人，你正正气气在这里住着，只要我不嫌弃你，世上就不会嫌弃你！”从此，光子白日吃罢饭，亮亮去上课，虎娃也去上课，他就在学校外游逛，游腻了，待在房里闷坐。不到半月，倒闷出病来，只感头痛，以为是头发长，到镇上剃了头，但头还是沉重，终于说：“亮亮，我活该是土命，享不了这轻省福的，你还是让我回去，过上一段时间，我再来看你母子。”亮亮留不住，只得放行，相送十里路，招了招手看着他去了。

光子回到村里，房子却被邻居占了。邻居的父子分家，老子撵儿子出来，以为光子不回来了，就私自扭了锁，住了进去。当下见了光子叫苦不迭:“只说你攀了高枝,你怎么又回来了？”光子说：“我能识几个字，我留在那儿干什么呀？”还是把家三间房一隔两半，间半让那邻居住了，间半自个住。转眼过了五年，夫妇俩从不通信，麦秋二料农活毕了，光子就去洛南一次两次，寒暑二假，亮亮和虎娃回来探亲。日子过得万般滋润，村中人人企羡。又是一个秋季，虎娃升到中学，消息传回来，光子动身就要去。院子里一树梨结得比往年都繁。光子就天天看着那梨成熟，好带了果子去看望那母子。到了新梨摘下，突然收到一信，说是亮亮病危，催他速去。光子吓得失了魂魄，披星戴月赶去，亮亮却前一天夜里闭了眼。亮亮心神憔悴，又患着肥胖病，到校以后心松下来，身子一下子也就垮了。一个晚上,虎娃已经睡着了,她还伏在案上批改作业,天明虎娃醒来,以为娘是伏在桌上睡着，叫声“娘,你一夜没睡？”，娘未应声。过来看时，她已经死了。光子默默地为亮亮洗擦了身子，换了新衣，买棺材盛了，一下下在板盖上钉钉子，声响沉重，师生们全哭了。光子没有哭，也没有流泪，雇人运回村里埋了。人们都在奇怪，光子为什么没有哭，即就是夫妇生活很短，亮亮没为他生养一男半女，可一夜夫妻百日恩啊，他竟不为她哭一声？！虎娃也在怨爹、恨爹，光子让他转学回到老家来，他不，他不愿意这个没良心的爹，他要继续在娘的学校上学，睡到了学生宿舍，在集体灶上搭伙。光子月月将钱和粮票兑去。

从此，光子再没有走出过商南，他极少说话，只字不提亮亮的事。多少人问他为什么那样心硬，皆闭口不言。精心侍弄着田地，有空就出外劁猪骟驴，但全不少收别人的分文。每月初一，准时到邮局去，给虎娃寄钱，却绝不写一个字的信，而且每月十九元八角，连邮费两角，整整二十元，一分不多，一分不少。虎娃也从不来信，初中毕业后，考到洛南县高中。光子一天老出一天了，差不多头发和胡子都灰白了，再没了气力出外劁猪骟驴，将分到的一份土地，一半种了粮食，一半种了西红柿。这一年西红柿长得茂旺，结果累累。光子就每晚坐在棚里看守。一日黄昏，夕阳西下，西红柿架丛中雾色苍茫。光子默默地吸着烟，眼光已经发花了，却呆呆地看着天边。天边的浮云，七彩流溢，忽聚忽散，幻变无穷，末了，就全然乌黑。忽闻有窸窣细响，以为飞虫扇翼，一回头，却隐约觉得一个人影钻进架丛去。光子欠了欠身，正待叫喊，那人影趴在架丛下往前爬，用尽了努力。原来是个小儿。他便收起身子，重新端坐，默默地平静地吃他的烟。小儿已经摘了三个西红柿，又爬出去，一溜烟没在庄稼地里不见了。自此，三天五天，小儿便又来，来了便从地垄趴着爬来，在架丛上摘三个四个西红柿，再悄悄趴着爬出。后来察看地垄，那里已被四肢和肚皮磨出了许多道痕，连草都压平了，他不忍心小儿这样艰难，就拣最大最红的西红柿放在地头。但是，三天过去，五天过去，小儿却再没过来。光子每天黄昏在庵边静候，心里倒觉得那么空，那么慌，一直坐到星月满空，远处有了鸡鸣声，方一边看着地边一边回到庵里去睡，又一直支着耳朵听动静。万籁俱静，他听到的是虫鸣。终于，他走出地来，提了一篮西红柿到镇上，想寻找到那个小儿，却再未寻到。又一日寻无踪影，闷闷在一家酒馆坐喝，喝至八成，头重脚轻，一抬头，忽地看见一个人匆匆从店门外走过，那身影极像一个人，候了半天，便叫："这不是当年落水时的亮亮吗？"就惊慌出来，那人的走势又完全是拉毛的样子，再揉揉眼，那人却再没有。顺街追了一段，依旧未见，就痴痴地立了一会儿，笑一声，摇摇头踉跄归去。夜里，却似醒非醒，是梦非梦，觉得那是一个姑娘，是亮亮和拉毛的女儿，她已经长大了，养母告诉了她的生父是拉毛，是住在洛南的。她去洛南找爹，村人说早年去过商南他那儿，再没回来。姑娘就赶到这边来找他了。天明起来，便认定这是真的，说："这姑娘比虎娃大一二岁，大是大些，'媳妇姐'也是有的，白水不是就比我大吗？"一连半月，西红柿便没看守，四处打听姑娘，但四乡八村皆说未见。

黑氏

一

黑氏的年龄比丈夫大，黑氏把什么都干了，喂猪、揽羊、上青崖头上砍柴火。一到晚上，小男人就缠她。男人是个小猴猴，看了许多书，学着许多新方法来折磨。她又气又恨，一肚子可以把他弹下炕去。“你是我的地！”小男人却说，他愿意怎么犁都可以。夜黑漆漆的，点点星辰，寒冷从窗棂里透进来。小男人压迫着她，口里却叫着别人的名字，黑氏知道那是些村里鲜嫩的女子，泪水潸然满面。等丈夫滚在一边大病一场地睡着去了，她哽咽出声，嗟啜不已。

这边厢房一动静，那边厢房就发恨声，公公骂道：“长声短叹地发什么贱气！好吃好喝得肚子鼓胀睡不着吗？”公公的脾气越来越暴躁，黑氏就不敢再出声，听得还在骂了一句：“在娘家吃什么了，穿什么了，跌到福窝里了还不顺心？！”噼里啪啦拨算盘。公公是镇上的信贷员，算盘上的功夫深，双手打得“狮子滚绣球”。这两年日胜一日富起来，家人就给她难看脸色，恶色败气，批点她的面粗，手脚肥胖，丑。黑氏是知足人，深山的娘家穷，茶饭是比以前好。哥哥的脸色黄蜡蜡的，十天半月来镇上赶集，拿些山货到这家，吃一顿饭就走了，总说：“我妹子有福！”她心里苦苦的。好哥哥，吃得好了就有福？这话却倒不到人面前去，只是越发伏低伏小。私下里盼着养个儿来，有个贴己，送子娘娘却偏不光顾。如此睁着大的眼睛在黑暗里思想，窗外就没了星星，淅淅沥沥落起雨来，倒熬煎这雨一下，坡上的红苕蔓子就要沿蔓生根，得去再一次翻锄了。

这当儿，院门很响地被人拍了一下，接着是门环“哐哐哐”三声摇动。那边厢房的公公立即应声：“来了，来了！”趿了鞋出去开门。是一个男人的声音，压声问：“又和谁喝酒？”公公说：“没外人，专等着你呢。”两个人就骂了一阵天雨，进屋到那边厢房了，叽叽咕咕，鬼念经般说话。婆婆已经起来了，拿那杆竹管烟袋敲打她的厢房门框，叫：“黑，起来！你爹和客人要喝酒，你下厨炒几个菜去。你装什么呀，睡得这么深沉！”

家里时常来人，黑氏已经习惯了，她不解的是客人常要半夜里来，有时扛来好多东西，用木箱和麻袋装着，公公不让任何人动，她也就装个猫儿狗儿，不言语。厨房里炒得一盘鸡蛋，一碟变蛋，一碟臭豆腐，一碗熏肉。一箕盘端了进公公房里，瞧见客人是个极风流的人，正将桌上一沓钱推给公公说：“这些是你的，怎么样？只要……”公公用脚在桌下踏了客人的脚，抹下头上的帽子，随便一放，钱票盖住了。黑氏乖觉，全装混沌，怯怯地看着客人说：“黑漆半夜的，没好菜的。”客人便大胆地看她，看得生怪，黑氏慌得用手抚扣子，害怕扣子扣错了，惹人耻笑。

公公便说：“睡去吧，你还待在这里干啥？”

黑氏放赦一般回来，坐在炕上了，小男人已经转醒，悄声问：“谁来了，是马乡长吗？”黑氏说：“马乡长鼻子大，这个人气派呢。”小男人说：“这是东村姓王的，他跑运输发了大财了，有了钱讨了个县城女子，嫩面得能弹出水！”黑氏黯然无语。小男人又说：“他发了财了，敢不到咱家来？爹又落一笔钱了！”黑氏说：“人家跑运输，爹落的什么钱？”小男人说：“爹入股呀！”黑氏一直对这家人疑惑，就再问：“爹哪有钱入股？”小男人黑暗里眼里放光，说：“你以为你嫁给我平凡吗？我爹虽不是什么领导，我爹却是和什么打交道的？你丑人倒有丑福！”黑氏说：“我不稀罕那么多钱，当初嫁你，你也是没钱的光棍！”小男人说：“我知道你害怕我家发财哩，怕你越来越不配我哩！”黑氏咬了嘴唇，听那边厢房公公劝客人酒，喝得已经晕头，有盘子翻跌桌下，发着破裂的声响。小男人说：“怎的不说话？”黑氏说：“我不是为我想，我是为你想的，钱来路不明，多了会瞎人的。”小男人说：“哟，你那么清高，结婚时你娘怎的要我出个棺材钱？隔壁的钱来路明，你跟他过活去？！”

黑氏拉过被子连身子带头裹严睡倒了。

眼睛闭着，心却睡不着，一股黑血在肚里翻腾。恨娘家人穷，不能门当户对，又恨小男人家有了钱，口大气粗……直挨到鸡叫三遍，窸窸窣窣又起来，得给猪熬食了。雨还在落着，院子里水汪汪一片白亮。忽见得隔壁那家院子上空红光一片，甚是吃惊，爬上院墙头的梯子看时，隔壁人家台阶上生着一堆篝火，一个人蹲在旁边，将一条新制的扁担一头支在门限下，一头伸过火上，双手沉沉地往下压。八尺余长的桑木扁担就两头翘，翘得一张弓。黑氏便叫：“木犊，起得早？难得落了雨，也不蒙头睡个懒觉！”

木犊回过头来，倒是吓了一跳，火光映在脸上，红堂堂的像酱了猪血，瞧见是黑氏，笑，嗤嗤啦啦响。

黑氏又说：“一条扁担，还那么伺候？”

木犊说：“不收拾软和，它砍肩哩！”

黑氏说："反正它是压人的，你也要去南山担龙须草吗？"

木犊说："南院秃子，三天一来回，赚得三块多钱的，我比他有力气。"

黑氏说："人家都出去跑大生意，千儿八百地挣哩……"

木犊说："咱没车，就是有车，没恁个本事的。"

黑氏在墙头上长长叹了一口气。黑氏可怜这木犊，家底缺乏，人又笨拙，和一个老爹过活，三十二三了，还娶不下个女人做针线，裤子破了，白线黑线揪疙瘩缭。本要说句"你哪有秃子灵活，担龙须草走山路，瓷脚笨手的可要小心"，话到口边又咽了。待要走下梯子，木犊却叫："黑，给你个热的！"手就在火堆里刨，刨出个黑乎乎的东西，两手那么倒着，大声吸溜，跑过墙根处了，踮脚尖往上递。黑氏看着是颗拳头大的洋芋。

黑氏说："我不吃，还没洗脸哩！"下了一节梯子。下去了，又上来，见木犊又换了一只手，还在努力往上递，黑黑的肚皮露在外边。她伸手接住了，烫得如火炭，掰开，黎明里白花花两半，蹿一股热气，她咬了一口。

木犊问："面不面？"满足得想笑，又嗤啦一下。

黑氏已经走下梯子，头上让雨淋湿了，滴滴答答顺着头发往下流水。

二

到了冬天，木犊担折了两条扁担，肩头上隆了很大的肉包，指甲掐也不觉生痛。家里却并没见有大变样，顾住了油盐酱醋，和爹新做了一身棉衣，光景不宽展也不太寒碜。十一月初六，出了个大红日头，父子俩新做了一条更长的扁担，在火上烤了，用瓷片刮磨，一遍又一遍上了豆油，能照出蓬头和垢脸。中午时分，于院中设了香案，将那扁担两头挂红横放案上，木犊跪倒在尘埃里磕头作揖，敬扁担神。木犊感念扁担使他家有了零用碎钱，他不再去担龙须草了，趁天寒地冷，去更深远的山里担木炭。祀奠之后，老爹将一口袋干粮缚在扁担头上，别六双草鞋在木犊的后腰带，送儿子出门。木犊反身退至院门口，转正身，齐足立于门内，叩齿三十六通，以右手大拇指在地上先画四纵，后画五横，毕，咒曰："四纵五横吾今出行禹王卫道蚩尤避兵盗贼不得起虎狼不侵行远归乡故当吾者死背吾者亡急急如九天玄女律令。"咒毕，再不反顾，大步而去。老爹望儿走远，捡一土块压在四纵五横上，倚在门上，热泪肆涌，遂听得隔壁院子里噼噼啪啪一阵鞭炮轰响。

黑氏一家是要搬迁了。

腊月里，信贷员又入了一股到镇上一家蘑菇厂，天晓得这厂子那么大的本钱，买了许多菌种，盖了许多作坊，培育成功，收入成倍成倍往上翻，他家就得了流水一般的钱路，便也就卖了旧屋，在镇上盖了一院房，一砖到顶，堂皇得似了爷庙。这家暴发,村人皆目瞪口呆,黑氏也惊魂落魄。好多人来帮忙搬家，黑氏把从娘家带来的一块石枕也放到拉车上，小男人将它撂了。

黑氏说：“这是我的枕头。”

小男人说：“到镇上住呀，你还学那野人？”

黑氏说：“我从小枕惯了，不枕，脑壳烧得疼哩！”

小男人骂道：“贱命！”还是把石枕撂了。

黑氏怔怔地立了一会儿，旁边的人都看她，她没有顶撞丈夫，也不哭，后来抱了石枕，油污污的，过来给了木犊爹。

她说：“伯，我们要走了，这块石枕给你留下，它是天星落下来的，我爷枕了一辈子，我爹枕，出嫁时娘陪给我。它好生凉，枕上从不害眼哩。”

从此黑氏住在镇上，她更忙累了，要做了家里老少吃的喝的，鸡、猪、狗、猫她要经管，地里的活也全是她，且公婆讲究起体面，日日强调屋里院外一星灰尘不要，一根麦秸不留，她睡得比以前更少了。小男人老嫌她多吃，要求不能再胖，人一瘦脸更黑，又骂她是黑豆皮。年终家里买给她一双鞋，人造革的，皮货，逢集便要她穿，黑氏脚肥，塞进去疼得难受，从集上回来，鞋脱到一边去就噙着眼泪哭。她知道小男人不是疼她，是嫌她丑，但娘生她丑样，也不是一双皮鞋能改变的！小男人就打她，用刀子吓唬她。打她打得太过分了，她一下子发了凶，反身一抱，小男人就脚手并作地端在怀里，丢粪筐一样丢在炕上。她说：“我是让你试试我的力气哩！”

这消息被外人得知，全都耻笑，黑氏在地里干活了，有人就问：“黑，又教训你男人了吗？”黑氏缄口不答。那人就又问：“黑，你怎的不穿皮鞋了？你们家那么富，你怎不向你公公要一个手表戴戴！”

这话说得多了，黑氏也嘀咕：怎的这家这般有钱，村里镇上做生意的人家多，也不见钱这么来得容易？夜里小男人回来，她问根底，小男人说：“这话我也听得多了，人都在发忌恨哩！外边再有人问你，你就说：政策允许哩，怎么着？！”

黑氏越发奇怪的，夜里总有客来，和公公在卧房里说话，她一进去，那话就住了。白日里，却总是请乡上的干部来吃酒，乡长一次吃醉了，指着公公鼻子说：“你他娘的，活得倒比我乡长强，管一个信用社，什么都有了！我可告诉你呀，有人联名写信说你在贷款上有手脚！”公公登时脸面煞白，忙扶乡长睡在他的炕上，供喝茶喝醋，结果吐得满炕皆是。不久，突然镇上有了风声，说是公公提出赞助办学，要拿出三万元扩建镇上小学。黑氏着实惊骇，公公能拿出这么多钱！这些钱平日放在哪里？家底拢共有多少？又不久，县上就来了人，召集了镇村大会，公公站在会台上，披红戴花，满面红光。从此，一面红底黄字的大锦旗就挂在了中堂，院门敞开，过路人老远便瞧见一片红堂堂。再不久，学校崭然一新，公公做了名誉校长，小男人破例做了教师，教授体育，日日率领学生打篮球，快活得如做了神仙。

黑氏不明白公公那么吝啬的人竟又那么大方，黑氏现在是明白了。小男人夜里折磨她，说她现在不是农民的婆娘了，是公家干部的夫人。黑氏不知道干部的好处，她受的是更粗野的罪，不许点灯，他叫她是镇上最俏的一个女子的名字，要求叫一声，让她应一声。她气愤不过："她是她，我是我，你有本事寻她去！"

此话不幸言中，丈夫果然夜里不回来了。一日不回，两日不回，黑氏到学校去，丈夫的房里有一个女人。女人是镇上最俏的，小男人说，我们在谈学习哩。黑氏心下想：或许真是学习，那咱就无趣了。临走说："你几夜不回了，这房子潮，晚上得买些炭烘烘。"

小男人一月两月不来缠她，她轻省了许多，夜里能睡囫囵觉，后来却感到了空落。小男人不是省油的灯，身子一日不济一日消瘦，她心上又犯了疑，去学校看时，人家又在学习哩，她没证没据的，闷闷地又转回来。

学校里有一个校工，是很远的西川人，给教师白日做一顿饭，夜里教师全回家了（这学校教师都是民办教师），他看守门户。黑暗里拿凳子坐在门口，一边明灭抽烟，一边放最大音量听一台收音机。黑氏到学校去，与这校工认识了，知道他叫来顺，眉心有一颗痣，人长得又老实又乖觉，却穷得可怜，脚上老是一双黄胶鞋，走动咕咕响，像是灌了水。

黑氏一来，来顺就叫，同时将屁股下的小矮凳让出来，让她听收音机里的女人唱。

黑氏说："来顺，你那么会过日子，挣国家的钱，脚上老穿那黄胶鞋，你不嫌烧吗？"

来顺就把脚收了，老实得如一只猫，说："我何不想穿得体面？月挣二十八块钱，我爷八十了，老得糊糊涂涂，我娘又是病身子，三个妹妹都在上学……我能像你男人那么有福？"

黑氏说："你还有个爷？"下边话没有说出，意思是：上头三个老人，光三副棺材就够半辈还不清账了！就又问："来顺，你女人身体还好？"

来顺说："我哪儿有女人？前年订了一个，人家又退了，跟了个万元户的跛子儿子，我一气才到这里干了校工。"

黑氏为他叹了一口气。

三天后，黑氏从箱底取出一双布鞋来，拿给来顺穿。来顺以为是趣话，夸了一通针脚好，却是不敢收。黑氏说："来顺你好争气！嫌这料面不是灯芯绒吗？这可是新的，做给我那一口人，他穿了一天又去穿皮鞋了。你试试，合脚不？"来顺端盆水洗了脚，脚又长又厚，穿进去好夹。黑氏笑了一回，说用剪子铰开一点鞋口，将就穿几日是几日吧。来顺口里应着，却并未去铰，干完活了，就穿了新鞋，扭秧歌似的走。

小男人知道黑氏给了来顺鞋，并不恼，说："来顺薄命，三十多了还是个童身子。"黑氏说："没婆娘了想婆娘，有婆娘了一月两月不回来！"小男人说："你给他送鞋，你也给他个稀罕东西去！"黑氏说："放你娘的屁！"塞给他个冷枕头。小男人却认真说："我说的是真话，咱谁也不管谁。"黑氏问："你这啥意思，让我给你放缰绳吗？我问你，你在学校玩着打球，和那些女的有多少习要学？"两人捣起嘴来，小男人就动了手，他力气不行，手脚却利索，一拳戳在黑氏肚上，自个儿翻身却往学校睡去了。公公婆婆又一顿臭骂，气得黑氏一夜未合眼，天明起来眼圈都乌黑。她有心去学校闹一场，一到校门口，心却软了：小男人这不好那不好，毕竟现在是教师了，闹开来也太丢人。来顺见是她，热情招呼，问她眼圈怎的黑了，她泪水婆娑，拉来顺到没人处，说："来顺，你是实诚人，你不要哄我，我那口子在这里可本分？"来顺吓了一跳，半天没有做声，黑氏问得紧了，说："这我不知道啊，这事要捉双，我怎能七说八道？他这等人物，光头整脸的，他还能作孽胡来？"黑氏想了想，也不再问："你黑白在学校，你替我留神他。这事天知地知你知我知，不要对外人提起，人倒笑我没能耐。"来顺点头，看着她走了，发了许多感慨。

一日，吃罢晚饭，黑氏到河里去担水，河沿上蹲着来顺洗衣服。来顺似乎要对她说什么，欲言又止，黑氏狐疑，说：“你有事在瞒我？”来顺越发尴尬，口里含糊不知所云。黑氏就说：“常言道，人只可皮相，不能骨相。你也是这般角色！”来顺就放沉了脑袋，说了小男人如何如何长久同镇上一女人私通，那女的又翻了脸，新近又与乡长的小女子撮在一处，今日夜里，那女子又去学校了，也不避他，先是房里亮着灯，后来灯也灭了，如此云云。黑氏听罢，身子闪了几闪有些不稳。来顺说：“这话我万不该对你说，可不说良心上又过不去……你不要生气，他反正是你的人，那女的她爹就是乡长，她也不能明打明……”黑氏没说一句话，挑了水回去了。

黑氏挑水到村口，一丢担子把水倒了，坐下来呜呜地哭，她料到小男人会走这一步，但真真正正知道这事了，却感到是如此突然，受不了打击！当下只身跑到学校去，来顺还没有回来，校内一片漆黑，她却有些害怕了。这事是天下丑事，冷不丁破门进去，那女的也是没结婚的货，再色胆包天，也是有脸面的，弄不好上吊投河，那也是出性命的祸事！黑氏想，罢了，罢了，只要截散他俩，男的怯胆，女的羞愧，囫囵自己一对夫妻罢了。就立在院子喊小男人的名字，小男人应了声，说他睡了，有事明日说。她说：“爹让我给你说件要紧事，你快起来，我先到茅房去一下！”她是让那女子趁机出门逃去，就故意放重脚步，真的到后院厕所去。

返回来，小男人的房子亮了灯。她进去，被子并没有叠，丈夫坐在床上吸烟，屋里燃着一炷香，香香的。小男人说：“什么事，等不到天明？”口气冷淡。黑氏说：“这地方我来不得吗？你多时不回去，这夫不夫妻不妻的……”小男人便说：“就说这些？说完了回去吧！”黑氏站起来要走，却听见柜子后有些微响动，低头看时，柜下有着一双脚，小小巧巧的。她无声地哼笑一下，又稳稳地坐下，直勾勾看起丈夫说：“我今日就不走了，我要你给我倒一杯水来。”小男人已经发觉她的用意了，脸上有了慌张，倒一杯水放在她面前。黑氏再说：“再倒一杯水。”又一杯倒上了。她平平静静地说：“来吧，喝口水吧，喝口热水不会伤了身子的。”柜子后旋闪出一个女子，粉红内衣，鬓发蓬松，一脸狐妖。黑氏看了，心下也惊叹：这骚货也真艳乍！那女子脸并不红，在床沿坐了，仰眼盯房上顶棚，全无羞愧之色。黑氏倒大惊，有这等厚脸的！气血登时上脸，平静了半日，还是说：“我不打你们，也不骂你们，我是求你们，别使这个家活活拆散，事情闹大了，于我不好，于谁也不会好。去吧，喝了这水去吧。”那女子穿好衣服走出去了，从门口又转回来，带走了桌上的香脂盒。黑氏忽地嘴唇抖动，脸色无血，从凳子上跌下来，不省人事。

之后，小男人并不收敛，依旧同那女子如漆如胶，做出龌龊肮脏之事。黑氏倒后悔那夜自己的宽容，和小男人打闹过几次。小男人仗着爹的财力、乡长的权力，倒越发一意肆行，苦得黑氏常找着来顺哭诉，来顺也陪她掉两颗三颗热烫眼泪。

一日，逢集，天寒地冻，黑氏瑟瑟地在市场买炭。偏巧遇着木犊，木犊身脸乌黑，形如饿鬼，见黑氏却惊道："黑，你病了，瘦得这样？"黑氏想起墙头送洋芋之事，肠肚皆软，不觉欷歔不已。木犊是善心人，当下也吸溜鼻子问道："是不是你那口人欺辱你？村里人都在说……"如此这般问了情况，黑氏就哭得泪人一样，木犊劝了半日才止。

下半晌，木犊寻着来顺，将来顺骂了个狗血淋头，说是不该把事情告诉黑氏！来顺好委屈，说不告诉黑氏，他良心上不得下去。木犊说："那起什么作用，信贷员的儿子是那路坯子，狗忘不了吃屎，你让黑知道了，只能让她人不人鬼不鬼！如今瘦成那个样子，你就良心安妥了？"噎得来顺无言以对。两个男人苦了半天，不知如何解救黑氏，木犊就骂信贷员父子钱瞎了眼也瞎了心，偏偏乡长树他们是好的，这信贷员暗中又给乡长使了多少黑钱！到底来顺脑子快，说："锅底里抽柴火，咱收拾那女子去！那女子没了脸面再到学校，黑的男人就或许会安生！"当夜两个人蒙了脸面，来顺放哨，木犊伏在路边，见那女子往学校去，木犊虎扑上去，擂拳便揪，末了五指在那嫩脸上抓出血道，骂：“你既不要脸，就抓了你这皮！”

乡长的女子被打，只有小男人和这女子明白为何被打，对人却无法说出，只告爹有人夜半拦路行奸。乡长责令乡派出所破案，这女子提供罪犯说话声像木犊，把木犊抓去，木犊供言不讳，却说了原委。派出所没有呈报县公安局，但也未放了他，以乡长旨意罚他十五天拘留。

三

但是，小男人却极快与黑氏离了婚；重结二婚，小男人娶的是乡长的女子。

黑氏离开了暴发户，并不远走高飞，她变得刚强起来，拒不要原夫家的一椽一瓦，回到村里，借居在早先生产队一间牛棚里。娘家的哥闻风赶来，叫一声“妹子！”，泪水涟涟。黑氏说：“你哭啥哩，你妹子做了什么丢人事体？！”哥不哭了，又埋怨妹子逢着好光景不过，落到这步田地，要领她回到娘家去。黑氏说：“我偏不走，我看着这家人能唱什么好戏！”

白日里精心伺候分得的一亩田地，样样都行，不比任何男人差半分。夜里自个烧锅做饭，用一把扫帚磨扫了路边枯草末末，将炕煨得烫热，躺下去，这边身子烙了翻那边，舒服而省心。她先前以为女人离了男人，就是没了树的藤，是断了线的筝，如今看来，女人也是人，活得更旺实！来顺时常到她家里来，帮她劈一抱柴，挑一担水，陪着说说话；她也逢饭了让吃饭，没饭了泡杯茶，天一黄昏，就说："你走吧，寡妇门前是非多哩！"

来顺不在乎这些，来顺照常来。说起信贷员那一家，又入了一家草袋厂的股，盈了许多大钱，俩人就叹一阵世事。末了她突然问："那两个男女过得好吧？"来顺说："有钱使得鬼推磨！那女的肚皮子大了，年内怕要坐月子。"黑氏就痴眼看河对岸的山，她无意于天上的云、远村的烟，来顺不知道她想什么，她也说不清。末了，一个很轻的很淡的笑留在嘴边，打发来顺去了。

村子里却有了议论，说来顺要打这女人的主意。议论先是黑氏不晓，到后碎言断语捕捉了些，心里也扑扑腾腾跳动。早晨对着镜子梳头，镜子里有一张脸，脸黑是黑，却比先前光润得多。她惊奇自己并不老，甚至也并不丑恶，自言自语道："我难道就剩下了不成？"双耳下也染上两点红晕，心里有一种说不出的意味。

当来顺再来，黑氏就留神他的眉里眼里，来顺果然说出许多话来，让她听了耳朵发烧。但每当这个时候，黑氏就想起一个人，木犊，顽强地在眼前晃。木犊为了她，被抓去受了十五天拘留，那驼子老爹日日送饭，竟一次绊了石头，罐子破了，稀饭泼了一地，老老的人坐在地上哭，她心里就惨惨的像刀子割！放出木犊那天，她见着木犊了，他胡子很长，脸色寡白，见了她却说："黑，没想我倒害了你，让你守寡了……"可她住到这牛棚里，木犊却再不闪面，他是还觉得对不住她，不来见面，还是天热了，不担炭了，又去深山担了龙须草？黑氏这般一走神，来顺作乖，就嗟叹数声，说："那没良心的东西弃了你，也算他心坏了，眼也瞎了！他说你丑，丑在哪里？这般整齐的人物，你也不愁没个新窝的。"黑氏也便把脸弄成柔和样子，微笑一下，让来顺不必多说。来顺即刻回去，想入非非，自此衣衫破旧，却洗浆干净，脸子白白的，也有心和小男人在学校里说些闲话，笑过几回。

黑氏稍稍充足的精神又消乏了，最害怕的秋雨到来，她坐在炕头上，看门前水滩里明灭雨泡。再往远处，是田埂，是河流，是重重叠叠的山。黑氏文化浅，不懂得作诗之类，但却全然有诗的意味。一种沉重的愁绪袭在心上，压迫着。她记起了在娘家做女儿的秋雨天，记起在小男人家的秋雨天，今日凄凄惨惨可怜的样子，心中悲哀怫郁无处可泄，只在昏昏蒙蒙的暮色下，把头埋在两个手掌上，消磨了又消磨，听雨点嘁嘁嘈嘈急落过后，繁音减缓，屋檐水隔三减四地滴答，痴痴想起做寡以后的事情，记出许多媒人和包括来顺在内的许多男人，觉得都不过一个当时无聊而一过去即难作合的幻梦罢了。

她突然操心河边的那一块地，地是她新拾的，种有萝卜，夜里涨水会否被冲掉呢？雨已经衰竭，风势依然，黑氏察看萝卜无恙，河水并不怎样变化，水闪着镏光活活流着，像是很凶。忽然在极远的地方闪一下火亮，倏忽又灭了，定睛看去，河的对岸有了微微一点红，如狐的眼睛，忽儿不见了，忽儿又出现在下方，同时有了水波声，不久一切消失，响一种咯吱细音到了这边滩上。

黑氏以为是鬼，气全屏住，窥觑黑影走近，才是一个担龙须草的人蹚河过来。那结实的块头，拙笨的步姿，黑氏认出来，叫一声："木犊！"

木犊骇绝，骤然跌在地上，嘴上掉下一个烟蒂，划一道暗红不见了。等分辨出面前是黑氏，黑暗里将裤子穿着好，就笑了，嗤啦声比以往重了许多。

黑氏说："这风雨天，你还过河？水涨会卷你到老河口去！"

木犊说："草收齐了，不连夜回来，那我就困在山里饿死。你一个人不在家，敢到这里来？"

黑氏说："我来看萝卜，担心被水冲了。"

木犊说："你要没菜吃了，到我家去，今年我萝卜好哩，又白又长的，够你吃的！"

黑氏说："我吃你的做啥？！"

这话使木犊沉若深渊，明白面对着一个女人，一个年纪轻轻的寡妇，热情仿佛骤然下沉，半天冒不出水面，略显粗鲁地问：

“黑，你还没个男人？这年头，没有男人怎么过日子！要找了，你就看准准的，嫁一个疼你的！”

黑氏登时觉得鼻子不通，见塞作热，身子只是慵懒，靠在一棵河柳上。

木犊说完，亦无别话，见女人不言传，慌得忐忑不安。俩人皆陷入缄默，各把思想放在这看到的河水、柳树以及对面而立的人物以外的一个地方去了。直待到远方一声野狗的嗥吠，方清醒过来，黑氏说：“回吧。”木犊方觉起肩上担子的沉重，俩人一路无话。

十天后，有媒人找黑氏，说有男人出三百元聘礼娶她，问是哪个，说是来顺。黑氏心里作念：果然是他，他是敢有这份主张的！慌了手脚。媒人说：“人穷是穷，皮相齐整，况且老家不在这里，成亲后他带你离开这里，眼不见那一家人，心里不生气！”黑氏却说：“我不在乎穷，我就是穷家女子。我拿定主意是不走的，我要争口气，比试着那一家人！”媒人倒着了恼，说道：“你也是不掂轻重！那一家人成了乡长的亲家，有钱有势，你能奈何人家？”黑氏说：“我不奈何，政策奈何哩！”媒人说：“你好瓜，落到这地步！政策是什么，政策是烤洋芋。人熟了，洋芋是软的；人生了，洋芋是硬的。”黑氏说：“像你说的，真没世事了？”媒人又说：“依你说是不悦意来顺？你和来顺眉里眼里都有情意，正经提了，却不愿意？”黑氏说：

“这是谁说的，我和来顺有什么瓜葛？”俩人言不投合，媒人走了，几天里再不闪面，黑氏倒窝了一肚子气。

忽一晚，又一媒人来家，提的是木犊，她倒噗地笑了，说：“光棍子都来寻上门了！”媒人说，这全是木犊老爹缠她不放，问及木犊，木犊只说黑氏好，但却不敢配黑氏，夜里本是搡着木犊一块来的，走到半路，抱住一棵树再拉不来了。黑氏听着，又忍不住轻轻笑，笑着笑着，眼里噙一颗大的泪珠。黑氏一落泪，泣不成声，趴在炕上难受去了。媒人以为黑氏动心，说句：“木犊家境你知道，人穷却心正，你也是吃过钱多的亏。模样嘛，虽除了忠厚没别的出色处，但人样光堂了，心里野，吃了五谷想六味……听说来顺出的是三百彩礼，木犊这三百五放在柜上了。”媒人走了，黑氏抓了三百五十元追出来，没追上，回来痴痴坐了半夜。

种罢小麦，黑氏结婚了。木犊把头和下巴剃得铁青，腰里系了一截红绸子，戴了一顶新帽子，在院子里招呼众亲众邻喝酒。他不会喝酒，却陪着来客喝了几盅，头重脚轻，言语放浪。硬逼着来客多吃多喝，不相信别人肚饱，瓮着声说：“再吃呀，三碗能饱吗？我一顿加饭都加两碗哩！”

黑氏坐在炕上，按规矩只能呆坐，听院子里吃声繁响，继之是笑语呐喊，全戏逗木犊。她从窗格往出看，看到那堵墙头，想起以前是院墙那边人，两个人隔墙头递洋芋吃，想不来人是什么动物，一生要闹出什么折腾？目光斜视来客，偏偏没见来顺，忽然心头又重新加上什么颇重的东西，气也屏住，呼吸不匀。木犊进来，说声“头痛”，倒在炕就醉了。驼背老爹后进来，连唤几声，木犊不醒，说道：“这木犊，你要招呼客哩，客还没走，你倒醉了？！”去取了枕头让儿子枕，黑氏看时，枕是石枕，是她当年送的。

入夜，木犊醒来，见黑氏穿了一身新衣，坐在灯下，那衣服把黑氏几年前的青春寻回来，心里万般涌动，叫声：“黑！”却无下语，嗤啦一笑，又嗤啦一笑，欲近来又怯胆，搓手不已，可笑如顽童忸怩。黑氏知道他是童子身，人丑家贫又欠言辞，从没有安排女人的经验，可笑了顿生可怜。她梳理了光生生的头发，心想：今日嫁他，就是他的人……黑氏是过来的，偏也作几分羞色，眼角眉底漾一种风情。木犊噗地便吹灭了灯，像饿虎样扑来。

天明醒来，气象一派更新。黑氏看压在身上的一只胳膊，强健如铁棒，筋络凸起，黄毛丛生。最后落眼到卧房门的桑木扁担上，漆锃锃发亮，就想这根扁担养活了两张口，今添一口，这蛮牛一样的丈夫将会日复一日、年复一年在她的身上，更是在这扁担上耗去精力和生命，鼻子不觉发酸起来。他终于醒了，给她讲好多新的感觉和体验，讲他如何要疼她爱她。他可以一拳打死一条狗，拳头却绝不落到她身上，讲他只守这一个女人，一生就心满意足，决不采路旁的野花。他，木犊，似乎还说到他当光棍时的苦楚，在包谷地里看见一对狗……黑氏就说：“木犊，你昨日怎的不请了来顺来喝酒？”

木犊说：“请了，他说来的，他却没来。”

黑氏说：“他也是个好人，你在他面前不要气盛，几时了，好好待他喝场酒。”

木犊说：“嗯。”

第三天，木犊卖龙须草回来，才路过村前打麦场上，麦秸堆后走出来顺。来顺突然间瘦了许多，眼睛混浊无光，说：“木犊，你好快活！有了婆娘，活成人物了！”木犊就拱手，埋怨那天为何不来。来顺说：“那日没去，今日给喝喜酒吗？”木犊说：“好的，才卖了龙须草，口袋有钱。你等着，我买酒去！”即刻返镇上提了一瓶酒风卷而至，来到家炒了菜喝，来顺说不必，就在这儿干喝。俩人到麦秸堆后握瓶子你一口我一口喝将不止。

木犊是不善喝人，陪了几来回，眼里就出双影，来顺还是自喝又劝喝，自个一口酒一声祝贺，就呜呜哭起来，说：“木犊，你是我的朋友，你可以穿我的衣，不可占我的妻！”木犊吓了一跳，说他并不敢做这六畜不如的勾当。来顺又说：“黑，是你婆娘，也是我婆娘，这女人我比你提亲早，我掏三百元，你掏三百五，你把她娶了！我没钱，我就是缺钱！”木犊知道来顺有心思，喝了酒说酒话，他也是听黑氏说过来顺让人提过亲，拿了三百元的事。当下说："来顺，你这冤枉我，也冤枉了黑，她不嫁你，不是你掏的钱比我少，她也没要我的钱！"来顺愣了半晌，打着酒嗝问："这是真的？"木犊指天发咒。来顺就举着瓶子说："我冤枉她了，我没有再去，我迟了一步。来，咱喝，我喝，你喝！"木犊这时倒觉得很过意不去，有些对不住了来顺，就强撑着再喝，不久天旋地转，身软如泥。当时有一孩子在旁边看到，急去报告驼子老爹。老爹赶来时，木犊已醉得不省人事，来顺还在给他灌酒。当下夺了酒瓶，摔个粉碎，骂道："来顺，你好没德行，你要不下女人，恨我儿子！你知道木犊人瞎，心里没道数，你是要用酒央死他吗？"来顺也醉了八成，忙道没那歹心。驼子老爹气上来扇他一个耳光，背木犊回家去，骂不绝口。

四

无端风波，来顺落得一片骂名，多久也不敢到黑氏家来。

黑氏倒时时悬念于他，认为来顺不至于那么心坏，说知给木犊，木犊却讷讷说不清个是非。驼子老爹却猫头鹰一般，老远一见来顺就骂，在家里也当着儿子和儿媳骂，骂毕了就说一通"咱家穷，家穷风正，哪个野猫子也不能欺负了这门户"之话，木犊省不开老爹的话，黑氏听得出，那意思全说给她，是：

木犊配你是配不上，既然你做了他的婆娘，你就得把篱笆扎好，不敢有个三心二意！黑氏脸粗心不粗，她受过小男人吃里扒外的亏，将心比心，她是清白怎么做婆娘的。

但黑氏黎明醒来的时候，总听到镇子学校的铃声，铃声悠悠，钻进这屋里，钻入她耳中。她就想起那个白脸脸敲铃人，想不来此人夜里怎么睡得稳，敲完铃了，又独独一人坐在校房门门口在想什么、干什么？

木犊偏在这铃声敲响之后，便醒过来，已经成了习惯。他又要到地里去，光了脊梁刨地，那汗冲着尘土在背上弯曲流下，如爬一背蚯蚓。或者，他再往深山去担龙须草、担木炭，浑身黑得像烧出的瓷壶，大白着眼仁，在锯齿一样的过风梁上彳亍而行。极度的奔波，深沉的疲倦，木犊的支持能力已经到了极限，他似乎是忘却了炕上还有一个酥软软的女人，他睡去如死去一般。但是，家境并不为之起色，多了一个黑氏，衣服有人缝了，父子的肉露不到外边，茶饭有了滋味，可穷家深坑，那钱入不敷出，比较左邻右舍，没个出人头地可能。一家三人愁得不知如何为好。

黑氏说："木犊，你一根扁担溜山，人把力出尽了，挣不来钱，信贷员那家钱却那么好赚，咱也得想想别的法子。"

木犊说："你是不是又想那一家了？"

黑氏说："我想那家做甚，那么不廉耻？我想别人能做赚钱的生意，咱就不行了？咱不说能像那家一样暴发，也不至于这么老穷下去。”

到底做些什么，木犊老虎吃天无处下爪，黑氏也两眼乌黑。木犊有一天到镇子上去，路过信贷员入股的草袋厂，齐刷刷一院子的绞绳机、织袋机，各色男女在手脚忙乱操作，阵势甚是气派。一时企羡，强烈的欲望恍恍惚惚摇动其心，似乎有些招架不住。便走进去，这儿看看，那儿动动，登时攫住一个夸大的念头，见信贷员从大门进来，便说：“阿叔，这厂子还要人不要人？”信贷员有一副眼镜，半戴半挂在鼻梁上，用镜子上边的半圆眼睛看人，说：“当然要人！”木犊说：“那收下我吧，我也织草袋呀！”信贷员当着做工的人，倒笑笑，说：“墙边有个石础子，你提起来看能砸几下？”木犊脱了衫子，一口气运进肚，肚皮黑黑地凸一张鼓，提了石础子一下、两下，连砸了四十八下，已热得满头大汗了，做工的人全都匿笑不已。木犊说：“我肚子饥了，吃四碗饭，能砸六十下！”信贷员说：“好了，你就是干这一行的，你去镇上看谁家垒墙打根基，你去吧！”木犊方知人家戏谑了他，气得满脸黑红。

回家来对黑氏说了，黑氏浑身哆嗦，骂道：“谁叫你去找他？咱就是饿死，也不去他门上要饭！”木犊说：“他不让我在厂里做工，我也不做了，明日我去再找他，我去信用社贷款，咱有了本到镇上去做买卖。”黑氏说：“甭寻他！他能给你贷款？

贷款的人谁不暗里送他东西！咱有东西送他不如撂到河里听个响声！”两个人说来议去，到后来相对无言。

翌日，木犊灰塌塌出门，中午返回，却鼻里眼里透笑。黑氏问时，木犊说，他在镇上遇见王家老七了。老七也是本分人，无脚蟹，没钱少本事做生意，就到山外铜官煤矿上去下窑。下窑是和鬼打交道，到阎王殿去做客，但他却安安全全，三个月挣得一千三百元，回来买椽置瓦要盖新屋呀。黑氏没去过铜官，不知晓下窑是什么情景，出蛮力挣大钱，心里也颇高兴。两口筹备着出外的衣物、盘缠，驼子老爹回来得知了，头摇得如拨浪鼓，说：“旧社会我去过那儿，那钱是拿命换哩。听说好女子都不嫁那边人，嫁了要尿三年黑水，且差不多要做寡妇！”说寡妇，儿媳就是寡妇来的，驼子觉得失口。黑氏说：“凭力气挣钱，那钱都不好挣。咱把王家老七问问，看看那里情况到底如何？”结果老七叫来，问个仔细。老七说：“苦是苦，也不像你爹说的可怕，钱确实挣得多，就看你命小命大。”木犊说：“我命好，三十三四了还能娶个婆娘，命还不好？”立意要去，黑氏和老爹也不强拦。

出门那天，这家人特意请吃了王家老七，叮咛一路承携，木犊人笨眼瓷，在外全靠他了。老七拍了腔子。老爹便又是设了香案，要木犊拜天拜地拜列宗列祖，再退至门口，反身立于门内，念出门咒语，画四纵五横护身符，泪水婆娑送他上路。

木犊一走，偌大土炕只睡个黑氏。木犊在家打呼噜，她已经习惯在呼噜声中蒙头酣睡，如今没了雷打的轰响，她一夜要醒来数回。从窗子往外看夜空，星稀月明，银光泻炕，千声万声为丈夫祈祷，却每每在黎明之中，听得到学校的铃声，婉转凄凉，像是一首悲悲的歌。

地里的活全部留给黑氏了，她锄地，她挑粪，她收获，别人的秋已经种下了，她的地还没有刨完。月光底下，驼子老爹帮她，年迈人累得咯血，睡倒了。她只好又在家给老人请中医，在火炉上煎熬草药。

再到地里去，两天前刨的一半的地，却剩下了一小半。黑氏生疑：馍不吃有人会吃，地不刨也会有人来刨？这人是谁，如此亲善？夜里是二十九，乌云吞了月亮，黑氏再去刨地，地畔上有一个黑影，忽大忽小。她惊着过去，刨地人竟是来顺！

她没有叫他，立在他的身后，呼吸觉得不匀。来顺为这些微的特异的声息注了意，回过头来，也没有说话，但眼睛放光，黑暗里看得清有奇异之色。

黑氏说："谁叫你替我刨地？"口气倒有些愤怒。

来顺说："我不能到家里去，我还不能到地里来？"

黑氏不知道再说些什么话，默了半天，拿了镢头刨地。来顺也刨地。俩人离得很近，也不说话，各自的慌恐和茫然中俩人又觉得距离得很远很远。

这夜里，天黑得涂炭，田野空无人影，连一只游狗也没有，土拨鼠有，它悄悄扒土，不理人的事情。一直刨到鸡叫了，地刨完，虽不是处女地，但静夜里的新土在潮气和露水里散发出一股浓烈的清馨。黑氏和来顺坐在地头上，激动使他们并不感到疲劳，慌恐却更是在消失了繁重劳作之后陷于凝固的沉默中。黑氏压抑不住了，同时感到了一种不该的情绪，说："来顺，多谢你了，你快回去睡吧。"

此语说得十分无劲，充满了柔情，夜色也有些冲淡了。来顺说："我不要你谢我，我睡也睡不着。"

黑氏说："那……到我家去，给你做了饭吃。"

来顺说："你敢？！"

黑氏确实不敢。驼子老爹虽然病着，他的耳不聋眼不瞎，况且丈夫木犊不在家，三更半夜领一个壮实男人回去，别人不说，自己也害怕。她埋下了头，再一次说："来顺，你再不要帮我家了。"

来顺却发疯地站起来，说："我就要帮，我不能看着你苦得这样！"黑暗里，来顺走近了，浓重的烟味和酸臭的男人汗味堵住了黑氏的鼻孔，她感觉到了一双抖颤的烫热的又是粗糙的手来抓她的手，她忽地触电般地跳开，随即挥打一下手，打在空里，夺原路跑走了。

第二天的中午，乡邮员送给了一封信，是远在千里的地下另一个属于黑暗的木犊来的，木犊的字认得并不比黑氏多，信是写在一张烟盒皮上的，寥寥数字，唯有一句：

“天要冷了，夜里睡不好觉，把我的毛〇〇捎来。”

黑氏念了三遍，看不懂画〇〇是何意思。又是“夜里睡不好觉”的事，就想到不点灯的事情上，虽然恨木犊只忘不了那事，但毕竟在想着她，她想起了那一张丑陋但还可爱的嘴脸来，就嗔怒骂一声：“这瞎人哟！”驼子老爹手捏着随信寄回的五十元，神情亢奋，专注看儿媳读信的表情。此时疑惑，问信上内容，黑氏又念了一遍，正羞正慌，驼子说：“噢，这是让捎他那件羊毛夹袄袄哩。这木犊，一定是不会写袄袄二字，就画了圆圈代替了。”说得黑氏登时面上无光。

于无人之处，黑氏倒为自己的猜想荒唐而窃笑，丈夫终是文墨不多的下苦人，写一封信，难如下一次窑，必是万不得已的事才写上，哪里会是有情趣有闲致写那逗情取骚的文字？黑氏吁一口长气，倒操心起那憨人远门在外，举目无亲，吃什么，睡什么地方，怎样在那地穴里不用眼睛又浑身得长眼睛地爬行拉煤？她庆幸昨天晚上没有被来顺拉住手，她对得住为她去挣钱的丈夫！

一想到来顺，黑氏就竭力以排外的警惕来完满自己对丈夫的忠诚，但是这种完满，于远在千里的木犊是最宜的，于这个正在疯狂如狼虎的少妇年纪而空守一面大炕的人是极不平衡的，她多少感觉到了一种内疚，对来顺不起。“他说到底是好人。”她暗中给自己说：或许，当初重嫁时，她极可能就是嫁给来顺。人生的婚姻实在无法估量，一个女人要不将身心交付这个男人，要不是那个男人，交付给这个了，他在家一尽享用，而那个在这个不在家之时却也无法占有，这也就是人生的命运吗？

当黑氏再一次在田野的地埂上采打碗花菜，远远地看见来顺了，就主动打招呼。女人一高兴，来顺也就高兴了。他们站在暖洋洋的初冬的太阳下，说了许多话，来顺也让她注意到了田地那边一河活活的流水，注意到河对岸山崖下腾浮的一道蓝如火焰的雾霭，以及阳光云雾所致使远山呈现的虚幻的抛物线。黑氏三十多年里生在山里长在山里，山里的奇景妙色第一次领悟，她感到美如做梦。

她日益丰润，早先那一身黑瓷滚圆的肌肉，现在变得细腻绵软，口角边添上了细细皱纹，却愈发使嘴唇圆满如一颗沙果。木犊每月捎回的五十元钱，除了替老爹添置了一顶毡帽，她给自己也缝制了一件蓝底小白花的套衫。这衫子得体而大方。把头发光光地梳理贴在头上，提一篮萝卜到河里去洗，她显出几分风韵。有一次从小路上匆匆跑过，正背着出山的日头万道霞光，一个人在路头看了，大声叫了一下“美！”，羞得她蹲下不动。那人是来顺，还在夸说她跑过来时，霞光在她的人体轮廓上幻出一层像绒毛一样的红晕，“是菩萨身上的灵光！”

使黑氏最沉重的负担，是驼子老爹的病情，老不见好，身子一日不济一日。家里粗茶淡饭尚有，吃荤啖肉却不敢奢侈。她就赤了脚到水渠淤泥里去打捞螺蛳，山地人称海巴牛的，回来热水烫了，剜出一点肉在铜勺中炒了奉爹。一日晌午，吃罢午饭，驼子老爹在炕上歇身，黑氏爬在院墙头上卸架干的红苕枝蔓下来铡猪糠，来顺在门前轻轻叫她。

来顺神色神秘，用嘴努努上屋，小声问："老爹在？"

黑氏说："睡了。"

来顺就跳进门限，站在一架纵横交错覆盖院子一角的葡萄架下，说："睡了好，要不他看我是老虎豹子一样可怕！"

黑氏说："你有事？"

来顺并不作答，脸诡诡笑，葡萄蔓筛下的光点落其全身，顽皮可笑如一童子，从怀里往外掏一个霜杀得朱红的蓖麻大叶包。

来顺说："灶上今日改善伙食，每人四块，我见你下水里捞海巴牛儿，知你胃里寡，我吃了一块。"

蓖麻叶里包着三块肥嘟嘟的酱赤赤的熟猪肉。

黑氏呼地有一股热东西冲在心口，双手接过来时，却说："瞧你，孩子一样，我哪里嘴馋！你吃吧，我不吃的。"

来顺说："怎么能不吃？"

黑氏说："我这么胖的，越吃越胖了，你吃了吧，别让外人看见，倒碜眼！"

来顺说："那我吃一块，你吃两块！"

黑氏吃了一块，满口油香，另一块却用蓖麻叶包了说要留给老爹，话未落点，驼子从门里走出来，两眼凶光，破口大骂："我哪里少了这一块肉。木犊屋里的，你不怕那肉里有毒药？你把它吐了！"趔趔趄趄横过来，夺过肉摔在地上，用脚踩得一片油渍，那枯瘦的指头就戳在了来顺的鼻子上，吼："来顺，你这不正经的东西，你送她什么肉？！她穷死饿死与你有何干系，亏你这份好心！木犊没在，你竟能欺负到我家门上，你是个能行角色，你到乡长的女儿那里耍骚去！"骂得来顺眼睁不开，灰溜溜夺门逃走。他自己还余怒未消，返回屋去时，却软坐在门限上，虚汗直冒，一口白沫。

黑氏立即便将院门关了，免得四邻知道，扶老爹上炕，做了许多解释，就到自己屋里痴痴呆坐。她怪这驼子太是多心，没事的事惹出事来，倒让她重新审视这来顺，愈觉让他委屈。女人之所以称为女人，自多了一份比男人所没有的柔水一般的同情心，她满足于男人对她的爱悦，一个动作，几句言语，就可以换得万般感念。而男人，若野蛮无赖式地一味施侵略政策，这感念就随之消灭，但乖觉的男人则来一种小技，装作受屈受辱，那女人的柔水就海一样深，四处溢流。来顺正是如此。第二天，黑氏主动去了放学后的学校房门，安慰一下来顺。来顺一脸苦相，黑氏就多待了一会儿，在盆子里搓起泡好的衣服。

这夜里月光冰洁，蛐蛐鸣叫不是十分寒冷，亦不多少潮闷，正是心性勃发之良机。来顺见黑氏真心待他，愁情忧绪很快从心上退却，说了许多话，许多话说在一条既出线又未出线的边缘地带，常常是双关语，后来见黑氏双手搓衣，鬓角发动，飘飘飞飞，多几分娇媚，便自己把握不住自己，那一双饥渴的爪子就钳住了黑氏的腰。黑氏惊慌挣扎，但全无效，先是叫“来顺！来顺！你疯了？！”，后来就一语不发，处于昏懵状态，完全被放倒在了那张小床上。同情心是女人的优点，缺点却往往根源于这同情之心，今晚上黑氏吃了亏。

她清白过来，房子的灯，芯小如豆，忽而暗下来，要灭又不灭，焰浅蓝像雾，微漾不静。她记起刚才身子被放倒后，这个强有力的人却并没木犊那种粗暴，耐心抚爱，一派文明，明白他是处理女人的老手，或是初试，则无师自通，这是比木犊高明之处。但后来，脑子又一片空白，翻起床，也不看来顺，无言返回家去。

来顺也不明了她所思所想，寻不出一句安妥的话对她说，默默望她去了。她听见学校里突然有了收音机声，且音量颇大。

五

到了四月，木犊回来了。木犊原本面黑，粗而大的毛孔里嵌了煤屑，水洗不净，黑得如鬼如魔。羊毛袄袄已被磨成布絮，永远存之地下的另一世界，但那一件布做的裹兜里，有一个特大的口袋，缝得严严密密，内部是二千一百二十元。千里外坐火车，搭汽车，睡旅店，三天四夜未能脱衣，二千一百二十元的钱票在家取出时，汗水已经将其浸湿发软，臭不可闻。村人视木犊为英雄，数月光景，旋即获得这么多钱！木犊大讲铜官，犹如异国归来，钱使信贷员的儿子堕落，钱也使木犊喜欢得差点死去。只是夜里，他才如实说起地下那另一世界的黑暗和可怕，说一个班一天一夜，他带三十二个饼子下去，于坑道里狼虎一样地吃嚼。说从井下出来，井口站满了下井者的家属，直愣愣瞧着亲人出现，他没有人等他，阳光刺激双眼寸步难行，蹲在那里适应半天，完全是一个黑蜘蛛，瞎眼狗熊。说他学会了敬神，买了护身桃木符，在一次塌方里，眼瞧着一个同班被石头砸死，血从头上喷水一样射流。黑氏听得毛骨悚然，捂了嘴，不让再说，扑上去把丈夫搂在怀里，用泪水潇潇的脸温存那发散汗臭的胸膛、手臂、头上的五官各部。决然不愿提及和来顺的事。

木犊在镇集上遇见了信贷员，信贷员问："木犊发财了？"木犊说："比起你，小拇指头和腰了！"信贷员哈哈大笑，说："我当初没收你做工，没贷你钱，也是激你去发愤，你还真的发财了！两千多元，你怎么处理呀，能不能存蓄到信用社，让生儿子生孙子取利息呢？”

木犊说知黑氏，黑氏坚持这两千元不必存，更不能乱花，有本钱了就干一项营生。结果选中开店，因为木犊除了下苦力外，别无所长，而镇子东街头有一间小门面，月租四十元，是合算的。自此，一家小小饭店开张，日里黄昏，店前的一株大柳，万千枝条迎风微漾，深绿浅绿之中就飘闪一面招旗。镇上不繁华，人皆没有白日在街面买吃习惯，而以镇为枢纽，南来北往东西复返的生意人、做工人、赶路人，却全在饭店用膳。吃客便是上帝，笑脸陪着在柳下的石凳上歇了，沏一壶茶过去，两口子就烧水擀面，黑氏在案头上抖动着两颗硕大丰腴的垂奶，将面擀得薄纸一张，待木犊烧水未开之时，附身在窗台上，与吃客搭讪会话。吃客经见多，见了女人兴趣正好，也乐意说些老鼠成精、人妖结婚之类奇闻，惹得黑氏讶一通乐一通，表情丰富。女人的极有奇特趣味的印象就刻在吃客心上，到处扬说，这饭店生意倒日日兴隆。入夜，镇上人有喝烧酒之风，店里便顿时热闹。酒可以使山地的男人变成另一个种族，放肆地说粗言秽语，拉木犊入座，木犊不喝，就嚷黑氏陪酒，竟三个五个男人的胳膊按住她的手，要她陪喝不可。木犊就也劝黑氏喝，嗤嗤啦啦只是呆笑。酗酒者就不免骂一通木犊有艳福，守住这么一个中看的又能干的婆娘，木犊也自高自大，夸口几句自己做男人的气魄。如此，日复一日，月复一月，远近人皆知这家饭店，说饭店就说到店老板娘，少不得有些浮浪子弟，对着黑氏不三不四。

一日，店里过了饭辰，木犊去家照看驼子老爹，黑氏刷了案板正坐着歇息，小男人一透一透从店门往里看，见黑氏抬了头，忙一脸正经，便显出大有漫不经心之神气！小男人说：“别那么翻脸不认人，我也是你的男人哩！日子过得不错嘛！”黑氏说：“要不了饭的！”低头将刷过的案板又刷一次，以为小男人已经走了，一抬头，他还在，一条腿跨在门限上，软软地闪，专心看手里的一件东西，说：“这是什么呀？”黑氏没料到他竟未走，听了这话，不觉顺口说句：“什么东西？”小男人就走进来，手一展，一只蓝色的电子表，其显示面上有两个黑点不停变换。小男人说：“要不要，给你吧？”黑氏“呸”地吐一口，将他掀出店门，门也随之关个严实。

但是，信贷员却时有到店来预备饭菜，招待来找他的客人，来了，黑氏当认他不得，平静着脸算账，一分不少，一文不赊。木犊却涎了脸让座让茶，饭菜吃罢，便又拿自己的烟末匣子放在桌上，让人家来吸，信贷员问起行情，又事无巨细说明，反复强调生意比不得信贷员的工厂收入。其恭敬卑怯，为黑氏所不齿，当面暗示，背后数说。木犊说：“人家毕竟是这地面的大人物！”黑氏平生第一口将唾沫喷在他的面上。

钱来路活泛，极有盈余，不幸的是驼子老爹却病情沉重，卧炕半月之后，汤水不进，阳寿殆尽，伸腿入天去了。夫妇俩关店十天，痛哭一场，葬老人入土。驼子一生贫苦，性情刚硬，却死得清白，使这店家又少了一份后顾之忧，却苦了黑氏和木犊夜夜一人看守饭店，一人看守老屋。日久，木犊就将不点灯之事淡冷，后来一月两月竟似乎要忘却了。

来顺依旧在学校烧水做饭，敲铃打杂，每每看得小男人与乡长之女好时两件东西贴拢一起，唧哝有声，就如眼中钻沙痒痛不堪，恶时又桌翻椅倒，于窗口将枕头抛出，将茶壶和裤衩抛出。就又想起与黑氏交情，按捺不住一份心绪萦绕于另一个人身上。驼子老爹死后，他从心底里吁出一口长气，却买了纸去到驼子的灵前，点化了，哭了一场。木犊见他哭得伤心，大受感动，双手去扶，黑氏却说：“让他哭吧，哭一哭也好！”话中意思，只有她知道，来顺知道。

此后，木犊消除了对来顺的反感，来顺没事之时踱到店来，热乎招待，逢吃也让吃，逢喝也让喝。这来顺是聪慧至极，眼中有水，手脚勤快，也帮这家刷碗收筷，门口应酬，介绍饭菜，招揽吃客倒确实比木犊强出十倍八倍。

但黑氏最明白来顺的心，见他殷勤，总是不安，好言好语要他一边歇去。愈是这样，木犊愈觉来顺人好，来顺愈要加劲为黑氏殷勤。黑氏私下对木犊说：“店是咱的店，要人家帮什么忙，他要再来，什么也不让他做！”木犊说：“他愿帮忙就帮忙，一片好心，硬要阻拦，倒显生分，冷他一个热肠！”黑氏只好不语。

一个晚上，月色朦胧，黑氏从饭店赶老屋来睡，正坐院里捶腿揉腰。院门敞着，门外的几棵老槐树下，新生了许多幼株，黑黝黝在风里摇曳。倏忽听得有细响，蛇样爬行的沙沙声音，好疑，槐树丛子里有一点烟火，暗红如萤，便惊起，询问：“谁在那儿？”那人走近来，却是来顺。

黑氏说：“你鬼鬼祟祟，以为是贼呢！”

来顺说：“你夜里有屋，木犊还睡在店里？”

黑氏说：“我们也分了班的！夜里他要剁肉馅的。你是到哪儿去的，路过这里？”

来顺在月下说：“从学校来的，专到这里来的！”

黑氏腔子里的一颗心别地一跳，便说：“你坐吧。今夜月亮蛮好，你近日没回老家去吗？算黄算割是不是又叫了？”

女人的慌口慌心，来顺全觉察到，他要想办法稳住她的情绪，说道：“昨天夜里叫过两声，再过四天，就是小满。人过小满说大话，今年麦子成色要比往年好。我们山里麦才扬花，和川道差二十多天，到时候我来做你们家的麦客。”

黑氏轻轻笑了一下，说：“你也是，恁事也帮我们……”

来顺就说：“黑，我这几天净是做梦，我也思想，我是不该到你家来，可梦里老做到你，醒来心就慌慌的……”

黑氏果然平静下来，问道：“做什么梦？”

来顺说：“有时梦你穿一身新衣，到镇上去，好多人给你吹奏唢呐，你唱起戏文，样子像十七十八的一样。有时梦你坐在店前柳树下哭。梦到好的，心里就叽咕，说，梦是反做的，会不会有什么不好的征兆？梦到坏的，又担怕应了实际，就要来看看，你说好笑不好笑？”

黑氏就真的好笑了，说：“来顺你嘴甜，说得中听哩！”

来顺正色道：“这可是真的，有半句假，让鬼摄了魂去！”

女人就看着来顺，瞧那一张白光光瘦脸，被瞧的也不回避，反以更加的勇敢用眼睛回敬，看出她的情味溢在眉里眼里，不觉神思荡漾，如升驾云头。

后来，这女人就偏过头去，看天上的月亮，看院墙根边的一株柳上栖息的一对鸟。鸟是夫妇，以爪平衡身子于细枝上，一只已经睡熟，一只蒙眬复蒙眬。想到人生如鸟类，白日比翼齐飞，夜来依偎而睡，这原本是活在世上的内容。可眼前的来顺，孤身独影，夜夜为别人的婆娘做梦，着实是活人的可怜！不觉气伤神黯，又轻轻叹息一声。

黑氏说：“来顺，你要闷得慌，就来我家坐坐。你也是这般年纪的人，无论如何，你还是找不下一个女人吗？”

此话触到痛处，来顺却没落泪，反倒笑了。

黑氏问：“你笑什么呀？”

来顺说：“我活该是光棍命！那时节，我本是再多找你几回，事情就成了，可我没有……木犊命比我好。”

黑氏没有言语。

来顺又说：“黑，木犊待你还好？开店是好事，也实在累人，你要保重身子，月月到你们女人家身上有红的日子，你不要见冷水，你却还到河里挑那么满两桶水？！”

黑氏一惊，这些事他哪里知道？是观察她的脸色吗？这些，木犊也是从不知道的，陪自己吃喝睡觉的木犊不知，这一个来顺却看得出！黑氏突然觉得白脸汉子是将她完全装在心上的，就大为感动。

黑氏说：“他人呆，只是肯听我话。”

两人说此说彼，来顺忘了时间，黑氏也忘了时间。离开深山，嫁到这平川道来，她和小男人没有这么说过家话。嫁给木犊，木犊虽不欺她打她，但木犊别的一点不会，甚至压根想不到，使她时常寂寞袭心。人毕竟是人，除了被受尊重的人格之外，还有接受抚爱的欲望，尤其是女人，说老虎时就是老虎，该小猫小狗就是小猫小狗啊！

说说话话，不知不觉，自自然然，来顺就把黑氏的手握住了，用软和的舌头舔，用牙轻轻地咬。黑氏没有吱出一声。事毕了，她送他出门。星月满空，夜更深沉，村外四面包围着的即将成熟的麦子，在清风中涌动，将月光漾出波般的亮闪，浓重的令人心醉的四月田野地气使黑氏饱饱地吸了几口，胀满了全部胸膛。

店日日开门，连麦收天也未停止，木犊像一头任重耐劳的牛，夜里割麦、碾场、翻地、播种，白日开店卖饭，人累得失了形体，一收拾完当日的工作，就如一条从树梢跌下来的死蛇一样，趴在炕上沉睡不醒。

黑氏夜半醒来，摇不起他，后来就等着学校的铃响。

这一家再不是往日的穷人了，他们也是有钱，村人企羡，黑氏碰见信贷员和小男人了，也不远远避开，目光直直地走过去。一次逢集，一家私人经营的衣服铺里，小男人偕着乡长的女儿在问一条丝织围巾的价，大声吵闹，为五角钱论高论低，黑氏走近去，虎虎地问："多少钱？"回答是："十三块。"黑氏说："取一条！"随手从口袋抽出钱来，拎围巾扬长走了，逊得小男人和乡长女儿脸红不已，难堪不已。这围巾黑氏却没有系，冬天里也不系。木犊说："那你何苦，买这干啥？"黑氏说："为了啥，你还不明白？！"木犊见黑氏用钱大方，慢慢也手大起来，外人常捉弄他，动不动和他打赌，赌输了就罚他买酒买烟，或者到店里来啃几个猪蹄，吃两碗面条。到后，竟要起钱来，打扑克赢输，一玩起性则通宵达旦，也不光顾黑氏一个人睡在偌大的土炕上。

黑氏很有一些意见了，吃饭时，炒两个小菜放在桌上，桌边安好两个椅子，一心让木犊一块吃，木犊却一只海碗里盛完饭，将菜夹在饭上，端着到门外找人，一边聊一边吃。晚饭过后，黑氏让木犊和她坐坐，木犊说："店里的事，你安排，需要干啥你给我说！"黑氏说："你不会说说别的话吗？"木犊说："还有什么话？没有啥了！睡吧。"一躺下来就呼呼入睡。

这时节，来顺来了，黑氏就不让走，问这问那地说话。一夜，木犊又去要钱，来顺和黑氏在家聊天，聊到夜深，说起木犊，黑氏长吁短叹，眼噙泪水。来顺劝慰，反倒愈劝慰愈使她伤心，后来伏在来顺腿上，竟低低抽泣不住。……鸡叫二遍，门被拍响，木犊推门进来，屋里没有点灯，倏忽间似有什么影子从后窗一闪，问道："黑，窗外像有什么？"黑氏恐极，却说："有什么，有鬼？"木犊脱衣上炕，睡下了说："我这眼睛不行了，还以为有个什么在窗外动！人都说有鬼，虽没见过，晚上还是早早把窗关了。"黑氏说："你还这么想到我！让鬼来吧，屋里没人，鬼给我做做伴也好。"木犊说："说有鬼，哪里就有鬼了？睡吧。"就鼾声顿起。

六

从来不曾预料的事，往往它就发生了，发生得突兀，当事的人和旁观的人皆措手不及。信贷员一夜之间陷入了困境，自此锒铛入狱，一去十五年不能生还。

信贷员触犯了法律，三年来，一共贪污挪用公款去入股办私人企业三万三千元，利用贷款，明敲暗诈，从中收到不义之财六千六百元。事情败露，穷追不舍，他便被一辆囚车装着走了。

县调查组到镇上住了十天，第十天的早晨，一阵刺激人耳的汽车喇叭声吵醒了饭店里熟睡的黑氏。她隔着窗棂往外看，东方欲晓，囚车停在信贷员家的门口。黑氏心惊肉跳，使劲蹬那头死睡的木犊，小声叫：“快起来，公安局要抓人了！”两人开门出来，镇街上已经站满了人，全在嘁嘁啾啾。

黑氏过去问：“是抓谁了？”

那人说：“你还不知道吗？恶有恶报，善有善报，信贷员到他受罪的时候了！”

黑氏却终不明白这事她怎么能知道？！信贷员的为所欲为，黑氏在做他的儿媳之时，便疑心他的不法不正，离开这家，她再未过问这家事，她盼望有朝一日他会受到应有惩罚，但当明晃晃的铁铐套在了信贷员的手上，小男人哭死哭活撵着囚车跑，黑氏竟有些心软，口里作念：这一家完了，全完了！

回到饭店，脸色有些发白，木犊问：“黑，调查组来，你提供什么证据了？”

黑氏说：“人家没找我，就是找来，我能说出个什么证据吗？”

木犊说：“外边有人说是你写信告发的，你和这家是仇人，把信贷员整死了！”

黑氏方明白街上人对她说话的意思，就说道：“这是胡猜测哩。他也是天怒人怨，咱不告他，自有告他的人呢！”

木犊说：“这世事真摸不透，那一阵他是万元户，是名誉校长，披红戴花的，这一阵便成坏人！”

黑氏说：“你懂得什么，别人哄着吃了你，你也不知道。他投资办学，那是买后路钱哩，可天到底不容恶人！”

木犊问：“这么说，那儿子再当不了教师了？”

黑氏说过：“那是可能的。”但不再言语。

小男人果然从学校开销了，依旧做他的农民，再不能领着学生在操场打篮球，于双杠上腾翻飞动。人蔫得霜杀一般，蓬头垢面，人不人鬼不鬼。老子作孽，欠下的赃款儿子得还，小男人将新盖的砖顶楼房出卖了一半，还欠八百元，听说愁得夜里在家里呜呜地哭。

来顺将小男人的近况告知黑氏，黑氏对木犊说：“木犊，他家挥霍了公家的钱，那得一分不少还给公家，可他现在没钱，也够愁得可怜……”木犊击掌叫道：“这好，这好，他应该上吊去死！”黑氏说：“我想咱日子好过了，又眼看着他家报应，咱受的气也算出了，如今他毕竟年轻，又有老母、婆娘，日子也是要让他过的，咱拿了钱，替他填了这笔钱窟窿，你的主见如何？”木犊说：“你这是怎么啦？你这不遭人耻笑吗？”黑氏说：“外人笑甚，当初我被离婚，外人耻笑我，今日我救济他家，只能外人耻笑他家！”主意不改，木犊只好依她。

黑氏去找小男人，小男人的娘自愧难容，躲在内屋不敢见面，小男人一人独坐自己房间，四面光墙，衣柜衣箱俱无，见了黑氏掏出钱来，扑倒在地，要给黑氏磕头。黑氏才知道信贷员抓走之后，乡长受到党内严重警告，削去官职，调到另一乡政府去当一名小干事了。那女儿，小男人的婆娘第二，卷了家里物什往娘家去住。

不久，风声迭起，尽说小男人和乡长女儿二婚事：先，新夫新妇，如胶似漆，恨不能日日夜夜俩人合了一人，大天白昼的在房里做那种勾当，让学生隔窗也觑见。到后，那婆娘就厌烦起来，时常不到学校过夜，有人看见在县城的旧城墙的洞处与一英俊年少生客搂抱相啃。这事人人皆传，小男人却蒙在鼓里，渐渐发觉婆娘不与他睡，殴打了几回，后虽夫妇同床，却各自为政。再后，双方协定星期天晚上过一次那动物生活，而那婆娘却总是晚饭之后即吞服三粒安眠片，于昏昏沉沉无知无觉之中随他便。黑氏听说了，好不心伤，一边幸灾乐祸，一边又怨乡长的女儿心底残酷！

小男人总算没有离婚，但婆娘不回转家来，也如同离了婚一般。此日，木犊和黑氏正在饭店和面，小男人胆怯怯坐在店前柳下叫“木犊哥！”，木犊招呼他进来，沏了茶喝，来顺也来了，三个男人各怀了心思说话。小男人说：“木犊哥，我想到山外铜官去下煤窑，那路线是怎么走的？”来顺说：“你也要去下窑，那是什么苦，你能耐得？”小男人说：“我得要钱呀！”木犊说：“去去也好，可得头提在手里。你要是个命大的，挖个三月五月，回来也可办个正事。”黑氏于灯影暗处立定，不到桌边来，想这小男人若早有此心此志，也不会落魄到这般狼狈，由此想到自己一生所遇，不禁流下几滴眼泪。

钱害了小男人，如今小男人又得去找钱，小男人一生都被钱压迫着。

他果然去了铜官，但不出两月，一封电报拍来，一次井内塌方，小男人砸死了。尸体运回来，黑氏去看了，已经没有脑袋，空剩一张脸皮，她哭了一声，昏在地上，醒来从饭店取了一个干葫芦装在脖子上，将那脸皮贴出脑袋的模样。

这年秋天，社会越发时兴改革，大城市的工厂、单位见天有人到镇子上来，推销产品，购买山货，镇子扩大了两条街道，往日两边街面的洞里坐着做针线的女人，一边手中忙活，一边说着有盐没醋的闲话，如今都装了板门，安了比门还大的斜窗，于里边摆了货架经营。黑氏的饭店也应时扩建，一间改作三间，直到门前大柳树下。经营项目已不是面条，可以炒各种肉菜。大师傅是月薪百元聘请的一位县城关老者，木犊还是那一身打扮，不破烂，也不干净，做粗笨重活，而黑氏衣着整洁，光头整脸，专在桌前招客接待。洗碟刷锅的，则是一个并不苗条、屁股硕大的女子，女子没爹没娘，与哥嫂过活，请来帮工，吃喝管后，月薪三十。

黑氏颇爱这肥胖女子，好吃好喝从不避过，天黑收店关门，也拉她同自己睡，说好多关于男人的事、关于做女人的事。这女子人粗心细，早开那一份窦情，也问到入店来怎不见他们夫妇去一块睡觉，黑氏就以话支开。

来顺时常来店，与主人、帮工说笑，三盅热酒下肚，眼却发痴，死死盯住从屋顶破洞之处斜射下来的光柱出神。肥胖女子不解，看那光柱，并无异样，有无数的活的小飞物在其中沉浮。黑氏就说了："去刷碗吧！"自己却坐在桌前喝酒，亦复一语不发。

入夜，黑氏要肥胖女子和她回老屋去睡，木犊又睡到店里，老厨师就说："木犊，你怎么不回去陪婆娘，你是信不过我吗？"木犊说："回去睡和这儿不一样吗？"老者说："当然不一样，你让人家没个暖脚的吗？"木犊就嗤啦作笑："一把年纪了，又不是少年夫妻！"老者说："多大年纪？你有我大吗？我像你这般时候，夜夜不想出门的。"木犊就又笑，说："我也是回去的，不也就是那回事吗，一月半月的那么一次就罢了！"老者说："你这男人！也该回去说说体己话，县城里的夫妇，每晚城外河堤上肩挨肩散步的。”说毕，就叹息一声，说出一句旧不旧新不新的话：“城乡到底有区别的！”

但是，木犊睡在店里了，黑氏却有几次支使肥胖女子半夜到店里去取什么东西。有一次回来很委屈。黑氏装着不理会。

八月十五的晚上，月亮出得特别圆。人人都在家里吃团圆月饼，剥花生、栗子，来店用膳的人极少。老厨师下午也回县城关家去了，肥胖女子早早收了店，在门前石桌上摆了水酒茶点，招呼店主人夫妇来享用，却远近不见了黑氏的踪影。木犊说：“八成去学校了，来顺今夜一个人孤零零的，她是去叫了。”一等不来，二等还不来，木犊遣肥胖女子去看。回来说学校门锁着，狗大个人儿也不曾见。

而同时在通往深山的五十里外，一个小山村里，村子里发生了一件事。一个小孩子于村口锐声叫：“快去看呀，好看得很的东西，一条绳子拴了，村长也去了！”正家家吃月饼的男人和女人以为是山外来了耍猴的主儿，要趁这月明风清佳节之夜为村人助兴，还是某某猎户又从山上提回什么稀罕珍贵飞禽走兽，一齐跑去观看。在村口的山溪，过了横卧的独木老柳渡桥，一块瓜田的作废的草庵里，一对赤身男女被绳缚，身上被人盖了一张被单。村长正在审问：

——你们是哪里人？

——西川村的。

——为什么到这儿？

——回家去，天黑了，路不好走，在这歇一夜。

——你们是什么关系？

——夫妻。

——有什么证明？带结婚证吗？是不是私奔的一对贱东西？是不是人贩子，骗拐了这女人？

——不是。我还带着被盖卷，我们是往外做工的，要赶着回去团圆，赶不及了……

言之有理，村长便解了绳，喝退看热闹的人，还他们衣服穿。但村人却有认为既是夫妻却野外过夜，又偏是于这么好的月夜在他们村口，有败兴他们之罪，便提了一桶凉水从头至脚哗地倾倒在这男女身上，以示惩罚。那男女各叫了一声，双双顺路急跑，女的跌了一跤，“哎哟”连声，那男子扶起，发急地说：“要跑，跑出一身汗了，凉气就渗不到骨头里去！”

女人抬起头来，被架着跑，终不明白这路还有多少远程，路的尽头，等待着她的是苦是甜，是悲是喜？

白朗

一

这一日天上的太阳毒得如一只滚动着的刺猬，光芒炙烧尖锐，满空的云朵就流出了血似的赤红，地上虚土浮腾，惨白得又像是大火后的灰烬。行走在赛虎岭官道上的一队散乱的人马，差不多只要在一个兵卒的后腿弯撞一下，这个兵卒就要倒下去，整个的队伍也便要倒下去，永远也不想爬起来了。原本是前排的乐队在高一声低一声热闹吹打，马也有精神，队形也整齐。现在，吹鼓手的眼睛已经白多黑少，呼吸着的空气火一样辣，蜇着鼻孔。那吹奏唢呐的凸腮和暴了青筋的粗脖就在一声软一声里陷了下去，最后，乐响变成一种呻吟，一种喘息，几乎在同一刻里熄灭了，唯有一个年幼的小卒还勉强嘟地吹动一下，成为沉寂中的一声余音。这是一队衣着不整老幼参差的乌合土匪。以往的变化无常的流浪生活和近日连续的奔跑，又进行了一场残酷的搏杀，他们的面孔全都变得丑恶狰狞，得胜之后的狂热使他们在返回营寨的路上欢声如雷，但狠毒的太阳使他们消耗了最后的活力，当听到最后一声滑稽的唢呐余音，俱被逗乐，这乐却没有声从口中发出，笑容在脸上纵横了一下皱纹即便消失。而恰在这时，有了一声很爆的笑声，朗朗地震响，遂使每一个兵卒掉过头来，刹那间都张口不能合起地木呆了。

笑声是从那一匹银鬃马背上的做了战俘的白朗口中发出的。这位狼牙山寨的大王，一代巨匪枭雄，被护颈短枷铐了双手，身上又缚了绳索，他竟还有这么清朗的笑声！致使身子俯仰，将青光头顶上的一排受过戒的香火烫印的蓝痂闪动，无法看清那戒印是十二个还是二十个，哪些是戒印哪些是太阳烤炙而成的紫血水泡。汗水就从他的脸上摇散下来，滴在鞍鞯上又溅落地上，尘土里扑扑儿腾起几缕细烟了。

笑声自然使队伍骚乱了，甚至使每一个兵卒感到骇怕，想起了这一位美若妇人的白朗大王，他的俊秀的眉目和清朗的笑声并不是可以让你联勾起一种色相的愉悦。黎明里他在酒的沉醉中被七条绳索捆住，因那缚腿的小卒动作稍不麻利，或许是看见了这一张白皙的面孔，光洁的有着戒印的头颅，错觉是尼姑庵的小尼，忍不住动手捏了一下他的脸蛋。白朗一脚踢出正中小卒腹下的恶根上，他就当即倒地死了。他们更听到过有关白朗的英武，每每与官兵作战，总有一些人淫笑着向他扑来，他并不动的，只将那一柄短枪抛上抛下如羹匙似的玩，忽一扬手瞄也不瞄地喝一声“左眼！”，百米外的对手们的左眼就老鸦啄过一样成一窟窿，他就笑笑地走过去，用短刀剖开死者的衣裤，割掉尘根撬塞进各自的口里了。于是，这些兵卒们都紧张起来，下意识地将手按在了腰间的挎刀上，甚至使抬着滑竿的土匪膝盖僵硬，一步在石头上踏空，险些将滑竿上的黑老七掀跌下来。

“怎么啦？”黑老七睁开了不满的睡眼。

“回禀寨主，他是在笑哩！”抬滑竿的小匪指着白朗。

黑老七在睡梦中似乎也听到了笑声，回转头来，看见白朗大笑之后笑容仍在脸上保留，而自己的部下全都惊慌失措的神色，不禁恼羞成怒了，吼道：“和尚雏儿，你在笑什么！你以为你是坐在狼牙山寨子里吗，面对着是你的大小喽啰吗？！”

白朗看着黑老七，说：“是吗，真要是你讲的那样，白某就该笑了。”果然又笑了一下。

黑老七几乎在咆哮了：“可你现在是我的战俘，我押解的囚徒！”

白朗说：“那你也就笑一笑吧，我还没见过黑寨主的笑脸呀！在七星镇的局子里你呼红叫绿地赌掷，输了筹片不付钱，债主向你讨要你不言语，一巴掌原本要扇出你的话来，却扇出你口里的一枚铜板，你那时没有笑过的。你做了寨主，抬着虎皮鹿肉来狼牙山朝拜，我让你坐在那一块冷木墩上，你也是没有笑过的。散发纸烟偏又不散发给你，我记得你那时还是没有笑过的。今日你报了木墩纸烟之仇，你真是该笑一笑了吧？”

白朗说着的时候，声音还是那么地柔脆，美目飞动，和颜悦色，甚至说完了将头偏向一边，看着乐队中的那个吹奏了唢呐余音的年幼的吹手，为他头上戴的干枯了的柳条帽圈和额上贴的薄荷叶片所乐，便把一只好看的右眼那么一睞。年幼的吹手静静地听了白朗的话，他已经不觉得这个枭雄白朗，不，都叫着是白狼的恐怖，反觉他和蔼可亲了。他是听得懂白朗的话的，知道赛虎岭十二个山大王中最厉害的一个大王在攻克了官府管辖的盐池后于狼牙山摆酒宴的情景，那时候，他跟随着他们的寨主最早一个上的狼牙山，却等待着另外十个山主都到齐了坐在熊皮圈椅上，而他的山主却只坐了一个木墩。那一阵的白朗武功是多么卓著，第一个在赛虎岭竖起王旗，又独自一家攻克了盐池，谁不在欢呼着他王中之王呢？可他出来接待众山之主，着的是一件白色的团龙长衣，蹬的是一双白色的深面起跟鞋，持的是一把白绫竹扇，他愈是把自己打扮成素雅的风流倜傥的秀才模样，愈使所有的人为上天偏把一身超群的武功和一副绝伦的容貌造就成一人而感叹了！白朗哈哈大笑，他并不一一回礼众王，亦不设了烟灯烟具让来宾过足一顿烟泡的瘾，而是朗声高叫说他得到了盐监官的香烟，要让各位开开眼界，尝个新鲜。众山主是听说过这种香烟，但未见过更未吸过，一齐睁开了双眼等待狼牙山寨主来发散了，白朗却没有走过去，依然站在高石台上，手一扬，空中数道白光，一根二根纸卷的两头一般粗细的烟支竟端端立栽在各人面前的桌子上。在座的十一个山主站起来十个拱拳致谢，唯独黑老七没有站起，因为黑老七面前的桌子上没有香烟，一张油汗的肥脸由红到白，由白到黑，末了将一口唾沫吐出来，唾沫里有了一颗咬碎了的牙齿。作想着这一幕的年幼的吹手此时万没想到这做了囚徒的白朗，现在仍高傲不逊，气宇不减，这才是大英雄的风范，做人就该做这样的人杰！遂也以右眼睐眨来回报了马背上的那一位白面和尚了。

黑老七看见了两人的动作，他愤怒着喝令年幼的吹手到他的滑竿前来，一伸手啪地扇去个耳光，同时叫道："把绳拉紧！鼓乐齐鸣，让赛虎岭所有的山头都瞧瞧，谁个才是王中之王！"

银鬃大马左右的四个兵卒同时努力，那缚在身上的四条大绳即被扯紧，纵然马能被他双腿暗中加劲倏忽脱奔，绳索亦会扯石夯一样拉他下来。立时白朗像一截木桩被四方的力量固定在马上，一丝也不能动了。

队伍继续前行，僵着身子高坐在马背之上的白朗被夹在队伍的中间。他们经过了赛虎岭最高的一段山梁道上，队形就衬印在火红的天幕上形成巨大的剪影，使得散居于沟岔的山民、远处以石以木所修造的寨堡上远眺的土匪，都产生了这支队伍的统帅并不是黑老七而是狼牙山寨主的感觉。最后，这种感觉连白朗自己也有了。多少年里，在百里方圆的山地上，他和他的一帮大小兄弟踏遍了每一条沟岔里的每一块石头，杀恶人，劫豪舍，突然地敲开某一家财东的双环大门，便将雪光锃亮的钢刀扎在桌面上，看着那主人从夹墙里地窖里搬出铜银细软，尤其是摘下了主人的茜红色的包巾，剥下姨太们的绣花小鞋，出得门来连同那一半的银铜沿村街天女散花般地向穷人撒去，那是多么痛快的事体！而又在某一个风高云低的黎明，大块地吃了肉，大碗地吃了酒，领人层层喝开寨栅，踅出围墙，下山岗，突袭到官府驻扎的众小校营房布幔，见人杀头，遇马砍腿，让污血扑扑地溅满一身，而刀挑了用铁丝串起的二十个三十个耳朵在山坡上论功行赏，那场景是多么辉煌奇艳！可是，那时候竟疏忽了观赏这壮丽的赛虎岭的风光，甚至连这么想过也不曾有。现在于马背上看万山起伏，深若大海，赤日的腐蚀之下，红如炉铁，那沟沟岔岔滴流的溪水又如血道，白朗的脑子里就要浮现起魏家坪姚大掌柜脖子上的红蚯蚓了。是的，那也是这么一个晌午，家存万贯的姚大掌柜正纳一房小妾，一顶花轿才抬进门，他便领着人马踏进去，瞧见了花轿里坐着的是一位何等娇艳的少女，而姚大掌柜却是满口没齿的枯丑老头，不知出于一种什么原因，他白朗冲上去先一巴掌扇了老朽在地，再提起来逼要起财物，看见了吓得惊叫一声就昏过去的少女竟产生了无尽的同情，说："把她抬到后房吧！"奸诈的姚大掌柜一面捣米鸡似的伏地磕头，一面却暗示了家人偷溜出去通告镇上的防守官兵，财物还未到手，村口的众兄弟就与官兵血刃起来。他那时怒从胆生，令把姚家十二口男女杀得一个不留，再拿刀慢慢割姚大掌柜的脖子，那血就红蚯蚓一般往下流了。那景象好是刺激，以致多少年里在睡梦中看见，醒来也激动得浑身颤抖。也就在杀了姚家，开仓放粮，洋洋得意欲回山寨时，刘松林，他结拜的兄弟，狼牙山的二寨主，却从后房提出来了那被纳的小妾，说："大哥，这个就归你了！"他白朗又看了一眼少女，少女实在美不可言，但他把手挥了："她从哪儿来，让她回到哪儿去。"刘松林叫道："那你把她放到后房干什么？知道了。大哥是和尚，不要女人，兄弟就拾掇了！"他训道："我说过了，让回去就回去！"三寨主陆星火跳过来大叫："这么个好东西咱不要也不能让别人享受了去，我一刀劈了也痛快！"一把便撕开了少女的上衣，将半身雪白如凝的肤肌暴露出来，刀尖已要划开她的腹乳了。白朗是一茶壶击过去，打落了陆星火的刀，说道："咱虽是土匪，杀人也不能乱杀，她是姚家抢来的妾，可现在还不算姚家的人！”竟一手牵了陆星火就往外走。可是，就为了这一场事，刘松林和陆星火埋怨了他数年，甚至讥笑他是和尚出身不娶女人，又面如美妇，对女人就下不了手了！可是，又有谁能想到在多少年后，又是为了女人的事坏了他们兄弟的大业，将一个好端端的威武不可一世的狼牙山毁掉呢！

由艳阳之下的赛虎岭的风光使思想浸沉于那一个少女而悲伤起来了的白朗，摇摆了一下头颅，欲要把挂在眉上的汗珠同烦恼一起甩掉，却也为结拜兄弟的讥笑不以为然了。白朗是和尚出身，这他并不忌讳，且一直光洁着头颅，但要说面如美妇，对女人就下不了手吗？他想起了七岁的孤儿在安福寺里做一个小小的和尚，是经历了十年青灯黄卷的寂静，一心要于佛门修成正果，而在他发现了住持造了佛像前的暗坑翻板跌翻了前来烧香供佛的年轻女子藏于地洞行淫的事后，在一个晚课诵经之后住持将一根恶肉企图放在他的体内，他怎样地吼叫着跑出寺院告发了罪恶，又怎样在怒不可遏的村民捣毁了寺院之时，又是他亲自钻入地洞，扼死了那些匿藏得太久，已不能露面活人的女子，再将住持活埋于地上只露出个头来，驾了马拉的铁耙耙碎了淫贼的脑袋，而使安福寺从此人称耙头寺的。那时节，他白朗才十八岁！做和尚他是正经和尚，即使后来县署的知县与住持有私交，为了替住持报复，以他不能扼死那些无辜女子为罪而要捕杀他，他一气上山落草，也正是从此开始了他的一生惊天动地的事业啊！可你刘松林，可你陆星火，却又是干了些什么呢？！白朗一怒气把眼睛闭上了。

正午的太阳现在已是滚到了头顶之上，它似乎缩短了与这支队伍的距离，人的影子，马的影子，由大而小乃至全然没有，鼓乐的吹打也不知在什么时候又一次停息了。马背上的白朗感觉到，不停地有人将包袱什么的勾挂于鞍鞽下的镫坠上，企图让马代驮。马却在不停地甩动着长尾，包袱什么的就脱落下去，而立即被只只杂乱的脚踢到了路旁，开始有了低声的叫骂。可怜的押解着白朗的兵卒，原本是各人的背上都带着抢劫来的包袱，或是一件拈绸袍袄，或是一双可以供其在家的老母穿的粽形小鞋，或是项链，巾帻，铜盆，火纸，茶壶，在吵闹叫骂中把被踢掉的东西又捡回来，捡回来了又负担过重，终于力不可支，自骂起自己“好贱”，再骂一声“破玩意儿”，遂又抛去。一时间人人都相互感染，把乱七八糟的东西一件一件都扔去，只将那些银钱袋子系在湿淋淋的裤腰带上，发出叮叮当当的繁响了。一把白铜的尖嘴细腰的酒壶还挂在一个小卒的背带上，有人就不允许他留着，催他扔掉，小卒不忍，但无法抗拒，摔在地上却用脚狠踩，说：“我不能拿，谁也不能拿的！”一脚再踢飞到草丛中去了。白朗在喀啷啷的踢声中把眼睁开，看见了那一只踩扁了的酒壶，认得了这是他在盐池喝酒时用过的那只，见壶思酒，好杯的白朗五脏六腑就翻腾起来了，几乎同时间也闻到了酒香。是酒香，一点不错的！白朗巡睨着马之前后的兵卒，兵卒并没有喝酒的，却皆在拿一种渴馋馋的目光望着前边滑竿里的黑老七而腭下陷下坑儿来了。黑老七是在喝酒了，他已脱了上衣，一胸的黑毛，仰头将一只葫芦里的酒往口里倒。但是，一看见黑老七的嘴的四周的短胡上沾满了酒里的红汁，白朗的脸第一回惨白了！在盐池的池神日神风神的三神殿里，正是他下令众兄弟一醉方休，才使反目为仇了的黑老七偷袭得逞，当他醉得玉山倾倒，一个小兄弟踉踉跄跄跑来报告黑老七的人马围了大殿杀了许多兄弟，他白朗还在说："你也喝醉了吧？！"可黑老七就进了屋，几条绳索捆翻了他。待他清醒过来，黑老七正拿着一颗艳红红的人心，刀划了往酒葫芦中滴，那个小兄弟开了膛倒在地上……

思想到这里的白朗，顿时失却了喝酒的欲望而英雄气短了，强烈的阳光蒸发着万山丛岭，满世界里似乎有丝丝缕缕的白线在晃动，苍苍莽莽的浩叹中，他极力将目光向天边望去。那一片火红的山峦中突兀的峰柱是他的狼牙山吗？是的，隐隐约约的用青石条砌起的寨墙还在，粗木搭成的可以瞭望众山头又可以燃了狼烟招呼众山头的信号架还在，便是那一座天元寺的石塔还巍峨不倒啊！唉唉，怎样的一个英雄的白朗，叱咤风云了十年，官府没有拿下他，十个山头上各有绝技的山主没有伤害他，而是自己最看不起的地坑堡的黑老七在自己保卫了赛虎岭也同时保护了地坑堡的今日反算计了他，这最是白朗不可思量，尤感愤怒随之莫大悲哀的事了！这个时候，白朗真的后悔起不该在攻克了盐池又离开狼牙山寨去盐池的三神殿。他想起了离开耙头寺落草之后，他的声名是多么震响，远近都在播扬着一个叫白朗的和尚。但将白朗却转音为白狼，他先是讨厌了，找着一位算命的老妪推算八字，老妪却说叫白狼最好，要成大事就去占据赛虎岭的狼牙山，占狼牙山则吉，离狼牙山则凶。他上了狼牙山安营扎寨，果然事事顺利，且山上的天元寺虽寺毁而有塔存，也合于他这当过和尚的人的心意。此塔为五百年的古物，二百年前地震裂成两半截，就在他去后的又一次地震中塔竟裂而复合，这奇迹的出现也遂使他威名更远，谁一望见那塔也要不寒而栗。他在他的寨上插着大旗，旗面上就用白布绣着一个白色狼头，而他的大小数千名兄弟的衣襟上，也皆缀有狼头标志。但是，他为了把官兵更远地赶出赛虎岭，为了不让盐池被盐监官统治而使所有的贫民都能吃上盐，做盐的生意，他忘记了老妪的叮咛下住到了盐池来，才遭到了黑老七的暗袭。黑老七，算是什么东西！如果这次没有离开狼牙山寨，即便山寨上再没有别人，单凭他一柄短枪，黑老七的人马能攻上来一个吗？即使他去了三神殿，如果不喝得酩酊大醉或是喝醉了不将短枪挂在柱子上，黑老七能近得身吗？在他被擒的昨晚，也就是在黑老七刀刃小兄弟的那一时间，三神殿剧烈地抖动了，门环摇响，窗纸崩裂，他估摸着这又是地震了，遂大笑着这是天意，也大笑着他将和黑老七一块在房舍的倒坍中死去，但随之一切又恢复了平稳。这阵做了囚徒的白朗，在马上遥眺着狼牙山上的天元塔，吃惊的竟是一塔为二，早年复合的塔身又几乎是从塔底裂开，犹如两柄刺天的刀剑！好呀，这全是兆应了，他是不该离开狼牙山的。可是，塔裂根而不倒，他白朗的气数并没有尽吧？长了志气的白朗精神为之一振了，在心里骂道："黑老七，狗贼！你能把我怎样呢，狼牙山寨的人死的死，散的散，但只要我白朗还在，你就瞧着吧！"

就在白朗耸了耸肩，愈发挺直身子的时候，山梁道的两旁陆续围观来了一些百姓，他们的长舌往日在传播着枭雄的武功，想象着他是一位凶神和恶煞，夜半狗咬就以为是他进了村，某人被杀也以为是他所为，以至于相互咒骂了，骂了绝死鬼的传死鬼的龙抓的熊挖的就也要骂出门碰上白狼的，连孩子们啼哭不止唬一声"白狼来了"，啼哭也顿时噤声。如今听说白狼被擒，骇惊之余就都来围观，全不顾兵卒的呵斥使劲往近挤，要清清楚楚看这位快要横尸的枭雄是怎样的一个狰狞面目，但他们差不多在瞬间里失望了疑惑了甚至多少有了一点愤慨。

"杀盐监官的难道就是他吗？白狼哪儿能是戏台上的小生呢？！"

"他还是个和尚呀！"

一个女人就尖声叫起来了："瞧呀，他那光亮的额头和高耸的鼻梁以及丰润的嘴唇，妇人也没这般俊俏呀！"

"是吗？"旁观的人群中有着闲汉，为着女人的轻狂而嫉妒了，"老板娘，你也是想着能和他睡觉吗？"

"睡觉又怎么着？！"女人低声咕嘟了一句，拨开人群撵着马的步伐看着白朗，便伸手将头上的一枝已经枯干了的野蔷薇拔下来，斜倾了身子企图在马匹稍偏过来时丢上白朗的腿上或马的银鬃里。但兵卒在她的屁股上踢了一脚，把她踢倒了。马背上的白朗似乎听到了围观者的议论，但他并没有注意到这个女人的媚眼和已经探出在口唇处的舌尖，当那朵丢过来的野蔷薇在他的眼前一晃落到地上去后，他听见了黑老七在粗声叫喊："把他的脸抹脏！用泥抹他个三花脸！"刹那间一片寂静，没人敢挖了泥来涂抹，但随之四面八方飞来了虚土，他眯着眼睛扫见了兵卒和那些围观的闲汉都抓了尘土向他掷来，落沾在他的汗脸上，只有女人在嘤嘤地哭了。

瞬间受到污辱的白朗将双目紧闭了，睁开眼来，一只几乎是涂上了炉火一样的光泽的苍鹰从空中掠过，原本要做一个勇猛的俯冲，却寂然地停伏在一块突兀的岩石上如一疙瘩树根了。这一景恰被白朗看得清楚，心中不免被尖锐之物所刺，以鹰而自比了。就是这鹰曾经驮着朝霞飞渡过万重山吗？曾经呼啸着从高空冲下抓住了草丛中的蟒蛇，又从高空绳一样将蛇摔死在石板上吗？但它热浪下伏于崖头，非凡的勇猛与它不符，而如果它受伤坠入谷洼，兔子又会怎样地撕咬它，蚂蚁又会怎样地爬满全身？！而那些参与了抓土弄脏他的脸面的围观的人们继续撵着队伍走动，且开始了大声欢叫着：“白狼大王！白狼大王！”白朗在一阵痛楚之后心里又泛上了一层清傲之气。他想，这些人并不是要污辱了我，他们看到的这个汗水搅了尘土形如恶豹之脸的白朗才是心目中真正的白狼枭雄而心理满足了。可不是吗，在他往日威风下山，带领了大小兄弟冲向官兵阵营，刘松林和陆星火也常要他戴上一具凶丑奇异的面具的，白朗就在这此起彼伏的欢叫中把头颅仰得更高了。

黑老七终于喝令着兵卒将围观的人赶散了。没有了围观人的刺激的这支押解的队伍又完全沉于寂静，急促地喘息，叮当的钱袋繁响，同时在没死没活的矮树上长嘶的蝉叫声里，兵卒们感觉到被太阳晒瘪将要一个趔趄跌倒再也爬不起来了。在看着他们的山主又在喝着葫芦里的血酒，就有人喊了声“杏林！”，皆口耳大睁，急应：“在哪儿？”“在前边。”杏之解渴使他们的脚步加速，但赛虎岭哪儿有杏林呢，就是有一片杏林，在七月的天气里树上哪儿还会有可口的杏果呢？被搞蒙了的兵卒在快速了半里之地后醒悟过来，开始咒骂起多嘴的某一位了，甚至动起手脚，结果就有三个和四个厮打起来，将枯了叶的柳条帽摔掉，将拳头擂到了腮上，血和断折的牙齿吐出来，而裤腰带上的钱袋就从力小的身上系到力大者身上了。他们如驴打滚一样在这样的厮打中恢复着活力，在流血和抢夺的刺激中消除了疲劳，连黑老七也不斥责，反倒愉目而视。山主的放纵使兵卒更加松懈起来，终于在走到一处叫二岔峁的地方，唯一的一处小小的细泉，而趴过去吵吵闹闹渴饮了。泉是在土穴中聚了一个浅潭，沿潭下注一道流渠去了山下，潭的四周连同流渠就苍蝇般地爬满兵卒。得到水的喝了一捧又一捧，有的干脆将头埋进去长饮不起，未喝到的就从身后往前扑，人垒人高，下边的爬不起来，抓泥往上扬，性急的便跳进潭去双脚乱踩，水成泥浆，一时谁也不能再喝了。在白朗的马的前后左右各拉持绳索的小卒腮根不断显出小坑，但重任在身，他们不能前去渴饮，白朗就说话了："放开绳，你们也喝去吧，我不会跑掉的。"

四个小徒疑惑地看着他，不相信这是真实，愈发用劲拉直了绳索。半路上被惩罚了的因挨山主的巴掌肿了腮帮不能吹唢呐的那一位吹手，恰已换作拉绳中的一个，听了他的话，终于说："白狼大王，我们知道你是不会为难我们的，我们把你缚在石头上，你可不能跑呀！"

白朗说："好的，把马的缰绳也缚在树上吧。"

四边的绳索和马的缰绳分别缚系在石和树上，小徒们喝水去了。待捧着滚圆的肚子过来，那年幼的曾是吹手的竟以一页槲叶折成小斗盛了泉水来搭在他的嘴唇前，白朗的眼睛潮湿了，看着一边往下滴着，斗里愈来愈少几乎只剩下一小口的清水，他说不出话来。小徒说："快喝呀，要漏完了！"他把嘴凑上去，但斗中的水确实漏完了，但他对这个小徒无限地敬爱，说声谢谢，还挤睐了一下右眼。

"我曾经是要去吃你的粮的！"小徒突然低声说，"三年前我就在这儿看见你领着人从那条沟走下去的，我去撵没有撵上，后来黑山主的队伍过来了，我才跟了他……"

三年前？白朗搜索着记忆，觉得这一条小沟他似乎并没有走过。他说："从这里下去的小沟是什么名字呢？"

"是羊肠沟，大王你记不起来了吗？那是一个傍晚，才下过一场雨，西天上烧起一片红云。"小徒认真地说，遗憾得耸了几次肩。

"这条小沟可以通到盐池的西禁门吗？"

哦，白朗终于记起来了，是有一个傍晚，他率领部下企图去山下的盐池攻克西禁门的，但那次他们是失败了，西禁门外的巡马道上的巡夫发现了他们，十里长的护池墙上的烽火台节节引动了一柱狼烟，盐监的兵马严阵以待了。但是，也就在又是三年后的一日，即七天前，他白朗的人马摸黑赶到了盐池外，偷渡护池河，隐蔽于巡马道，将长长的绳圈套住了每一个巡逻而过的兵卒的脖颈拉下马来，直到兵力冲进西禁门和东禁门，刘松林和陆星火于兵营收拢所有的刀枪，一声呐喊将赤条条的官兵从床上拉下逼进一畦盐池水中时，他白朗也冲进了盐监的府中轻而易举地把盐监的头剃了。这一夜是何等的壮观，所有的盐工从睡梦中惊醒，也拿了铁锨、木铲、卤水斗子参加到他们的队列，到处是燃烧起来的火光，随处可见官兵滚落的头颅，守驻在北禁门和南禁门的官兵见大势已去纷纷逃散，十多里的盐池内顿时齐声呐喊，有锣鼓的敲锣鼓，有鞭炮的放鞭炮，甚至将所有的盆盆罐罐、簸箕、木板也敲打起来，直至天明。天明，四村八乡的百姓推开了十二处护墙蜂拥而进，他们在那一畦一畦盐水池之间的晒盐场上，扒开了盐堆上的一层泥盖，将盐块用驴子驮，用口袋装，用篮子提，连穿着开裆的小儿与没齿的老妪也以怀抱五块六块盐来往不绝。白朗那一时是骑了马在人群中巡走，为这种抢盐的场面所万千感慨了。守着这天然的宝池，盐池四周的百姓却终年没有盐吃，成百成千的盐工一旦被抓进这护池墙内就一辈子不能出去，在这里造盐，整车整车的白花花的盐运到县城，又运到京城，而百姓吃盐反以高价购买又同时负担着沉重的盐课。现在忙乱抢盐的人们看见了天神一般的白朗骑马走过，他们齐压压跪下来给他磕头，不怕巨匪，枭雄万岁，许多青年壮年就要投他而去，吃粮上山。他记得一个老妪并没有抱盐，而和一个青年拿了小镢在一畦退了水的盐板层上认真挖掘，后来就以头巾包裹了来到他面前。老妪说，她七十了，她的儿子十年前被抓了盐工再没回家，攻克了盐池母子才相见，她万万没有想到在她活着时还能再见到她的儿子！“菩萨大王，我寻着了我儿子，儿子要我们也去抢些盐，我没有去，我要他快挖些盐根子，我儿子是懂得盐根子的，这盐根子是药，有什么病病灾灾吃一点就会好的！我母子挖寻到这一点，菩萨大王你收下吧！”他接受了母子的礼品，纵马在池畔上奔跑起来，得意忘言了的白朗啊啊叫着，他为着天水相接的一畦一畦因盐之浓淡度而池水红黄绿蓝白呈现的奇丽的色泽发狂，也为着自己的惊天动地的英雄业绩而发狂。他仰天大笑，从马背上竟摔到地上，在池水里也想看一看这英雄就是他吗？水面上一张俊俏之脸正对着他，想到了老妪的“菩萨大王”动听的称谓，不禁在心里说：历史上多少名留青史的英雄豪杰也莫过如此吧？而哪一个英雄豪杰又是有着如菩萨一样的花容月貌呢？！

但是，但是，想到了这一幕的白朗心中隐隐地作痛起来了。攻克了盐池，雄心勃勃的他预想着下一步怎样地蓄积力量再扩大地域，怎样去联合十一个山头共同发兵攻克县城，要使这皇天后土之下的县境完全是另一个天下，却一切都被女人牺牲去了！女人，女人，白朗在心中叫道，女人真是英雄的罪恶吗？就在他陶醉于盐池风光和自己的英武的时候，刘松林和陆星火策马来说他们在三神殿的盐监家府里将三十二口家眷全尽杀戮，只留下两个如花似玉的女儿，那女儿实在长得美妙无比，他们也要像大哥一样不忍杀掉，但要求大哥允许他们将那雌儿做了他们的夫人。白朗当然是不能答应的，他分析着攻克了盐池，官府肯定要从外地调集兵马来收复，官府丢了盐池如同丢了命根，是不可能这么容忍失去敛财的盐课的，那么，一场恶斗还在后边，若有了家室，迷醉于女色，而上行下效起来，狼牙山寨还会像现在这般战无不胜吗？狼牙山寨之所以能战无不胜，凭的并不是兵多将广，而是一人强似十人的剽悍。再说，咱们杀了盐监官满门，只留下他的女儿，这女儿能俯首顺从地做了仇人的夫人而生儿育女吗？刘松林、陆星火却不以为然了，他们浸淫到女色之中，只强调那女儿的美丽人间少有，说他们上山落草难道就是当一辈子光棍不成？今生今世虽是没了好的声名，亦不能当官作宦，但大碗吃酒大块吃肉拥抱美人却也不枉做了一世的山之大王！他们甚至说大哥出家之人，十年的吃斋念佛青灯打坐，当然没有了肉色之欲，可他们是能吃生肉能喝生血的混世魔王，怎么忍受另一种的饥渴？上一回杀进姚家要留下那美女子，大哥不允，如今若再不允，当和尚的哥哥可以不要儿子孙子，但他们的种族的香火要续，不愿做一个绝户鬼的。两位兄弟的话使白朗异常生气，他白朗，当了和尚真就如阉割了的宦官再没有七情六欲吗？有清眉秀目就必是在那一方面无能无耐是一个伪男人吗？他说之以理而两个兄弟不能听进去，他就发了脾气，命令去将那两个女子提来当众砍了算了。

刘松林和陆星火灰塌塌地走了，他们并没有把女子提来，却分别携着远走高飞了。正是于此，狼牙山的实力大减，也正是于此，好强的白朗偏要在狼牙山摆酒宴，又在酒宴上戏弄了黑老七，又为着意气再次到盐池去观看盐工们在三神殿新塑的又一尊他的神像，而落到这步田地了。

“刘松林，陆星火，两个没出息的东西啊！”

白朗在心里千百万次地咒骂起他的结拜兄弟了。如果要论仇恨，白朗最感伤心也最不能饶恕的倒不是黑老七，而是刘陆二人！当年他们在狼牙山相见，跪拜于高山之顶，风送松涛，杜鹃啼血，说定了生不同时死则同穴，原来这一切皆小儿的信口雌黄？！从狼牙山起根发苗的三个人，千辛万苦才发展到数千人马，杀出了清平的赛虎岭，攻克了偌大的盐池，闹得石破天惊，到头来为一个女人就什么也不要了？一直不以土匪自视的白朗不禁在感叹着狼牙山寨还确确实实是些土匪了！啊啊，世界上原本是更多的人可以干一番大事业的，就这样常常被金钱、地位、女人和狭小的意气所毁于一旦的了！

心绪翻腾不已的玉面英雄，扭动着头颈再一次看了万山涌伏的天边，看了一眼在艳阳辉映下迷迷蒙蒙的狼牙山寨中的天元寺塔，和山下那一带闪亮的盐池水面，欲再吁出一口英雄浩气，却先有一颗大而热的泪珠落了下来。

二

第二天醒来，白朗已是在一间很净洁的房间。四面的一人多高的长形花菱窗上糊上了麻纸，经朝阳的照耀亮而发红，自己和衣躺倒着的则是在一面铺张了虎皮大毡上的一领竹皮凉席上，那有双耳的青花瓷罐歪在床首桌面，桌面上滩流一块并未晾干的酒渍。他约摸记起昨晚的子时被带到了这里，然后就有人抱了这酒罐进来，不说一句话地出去了。白朗猜想这是到了黑老七的巢窝地坑堡，却不知这是一个什么样的地方，又是怎样走进来的。这些，白朗全然不管了，他看见了酒，就只图吃个痛快，竟抱了瓷罐一大口一大口灌下去沉沉大醉了。他爬起身要坐起来，一阵哗啦啦响动，原来手脚上现已锁上了铁链，且链长异常，可以自由活动却不能腾跃飞奔了。酒醉之后给他戴这么长的脚手镣铐，看样子，赤手空拳的一个他被关在了地坑堡的巢窝里，黑老七仍是恐惧着他，白朗不觉间很得意了。

白朗再一次抱了酒罐，饮干了剩余的残酒，脑袋愈发清楚了，抖响着镣铐将花窗一扇扇打开朝外瞧看，才知道他是在一座三层高的诵经楼的顶间。地坑堡确实是在一个地坑里，赛虎岭至此特出层岗，复坡垒垒，下垂至山麓忽陡而洼，形成了下陷二十米三十米齐棱棱的东西长约四百米、南北千米有余的圆形坑状。在四周的土塄上，寸草没有生长，光溜溜连兔子也没法跳下来吧，且在外塄上修筑了约三米宽的高墙，每隔一米又一土堡，站立了一个持刀的兵卒，而在堡墙外的远远的东西南北四角恰恰自然形成了四个不高亦不算低的土峁，都驻守了瞭哨警卫的喽啰。白朗没有来过这里，却早听说黑老七占据的是一位某朝某代的翰林晚年归隐的宅居，它虽不能像狼牙山那样遗世独立，登山口上一夫把守万夫莫开，但他现在看到的这种以深求高，于坑洼的南边斜着凿出一洞出入，用大青石修建的堡门楼一旦关闭，也可谓是一个固若金汤的好堡寨了。堡内的屋舍分为七进连环大院，有泉亭，有家庙，有祠堂；这一座诵经楼破旧是破旧了，但顶端檐角齐整，风铃依存；那佛龛，那案桌，那香炉蒲团青灯檠盘佛珠磬碗还一揽堆集在墙角，白朗不觉想到不识一文的粗莽黑老七住在这里倒比更多的赛虎岭的山主们有几分斯文，也有几分滑稽了。但白朗疑惑的是，黑老七将他押解来，即使不让他很快死去，也该下到地牢里，放入冷窟中，好好羞辱折磨他的，却使他住在了地坑堡最风光的楼上，睡舒适的床铺且有酒吃，差一点是要让他回到往昔的和尚生涯了！他仔细地察看楼下每一进深宅大院，不知道黑老七是居住在哪个院里，而楼下周围站了三排武装的兵卒，很明显，这是来看守着他的。哼哼，黑老七，白朗在狼牙山是王中之王，今日做了你的囚犯，你还得让老子住在高处，视老子如神哩！

白朗在暂时满足了一颗高傲心性后，到底临窗凄凉了。他白朗毕竟不是来做客的，毕竟已不是佛门的弟子，英雄一世的山大王可可怜怜被戴了铁镣囚在这孤楼上，即使不是囚徒，一个在血与火的搏杀中培养成的他也不能同闺女一样静处幽室啊！窝巢可以是雀燕栖身，而苍鹰在长空才能任性，白朗一时羞愧蒙面，豁啷啷将手脚上的长镣提起来，他要对着那砖砌的墙壁撞去，要结束一颗不屈的头颅。

就在他斜偏了身子一头撞击之时，他停止了，似乎听见了在他脑浆四流地倒在地上时，黑老七进来了，踢着他的尸体狂笑："这就是王中之王？就这么死去了！知道要这么死去，何不让我在盐池用刀成全你的英雄之名呢！"这话是那么响亮，声声震击着白朗的大脑和心脏，觉得这样死也真是一种屈辱了。且由此觉悟到，古时多少英雄豪杰在战败后引剑自刎，以为死得壮烈，其实这何尝不是一种自我的逃避呢？而后人的这么论说也是一种可怜的怜悯罢了。他们的自刎，生命在最后的一刻里肯定是有了我白朗的这种思想，只是一切都来不及了吧？何况，如果死在战败之后也还勉强说得过去，而自己败之于酒后，再没有寻死的机会，被押解来让成千上万的人目睹了最后再自杀掉，那就是更十分地窝囊了，人们会说白朗受不得折磨受不得羞辱而自杀的，那算什么能屈能伸的大丈夫英雄呢？！

白朗重新回到床上，将脑袋勾起坐了，伸手来搬动桌上的酒罐看里边还有酒没有时，门被突然很响地推开。白朗摸酒罐的手收不回来，索性僵直在桌上，而将目光硬盯在一个固定的地方，作出了凛然的傲慢的神情。来人在门口几乎是迟疑了一下，接着有软软的起落声，木板的地面发出吱吱咯咯的节奏，同时有一股浓烈的香气袭来，白朗的鼻子禁不住皱动了，心里叫道："来的是个女的？"

如若进来的是黑老七，一身武人装束，挎了大刀，提了曾是他的那柄短枪，或者换了一身绅士的宽敞绸衫，端了青瓷弯嘴茶壶，白朗这一时是要霍然而起臭骂的，说不定要将偌长的铁镣摔打过去，勒了他的粗短肥脖看那眼珠迸出来舌头吐出来的死相，但进来的却是女的，和尚出身的白朗虽然没有垂头念了阿弥陀佛，却也一时不大自在，泥塑一般固定了身子，眼睫毛则在微微颤动了。

"大王昨夜睡得可好？"女人走到白朗的面前了，娇滴滴地说着，同时矮了截身子双手按在胯下道了个万福。

白朗没有回应，当然也没有去看这女人的眉眼，而眼前却是一团翡翠的绿影，猜想着这是黑老七的丫环。他被带到这楼顶来，黑老七是不敢来面对他的，那么，这房间是丫环的布置了，这昨夜的酒也是丫环所放了。她竟称我还是大王，还给我道万福？！女人却惊叫了："哎哟，早听说大王好酒，果然将一罐酒一夜间都喝了！既然大王海量，这一罐要是再喝完了，你吆喝一声就是。这一碟牛肉不知够不够大王的早餐？"白朗还是没理睬，目光盯在墙壁的一角看起那一只系着细丝努力下坠的蜘蛛。女人却偏地站在他的眼与墙的中间了，香气更是强烈地刺激他鼻子了，白朗出着粗气，兀自将目光高移屋顶，更听见着女人异样的笑，声声颤软如莺。而她取了没酒的罐子又换上盛了酒的罐子，宽大的软缎袖口甚至滑腻如脂的玉腕竟在骤然间触贴了他搭在桌沿上的手，说句“大王真是傲视一切，做了囚徒也不肯看看我们这些人的”，遂向门口走了，咯吱吱的软步一路渐渐消退。女人一走，僵硬了身子的白朗终于揉了揉鼻子。从女人的香气里，脚步里，白朗何尝不想看看这地坑堡里的丫环呢！当年在安福寺他是目不近女色的，到了狼牙山，寨子里也从不纳一个女流，黑老七这里却有伺候的丫环，丑陋的黑老七倒是好色，可凭他的模样，这里的丫环又能是些什么形状呢？回头来往门口那么一瞥，不想目光相遇的，竟是那女人并没有离去门口，恰恰正媚眼而视，立即给一个娇艳艳的微笑哩。

白朗一下子感到自己的下作了，目光一滑而过到了别处，心里差不多却震惊起来：这丫环头上梳了多高的发髻，插一支银打的凤头花钗将一串碎珠怎样地颤巍巍摇晃，一领墨绿隐花软缎长袍紧而不绷地裹了身子，突出的胸位和臀部之连接处，细软几欲一握，最是那粉脸一团，笑脸活活，酒窝浅浅呀。年轻的白朗虽不迷色，却阅过的女人不少，还从未见过如此之美妙的！

“大王，你要给我说话吗？”女人趁势献着殷勤又说了。

白朗下了决心，再次塑造自己的孤傲，完全是一尊侧坐的石像。

“那我走了，大王。”女人终于走了。

这一个上午，白朗吃了一碟牛肉，喝了半罐酒，因为没事，又接连吃完了那半罐酒后迷迷糊糊倒了床上睡去。但似睡又未彻底睡沉，想这阵的刘松林、陆星火在干什么呢。他们知道做大哥的现在在这儿，知道威风一世的狼牙山寨覆没了吗？由两个兄弟拜倒在女人石榴裙下想到了清晨送酒的丫环，蓦然之间，觉得那丫环似乎在什么地方见过。可在哪儿见过？又想不起来。就又责骂自己了：这不是很可耻吗？为什么见了一个美貌女人自己就没有勃然怒起，僵直了身子，反要自慰为孤傲清高！真是像丫环讲的“不肯瞧我们这些人”似的，那么，为什么在她走了以后又要看人家一眼呢？且喝了人家带的酒，又现在作想起人家觉得在哪儿见过？！过去在安福寺读禅书，书上讲一个老和尚和一个小和尚过河时看到河边一个女人望着河水发愁，老和尚就主动前去把女子抱过河去。两人重新上路已经走了许多时间了，小和尚却问老和尚：“咱们出家人是不该接近女色的，你怎么刚才抱了女子过河呢？”老和尚说：“你还想着她呀？我抱她过河，我早已把她忘了，你没有抱她过河，可你心里现在还在抱着呀！”唉唉，这小和尚又怎么不就是现在的自己呢？白朗气恼地拿拳砸自己头颅，觉得这实在有损于他的英雄气的，就什么也不愿再想下去。

下午里，又是那个丫环送了肉馅的包子和一盆小葱豆腐汤，且又换了一罐酒，白朗依然目不旁视，也终不回望她走去的后影。第二天，第三天，都是这丫环来送酒饭，来了就更一身鲜艳的服饰，梳一番新的花样的头髻，说许多甜润酥人的话语。因为是经常由这一个丫环到这里来，白朗慢慢就不将目光高视屋顶，那么冷眼看她一下，仍不肯回应一句话。而每一次她放了酒饭坐在他的对面看他狼吞虎咽地吃喝，或是临走时要在他的床铺上用棕刷拂去席上浮尘，他不免也瞧见了她头上的花钗真是纯银铸打，玉腕上戴就的也仍是玛瑙手镯，为着自己的一句话而咯咯发笑时，掏出一块香帕掩口，那香帕竟也是小小的做工十分精致的苏绣品。这种香帕不是本地所产，白朗曾在攻克盐池后在盐监官太太的房里见过，他便疑心这女人不是黑老七的丫环了。可不是丫环又能是什么人？哪里又会是黑老七的姨太太或女儿什么的，能每日两次殷勤送来酒饭吗？精明的白朗实在也有些疑惑了。

又一个晌午，天气闷热异常，白朗洞开四面窗子，外边没一丝凉风进来，浑身烧躁难受。他吃过了酒饭，从门里走出来，沿着门外的一段回廊转到楼梯处，那里是数十级台阶，下边有铁栅拦着，且站了三个持刀的面目狰狞的喽啰。他复转回屋，掩了屋门，估摸着还不到吃饭的时候，就脱光衫子，褪掉长裤，只穿件短裤头仰八叉倒在床的凉席上，但就在这时，门偏被推开，那丫环笑吟吟走进来，一脸很狐很狐的媚态了。白朗针刺一般先夹了双腿，遂一个肉团跳坐起来，吼道："出去！出去！"

女人却靠在门上把门扇掩合了，眼里是那样的一层光亮，说："大王终于说话了！可我不出去呢？"

白朗说："不出去我就把你从窗子甩出去！"

女人说："那你就抱起我甩吧。"

她竟一步步挪近来，挺了丰腴的胸膛，使两个大奶子在衣衫里活活地跃动。白朗差一点扑过去扇她个巴掌，再拦腰提起掼下窗去，但他看到女人微闭了双目等着他的赤身几乎要在那一触间软瘫下去的神色，他在狮子一般地跳下床来时，一个发怔，遂抓了长长的镣铐抛打过去。镣铐没能打着女人，反倒带动了自己往前踉跄了一下，女人到底是一声尖叫，变脸失色地夺门逃了。

但是，白朗在中午没有饭吃，太阳已经落山了，酒饭还是没人送来，他骂了一句娘，听着肚子一阵咕咕地饥响，却庆幸自己终是没有赤身时让一个女人坐在房间。酒饭不来，一定是吓坏了那个女人，那么黑老七就无论如何该来见他了。待到晚上，他并不点燃那盏油灯，忍受着饥饿和衣睡去，脚步声却从楼梯口响起，且有光亮愈来愈大，末了，却仍是丫环端了一盏擦拭得洁净、灯芯拨得很大的灯檠走了进来。

“大王怎么不点了灯呀，我还以为灯盏里没了油了！”

声音平静柔和，全没有白日受惊的痕迹，白朗倒暗叹女人的非凡。灯檠放在桌上，灯光正映在她的脸上，容颜自比白日多几分艳丽，愈发觉得她的哪儿有些面熟，也愈发觉得她不是地坑堡的丫环使女了。女人说：“大王肚子已经很饥了吧？大王是这么一副秀才面孔，凶起来却是恶神一般的了！我是丑陋女子，大王见了就动怒，可晌午你要敲碎了我的脑壳，恐怕今晚你是吃不上酒饭了。”说罢就直勾勾看白朗，将一罐酒和一碟牛肉同三个馒头从篮子取出来，推近了他的面前，还在说：“别那么恶狠狠瞪着我呀，还想打我吗？我想现在的大王怕没有一丝的气力哩！”

白朗确实是没了一丝气力，他第一个念头是不接受女人的酒饭，要硬就硬到底，为了自己的英雄意气，他是永远不吃不喝也能行的。这念头才一闪动，立即又被另一个念头代替，自己说定了不为女人所动，为什么竟和一个女人较劲呢，狼牙山覆没，众兄弟死的死，伤的伤，散的散，他白朗既然不死，就要在某一日重整旗鼓，大丈夫有大丈夫的气象，若为一个女人而绝食，岂不是小儿举动，或是那些读了书的情种的秀才坯吗？他忽地张开双臂把酒罐和饭碟揽了过来，并不抬头的，风扫残云般地吃将起来。女人被他的突变之举震住，开始放浪地嘲笑，又调谑玉面秀才吃相的难看。而白朗，这一刻里则视面前的女人是木雕是泥塑是一块无觉无知的桌子凳子或别的物件，只是更紧地扒饭，更猛地饮酒，发出很大的嗝儿了。女人说："好呀，这才像个山上的大王的。可我说出一句话来，你就不会这么吃了！"

白朗还是抱起了酒罐往口里倒，发出挺响的咂舌声。

"昨日，也就是大王你攻克盐池的第七天，关在这里的第四天，"女人说，"官府调了五千兵马把盐池收复回去了。"

白朗一下子停止了饮酒，酒罐在半空举不起又未放得下，灌得满满的一口酒不及咽下，他噎着脖子瞪着女人，遂将酒喷吐了，说："这是真的？"

女人说："瞧，我说你不会再吃喝的，怎么样呢？"

白朗还在说："你要是在作弄我，这酒罐就砸在你头上了！"

女人说："你有这般能耐，就在楼上对付一个女人吗？今晌午我原本是要告知你的，可你差点毁了我的命；我现在是不走了，你把酒罐砸过来吧！"

白朗突然咆哮起来："黑老七，天杀的贼，你现在知道你的罪恶了吗？你有本事来灭狼牙山寨，你怎不去打杀官兵？你到哪儿去了？你龟儿子躲到哪儿去了？！"酒罐就脱手砸去，但并没有砸在女人的头上，高高掠过头顶直飞出窗口，沉重地在楼下爆碎了。楼下一片惊叫，有杂乱的跑步声和刀械的金属撞磕声，倏忽叭叭枪响，子弹在窗口的上沿将碎砖迸溅到了屋里。

枪声使白朗更加暴怒，在赛虎岭的十二个山头上，十一个寨主都是有一杆铁枪的，而唯一最好的短枪却是白朗的，他用这枪，杀掉了多少豪绅巨富，才使赛虎岭一带没了官府的税课粮赋，又是这柄枪在盐池震住了盐监，使那多少官兵被瓮中捉了鳖去，可如今枪到了黑老七的手里在瞄打着他白朗了！白朗扑到了窗口，对着楼下黑糊糊的屋舍和走动的人影，厉声骂道："黑老七，你狗娘养的打吧！你是还没学会放枪吧，怎么只打在窗沿上？！把盐池丢了，我的打散了的兄弟不会饶了你的，赛虎岭的十个山主也是不会饶掉你的，黑老七！黑王八老七！！"

黑暗里，黑老七在回骂了："白狼和尚，这枪我是还打不准的，我黑老七是没有你的本事大，可本事大的狼牙山寨主却是我的囚徒关在楼上了！擒了你，你也该明白众山主会懂得敢不敢再惹新的王中王了！"

白朗听了这话，牙齿咯嘣嘣咬着，却有什么办法呢？短志气了的英雄身子摇晃，从窗口软下来呜呜痛哭了。他为盐池的丢失伤心，也为自己的命运伤心，世界上的事情往往不是毁在明火执仗的对手上，而是毁于并不防备的所谓同盟者手里啊。

他再哭出声来的时候，看见了一直看着他咆哮而木呆了的女人，便把气倾泄在她的身上，吼叫着女人为什么还不走，走！将牛肉碟子和馒头一股脑儿地摔打在门口了。

这一个夜晚风高月黑，白朗在楼屋里咒骂着黑老七，把一生从未骂出的粗野之词都骂了出来，后来就长啸不绝。楼下的黑老七在吆喝着所有兵卒看守好楼的四周，一律则用棉花塞了耳朵，不允许有一个人承接白朗的叫骂：让他在空洞之夜尽情骂吧。没有对应，甚至连一个响动也没有，白朗的叫骂如同笼子里的凶狮，渐渐失却了勇猛和狂躁，骂声嘶哑起来，后变成了呢喃，再后只有拿自己的双手在抽打自己的耳光。黎明时分，白朗倒睡于窗口下的地板上，似死还活地喘着粗气。

白日里，当女人又带了丰盛的酒饭进来，他正式和女人说话了："让黑老七上来！我要他黑老七！"

女人说："他是不会来见你的。"

"不见我？"白朗凶道，"他龟儿子，松包，他是不敢来见我！"

女人说："你说得很好，黑老七怕你的，他把楼底用铁丝全网住了，日夜有人在巡看着。"

白朗说："那他为什么不杀了我，为什么你天天要来送酒饭？！"

女人没有立即回答，脑袋勾下去半晌，方说道："你是想死吗？要死会有好死的，可你偏这么凶着脸……"

白朗凶过之后却无可奈何地悲哀地叹气了，但女人的话说得含糊不清，且神色鬼诡，没了以往的和颜悦色，白朗觉察出了什么异样。“要死会有好死的”，这是什么意思呢？他看这个女人，认不清楚她的善恶，也不知道她的深浅。当女人再一次来送了酒饭，他依旧只是咒骂黑老七，要黑老七来见他，以此察看女人的反应，了解外面所发生的事情，果然女人说出了黑老七腿上受了伤，正用南瓜瓤敷治的消息。

“是官府的兵马剿过山吗？”白朗立即问。

“那倒还不至于，”女人说，“大王知道一个叫陆星火的贼吗？”

陆星火，结拜的兄弟，为了女人而外逃的家伙！白朗的气冲上来了，说：“不要提他！你是用他来嘲笑我吗？！”

女人说：“我要告知你的是他一个飞镖打伤了我家山主。但他的一条胳膊却也让我家山主一枪打断了！没了胳膊，他还当什么山大王？！听说他为了一个女人外逃的，他既然好色丢下了你这大哥，怎么就对我那么凶狠呢？”

白朗说道：“他被黑老七废了？！”这么叫了一下，再不言语，遂哈哈大笑。这是怎么样的世事呢？正是陆星火和刘松林突然脱离，黑老七才趁机暗算了我，黑老七应该感谢姓陆的才是，却怎么还对他下毒手？也好，也好，一身好本领的陆星火废了，这岂不是一种报应呢！但他白朗不解的是女人说出的最后一句话，他说：“你认识陆星火？他什么时候要杀了你？”

女人显然是被他的提问惊讶了，说：“大王这是一直装糊涂还是真忘了？”

白朗莫名其妙。

“大王真是忘了！”女人叹了一口气，一时喃喃起来，似乎是怨恨了自己数句，“你真是和尚不记女人的事，你不认识我，我可认得你的。那一年在姚家，你总可以记起你的三弟陆星火要刀劈一个花轿里被新纳的小妾吧。”

一时刻里白朗明白眼前的这个女人是谁了。多少天来，他总觉得女人面熟，可谁能想到当年被他从陆星火的刀下救出的姚家小妾竟会与自己相见于楼上囚室？白朗现在细细致致地端详这个艳丽的女人了，她虽没了昔日的羞怯、惊恐和满面的愁容，但那个幼小的可怜的小妾毕竟使他对眼前的地坑堡的女人有一份说不出的好感。

“哦，你这些天来给我送酒饭，是要报答我救你的恩呢。”白朗说，“可你要知道，陆星火虽然不是真英雄，他要砍你却并不是不爱你，也就是为了你，我限制过他的娶妻，他才后来又见到美色而背离了我。”

女人说：“他背离了你，你还替他说好话呀？不管你怎么护着你过去的兄弟，但我是恨他的！黑老七实在玩不了枪，一枪打死了他我才解气！”

白朗虽然为陆星火开脱，但陆星火已经背离了他，他是从心里彻底抛弃了这一个兄弟的，也不再为其再作强辩，他关心的是外边发生了什么。女人告诉说，在盐池丢失之后，陆星火当天听到了消息，也同时得知黑老七囚俘了白朗，连夜带人直奔地坑堡来。那一夜，黑老七挨了白朗骂，也害怕官府的兵马趁势杀上山来，就领人到地坑堡外二十里地的一个镇子布置防卫力量，恰与陆星火相遇，一场恶斗里，陆星火砍倒了地坑堡十二个喽啰，且一镖击伤黑老七的右腿。黑老七从马上掉下来，眼看着便遭擒拿了，倒在地上连连放枪，那枪放了十下，终有一颗子弹使陆星火的一条胳膊断了。听完叙讲，白朗伏在了窗台再没有说话，极目望着堡墙外远处的山岭，将双拳抱定，在对天为救自己而伤了胳膊的陆星火祈祷了。哎呀！结拜的兄弟到底是兄弟呀，他们到底是狼牙山寨的好汉，到底没有忘了做大哥的白朗呀！他们是爱着女人，但他们与官府绝是不共戴天，想那陆星火因生活所逼，一个无家无产的小镇闲汉，整整十二年里从事着为别人娶亲而从山道上背驮新娘，自己却终是光棍一条，他得了女人而逃也是能理解的了。即便是刘松林，出身于戏班的戏子，抽烟土抽得形如饿鬼，在演出时已经戴了行头，站在了二幕后，还要吸一口烟才能在台上判若两人地将那三国时的周瑜演得活灵活现。他是在盐监官强奸了他的妻子，一怒将妻子杀了之后上的山，抢了盐监的女儿能说没有一份为先妻报仇的成分在里边吗？如今，来了一个陆星火救他，虽是断了一条胳膊，必更是不甘心就此罢休，而那个刘松林要是听到了消息岂能不也来救他吗？哈哈，有这两个兄弟重新打出狼牙山旗号，走散的更多的狼牙山的兄弟就会不断地寻到地坑堡来的啊！

又高涨了英雄气概的白朗从窗口回过头来，眉宇间神采飞扬，甚至有些戏弄起面前的女人了，说："我现在知道了，黑老七他之所以不杀我，他倒是真害怕着狼牙山寨！瞧着吧，一个陆星火打伤他的腿，把他千刀万剐还在后头哩！"

女人瞧着他的得意，没有恼，反而也笑了一下："大王还明白了什么呢？"

白朗说："还明白黑老七之所以让你一日两次送了酒饭，是要给我施美人计劝我降他，起码可以让我来镇住我的那些兄弟吧！"

女人嘎嘎笑起来，将身子仰在墙上，嘴唇却一撇一撇的，笑声变得很冷了。自白朗囚在这里，他见到这女人从没有过这样的笑法，不禁问道："我说得不对吗？"

女人说："英雄果然是英雄！可你的分析对着别个人物合适，我家山主却万万不是你所估计的了！"

不管女人怎样说，此日始后，白朗在楼室里异常地活跃了，他每日早早起床，戴着镣铐扬腿伸臂，锻炼着筋骨。要么，趴在窗口往四方眺望，希望有滚滚的尘烟腾起，看见有飘动着绣有白色狼头的旗帜。这样的眺望常使他脖颈发酸，然后就切切地盼待楼梯口响动脚步，盼女人送了饭来。女人一来，立即迎着询问外边的情况。而女人呢，却也是更换了更多更艳的衣饰，说更多更新的消息，殷勤得比以往愈加活泛。她告知了某日有狼牙山寨的一支二十人的兵卒曾攻打过地坑堡，告知了某日地坑堡的下山收粮的喽啰被三个穿白色狼头标志服的人一尽杀戮，告知了断了胳膊的陆星火果然第二次第三次来突袭，害得黑老七放话，谁要能杀掉陆星火的人头可以赏三百两白花花的烂银。白朗在听着这些消息时，眼睛眨也不眨地看着女人，他觉得女人也可亲可爱了，得意之处，竟一伸手抓住她的肩头摇晃了，说："再说呀，再多说些呀！"

女人说："大王，我这是要做了奸细了？！"

白朗一愣，方意识到自己的手还搭在女人的肩上，他慌忙取下，脸色也绯红了。

女人却一派自然，偏乜斜了眼说："人常说树倒猢狲散，我不明白大王是囚徒了，却凭什么还有这么多人要来救你呢？"

白朗说："你说凭什么呢？"

女人说："我看凭的是你的脸蛋。"

白朗脸色陡然变了，但随之而笑："这话你可以去问问你家山主。他把我弄来，莫非也是看上我的脸蛋了吗？那么，他怎么却迟迟不肯来见我呢？”

女人说：“他不来，可我不是来了吗？”

白朗说：“一个小丫环，你哪里懂得男人家的事。”

女人说：“男人家的事女人自然不懂，可女人家的事男人就懂吗？尤其你这和尚大王，竟把地坑堡的压寨夫人认作是一个丫环了！”

“压寨夫人？！”白朗兀然间惊住了。这女人坐在了他的近旁，动手去他的后脑捏下了从屋顶掉下的小小的灰土。白朗本能地站起来后退了一步，还在说：“你是压寨夫人？”

白朗获知了送酒饭的女人不是丫环而是黑老七的压寨夫人，他惊觉着要与这女人疏远，思想却乱得一团麻，理也理不清了。他真不相信她是压寨夫人，这是雌儿在诓他吗？可女人明明白白告诉了他：那次被姚家纳妾不成，她就嫁给了一个经商的富户，而黑老七却看中了她，硬是绑票了那富户抢她到的地坑堡。看来，她是压寨夫人无疑了，而如此的身世，白朗是同情了，在这个世界上，美貌是苦命和祸灾之根源吗，她一个弱女子才像一件猎物一样被臭男人抢来夺去？自己一个男人，有了好的容貌，也被安福寺的住持企图污秽，上得山来还常遭一些江湖上的人嘲讽，而像她，不能安安稳稳做良家的妇女，几次转手竟来到山寨终日生活在刀枪死亡流血之中了！但令白朗奇怪的是，从这女人的身上并看不出做了压寨夫人有什么愁苦，穿着华贵的服装，戴着珍奇的首饰，这一切又是为什么呢，是取悦于黑老七呢，还是为了一个孤独女人的苦中作乐的一点不满足？白朗只叹自己从小当和尚，于女人的事真是知之太少。嫁鸡随鸡，嫁狗随狗，女人或许当初一派软弱良善，可做了压寨夫人，身上有了黑老七的血气流动，也会变成另一个人吗？那么，黑老七怎能让自己的夫人专来送吃送喝百般伺候一个仇敌呢？是有了另一层的阴谋，这阴谋又不是为了降伏他，那又是为什么呢？

难解的谜苦了白朗，他要为探出压寨夫人的真正用意和目的而平生第一次来琢磨起关于女人的事情了。在又一个炎热的中午，女人洗罢了澡来到楼室，头发蓬松地披了后肩，没有穿紧身的长袍而是短袖和裙子，露出了玉白的小腿和胳膊，甚至那没有扣起领而自自然然半遮半显的一截脖根。最是那一朵才摘下的沾满了水珠的玫瑰，让他看见，也见了插着玫瑰的那一处丰满异常的胸位了。她坐在白朗的面前摇动着团扇，头发拂动袅袅，玫瑰花瓣也翩翩欲飞，白朗被她的奇艳压迫，平生第一次出现了烦躁，常常目光掠在她的脸上又极快地滑过去，汗就不停涌出来。

“大王是太热了吗？”女人说，“就把那褂子脱掉吧。”

白朗说不热的，脸却涨红了，忙中只问压寨的夫人，黑老七打算怎样处治他呢？

女人说："你除了问这些就没了话吗？你说不热，你那脸红得比女儿家的脸还要嫩红呢！"

说罢把扇子递过来，也把目光递过来。白朗只觉得她的眼里有了别一样的光彩，有了别一样的话语，他想起了在旱塬的井台上所望见井底的那一块发着幽光的神秘亮团，想起了小时候在一泓四围长满毛茸茸水草的清池牧羊，常要跳进池里痛快地沐浴，想起了在九月天里逛山看见的柿树上的一枚红软了的蛋柿，就爬上树用牙嗑开柿尖吸吮糖汁，再送一口气去吹它个鼓圆圆的空壳。女人还在说着什么，他已经不再知道，直到发觉到她递过来的扇子和一只绵软的手放在了他的手里，这一刻里，两人都身子抖颤了，竟谁也不再说话，眼睛很近地看着眼睛，不晓了窗外的阳光依然照耀，楼前的一株弯柳上的知了常常把中午叫得好个空静！女人首先是再也坚持不了了，她的脸出现了潮红，嘴唇隆起了如一枚圆润的红果，那有着酒窝的腮，嫩脖子，酥软的凸胸在微微地汩跳轻动了。

白朗终于在怀里接待了女人香软软的身子，在盯着她的眼睛时也将头俯下去，俯下去，那颤晃的舌头几乎接触到了那一枚红果，却从女人的眼里看见一个小小的他的人影儿来。刹那间，血气奔涌的年轻的大王迟钝了，这如同洪水即将崩溃河堤时水潮退了，如同在午夜熬眼，熬过了丑卯之后精神清醒没有了睡意，如同在山穷水尽之时则到又一村的新的境界，他把女人轻轻放在床沿上了，动作全变了形，笨笨拙拙。

对于女人，在交往了这一个地坑堡的压寨夫人后，白朗于女人有了他的新知，他不像往昔总以一个和尚的身份而视女人为邪恶为淫秽为犯罪，但也不像一个做了落草居山的巨匪大盗将女人看成是一个发泄性欲的工具，寻欢享乐的小猫小狗。他克制着自己是为了自己的一番勃勃大业，而这么克制着但必须承认这女人曾给过他几多的慰藉、几多的愉悦和力量！如果他是一位文人，他相信他的文章会汪洋华赡，色彩烂漫，但他是一介武夫，一个囚徒，他的情绪之所以并没有低落下去，身体并没有衰败下去，觉得精神勃发，这最根本的何尝不是有这女人的一份作用？

白朗在瞬间的清醒中，第一个闪过的念头当然是他的大事大业不能陷进男女的情渊之中，而隐隐地也在提问了一个压寨的夫人会委身于他的背景内容。但是，在他放下了她在床上，看着那微闭了双目坠入一种不能言传的微妙的境界中的神态，原本也要客气地说：“夫人是该回去午休了吧！”他仍也说不出口，因为他搜索不出这女人对他有过的任何恶意和可供怀疑的痕迹，即使一切是一种假象，有着别一种阴谋，而白朗感念着她最起码是今日里有一份情意于他的，就不能粗暴地骂她是淫婆，打她个半死。何况这一时的女人，在自己的双手承接之后放平在床上，如花苞开瓣等待雨露，他这么撒手而去，未免是太无情，太残忍，无情残忍难道就是真丈夫吗？

白朗没有离开床去，他伸开手，轻轻地充满了柔情地抚摸了她的头发，再滑下来，抚到了起伏的胸部、腹部。女人却忽地睁开了眼来，急促地将他的手拉住，翻身而起，说：“别，别，不能的，不能的！”

这却使白朗大大地吃惊了！陡然之间，他脸色彤红，羞愧得不敢看起女人了。当女人也垂头悄然离去，他一下子倒在床上，拉了被单蒙了头也蒙了全身，让汗水立时流湿，后来就似睡非睡欲醒又醒地躺了一个正午。

一觉醒来，白朗觉得身下有了凉滑滑的东西，方倏忽记得在梦中有过极幸福的故事发生。急起看视，裤衩上、床单上有了一些异味的斑点。他默默地看着，看了许久，并不后悔也不再追忆，而冷冷静静起来冲了一碗放在屋中的凉水，用手抠除着斑点在其中，则一仰脖喝了下去。在安福寺时，住持教训着他们年轻的和尚，其中最重要的一课就是每日早上检查被褥，发现有斑点就让刮下来冲了水喝，这种惩罚可以使有着七情六欲的小和尚牢记着自己的职业和信仰。从那时起，白朗就知道了当和尚的根本是什么，修身就是与性欲作斗争，这种斗争不流血不死人，在青灯下打坐，在木鱼声中沉思，而比流血死人更惊心动魄！做完了这一切，白朗是那样地清心寡欲了，他完全觉得他是一个英雄了，是一个真正的和尚了。真正的英雄和和尚不是说没有性欲，而是战胜性欲，不是要让人冷酷如石如木，而是要把持自己掌握自己，他白朗正是以他的不屈的和不凡的气度镇服了黑老七，也以一个真正的男人的大情大义的风格赢得了一个女人的爱而又没有在女人面前沉沦啊！

此后的两天，女人再没有来，送酒饭的是一个小卒。当白朗一个人呆呆地立在窗口为女人的不来遗憾时，他却看到了狼牙山寨的人有三次在堡门外的土场上搏杀。他们虽然人很少，武艺皆平平，而且径直到地坑堡前叫杀是自不量力，却一个个在被杀死的时候大声叫喊："还我寨主！还我寨主！"白朗目睹了这一幕壮烈的场面，热泪纵横，后来就跪在窗前，他叫不上他们的名字，只是拿双拳捶击楼板，发誓定要为这些小兄弟们报仇，祈祷着这些为他而死的人的灵魂在天之一方得到安息。

也就在这一日，他又听见楼下有了鼎沸之声，探窗看时，堡门洞的两边一溜两行的喽啰全副武装了直排到一所高大宅院去。他不知发生了什么事，便见堡门洞开，一个只穿了一件红色的短裤的人走进来，双手在胸前捧着一个木盘，木盘上放着一颗血淋淋的人头。这不看则已，一看使白朗大惊，那人竟是刘松林！这形如饿鬼的狼牙山二大王是来救我的吗，为什么单独一人，且赤身裸体不带了刀棍，为什么不事先吸了烟土而那样神色恍惚？端的又是谁的头呢？便听到那两行喽啰一声送一声吆喝道："刘松林来献陆星火的头喽——"白朗终于看清那头颅正是陆星火的，立时明白刘松林来的目的了！顿时双睛暴裂，黑血翻滚，巨声骂起来了：“刘松林，好个没廉耻的逆贼，你是杀了陆星火来投降的吗？！”

骂声异常洪大，如雷炸响，楼下所有的人都听到了。端着头颅在喽啰的刀林中向大院走去的刘松林身子摇晃了一下，抬头看见了他，双足便跪下来，说：“大哥，刘松林终算见你一面了！”

白朗道：“我不要你这恶狗给我下跪！我不是你的大哥，你也不是我的兄弟！”

刘松林站了起来，突然哈哈大笑了：“那好吧，和尚白狼，你已经是黑大王的囚徒了，你让我也同你一块送命吗？陆星火他不识时务与黑大王作对，且他的一颗头值三百两白银，我刘松林有了银子能抽烟土呀！”

白朗说：“好吧，你去投靠黑老七吧，可你记着，终有一日我会剁你个肉泥的！”

刘松林说：“这你就差了，黑大王赏了我的银子，说不定还封我个头目当，那我就要来先成全了你！白狼和尚，你好好在那楼上待着，我要去见黑大王了！”

白朗身子一软，差一点从窗口栽跌下来，头在窗沿上一磕，再后仰在地板，已经气怒昏死过去了。

实指望陆星火残废后，刘松林会振臂一呼，部下云集来杀败黑老七，救出他白朗，但刘松林却又一次地给了他白朗致命的打击。白朗苏醒过来，眼睛还没有睁，就骂出了声，骂刘松林的心是彻底地瞎了，骂他自己也是瞎了眼了，但蓦然听到一种声音在唤呼着他，张开眼皮，发现他已睡在床上，床边坐着那一个压寨夫人。白朗立即又闭了双目，将头扭向墙去。女人说：“大王，你能再看看我吗，我们只能再见上这一回了，你也不肯看我一眼吗？”

听了这话，白朗忽地坐起来：“是黑老七要杀了我吗？让他来吧！让刘松林也来杀了我吧！”

他冲着女人发凶，发了凶却吃惊了这女人全然不是以往的艳丽，几日不见，竟鼻子炎红，眼睛枯涩，那乌黑的头发也似乎稀薄干黄了，他咽了一口唾沫，将头垂下了。

“大王看我是丑了吗？”女人说，眼泪却流了下来，“你终是看了我一眼了！我知道我现在来不是时候，你是不愿意与我多说话的，可我不能不来，我先是给你说说你的兄弟刘松林吧。”

白朗说道：“我永远也不想听到他的名字！”

“那我就给你说说我的事好吗？”未开口，却哽咽起来，“你告诉我，我是不是真的丑了？”

她确实是丑了，一个奇艳无比的人怎么就突然丑起来了呢？他说：“你怎么了？”

女人说：“我快要死了。”

“要死了？”白朗说，“你是唬我吗？黑老七现在并没有了强大的对手，陆星火死了，刘松林投降了，地坑堡正好红火，你压寨的夫人要死了？”

女人说：“我知道你一直对我有着防心，我也一直没对你说过，现在告诉你吧：一个压寨的夫人为什么专来为你送酒送饭如一个丫环，是因为这个夫人害了麻风病的。你不要插话，你让我说吧。害了这种病是不能救的，要救就只能与男人同床把病传给那人才能好的，而病在最严重的时候却能使病者的容颜十分艳丽，也是最容易招惹男人的。黑老七他得知我的病后，他当然是不会同我有房事的，却也舍不得我的容貌而让我死去，便要求我传给他的一个喽啰然后把那喽啰杀掉。可我看不上那些喽啰，黑老七抢了我来我已受了屈辱，若再去与那些我不钟爱的人干那种事，我不如死了的好。你被解来，黑老七原本要让赛虎岭的众王瞧瞧他的威风后就立即杀掉你，可你一到地坑堡我就看中了你。黑老七他是同意了，说：‘只许一次，一次成功了就告知我，我不允许动过我的女人的人多活一个时辰！’这就是我给你送酒送饭的原因，也就是我之所以美衣鲜服地取悦你的原因，你现在该是知道我的狠毒和邪恶了吧？但是，在与你的接触中，你是一位真真正正的英雄，你不但有比一般人英俊的容貌和身架，你更有一般人没有的英雄气概，你并不是贪色之人，你不以你的英俊自恃，不以你是一个王中之王的人物把送上门的女人收拾了，便宜了。正因了这一点，我更加爱上了你，且后来也认出了你就是当年救我的恩人，我哪里再会去害了你呢？可我毕竟是个女人，心里又是那么爱着你，我真盼望我能得到你的爱，让你抱了我，抚摸我，让我使你在快乐中忘掉囚关的苦楚，也让我幸福地死于你的怀中，但一想到如果那样了，你就会染病死去，只好在那一时又拒绝了你。你知道吗，每一次送酒饭回去，黑老七都要查问，我瞒着说机会不成熟，他不相信你是个不吃腥的猫，又怀疑我是真心为了你。我的心情矛盾极了，彻夜彻夜不能安睡，所以这数天我没有来。谁知越是这样，病情就越加重，鼻子便开始红炎起来。我知道鼻子一烂，接着头发就要脱落殆尽，身上也会烂得一块块掉皮。我到了那时就丑得不堪入目，更不愿意我爱着的人看见我的样子。但我又是快要死去的人了，我怎能不来见见你呢？我无论如何要来最后看看你了！黑老七见我病到这步田地，知道你没有起作用，就叫嚣着要杀掉你。但他现在是病了，病得也不轻，终日惊恐着会有人要杀他，也就另眼待我，已将我扔到一间空房中让自个死去。我偷偷地跑来，一是要提醒你，黑老七明日会来杀你，或许就在今日，你万不可睡着，要防着他；二是我要求求你，让我就死在你的手里吧！”

女人不歇气地说着，她不让白朗有一句插话，似乎她要一停止下来就再也说不完了。现在她跪在了白朗的面前，眼巴巴地看着，向他企求了。泪水不知何时起已经满面了的白朗，双耳轰鸣，喉咙哽咽，他为面前的女人战栗了！天呀，原来是这样，事情原来竟是这样！他忘却了刘松林带给他的烦恼，满心地同情着这个可怜的女人了，更感动着这女人对他的一片挚心了！世界上的英烈并不是男人家才有，柔弱的女人竟也有石破天惊之豪举，他白朗一世来并不看重女人，谁能料到拯救他的不是月下结拜的武功超群的狼牙山寨的二大王刘松林，而是这一个不胜风寒的女人啊！他把女人一揽手抱起来，抱得是那样地紧，说："你是不会死的，你是不会死的，等我哪一日出去了，我会请世上最好的郎中治好你的病的！"

女人在双臂之中颤晃着，如风中细柳，几欲要痉挛了，大颗大颗的泪就坠下来，说："啊，有你这样的话我真高兴，可这是不可能的，这是不可能的。"

悲哀到了极点的白朗一下子冰山似的崩溃了，他瘫坐在条凳上，抓过了酒罐来饮，却在酒罐里发现了一柄短刀。他极快地把刀拿在手里，回过头来，女人却已衣着整齐地平平地仰睡在他的床上了，在惨惨地笑："大王，你来杀了我吧！"

白朗握着刀走过来，他的手在抖动着，他杀过了不计其数的人，从没有这样抖动过。"我怎么能杀了你呢？我怎么能杀了你呢？"

"你杀了我，我会死得幸福的！我求求你了，我的大王！"

白朗看着女人微笑着闭合了双眼，脑子里浮现出一刀下去切断了她的喉管或是一刀扎在她的左胸，血喷泉一样地溅上屋顶，溅上四壁，一个美丽善良的女人就再不复存了？！他回头看着窗外，今天的太阳没有照耀，不知何时布满了阴云，有雨在下落了。他终于说：“好吧，我满足你。”俯下身去，在她的额上、鼻尖上、嘴唇上亲吻了。“你把左手搭在床沿吧，我划破血管，血就会流干的。”

女人顺从地伸过右手在床沿了，她并不看，仍那么安详地闭了双目，白朗却拿刀背在她的手腕处划了一下，就坐在一边头软得再也抬不起了。

楼室里是那样安静，窗外的雨在淅淅下着，这雨声在女人的知觉里是血管里的血在往外流淌，她没有痛苦，她觉得生不能与英雄的白朗做妇做妻，也不能与他纵情为乐，但经他手死去才使她这般自在幸福呢！现在，她要死了，血一流完她就死了，但愿在另一世里他们再相会吧。

白朗抬起头来，发现女人的胸部慢慢平息了起伏。他走过去，女人早已经死了！她在一种意识中死得果然安详，脸上还在微笑着，没有血，没有伤，真如睡熟了一般的一尊菩萨。白朗就这么一直看着她，看着她，将她神圣起来而不敢再去碰她，摸她，直到天黑，天黑又到黎明。

黎明里，白朗抱起了酒罐大口大口往嘴里倒酒，已经喝得大醉了还在摇动酒罐。没了酒的空罐里有了一种金属的声音，掉下来的竟是一把钥匙。白朗立即醒悟了，拿钥匙去开镣铐上的锁。锁打开了，他的眼泪唰地又流了下来了。是呀，这女人在死前把什么都预备好了，她为他带来了钥匙，也为他带来了自卫的短刀！白朗跪倒在女人的尸体前，叫着“夫人！夫人！”，泪水涌流却嘿嘿地大笑了。

这时候，楼下传来了杂乱的呐喊声，听得见有嘶哑的吼叫：“一定要守住，守住！今日谁杀了那头领，我大王就将压寨夫人赏他了！”白朗听出这是黑老七了，黑老七接着又喊着夫人，大骂着“跑到哪儿去了？”，一小卒在答：“夫人昨日上楼没有下来。”黑老七就又骂道：“娘的 ×，谁还让她到楼上去的？！”白朗隔窗一看，堡门外的土场上果然狼头旗帜数面，无数的狼牙山寨的旧部在那里攻打，他要探身窗外嘲笑那一个黑老七了，楼梯口却传来了急促的脚步声，白朗立即复坐床上，将镣铐缠在手脚，那一柄短刀就顺手压在凉席下。

门被一脚踢开，黑老七和四个提了柳叶刀的喽啰走进来。

“和尚白狼！”黑老七恶狠狠地说，“你不是总要见我吗？我黑老七来见你了，怎么样，地坑堡待你不薄吧，关在这里有吃有喝，还有个娘儿们陪你？！”突然一变脸吼叫，“小的们，把那臭娘儿们一刀砍了！”

白朗说：“慢着，她在我这儿睡着了！”

四个喽啰皆一时满脸尴尬，觉得压寨夫人竟是睡在囚徒的床上，便拿眼看起自己的山主了。黑老七哈哈笑道：“和尚白狼，你以为你占了我的便宜吗？我告诉你，这臭娘儿们害了麻风病，是我特意让她来找你的，我不用杀你，你也死到临头了！”

白朗傲慢地坐那里，冷眼看着黑老七，说：“是吗？那你怎么还到楼上来？！是来请我出去吧，外边的我的兄弟越来越多，你是让我去领他们进来吗？”

黑老七说：“是的，和尚，外边是打得厉害，自把你关在这里，我地坑堡再没安宁过。”

白朗说：“这我当然知道，你是瘦多了，气色是坏多了，日日夜夜听风声就是雨，见草木也错认了兵，再要下去你不是吓死也得吓疯的吧？”

黑老七说：“说得一点不错，我就为此来向你借一件东西的。”

白朗说：“什么东西？”

黑老七说：“要一颗人头！外边的人见了你的头，心就死了，就不会再来寻我的麻烦了！”

白朗笑了：“是吗，你来取吧！”

黑老七叫了一声，四个喽啰还未动手，白朗忽地从床上凌空跃来，那手在起跃时早从席下抽出了短刀，一下子扑到黑老七的身边，一手扼住了他的胳膊，一手将刀贴逼在他的脖子上，大声说："实在对不起了，黑老七！你给你的部下说，让他们乖乖放下刀先行开路吧！"

突如其来的变化惊呆了四个喽啰，黑老七也是面如土色，他只好命令着喽啰放下刀前边走，白朗就将黑老七押着一步一步走下楼来。地坑堡的喽啰小卒见山主被押下来，蠢蠢欲抢，那刀就在黑老七的脖子上划出血了，黑老七叫道："谁也不要动，谁也不要动……"这一幕恰被堡门外搏杀的人瞧见，抵抗的兵卒稍一迟疑，狼牙山寨的旧部早一刀捅死一个，就蜂拥下来使劲砸撞堡门。白朗又逼着黑老七下令把堡门打开了。

地坑堡所有的喽啰兵卒被赤手集中在一块空地上，白朗说："黑老七，你说怎样处治你呢？"黑老七一脸哭相了："以牙还牙，你也押了我一路去狼牙山寨吧！"白朗从他的腰间拔过了曾经是自己的短枪，丢开了黑老七，低头将短枪的机头打开，又对着枪管吹了吹气，却将短枪插在自己腰里，仰天哈哈大笑了："黑老七，你算是什么角色，还用得着我押了一路去狼牙山寨？我杀了你也嫌损我的英名！"遂叫道："谁来砍了他？"人群中走出一个人来，穿着狼头标志的服装，提着一面偌大的铡刀。白朗似乎不认识他。

"你是谁？"白朗说。

"大王不认识我，我是新入伙的。"那人说。

"你能砍了他吗？"白朗问道。

“我是盐池北边的人，黑老七暗袭了大王，官府就把盐池又夺走了，还杀了许多抢过盐的百姓，我爹我娘都被杀了，我岂能不砍了这条祸根？！”

阳光下，他一铡刀砍去，竟将黑老七一分两截。那上截的黑老七倒地还活着，说了句“我不该做那王中之王啊！”，睁目绝气。

三

白朗收拾着残部回到了狼牙山寨，白朗又是一代枭雄，赛虎岭的王中之王了。到处在扬颂着一个英雄难而不死、灭而不亡的传奇，已经演义得神乎其神，说白朗在醉酒中被黑老七囚押在地坑堡的诵经楼上，如何是白日里的英俊潇洒的玉面和尚，夜里就显身一只白狼，望月嗥叫，引动着满山遍野的狼群了。诵经楼是那个翰林的老母居住过的，久年未修破败不堪了，但白朗去后，每个黎明里楼檐风铃叮响，悠悠似有诵经之声，只有在盐池上空才能见到的白鹤天鹅，却见天要飞来七只栖在楼顶引颈长鸣。这样的传奇先是在山民百姓中，至后赛虎岭的众山的喽啰小匪，县城的工商作坊里的掌柜相公，连官府军营中的兵勇士卒全都如此谈说。就有人刻印了他两种画像在市面出售，一是狼头人身作护身镇邪的法品，一是美如妇人的脸谱，称作是和尚菩萨的，高价买来不叫买叫请的，请供于高墙神龛上，日夜焚香磕拜祈福求贵。

赛虎岭上没有了黑老七，十二个山头便剩下了十一个，那十个山主在白朗遭擒之时着实是晴天里听到了一个霹雳而震撼了，他们遗憾着白朗雄鹰折翅，骏马失蹄，受到了平生的奇耻大辱。但每一个山主之心中却也包藏了一份幸灾乐祸的暗喜：有白朗在，赛虎岭当然是安全的，官府收的税自己收，官府纳的粮自己纳，有大碗的酒大块的肉大福大乐享受；但有白朗在，赛虎岭的头把交椅永远也就是白朗的，所以，黑老七灭了狼牙寨，他们异口皆曰黑老七心毒胆大，却没有一个提出来剿灭地坑堡，黑老七在他们眼里原不算什么角色，只要提高警惕防备着些，愈加经营自己山头，谋图着某一日这赛虎岭真要成了自己的天下。但是，现在白朗奇迹般地又回坐了狼牙山寨，自不量力的黑老七落了个寨毁人亡，便都一齐称颂起白朗的英雄盖世了。

狼牙山寨的印着白色狼头的旗帜又在已经开裂如刀剑的天元寺塔上飘扬，它就象征着这数百里方圆的赛虎岭上，依旧是大王们的天下。远在县城的千总老爷果然重新调整了各地的巡检司，城之东西南北四门的吊桥严加把守，天一黄昏便高高吊起，而正欲清剿赛虎岭的计划悄悄撤销，集中起来的小校兵卒以及成批的乡勇民团终于只固守在了盐池。赛虎岭，十一个山头若十一个部落，各自在其势力范围内经营各自营生，山头上，路口上，喽啰巡哨，见巨贾豪富的钱车粮担就扣，遇官府的游兵暗探便杀，山与山狼烟联络，寨与寨号角呼应。但是，谁也不能侵犯了谁的势力。唯狼牙山寨的人，只要是衣上有狼头标志的或是持一块刻有狼头的木牌的，却可以自由往来于各个山头的区域。这当然没有明文协定，但一时间却成了例行的规矩。于是，常常三更半夜有人影绰约，询问什么人，回答狼牙山的，查也不是不查也不是，更有这个山头与那个山头为一个动心的女人或一担财物发生了冲突，几乎开始都在吆喝："要眼睛出气吗，老子是狼牙山的！"结果是假狼牙山的占了便宜去，真狼牙山的又被错为冒充，出现了不少的流血事件。白朗就要传话给十个山头，邀请十个山主前去聚一聚，亲议一些事宜了。

众山主得到邀请，莫不筹备了丰盛的礼品，他们知道如今的白朗自比往昔更一层威风，所谓邀请去狼牙山寨也就是让他们前去恭贺他的复出，也就是要暗暗警告狼牙山寨的名号是谁也不允许冒充的，皆在这一日纷沓来到天元寺塔下。

众山主的猜想一点不错，年轻的大王白朗虽然腰斩了黑老七，一把火灰飞烟灭地烧毁了地坑堡，但被一个最不起眼的山主护颈铁枷锁了，四条绳索绑了，行走数十日地押解到一座楼室里，这羞辱是太大了。他成心借此机会让众山之主们瞧瞧他一个王中之王是可以被人欺负的和欺负得了的吗。为了办好这次集会，他重新修整了寨堡的颓墙败栅，粉刷了所有楼亭舍院，到处收拢散落的旧部，招募新兵。但是，令白朗多少有些失望的是，数天的时间里，虽然张贴了布告喧腾了锣鼓传播了口信，上山来的人马仍是寥寥无几，更多的则是那些在地坑堡投降的喽啰，是山上百姓和从盐池偷跑来的盐工。这些新入伙的穿上了印有狼头标志的服装，包裹了黄的巾帻，操练刀棒，一见他就全伏地呼大王不已，他不认得这些陌生面孔，总觉得与他们没有以往旧部兄弟们的那份熟腻和亲切了。他派了一个当初功在陆星火之下的山寨头目，也就是在他杀死黑老七的那天攻打地坑堡的领头人，交代了再次下山，无论如何要寻到所有的旧部兵卒重新归来，甚至动了情道："狼牙山寨遭难，我白朗没能保护好大伙，今日天不灭我，狼牙山寨的兄弟就要有福共享啊！"

当众山主到齐了狼牙山寨的山门，那马就不能再骑，因为缘一面突出山嘴随势砌筑了二千级石阶，他们气喘吁吁往上爬，且道道围墙，层层栅栏，头扎草黄包巾腰佩雪光铁刀的迎兵吆喝打开，又吆喝关闭，甚是一派森严。上得山嘴，并未到得正寨，又是一峰崖，开元寺塔就在上头，而崖的两侧有飞瀑直下，望之若练，路曲之绕过瀑后，走过了珠玉喷跳之处、石皆成穴之处，仰视着崖上苍苔匝生如羊胛状，酷夏之中人也莫不心身寒气所逼了。白朗自然立于崖头路口拱拳喝迎了，自然又是往昔的一身素白一颗光洁头颅的和尚了，他声声呐喊，立即应者雷轰，早有数十个将鬓发挽紧是一个角儿的小徒们安顿了八八六十四张生漆染就的八仙大桌，九九八十一面芦席坐铺，众山主和所有山寨的大小新旧兄弟一齐入座了。众山主们走到了桌前，却没有落身下坐，而是环目望见了那旧制的三楹大门楼，三楹仪门，五楹正堂，东西各三楹厢房，那后堂的侧门，那兵库房，庖厨咸具房，三楹花厅，大门外东西分列的大厅，那十二间的旁廊全都焕然一新，张灯结彩，而新造的二十个窝铺，四个角楼，六个敌楼，连同了那木架哨台、天元寺塔，全插上了新崭崭的狼头旗帜。这阵势便使众山主们少了志气，自惭形秽起来了，他们整衣理帽，尽量使脸上长久笑容，就在山鸣海啸般的乐声中让随从抬上虎皮、熊肉、熏鸡、卤鸭和一坛坛美酒，成匹的丝布，以及火纸、食盐、豆油、木耳、香菇，言称薄礼小品不成敬意，然后弯腰向白朗恭贺，逐一地挑选着天下最美丽的词句，以悦耳高亢的声调称赞白朗的英勇了。一时间里，狼牙山寨就是赛虎岭的一面旗帜，白朗就是众山之主心悦诚服的领袖，从此赛虎岭将固若金汤，那盐池的恢复指日可待，县城的官兵是一群草芥，这方圆数百里地将永远是一个独立的王国，别一种清平的世界了！听着这么多的赞誉，早晨起来又兀自喝过了过多的烈酒，白朗满面红光，神采奕奕，想起了过去的一切，他也为自己的今日而惊讶了！是呀，天下哪有被囚押欲死之人又突然间报得深仇，重整了旗鼓，而又如此地振臂一呼就能应者云集呢？做了阶下之囚，黑老七仍是见他战战兢兢，这已经是别人不能做到的奇迹，何况在囚室之中又有一个艳丽若仙的女人钟爱于他，岂不又是奇迹中的奇迹吗？！这全是自己的英雄气概所征服的呀，赛虎岭上有第二个人吗？或许，这些众山主和众喽啰的称颂未免过分了点，但除了他白朗哪一个人又能如此敢有一点承当啊！

白朗毕竟是英雄的白朗，在这样的场合中他不会忘记了为他牺牲的人，他要在万众欢呼里追念那些亡灵，他首先想起的是他的结拜过的三兄弟陆星火。他给大家讲述着陆星火的英勇，从一块精致的木匣里取出了一颗血肉已化的头的骷髅，安放在高台桌上，为其奠酒，三跪六拜，声明他要修坟造碑，年年月月为他的可敬可亲的三兄弟奠祀。再下来，他就说出了一个女人来。当众说出一个女人，且这女人又是黑老七的压寨夫人，这于当过和尚的白朗是不宜的，于如今被传颂得神乎其神的白朗是不宜的，但他白朗还是要提到她。他讲述了这女人在楼室里怎样地照顾他，又是怎样地暗送了他钥匙和短刀。此话一出，众山主和喽啰兵卒都议论哗然了。这一切的一切，是谁也不知道的，他们在白朗一说一个女人的时候甚至觉得有些好笑，怨怪白朗怎么启这种口呢？可听罢了她的事迹，他们全都被这前所未见前所未听过的奇艳无比的人儿所感动，心想这女人一定是与白朗有缘的，是不是白朗已经和这女人有了那一层的关系了？这种想法当然一闪即过，遂感叹一个娇弱的女人能身为黑老七的压寨夫人而倾心白朗，这女人定受了英雄白朗的感染，更可以说身上流动了白朗的血气，越发证明白朗是一位大英雄了！

当白朗将一壶酒洒向地面，大家把酒全洒在地面，他们同时在心中祈祷着在自己的一生中也能遇上这么个女人，做一个有着生生死死的奇艳风流的英雄多好！白朗接下来在追悼为救他而攻杀黑老七的兵卒，追悼完了，他站起来喝令着兵卒点燃了炮铳连放三十六个爆响，令四十八位喽啰抬出鸡鸭猪牛肉一盘盘端上，将一瓮瓮烧酒在大碗中筛满，宣布能吃的吃饱能喝的喝足，没了黑老七，不怕有偷袭，醉得昏天黑地三天不醒的是白朗的朋友。但是，人群中有人叫道："大王，你并没有追奠到一个更救过你而死去的人啊！"

这一声很是响亮，似乎还带有童腔，已经坐下的白朗站起来问："哪一位说话，是我遗忘了谁吗？"

人群中站出一个小小年纪的小卒，一件有着狼头标志的服装宽大过膝，显得两腿短矮失例，但眉目清秀可爱，白朗认出他是那个曾经吹过唢呐，后来又守卫诵经楼的黑老七的旧部下。他站到了人群前的空地上，面对着白朗做了一个半跪的姿势，然后又眏了一下左眼，白朗被他的旧日动作所逗，不自觉地也冲他眏了一下左眼。小卒说："大王刚才说到的黑老七的压寨夫人，那她正是我的表姐。表姐的事大王已经当众讲了，其实这一切表姐都给我讲过，因为这是一个女人的事，大王刚才不说我现在也不会说的。但大王一定只知道我的表姐一个人，殊不知为了大王死的竟还有她的一位丫环！当陆星火、刘松林死了以后，可以说来地坑堡救大王的并没有几个武艺强过黑老七的，但来救大王的人实在很多，这已经使黑老七紧张起来。为了使黑老七精神崩溃，不得很快杀了大王，表姐就同丫环偷偷书写了许多字条，上面都是一句话：'取黑老七的头！'三更半夜让丫环贴得墙上有，树上有，茅房中有。这便使黑老七以为狼牙山寨的人混进了地坑堡，或是地坑堡的兵卒中有了狼牙山寨的奸细。他查了又查，搜了又搜，杀死了许多他的部下，但是，每日还是有字条发现，黑老七夜里再也不敢睡了，担心一睡下有人取了他的头去，白日再也不敢先吃饭，担心饭里放了毒，先要让别人吃第一口。人这么活着怎能不病呢，黑老七就病了，一听见风吹树叶就惊，一看见日影灯影也惊，常常惊起来就怀疑他身边的人，要不严刑拷打，要不就杀了。大王你想想，他得了你的短枪，原本可以在地坑堡的堡门楼上瞄准前来攻打的人放枪吧？虽不能一枪打中一个，也可以三枪打中一个的，他却从不到堡门楼去，怕啥呢，就怕那里一乱，有人暗中害了他呀！这不就是字条的作用吗？可以说，他完全是一个神经病人了，身子虚弱不堪了，他最后去楼上杀大王，大王一定能瞧出他和从前判若了两人，被大王用短刀逼了再没做反抗，他以前也曾是凶猛如恶豹的人呀！我表姐的病到了快死的时候，是反复叮咛过丫环不能对人说这事，丫环给表姐点头，却在背地里哭了，她以为表姐放心不下她。这也难怪，她原是七星镇杨掌柜的女儿，杨掌柜曾经藏过黑老七，黑老七后来常去杨掌柜家，看中了她，虽不能明着抢来，却使了鬼点子勾引。黑老七早年是个串巢窝闯勾栏的能手，他会让猫在手帕上尿了，把手帕又放在蛇洞前让蛇在上面交媾遗精，再拿手帕去到看中的女子面前摇晃，女子就中了魔法一般竟顺他而来。那杨掌柜的女儿就这样被他迷惑了成的奸，却后来又玩腻了，才让她做了我表姐的丫环。这丫环有这段往事，就以为表姐怀疑她为人有不争气之处，也就在那个晚上，她吊死在一所空院子的门框上了。她吊死了还贴了最后一张字条，那字条贴在她的身上。黑老七当然没有想到丫环做了什么，还以为丫环也被杀了，更是要杀了他的前兆。大王，她虽然是自杀的，但她是为了谁而自杀的？她的功绩并不低于地坑堡门外叫杀的兵卒，甚至她抵得住十个兵卒，二十个兵卒，但大王却只字未提到她！”

年幼的小卒说完，退回到他的位置去，白朗端起了酒，他深深地被那位并不知晓的丫环的作为所激动，他的嘴在颤抖着，一串一串掉下来的热泪滴溅在酒碗，正要双膝跪下去对着那上苍、对着那冥冥之间游荡不知着落的一个亡灵呼叫，便有人在嚎啕大哭了。这哭声是那样地悲痛和凄厉，在炎日当顶如油锅开炸的正午，使每一个人五脏六腑都在震撼了，抽搐痉挛了，他们以为这哭声来自云空，是那一个几乎永远无人知道的丫环的阴魂在这彰昭的一刻恸哭了，以为是英雄的白朗率先在为自己的内疚而悲泣了。但是，当众山之主和兵卒们看见白朗也抬起了惊愕不已的眼时，才听清了哭声发自土石场的北角，那一堆拥拥挤挤来瞧热闹的山民群中，而且已有人踉踉跄跄走过来了！也就在这时候，白朗却兀自大叫了："刘松林？！"

听到"刘松林"三字，站在白朗身后的一队贴身喽啰忽地扑过来，如挟风的虎群，将还没有走到场中来的人掀翻在地了。血涌得一脸通红的白朗把手中的酒碗哗啦摔了，大声怒叫："刘松林，好个逆贼，你今日还有胆量来呀？来了正好，你那一颗贼头正用得上奠我狼牙山寨的英魂！"

那人突然脖子挺硬了："大王，你再看看是不是刘松林？！"

暴怒了的白朗一个愣怔，待看了一眼时，那人长得和刘松林十分相似，但毕竟比刘松林矮了些，也胖了些，脸上没有那抽烟土人的一层土灰色，不禁也疑惑了："你不是刘松林？"

那人说："我不是刘松林，刘松林却是我的一奶同胞。大王今日重整旗鼓东山再起，刘松林是你第一个要杀要剐的叛逆，可你大王哪里知道这奠祀的第一人却应该是他！"

众山之主和芦席上的残部兵卒几乎是愤怒了："这厮胡

说八道了，刘松林叛主投贼，残杀陆星火，难道还成了功臣不成？！”

白朗却挥手让喽啰们放开了那人，冷峻地问道：“刘松林他是死了？”

“是死了，大王，他死无尸首葬无坟茔。”那人说。

“他死了？”白朗重复了一句，却突然走近了一步说，“你说奠祀的第一人应该是他，他能比陆星火吗？他能比地坑堡的那位妇人和丫环女子吗？”

那人站了起来，又几乎是伤心了，但却在红日当空之下擦干了眼泪，说：“陆星火是忠烈之汉，那妇人和丫环有节烈之举，刘松林在狼牙山寨时的功绩不用我说，大王心中清楚，在场众位心中也清楚，他的最大的过错不就是曾为了一个女人私自逃离过大王的吗？但是，当他得知大王被囚，盐池丢失，陆星火去救大王又断了胳膊，他大哭一场，血刃了他的那个女人，就奔到地坑堡去了。他没有带多少人，他脱离了大王后只想和那女人寻一处僻静地过安静生活，他还忘不了唱戏，怀恋着舞台上的周瑜，所以，带在身边的只有二人，武艺又平平，但他还是去了。去了地坑堡，才知道那里防备森严，他无从下手，又退回来寻找陆星火。陆星火已经残废，还领人去攻杀过地坑堡，但也差不多把人伤亡完了。他二人那一夜就住在我家，从一更商议到二更，二更又到三更，想不出个好办法来，把一坛酒都吃完了，就又趴在桌上哭。到了五更，陆星火终于想出让刘松林砍了他的头去假降黑老七，然后进入地坑堡杀掉黑贼为大王报仇，学一场古书上讲的荆轲刺秦。这办法是好，刘松林却不忍心陆星火这么死去，陆星火说：‘你不要和我争了，你就是献了头让我去，黑老七一是信不过我，二是我一条胳膊也无力杀了黑老七。’就借说他去上茅房解手，在那里用刀自割了头。刘松林那时没有哭，他把陆星火的头血滴在酒里面喝，他说：‘兄弟，刘松林现在不是刘松林一个了，刘松林是陆星火和刘松林两个人了！’就带了头赶到地坑堡。黑老七果然相信了他，让他端了陆星火的头进了他住的厅院里，他首先要黑老七拿出三百两银子放在一边，再要黑老七把烟土准备好，说他烟瘾犯了需要抽烟。黑老七一一照办了，要他端上陆星火的头来，却不让他近身。不让近身怎么能行呢，陆星火的头颅下是藏好一把短刀的，他便说：‘我还有个请求，黑山主一定答应我！’黑老七说：‘什么请求？’他说是陆星火的嘴里有一颗金牙的，请求能让他敲了那一颗金牙！黑老七嘿嘿笑了，让人把头递给了他，他一边往黑老七跟前走，一边掰弄头颅的嘴，忽地从头颅下抽出短刀，却一脚踩在了一块瓜皮上滑倒了。他再要爬起来，一切都来不及了。大王，你是知道的，刘松林抽烟土抽上了瘾，没烟是没劲的，他从我家走时是抽过三个顿时的烟的，但到了地坑堡，烟劲还是过去了。他没能爬起来，黑老七的左右兵卒就乱刀将他砍了，砍成一堆肉泥了。刘松林死后，黑老七是胆战心惊了，刚才那位小兄弟谈到丫环的字条使黑老七几乎要疯了，这根源也一定是有了刘松林的谋杀才产生了效果的。像这么英勇之人，大王不但不追奠他，反倒还骂他逆贼，我那兄弟在九泉之下也不安宁啊！”

那人说到这里又哭起来，白朗已经支持不了了，瘫坐在了条凳上，反复地说：“是这样吗？是这样吗？”

“是这样的，大王！”刘松林的哥哥说，“我要是有一句假话，大王现在就刀劈了我，他们是可以作证的啊！”

拥集在观看热闹的山民中就有两人走来跪下了，自报他们曾是黑老七的左右随从，他们是亲眼看见了这壮烈的场面。黑老七杀了刘松林后，即关了厅院大门，封锁了消息，所以地坑堡的别的兵卒是不知道的。待到黑老七最后死了，他们不愿再上山吃粮才回家务了农的，今日原也不来瞧这种热闹，是刘松林的哥哥特意要他们来作证的。

白朗的脸色黑沉起来，他没有再将酒端起来奠祀，也没有落下一滴泪，而是离开了那个他一直站着的高台阶，向着众山之王和他的部下喽啰走来，喃喃地说：“还有我白朗不知道的人吗？还有替我白朗死去的我不该忘了的人吗？”他的样子非常地虔诚又非常地令人恐怖，当目光落在十个山主身上时，有两个山主突然脸色煞白，扑咚扑咚差不多一起跌倒在地昏迷不醒了。

酷热的夏天使所有的人都在这沉重而窒息的气氛中支持不了了，两个大王的昏厥使人群骚乱，立即有喽啰去舀了绿豆汤来灌，想这汤水灌下必会败了火气，但两个山主紧闭了双目却在高声说话了，一个说：“你说呀，你快说呀！今日不说哪儿还有说的地方呢？”一个说：“我怕哩。”一个就说：“大王是白朗大王，不是真个白狼吃了你吗？”一个还说：“我还是不说。”一个就生气了，说：“跟你这不出息的男人我算倒八辈子霉了！你不说我说了吧！”两人这么你一句我一句，互相不看，接应自然，又全然是夫妇口吻，有人就骇声叫道：“这是鬼附身了，这是通说了！快拿簸箕桃条来盖住抽打！”那一个说着妇人腔的大王就闭目发怒了：“谁要打我，我是来向大王诉冤的！”有人就问：“你是谁，你要向大王诉什么冤？有冤你到县衙公堂去！”那妇人腔就说：“我是七星镇兴茂客店的娘子，他是我的丈夫，我们在客店是接待过你们狼牙山寨的人，是二十个人，他们说是要去打黑老七要去救白朗大王，我们夫妻白给他们酒喝白给他们肉吃，可他们天明一出店碰上地坑堡的人就打起来，他们是全被杀了，那地坑堡的人就又来到店里找我们。院子里一刀戳了我丈夫，进厨房又找我。我跳进水瓮里，头上顶着葫芦水瓢，但还是让找到了。他们说我是狼牙山寨人，我说老娘不是，但老娘看不起黑老七，他不去杀官兵却关了白朗大王，他是小牛牛！他们问我小牛牛是什么？我说是小娃的鸡巴！他们就一刀砍了我的右胳膊。我知道我不得活了，就骂黑老七，他们说你再骂砍了左胳膊！我还是骂，左胳膊就砍了。我倒地上还在骂，他们就割我的舌头，最后连奶也割了，下身也……”说到这里，另一个就说：“你不要说了，我来给大王说，大王，我夫妻不是狼牙山寨的人，我夫妻是为狼牙山寨死的，为狼牙山寨死的能不能说给你大王呢？若大王不肯理我们，我们这不是死得太冤吗？如果大王能理我们，就把我们也当了狼牙山寨的人，大王奠酒那我们夫妻也能去享受一口了！”脸色更加难看了的白朗不知该怎么处置眼前的事故，他为着两个山主的突然昏厥而担心，也为着昏厥的山主怎么说出这一段全然是别人口吻的话而疑惊，他说：“为我狼牙山寨死的人，当然是有一份美酒。”此话一落，倒在地上的那一个山主便说了：“娘子，你听见了吗，你听见了吗？”遂夫妻两种声调同时说道：“谢谢大王！”而也是两个大王在这一时睁眼坐起来，浑身冷汗淋漓，虚弱无力，犹如干罢了一场最苦最累的活计。众人忙问是怎么啦，他们只说刚才脑子嗡的一下就什么也不知道了。

众人面面相觑而毛骨一齐悚然了，这是一场鬼魂附身的通说无疑，那么，在得胜相庆的今日，在白朗大王酒奠亡灵的狼牙山寨上，召唤来的是多少的鬼魂！兴茂店的夫妻来了，而并不是狼牙山寨的人却为狼牙山寨死去的又何止这一对夫妻，会不会也要通通到来附体通说呢？众山之主和每一个兵卒喽啰都脸色蜡黄惊恐不已，便有年纪稍大的老兵急去将接收的火纸以铜钱拍打了当场焚烧，企图让到来的鬼魂得到一份阴钱而安而息。偌大的纸火蓬蓬燃烧，纸灰如万千黑色的飞鸟在漫空飘浮，并不阻止的白朗也抬起头来，久久地盯着一叶纸灰在那里方向不定地游动，最后就静落在他的头上，他没有拂去。

这时候，从寨子下上来了一队人，形容憔悴衣衫破烂，领头的正是领了白朗的命令下山招收旧部的那个头目。他上得寨来，被这纷乱而恐怖的场面所惊，也被白朗大王苦楚得僵硬了脸面的神色所惊，就跪下了，同来的旧部也跪下了，所有的狼牙山寨的兵卒喽啰全都跪下了，齐声叫：“大王——！”

大王白朗木木地看着他们，终于趋前扶起了那个头目，问道：“就召回这么些人吗，旧日的兄弟都不愿再来了吗？”

头目说：“回禀大王，只要是旧日的兄弟，全都回来了！”

白朗说：“那是三千人呀，三千呀！”

头目说：“是的，别的全都死了。”

白朗说：“死了？”

头目说：“我走遍了他们所有的家乡，他们是死了。有的是黑老七偷袭盐池时死的，死了三百七十人；有的是盐池战败后逃散出去，先后被官府捉住杀掉的，死了七百二十一人；有的是为了救出大王，前前后后在地坑堡周围战死的，是六百三十九人。只有三十八人没有来，他们是在救你时没有救了却伤了双腿或瞎了双目或伤势过重被人背回去，实在不能行走了。”

白朗没有言语，回转过头来说道：“是我的旧部兄弟，都站过来吧。”

跪伏在地上的兵卒喽啰有一半站起来，集中到一起了。这是有千人之众，却三分之一的人不是残了手就是跛了腿，更多的则是在头上、肩上、腿上包扎了厚厚的血布。

白朗突然间头后仰向天，哈哈哈哈地狂笑了：“我胜利了吗？我是王中之王的英雄了吗？”

这笑声和叫喊异常怪异，使所有的人听见了都打了一个寒噤，一身的鸡皮疙瘩暴起了。赛虎岭的十个山头的大王和黑压压一片的兵卒皆惊骇地看见在火红的如毒刺猬一样滚动的太阳下，白朗的脸色再也不是那么神采奕奕，再也不是那么唇红齿白双目若星，他一下子衰老了，头皮松弛，脸色丑陋，骤然间一动不动，遂身子慢慢摇晃着，摇晃着，最后倒在了地上，远远的那座天元寺的分裂成两柄剑状的石塔同时在一声沉闷的轰隆中崩坍了。

第三日的一个早上，一群妇女在赛虎岭最高的山梁官道上那一眼唯一的泉水边，看见了一个人挎了短枪过来，全吓了一跳，以为是遇上了一个行歹的土匪或是一个官兵，急忙匿身于草丛里。等那人走近了，却有一个胆大的又能认识此人的女人尖声锐叫：“这不是白朗大王吗？”

女人的眼睛是好，他正是白朗。但已经苍老得如一个朽翁的白朗大王，再没有穿着那一件白色的团龙长衣，也没有那一双白色的深面起跟鞋，而是一身肮脏短服，一柄短枪并没有将皮带儿斜挎了肩头，也不别插在腰间，泥土把枪身糊了，也堵塞了枪管，在他上土坎时完全是用着一个短拐杖了。他听见呼他的名字，站住了，却疑惑地看着面前的女人。

“大王认不得我了吗？”那个女人说，“可我认识你的！你想想，当日你被黑老七铁枷绳索地押了路过前面那个山头时，有个说过你长得好，又为你献了一朵野蔷薇，遭到黑老七的喽啰踢过一脚的人吗？那人就是我！”

白朗想了想，想不起来，他摇开头了。

“你当然认不得我了，你是多么有名的王中之王，你又长得那么英俊，多少女子会围着你的，你是不会注意到我一个开店的半老徐娘的。”

女人说罢，放荡地笑起来。旁边的就有人说：“你这是做女人的嘴吗？”女人说：“我说的不是实话吗？你们谁不想着白朗大王？听说许多人家买了大王的像在家供奉，家里的女人夜里老想着，都想疯了的！”

又转向白朗说道："可是大王，我要说一句冒犯你的话，你不会拿枪打了我吧？你现在可老多了，要不是我见过你，谁还相信你就是英雄大王白朗呢？一定是大王将那么多的女人都收纳了做压寨夫人了吧！大王，你是英雄，又是英俊的男人，你真不该为了那几个狐狸精的娘儿们而将自己弄成这样，使我们从此见了你失望哩！"

白朗还是痴痴地看着这利嘴放荡的女人，却说："你提水罐吗，能给我喝一口吗？"

女人说："大王你是怎么啦，你已经走到这泉水边了，你还向我讨喝吗？"

白朗终于看见了那眼山泉，他走近去，放下了短枪，俯身趴就喝起来。他喝得很急，连一颗有着戒印的头也没入水里。喝毕了，站起身来，嘟嘟呐呐说着什么，又一步步兀自走远了。女人们都惊讶地看着白朗，发现白朗喝了水并没有再挎了那柄短枪，就叫道："大王，大王，你忘记你的枪了！"

白朗似乎没有听见，渐渐走远了，女人们回到泉边拾起了短枪，枪被太阳晒得焦热，烫得手没抓住溜进泉中了，但入水嗤的一声冲出了一团白气，枪不见了，水底里静伏着一条黑脊梁的银鱼。原来这些女人见到了白朗，虽然白朗是老了，虽然白朗并不理睬她们，但她们想他毕竟是盖世的英雄，是英俊的男人，今生不能与他长生相伴，喝喝他喝过的泉水，就如同是和他嘴与嘴的接吻了，水喝下去也就化作他的血气了。可水里现在有了一条鱼，一摇尾将水搅浑了，且那柄短枪倏忽间又不见了。她们就疑惑了，觉得刚才是一场梦吗？

那利嘴放荡的女人就说：“这不是梦也是那个人作了祟的，他哪儿会是白朗呢，白朗做了囚徒时我是见过的，那一阵他还是多么英雄多么英俊，现在狼牙山寨得胜了，狼牙山寨的大王怎么会是他那个样呢？！”

好事的女人受到侮辱，又觉得那人窝囊可欺，就顺着白朗走去的路寻找那人出气，她们走过了很长一段山道，终在一个不起眼的崖根下的石洞，看见了那人盘脚闭目坐在里边。她们先是觉得奇怪，后明白了他果然不是白朗，是一个居止无定、炼精服气、欲得道引吐纳之法的隐人。洞斜而下注，她们不能去拉出他教训，就于洞口再一次问：“你还敢说你是白朗吗？”

那人看着她们，说：“是白朗呀。”

女人们的愤怒再也不能遏制了，一边将土块掷进洞去，一边大喊：“你怎么是白朗？不准你是白朗！你不是白朗，不是白朗！！”

五魁

迎亲的队伍一上路，狗子就咬起来，这畜类有人的激动，撵了唢呐声从苟子坪到鸡公寨四十里长行中再不散去。有着力气，又健于奔跑的后生，以狗得了戏谑的理由，总是放慢速度，直嚷道背负着的箱子、被褥、火盆架、独坐凳以及枕匣、灯檠、镜子、装了麦子的两个小瓷碗，使他们累坏了。“该歇歇吧！”就歇下来。做陪娘的麻脸王嫂说不得，多给五魁丢眼色，五魁便提醒：“世道混乱，山路上会有土匪哩。”后生们偏放诞了勇敢，说：“土匪怕什么？不怕。”拔了近旁秋季看护庄稼的庵棚上的木杆去吆喝打狗。狗子遂不再是一个两个，每一个沟岔里都有来加盟者，于亢昂的唢呐声中生发了疯狂，跃起细长黄瘦剪去了尾巴的身子在空中做弓状，或爹起腿来当众撒尿，甚或有一对尾与尾勾结了长长久久地受活在一处了。于是就喊：“嗨，骚狗子！嗨，骚狗子！”喊狗子，眼睛却看着五魁背上的人。五魁脸也红了，脚步停住，却没有放下背上的人。

背上的人是不能在路上沾土的，五魁懂得规矩，愤愤地说：“掌柜是不会放过你们的。”

“我们当然不像五魁。”后生们说，“我们背的是死物，越背越沉。五魁有能耐，你一个人快活走吧。”

五魁脸已是火炭，说：“造孽哩，造孽哩。”但没办法，终是在前边的一块石头前将背褡靠着了。背褡一靠着，女人的身子明显地闪了一下，两只葱管似的手抓在他的肩上，五魁一身不自在，连脖子都一时僵硬了。

五魁明白，这些后生绝不是偷懒的痞子，往日的接亲，都是一路小跑着赶回去，恋那早备了的好烟吃、烈酒喝，今日如此全是为了他背着的这个女人。

当一串鞭炮响过，苟子坪的老姚捏着烟迎他们在厅屋里吃酒，瞥见了里屋土炕上正坐了一位哭天抹泪的女人，他们就全然没有嘻嘻哈哈的放浪了，因为那女人生就得十分美艳，为他们见所未见。一个贫穷的茅草屋里生养出个观音人来，实在是一个奇迹，立时感到他们来此接亲并不是为柳家的富豪所逼使，而是一种赐予与恩赏了。世上的闺女在离开了父母的土炕将要去另一个做妇人的土炕时，都是要哭啼落泪，而这女人哭起来也是样子可爱。她的母亲和她的陪娘在劝说着，拉下她的手，将粉重新敷在她的脸上，梳子蘸了香油再一次梳光了头发，五魁就看见了她歪在炕沿上，一条腿屈压在臀下，一条腿款款地斜横在炕沿板上，绣花的小鞋欲脱未脱地露出了脚跟的姿态。那一刻里，他觉得这女人是应该嫁到富豪的柳家去享福的，而且应该用八抬花轿来抬，但可惜山高沟大，没有抬花轿的路可走，只得他五魁驮背了。

五魁在十六岁的时候，已经体格均匀，有大力气，被选作了驮背新娘的角色，以致从此成了专门职业。十年来，他几乎背驮了数十个新娘，他知道了鸡公寨的各家媳妇重与轻，胖与瘦，甚至俊丑及香臭，但他从来还未背过这么美妙的女人。他不明白在他走向炕边，背过身去，让那女人爬上背来，他竟是唰地出了一身微汗，以至于在女人已经双膝跪在了背褡上的毡垫还不知道，待到一声叫喝，姚家的人将朱砂红水抹在了他的脸上，他才清醒他是该出门走了。这一路都在后悔，也不能看见背上的人，背上的人却这么近地能看着他。该怎么在窃笑他那时的一副蠢相呢？

正是这女人被他背驮着了，挨在后边的抬着嫁妆的后生们，他们是可以一直不歇气地走到天边去，走到死去，也不觉劳累的。但是四十里山路轻易地到达实在不是他们的需要，后生们话才这么多，才这么兴奋，才这么故意寻借口拖延。在接亲的路上，做了新娘的虽是柳家的人了，但还不是真正的柳家人，他们的戏谑都不为过。若一经进了柳家，这女人就不是能轻易见得到的了。后生们如此，他五魁还能这么近地接触她吗？所以五魁也就把背褡靠在石头上歇起来。

八月的太阳十分明亮，山路上刮着悠悠的风，风前的鸟皱着乱毛地叫，五魁觉得一切很美，平生第一次喜欢起眼前起伏连绵的山和山顶上如绳纠缠的小路。如果有宽敞的官道，花轿抬了，或者彩马骑了，五魁最多也是抬嫁妆的一个。五魁几乎要唱一唱，但一张嘴，咧着白生生的牙笑了。麻脸陪娘走近来很焦急地看着他，又折身后去打开了陪箱的黄铜锁子，取出了里边的核桃和枣子分给后生们吃。这些吃物原本准备给接嫁人路上吃的，但通常是由接嫁人自己动手，现在则由陪娘来招待，大家就知道麻脸人的意思了。

“天是不早了呢！”陪娘说。

“误不了夜里入洞房的，”后生们耍花嘴，“瞧这天气多好！”

“好天气……”

“哪还怕了土匪？”

“哪里怕了土匪！”陪娘不愿说不吉祥的话，“你们可以歇着，五魁才要累死了！”

“五魁才累不死的！”

五魁想，真的累不死。他就觉得好笑了，这些后生是在嫉妒着他哩，当五魁一次一次做驮夫的差事，他们是使尽了嘲弄的，现在却羡慕不已了。他不知道背上的女人这阵在想着什么。一路上未听到说一句话。五魁没有真正实际地待过女人，揣猜不出昨日的中午，在娘家的院子里被人用丝线绞着额上的汗毛开脸，这女人是何等的心情，在这一步近于一步地去做妇人的路上又在想了什么呢？隔着薄薄的衣服，五魁能感觉到女人的心在跳着，知道这女人是有心计的人儿；多少女人在一路上要么偶尔地笑笑，要么一路地啼哭，她却全然没有。她一定也像陪娘一样着急吧，或者她是很会懂得自己的美丽，明白这些后生的心意，只是不言破罢了。

不言破才是会做女人的女人。

好吧，五魁想，那不妨就急急她。她急着，陪娘急着，鸡公寨外的山口上等待着新人的柳家少爷更让他急着去吧。

老实坦诚的五魁这一时也有一种戏谑的得意，若这么慢慢腾腾地走下去，一个晌午女人是不能吃喝和解手，使她因水火无情的缘故而憋得难受，于他和他的同类又将是怎么开心的事呢？一个将要在柳家的土炕上生活的妇人，五魁对于她的美的爱怜而生出了自己的童身孤体的悲哀，就有了说不清的一种报复的念头了。

有了这一念头的五魁，立即又被自己的另一种思想消灭了：

谁让自己是一个穷光蛋呢！不要说自己不能有这样的美人，连一个稍有人样的女人也不曾有，即使能得到这女人，有好吃的供她吗？有好穿的供她吗？什么马配什么鞍，什么树招什么鸟，这都是命运安定的。五魁，驮背一回这女人，已经是福分了，是满足了！于是，五魁对于后生们没休没止的磨蹭有不满了。

“歇过了，快赶路吧！”他说。

后生们却在和陪娘要嘴儿，他们虽然爱恋着那个可人，但新娘的丽质使他们只能喜悦和兴奋，而这种丽质又使他们逼退了那一份轻狂和妄胆，只是拿半老徐娘的陪娘作乐。他们说陪娘的漂亮，拔了坡上的野花让她插在鬓角。五魁扭头瞧着快活了的麻脸陪娘也乐了。

是的，陪娘在以往的冷遇里受到了后生们的夸耀忘记了自己的本色，如此标致的新人偏要这个麻脸做她的陪娘，分明是新人以丑衬美的心计所在了。或许，这并不是新人的用意，而她实在是美不可言，才使陪娘的脸如此地不光洁吗？五魁觉得自己太幸福了，他离开了石头，兀自背着新人立在那里，看太阳的光下他与背上的人影子叠合，盼望着她能说一句：“这样你会累的。”新人没说。但他知道她心里会说的，他之所以自讨苦吃，是要新人在以后的长长的日月里更能记忆着一个背驮过她的人。

天确实是不早了，但后生们仍在拖延着时间，似乎要待到如铜盆的太阳哐嚓一声坠下山去才肯接嫁到家。戏弄了陪娘之后，又用木棒将勾连的狗子从中间抬过来，竟抬到五魁的面前，取笑着抹了朱砂红脸的五魁，来偷窥五魁背上的人面桃花了。

五魁无奈扭身，背了新人碎步疾走。

这一幕背上的女人其实也看到了，一脸羞怯，假装眼盯在前面的五魁头顶的发旋上了。

五魁感觉到发旋部痒痒的。在一背起女人上路，他的发旋部就不正常，先是害怕虽然洗净了头，可会有虱子从衣领里爬上去吗？即使不会有虱子，而那个发旋并不是单旋，是双旋，男的双旋拆房卖砖，女人会怎样看待自己呢？到后来，发旋部有悠悠的风，不知是自己紧张的灵魂如烟一样从那里出了窍去，还是女人鼻息的微微热气，或者，是女人在轻轻为他吹拂了，她是会看见自己头上湿漉漉的汗水，不能贸然地动手来揩，便来为他送股凉风的吧。

这般想着的五魁，幻觉起自己真成了一匹良马，只被主人用手抚了一下鬃毛，便抖开四蹄翻碟般地奔驰。后边的后生果然再不磨蹭，背了嫁妆快步追上，唢呐吹奏得更是热烈。五魁还是走得飞快，脚步弹软若簧，在一起一跃中感受了女人也在背上起跃，两颗隐在衣服内的胖奶子正抵着他的后背，腾腾地将热量传递过来了。草丛里的蚂蚱纷纷从路边飞溅开去，却有一只蜜蜂紧追着他们。

"蜂，蜂！"女人突然地低声叫了。

蜜蜂正落在了五魁的发旋上。

听见女人的说话，五魁也放了大胆，并不腾出手来撵赶飞虫，喘着气说："它是为你的香气来的。"但蜜蜂狠狠蜇了他，发旋部火辣辣的立时暴起一个包来。

"五魁，蜇了包了！你疼吗？"

"不疼！"五魁说。

女人终于用手指在口里蘸了唾沫涂在五魁的旋包上。

五魁永远要感激着那只蜜蜂了。蜜蜂是为女人的香气而来的，女人却把最好的香液涂抹在了自己的头上！对于一个下人，一个接嫁的驮夫，她竟会有这般疼爱之心，这就是对五魁的奖赏，也使五魁消失了活人的自卑，同时产生了一种可怕的邪念，倒希望在这路上突然地出现一群青面獠牙的土匪，他就再不必把这女人背到柳家去。就是背回柳家，也是为了逃避土匪而让他拐弯儿条沟几面坡，走千山万水，直待他驮她驮够了，累得快要死去了。

是心之所想的结果，还是命中而定的缘分，苟子坪距鸡公寨仅剩下十五里的山道上，果然从乱草中跳出七八条白衣白裤的莽汉横在前面，麻脸陪娘尖锥锥叫起来："白风寨！"

白风寨远鸡公寨六十里，原是一个下河人云集的大镇落。

二十年前，从深山里迁来了一对夫妇，妇人年纪已迈，丈夫很精神，所带的四个孩子到了镇落，默默地开垦着山林中的几块挂田生活着。这丈夫的脾气十分暴躁，经常严厉地殴打他的孩子，竟有一次三个孩子炒吃了作种子的黄豆，即用了吆牛的皮鞭抽打，皮鞭也一截一截抽断了。做母亲的闻讯赶来，突然破口大骂道："你就这么狠心吗？他们是我的儿子，你也是我的儿子，你在他们面前逞什么威风？！"那丈夫听了妇人的话，立即呆了，遂即大声狂叫起来，一头撞死在栗子树上。消息传开，人们得知了这一对夫妇原是母子，他们就愤怒起来。这妇人为自己的失言而后悔，也为着自己的失去妇德和母德，虽然她当年在深山这样做是出于能与野兽和阴雨荆棘搏斗而生存下来的需要，但她还是被双腿缚上了一扇石磨，而脖子套上了绳索挂在栗子树干上。妇人的四个孩子也被抓来了三个，并在妇人没有咽气时被人们用榔头砸死。妇人就在同一瞬间死去了，于一个夜晚，身子同石磨的重量拉断了纤细的脖颈，掉入了树下的那个深渊，而头依然在绳索里吊着如摇摆的钟锤……

那个走脱的四个孩子中最小的一个终没有下落，二十年后的一天，白风寨来了一个年轻的枭雄唐景，他打败了官家，以此安营扎寨，演出了许多英武的故事。他在别的村庄别的山寨是提起来令人毛骨悚然的人物，但在白风寨却大受拥戴，他并不骚扰这个寨以及寨之四周十数里地的所辖区的任何人家，而任何官家任何别的匪家却不能动了这地区的一棵草或一块石头。虽然也娶下了一位美貌的夫人，但他的服饰从来都是白的，也强令着他的部下以至那个夫人也四季着白色的衣裤。为了满足寨主的欢喜，居住在这个寨中的山民都崇尚起白色。于是，遭受了骚扰的别的地方的人一见着一身着白的人就如撞见瘟神，最后连崇尚白色的白风寨的山民也被视为十恶不赦的匪类了。

麻脸的陪娘看得一点没错，拦道的正是白风寨的人，他们不是寨中的山民，实实在在是唐景的部下。原本在山的另一条路口要截袭县城官家运往州城的税粮，但消息不确，苦等了一日未见踪影，气急败坏地撤下来，议论着白风寨近期的运气不佳全是殁了压寨夫人所致，痛惜着美貌的夫人什么都长得好，就是鼻梁上有一颗痣坏了她的声名。为什么平日荡秋千她能荡得与梁齐平而未失手，偏在七月十六日寨主的生日，那么多人聚集在大场上赛秋千，她竟要争那个第一呢？为什么在荡到与梁欲平的时候，众人一哇声叫好，她的宽大的丝绸裤子就断了系带脱溜下来，使在场的人都看见了不该看到的部位呢？寨主从不忌讳自己的杀人抢劫，当他把大批的粮食衣物分给寨中山民时告诉说这是我们应该有的，甚至会从褡裢中掏出一颗血淋淋的人头讲明这是官府 ××× 和豪富 ×××，但他却是不能允许在他的辖地有什么违了人伦的事体。他扬起枪来一个脆响击中了秋千上的夫人，血在蓝天上洒开，几乎把白云都要染红，美貌的夫人就从秋千上掉下来。他第一个走近去，将她的裤子为她穿好，系紧了裤带，在脱下自己的外衣再一次覆盖了夫人的下体后，因惯性还在摆动的秋千踏板磕中了他的后脑勺。

现在，他们停下来，挡住了去路，或许是心情不好而听到欢乐的唢呐而觉愤怒，或许是看见了接亲的队伍抬背了花花绿绿的丰富的嫁妆而生出贪婪，他们决定要逞威风了。此一时的山峁，因地壳的变动岩石裸露把层次竖起，形成一块一块零乱的黑点，云雾弥漫在山之沟壑，只将细路经过的这个瘦硬峁梁衬得像射过的一道光线。接亲的队列自是乱了，但仍强装叫喊：“大天白日抢劫吗？这可是鸡公寨的柳掌柜家的！”

拦道者听了，脸上露出笑容来，几乎是很潇洒地坐下来，脱下鞋倒其中的垫脚沙石了，有一个便以手做小动作向接亲人招呼，食指一勾一勾的，说：“过来，过来呀，让我听听柳家的派头有多大的？”

接亲的人没有过去，却还在说：“鸡公寨的八条沟都是柳家的，掌柜的小舅子在州城有官做的，今日柳家少爷成亲，大爷们是不是也去坐坐席面啊！”

那人说：“柳家是大掌柜那就好了，我们没工夫去坐席，可想这一点嫁妆柳家是不稀罕的吧？！”

后生们彻底是慌了，他们拿眼睛睃视四周，峁梁之外，坡陡岩仄，下意识地摸摸脑袋，将背负的箱、柜、被褥、枕头都放下来，准备作鸟兽散了。麻脸的陪娘却是勇敢的女流，立即抓掉了头上的野花，一把土抹脏了脸，走过去跪下了：“大爷，这枚戒指全是赤金，送给大爷，大爷抬开腿放我们过去吧！”

陪娘伸着右手的中指，中指上有闪光的金属。

那人就走过来欲卸下戒指，但一扭头，正是藏在五魁背后的新娘探出来瞧陪娘的戒指，四目对视，新娘自然是低眼缩伏在了五魁的背后，那人就笑了。

陪娘说：“大爷，这可是一两重的真货，嫁妆并不值钱的，只求图个吉祥。”

那人说：“可惜了，可惜了！”

陪娘说：“只要大爷放过我们，这点小意思，权当让大爷们喝杯水酒了！”

那人却说：“这么好的雌儿倒让柳家的消用，有钱就可以有好女人吗？你家少爷能，我们白风寨也是能的。”遂扭转头去对散坐的同伙说：“瞧见那雌儿了吗？好个人才，与其让做财东婆真不如做了咱们的压寨夫人哩！”

同伙在这一时里都兴奋得跳起来。

陪娘立即站起：“这使不得，这使不得！”双手挥舞，似要抵挡了。那人抽刀来扫，一道白光在陪娘的面前闪过，便见一件东西飞起来，陪娘定睛看时，东西已被贼人接住，是半截指头和指头上的戒指，才发现自己中指已失，齐楼楼一个白碴，就昏死地上了。

那人叫道："都听着，这新娘还是新娘，但已是我们的压寨夫人！柳家是大掌柜，他少不得被我们抄家杀头，这女人与其做少奶奶短命倒不如做压寨夫人长长久久！"

五魁不待那人说完，拧身就往来路跑，跑到一块大石后，拐脚钻入一块茅草地，不顾一切地往峁沟窜去，已经吓得木木呆呆的新娘此一刻里双脚双手只搂着五魁如缠树藤蔓。慌不择路的五魁不住地要耸耸身子，将越背越下沉的女人在耸中向上挪送，每一耸就摔下一把汗豆子，再后就双手反搂在后，勒紧了女人的腰，说："我要滚了！"已是刺猬一般从一个斜坎滚下去，荆棘茅草就碾平了一道。滚到坎下，前面就是一条河了，河面上架一棵朽柳树的桥，深水旋着无数的涡儿，看去如一排排铆钉。五魁仰头往山上看，看不到峁梁，却想，若立即踏桥过河，山峁上必是能看得见的了，就用嘴努努左侧的一处鹰嘴窝岩，说："那里有一个洞，藏在那里鬼也寻不着了！"要站起来，却发现自己还倒在草窝里，女人的双手还勒着自己的脖子，女人的双脚也弯过来绞住了自己的腰，五魁就驮着女人拱身要站起来，但几次拱不起。女人终于说："让我下来！"一句话使惊魂失魄的五魁知道现在是安全地带了，便庆幸起自己的勇敢和机智，同时松弛了的脑袋里闪动了许多思绪，啊啊，一个菩萨般的女人现在与自己是很亲近的了！且不说她到了柳家做少奶奶是五魁不能正眼看的，即使她还在苟子坪做女儿，比五魁更魁伟的也更有钱的男人能挨着她一个指头吗？而如今她手脚纠缠地在自己身上合二为一，她是把一切的一切都依赖着他了！他看见了自己下巴下十指交叉着的白手有一处流着血，就后悔滚坡下来的时候没有保护得了被荆棘的划撕，那一只脚上，绣花的红鞋也快要掉了，如果真要被树枝挂走了，一个女人赤着一只脚，女人的难堪会使自己怎样地负疚呢？他腾出一只手来，将她的小鞋穿好，这一动作蛮有心劲，浑身的血管就汩汩跳，但表现得似乎毫无别的心思的样子。女人竟也如小孩一样并不配合，软软的，让他穿了许久。

女人说："五魁，你救了我，你好行哩！"

这样的一句话，使五魁无限地激动，一拱身就站起来了。

"土匪我见得多了，跑得过我的他娘还没生下哩！"

五魁想，躲在鹰嘴窝岩下只要熬过一时，土匪就会寻不到他们而离去，那么，背驮着女人过了那个桥面，再顺沟下行二十里，再绕上鸡公寨，天擦黑是可以将新娘背驮到柳家的。对于这一场抢劫，于五魁实在不是灾祸，原本想多背驮女人的想法竟成现实，五魁对土匪是不恨的，倒觉得土匪与自己有一种默契似的。

"王嫂她不知怎么啦？"背上的女人突然说。

"不知怎么啦？"五魁也说，为女人的善良叹息了。土匪用刀削掉了陪娘的指头，他是看见了，他可惜这个陪娘，却又怨恨为什么要送给土匪金戒指呢？如果土匪发现走失了新娘，会不会就又抢走了这个麻脸断指的黄皮婆呢？“这都是那些崽子的罪！”五魁骂起抬嫁妆的后生们了，呸，口大气粗，遇事稀松，要不是他五魁及早逃走，这女人今日晚上不就沦为土匪的床上用品吗！

“只要你好，”五魁说，“我会把你囫囵囵接到柳家的。”

土匪是可能抢走了所有的嫁妆，也可能杀死一些人的，这消息会传到柳家，柳家一定在为新娘担心了，或许他们痛哭嚎叫，或许组织人马去白风寨要人，或许绝望了，但偏偏在这个时候，他五魁背驮着新娘安全无恙地出现了，柳家于惊喜之余如何感念他啊！是的，五魁的举动并不是建立在柳家的是否感念，只要求得新娘对自己的记忆，再退一步，即使新娘此后再不记忆这事，他五魁完成了他对于一个美丽女人的保护，五魁就是很英雄很得意的人了！

已经到了鹰嘴窝岩下了，五魁还是没有放下女人，他说他不累，有什么累呢？百五十斤的劈柴捆，他会从四十里外高山上一气背回来的，一搂粗的碌碡也能搬得起来，“我行的！”他说得很豪迈，甚至背驮着女人往上跳了一下。但是，他突然垮跌在了地上，女人也摔在一丈开外了。五魁顿时羞愧满面，抬头就看女人，却看到的是三个提刀的土匪，明白了刚才的跌倒并不是他的无能，是土匪的一块石头砸在他的腿内弯的。

五魁扑过去把女人罩在了身下。

土匪嘿嘿地笑了："小子你好腿功！"

五魁说："你们不要抢她，她怎么能嫁给一个土匪呢？！你们捆了我去吧！"

土匪一脚把五魁踢倒了，却用手拍拍他的脸："养活你个吃口货吗？"

五魁就势抓了匪手又扑过来，土匪再踢开去，五魁已流血满面，还是扑过来。土匪说："是个死缠头！"举刀就砍下去。女人叫道："不要杀他，我跟你们走是了！"落下来的刀一翻，刀背砸在五魁的长颈上，五魁就死一般地昏过去了。

死里逃生的接嫁人抬背着完整无损的嫁妆到了柳家，但接亲没有接回新娘，蜂拥在柳家门前鸣放着三千头的鞭炮的众人便立即放下挑竿，用脚把炮捻踩灭。柳掌柜怀里的水烟袋惊落在地，肥胖的稀落着头发的柳太太一声不响地从八仙桌上软溜下去，被人折腾了半日方才缓醒。那个少爷，戴着红花的新郎，倒是哈哈大笑而使众人目瞪口呆，笑声就很凄惨，很恐怖，慌得旁人拿不出什么言语去劝慰，正要附和着他的笑也笑上一笑，少爷却把一位垂手侍立的接亲人一个耳刮接一个耳刮扇起来。柳家门里门外，顿时一片静寂，等少爷已返回东厢房里，众人还瓮着大气儿不敢出。

柳少爷的发凶理所当然，这位富豪家的孩子，并没有营养过剩的虚胖或贪食零嘴而羸孱不堪，魁伟的身体是鸡公寨最健壮的，有钱有力却新妻遭人抢夺，他没有失声痛哭，自然是进屋去抄了长杆猎枪，压上了砂弹和铁条，便又搭了高凳去取屋柱上吊着的竹笼。竹笼里存放着平日炸猎狐子和狼的用品，全是以鸡皮将炸药、铁砂和瓷片包裹成的炸弹。这炸弹放在狐狼出没之地，不知引诱了多少野物丧命，现在他脑子里构想着立即领人抄近道去截击土匪，将炸弹布置在他们需要经过的山路上，然后凭一杆猎枪打响，使土匪在爆炸声中丢下属于自己的新娘。但是，就在少爷双手卸下了竹笼从凳子上要下来的时候，凳子的一条腿却断了，少爷一趔趄，竹笼掉落，随之身子也跌下来，震耳欲聋的爆炸就发生了。

众人闻声冲进屋去，柳少爷躺在血泊里，拉他，拉起来一放手他又躺下去，才发现少爷没了两条腿，那腿一条在门后，一条搁在桌面上。

柳家的噩耗沉重地打击了鸡公寨，五魁的老父得知自己的小儿子没能回来，就蹴在太阳映照的山墙根足足抽完一把烟叶末，叫着两个儿子，说："揭了我炕上那页席吧，把五魁卷回来。"两个兄长没有说一句话，带了席和碾杆往遭劫的地方走了。

十五里外的山峁梁上，嗡嗡着一团苍蝇，走近看了，有一节胖胖的断指，却没有五魁的尸体，两兄长好生疑惑，顺着坡道上踩倒的茅草寻下去，五魁正坐在那里，迷迷瞪瞪茫然四顾。

“五魁，五魁，你没有死？！”兄长喜欢地说。

五魁突然呜呜地哭起来了。

“你没有死，五魁，真的没死！”兄长以为五魁惊吓呆了。

五魁说：“新娘被抢走了，是从我手里抢走了的！”

兄长就拉五魁快回家去，说土匪要抢人，你五魁有什么办法？原本是十个五魁也该丢命了，你五魁却没死，回去喝些姜汤，蒙了被子睡一觉，一场噩梦也就过去了。但五魁偏说：“我要去找新娘！”

话说得坚决。兄长越发以为他是惊吓呆了，拿耳光打他，要打掉他的迷瞪来。五魁却疯了一般向兄长还击，红着双眼，挥舞拳头，兄长不能近身，遂抽手就跑，狼一样从窝岩跑上峁梁，大声说：“新娘是我背的，我把新娘丢了，我要把她找回来！”兄长在坡下气得大骂：“五魁，五魁，你这个呆头，那是你女人吗？！”

五魁并没有停下脚，他知道白风寨的方向，没死没活地跑，兄长的话他是听见了，只是喘着气在唠叨：“不是我女人，当然不是我女人，可这是一般的女人吗？嫁给柳家她是有福享的，却怎么能去做了土匪的婆子呢？”

况且况且，五魁心里想，女人在和他一起滚下坡坎的时候，是那样地用身子绞着他，是那样地信任他，作为一个穷而丑的五魁，这还不够吗？即使自己不能被她信任，给她保护，却偏偏是她保护了自己，在土匪的刀口下争得自己一条活命，现在活得旺旺的五魁要是心没让狗吃，就不能不管这女人了！

五魁后悔不迭的是，那一阵里自己如果不逞英雄，不在女人面前得意，急急过了桥去又掀了桥板，土匪还能追上吗？而自作聪明地要到窝岩下，又那么自信地在岩下歇息，才导致了土匪追来，岂不是女人让自己交给了土匪吗？

跑过了无数的沟沟峁峁，体力渐渐不支了起来的五魁，为自己单枪匹马地去白风寨多少有些怀疑了。要夺回女人，毕竟艰难，况且十之八九自己的命也就搭上了。他顺着一条河流跑，落日在河面上渲染红团，末了，光芒稀少以至消失，是一块橘橙色的圆。圆是排列于整个河水中的，愈走看着圆块愈小，五魁惊奇他是看到了日落之迹，思想又浸淫于一个境界中去：命搭上也就搭上了，只要再能见上女人一面，让她明白自己的真意，看到如这日落之迹一样的心迹，他就可以舒舒坦坦死在她的面前了。

五魁赶到了白风寨，已是这一日夜里的子时。白风寨并不是以一座山包而筑，围有青石长条的寨墙和高高的古堡，朦胧的月色下依然是极普通的村镇了。一座形如鸡冠状的巨大的峰峦面南横出，五魁看不到那鸡冠齿峰的最高处，只感到天到此便是终止。山根顺坡下来，黑黝黝的散乱着巨石和如千手佛一般的枝条排列十分对称的柿树，那石与树之间，矮屋幢幢，全亮有灯火，而沿着绕山曲流的河畔，密集了一片乱中有序的房院，于房院最集中的巷道过去，跨过了一条石拱旱桥，那一个土场的东边有了三间高基砖砌的戏楼，正演动着一曲戏文，锣鼓嘈杂，人头攒动。五魁疑心这不是自己要来的地方，却清清楚楚看到了透过戏楼上十二盏壮捻油灯辉映下的戏楼上额的三个白粉大字：白风寨。于往日的想象里，白风寨是个匪窝，人皆蓬首垢面，目透凶光，眼前却老少男女皆只是浸淫于狂欢之中，大呼小叫地冲着戏台上喊。戏台上正坐了一位戴着胡须却未画脸的人，半日半日念一句："清早起来烧灶香。"然后在身旁桌上燃一炷香插了，又枯坐半日，念："坐在门前观天象。"台下就嚷："下去下去！我们要看《换花》！"五魁知道这是正戏还未开前的"戏引"，却纳闷白风寨好生奇怪，夜到这么深了，还没到开演时间。台上那人就狼狈下去，又上来一人说道："今日白风寨有喜开了台子，演过了《穆桂英招亲》，寨主也都走了，原本是收场了。大家不走，要看《换花》，总得换妆呀！好了，好了，不要吵了，马上开始！"果真戏幕拉合了，又拉开来，粉墨就登场了。五魁心不在戏上，只打听寨主的营盘扎在哪儿，被问者或不耐烦，或虎虎地盯着他看，五魁担怕被认出不是白风寨的人，急钻入人群，企望能在旁人闲谈中得知唐景的匪窝，也就有一下没一下假装看戏。戏是极风趣的，演的是一位贪图占小便宜的小媳妇如何在买一个货郎的棉花时偷拿了棉花，货郎说她偷花，她说没偷，后来搜身，从小媳妇的裤裆里抓出了棉花，那棉花竟被红的东西弄湿了，一握直滴红水儿。在一阵浪笑声中，五魁终于打问清了唐景的住处，钻出人窝就高高低低向山根高地上走去。

在满坡遍野的灯火中，果然一处灯火最亮，走近去一院宅房，高大的砖木门楼挂了偌大的灯笼，又于门楼房的木桩上燃着熊熊的两盏灯盏，一定是盛了野猪油，灯芯粗大如绳，火光之上腾冲起两股黑烟，门口正有人出出进进。五魁想，大门是不好进去吧，却见有人影走过来，忙藏身一个地坎下，坎沿上有人就说话了：“寨主得到的女人好俊哟！”一个说：“我知道你走神了，死眼儿地看，可你却不看看你自己，你是寨主吗，你是卖烧饼的！”先头的便说：“其实那女人像你哩！”问：“你说哪儿像？”说：“你近来，我给你说！”两人靠近了，一个很响的口吻声，一个就骂道：“别让人瞧见了！”五魁知道这是一对少男少女，正是去看了抢来的女人，便想：白风寨真是土匪管的地方，唐景抢了女人，就有人唱大戏，还有人跑去相看，看了寨主的女人就贼胆包天，暗地里要来野合吗？却听那少女又说：“你离远点，看着人，我要尿呀！”少男不远离，女的就训斥，后来蹲下去撒尿，尿水恰好浇在五魁的头上。五魁又气又恨，却不敢声张，遂又自慰：不是说被狗尿浇着吉利吗？待那少男少女走远了，不免又于黑暗里目送了他们，倒生出欣羡之心，唉唉，这嫩骨头小儿倒会受活，咱活的什么人呢？五魁这般思想，越发珍贵起了柳家的新娘待自己的好心诚意，也庆幸自己是应该来这一趟的。可是，门楼里外还是站了许多人，五魁就顺着宅院围墙往后走，企图有什么残缺处可以翻进去。围墙很高，亦完整，却有一间厕所在围墙右角，沿着塄坎修的，是两根砖柱，上边凌空架了木板，那便是蹲位了。五魁一阵惊喜，念叨着这间厕所实在是为他所修，就脱了外衫顶在头部，一跃身双手抓住了上边的木板，收肌提身爬了上去，木板空隙狭窄，卡住了臀但还是跳上来。五魁丢了外衫，双手在土墙上蹭了污秽，见正是后院的一角，院中的灯光隐隐约约照过来。

贼一样地转过了后院的墙根拐角，五魁终于闪身到了中院的一个大厅中，于一棵树后看见了那里五间厅堂，中间三间有柱无墙，一张八仙土漆方桌围坐了一堆人吃酒，厅之两头各有界墙分隔成套间，西头的门窗黑着，东头的一扇揭窗用竹棍撑了，亮出里边炕上的一个人来。五魁差不多要叫起来了，炕上歪着的正是新娘！五魁鼓了劲便往厅门走，走得很猛，脚步咯咯地响，厅里就有人问：“谁个？”五魁端直进门，问道：“哪位是唐寨主？”众人就停了吃酒，一齐拿眼盯他，一个说：“是给寨主贺喜吗？夜深了，寨主和夫人也要休息了，拿了什么礼物就交给前厅，那里有人收礼记单，赏吃一碗酒的！”五魁说：“我不是来送礼的，我有话要给寨主说！”在座的偏有两个是亲自抢夺了女人的，五魁没有看清他们，他们却识得五魁，忽地扑过来各抓了他的胳膊按在地上了，回头说：“寨主，这小子就是那个驮夫，竟寻到咱们白风寨来了！”中间坐着的那个白脸长身男子闻声站起，五魁知道这便是唐景了，四目对视半晌，唐景挥手让放了他，冷冷说道：“你一个人来的？”

五魁说：“就我一个。”

“好驮夫！”唐景说，“我就是唐景，唐景要谢谢你，来，给客人倒一碗酒来！”

五魁不喝酒。

唐景就哈哈笑了：“不喝你就白不喝了！你是个汉子倒是汉子，可一人之勇却有些那个吧，要夺了女人回去，你应该领了百儿八十人才行啊！”

五魁说：“我不是来夺女人的，我只是来给寨主说个话。”

唐景说：“白风寨上唐景没有秘密的，你说吧！”

五魁说：“寨主要不让我说，就着人拔了我的舌头，要让我说，我只给寨主一个人说。”

唐景又笑了：“真是条好汉子！好吧，你们都回去歇着吧。”

众人散了开去，一个人已经走到厅院了，又进来将身上的一把腰刀摘下给了唐景。唐景说：“用不着的。”倒将厅门哐啷关闭了。

五魁还站在那里不动，心里却吃惊面前的就是唐景吗。外边的世间纷纷扬扬地传说着有三头六臂的土匪头子，竟是这么一个朗目白面的英俊少年吗，且这般随和和客气！僵硬了半日的五魁一时却不知所措，突然腿软了，跪在地上说：“寨主，五魁是一个下贱驮夫，莽撞到白风寨来，得罪寨主了！”

唐景说：“来的都是客嘛！权当你是我派的驮夫，有话喝了这碗酒你说吧。”

五魁便把酒接过喝了，一边喝一边拿眼看唐景的脸，看不出有什么奸诈和阴谋，心里倒犹豫该不该对他撒谎呢。这么一想，却立即否定了：唐景不像个凶煞，可土匪毕竟是土匪，柳家的新娘不是现在抢来要做压寨的夫人吗？我是来救女人的啊！就放下酒碗说：“寨主，我只是驮夫，原本用不着为柳家的这个新娘来的。这女人若是被别的人抢了去，我也不会这么来的，一个女人嫁给谁都一样，反正不是我的女人。可寨主是什么人物？我五魁虽不是白风寨的人，寨主的英名却听得多了！为了寨主，五魁才有一句话来说的，寨主哪里寻不到一个好女人，怎么就会要这个女人呢？她虽然眉眼美一点，却是个白虎星。”

五魁的话十分啰唆，他始终在申明自己来的目的，唐景就一直看着他微笑，可说出最重要的一点了，却戛然而止，唐景就霍地站起来，问道：“白虎星？”

五魁说：“是白虎星。”

白虎星是指女人的下身没毛，而本地的风俗里，认定着白虎星的女人便是最大的邪恶，若嫁了丈夫，必克丈夫，不是家破业败，就是人病横死，即使这号女人貌美天仙，家财万贯，男人一经得知断是不肯讨要的。

五魁看着唐景脸面灰黑起来，却说：“寨主如果是青龙这便好了！”

青龙者，为男人的胸毛茂密，一直下延到下身器官，再一溜上长到后背。若女为白虎，男为青龙，这便是天成佳偶，不但不能相克反倒相济相助，是世上最美满的婚嫁。

但唐景不是青龙，白脸唐景连胡子都不长。唐景直愣愣拿眼看着五魁，看得五魁几乎要防线崩溃了，突然说：“她是白虎，你怎么知道？”

这是五魁在准备说谎的时候就考虑到了的，他说，这女人是苟子坪姚家的女儿，而他五魁的表姐正好也在那个村的，鸡公寨柳家少爷定了这门亲，一次他去表姐家提说起此事，表姐悄悄告知他的。五魁这么说着，尽量平静着心，说了上句，就严密谨慎下句，不要出现差错。“表姐说，”五魁就又说了，“一次是表姐同这女人上山捡菌子，捡得热了，两人偷偷在林中的一个山泉里洗澡发现的。表姐发现了，心里就犯嘀咕，怪不得姚家族里的那个小伙上山砍柴就滚坡死了，以前却在说这女人与那个本门哥相好得怎样怎样，原来她是白虎星短他的寿呀！这事表姐当然不敢对人言说，只是柳家一向欺负我五魁家，我五魁无可奈何，知道了柳家定了这门亲，表姐才喜欢地说恶人有恶报，瞧他柳家的霉事吧！”

“这也真是，”五魁说，“鸡公寨年年要娶多少女人，而每一个新人都是我当的驮夫，可从来没有遭人抢过，偏偏柳家就出了事，这不是白虎星女人一结婚起就克柳家了吗？”

唐景说：“我要是不信你这话呢？”

这话却使五魁全然没有预料，五魁不知道怎么回答了。他低下头去，心里慌乱了：唐景怎么个不信呢？是他要验证吗？今日夜里，那女人就成了他的女人，是白虎星不是白虎星一目就知的。可是，可是，五魁又想，风俗里讲，若是白虎星，男人即使不与行房事，但亲眼见了那东西，也就有了克的作用，唐景是不会做这种险事的。那么，先让手下人检查吧，可一个寨主何等人物，自己的女人能先让手下人检查吗？唐景能一枪打了秋千上断了腰带的夫人，他绝不肯将这女人的隐私暴露给部下的。五魁心里有些安妥，却仍是一头汗，说谎原本心中发虚，唐景若再诈问一次，他就一定会露出破绽了。或许，他这阵已看出我的谎言，一个变脸就要杀了我了！杀就杀吧，既然已经说了谎被他识破，五魁来时也就不想活着回去了！五魁的汗水有颗滴在了地上，他现在遗憾的是还没有见上女人一面。

“信不信由你。”他无可奈何地说。

唐景却反身进了西边套间，很快又出来，端了一盅酒，说道：“你是这女人的接亲驮夫？”

五魁茫然，不作回答。

唐景说：“一个驮夫，新娘被人抢了，主人家是不会怪了你的吧？驮的新娘被抢，新娘做谁的新娘你也用不着太计较的吧？为一个富豪人家的新娘而来白风寨要人，你不会这么大劲头吧？可你却来了！或许你是来救这女人的，或许你真为了我好，但怎么让我相信呢？这里有一盅酒，说白了，酒里有药，你要是来救女人，念你一个驮夫有这般勇气，我放你囫囵回去，绝不伤你一根头发，唐景说话算话。你要是真心为了我，你就喝了这酒，这酒能毒聋你双耳，耳聋了我却有大事交给你干，你肯喝吗？”

酒盅放在了桌上，五魁的脸唰地变了，琢磨唐景的话，明白面前的这个白脸少年之所以能成枭雄，果真有不同于一般的手段！承认是来救女人的就放走，承认说了真话却让喝毒，但不论怎样就是不说还要不要这女人，五魁是犯难了，想，承认了来救女人，唐景真的会生放了他？就是生放，你五魁是来干什么，就这么空手回去吗！证明一切为了唐景，却要喝下聋耳毒酒，土匪就这样恩将仇报吗？好吧，五魁是来救女人的，女人救不走，五魁也是不回去的，聋就聋了耳朵，先待在这里再寻机救那女人吧！五魁端了酒盅一仰头就喝了，立即倒在地上准备毒在腹内作凶。

但五魁没有难受，耳朵依然很聪。

唐景说："五魁是真心待我了！我现在告诉你，这酒里并没有毒，而抢这女人我事先也全不知道，压寨夫人才死了，我也没个心思这么快再娶一个，手下的兄弟一番好意，人既然到了白风寨，不应允也怕冷了兄弟们的心，可要立即圆房却是不肯，只准备养了她在这里，待亡人周年之后才能成亲。现在既然如此，我会让这女人回去的，唐景也不落个抢人家女人的名声，但却希望你能来白风寨吃粮，不知肯不肯？"

五魁一下子则浑身稀软，手脚发起抖来，他给唐景磕头，磕了一个又一个，说："五魁当不了粮子的，我只会种地。"

唐景说："那也可以来寨子里安家嘛！"

五魁说："我还有一个老爹，他离不开热土，寨主还是让我回去吧。"

唐景说："你这个硬憨头！那好吧，你老爹过世了，你想来白风寨住，你就来找我吧！"

依唐景的意思，五魁可以在白风寨歇一夜，天明领女人回去，五魁却要求连夜走，直待五魁进东套间背驮起了又惊又喜的女人出门了，唐景又倒了酒，一盅给女人喝下，一盅自己喝了，说：

“毕竟咱们还有这份缘！”伸手忍不住在女人的脸上捏了一把。

五魁驮背了女人千辛万苦地回到柳家，柳家却怀疑了，怀疑的不是五魁，是女人。无论五魁如何地解说他是怎样混进了白风寨，乘唐景醉酒之后偷背了女人退出，柳掌柜只是赏了他三升黑豆，一筐萝卜，以及吃饱了一顿有酒的小米干饭外，并没有将女人安置到装修一新的洞房，也不让与少爷相见，而是歇在厢房，门窗就反锁了。夜里，柳太太于厢房放了一个蒲团，蒲团上铺了油布，油布上捏了一撮灯草灰，令女人脱得光光的，分腿下蹲于蒲团之上。女人不明白这是要干什么，蹲上去纹丝不动，婆婆就拿一蓬鸡毛要求她捅鼻孔，遂一个巨声的喷嚏，女人的鼻涕、唾沫都喷溅了，那灯草灰仍未飞动。婆婆说：“你穿好衣服吧。”穿好了，婆婆端过一个木盆，揭盖放出一个龟来，女人吓了一跳，旋即蹦到凳子上。婆婆说：“没规矩！”女人又下来。婆婆再说：“你踩到龟背上去！”惊惊恐恐踩上去，老是立不稳，好的是龟沉寂如一冷石，单是瞄准了猛踩上去，龟背一角响动，裂了一道小纹，也摔得女人在地上了。柳太太慢慢地笑了，说：“五魁说的是实话，我儿的地里是不插别人的犁啊！”到了此时，女人方清楚做婆婆的在验证自己的童身，不觉满脸羞红，一腔恼怒了。死死活活逃出了土匪的手回到柳家，柳家原来要的并不是她和她的心，而是她的贞操！看来柳家在得知了她遭劫时就已失望了心，她的返回只是意料之外的收获。那么，土匪唐景真的糟蹋了她，在验证时因处女膜破裂打喷嚏而使下身冲飞了灯草灰，龟背未裂，婆婆又会怎样待她呢？两行悲酸热泪就流了下来。

“回来了就不要哭哭啼啼，”婆婆说，“从今往后不要对人提说你是到过白风寨的，只道是五魁背了躲在一个山岩下的！记住了吗？记住！”

婆婆出去了，不一会有人送来姜汤催她服下，再有人进来拿了香火在她头顶、周身绕了三绕，再是有人抬了环盆，添了菊花汤水要她沐浴，就听见外边鞭炮大作，遂拥来七八人牵了红绸彩带的毛驴抱她上坐。坐上去她的面与驴头相左，正欲掉过身来，牵驴人说：“要倒骑才能消灾灭罪！”拥着就走出厢房，和驴一起在院中转了三六一十八个圆圈，每一圈于东西南北的方向立栽的木桩上点燃一支香火，待到弄得她头晕目眩停下来的时候，她已是坐在洞房的炕上了。

炕上并不是新娘初入洞房时独坐的一张四六草席，而红毡绿被铺得软乎，被窝里正睡着她的夫君柳少爷。

五魁是蒙头睡了三天三夜，昏昏如死，第三日的黄昏起来，回想往事，惊恐已去，正得得意意做了一场传奇人物、英雄壮士，却得知柳家少爷已经断了双腿，今生今世残废得只能在炕上躺着了。

五魁捶胸顿足地后悔起来了，自己冒死抢回的女人，就是为着让她来陪伴一个不是人形的人吗？如果自己不去抢救，不在白风寨编造那一番一生唯有的一次弥天大谎，女人就是白风寨的压寨夫人了，嫁了土匪声名虽是不好，可土匪唐景却年轻英武，是个真真正正的男人啊！唉唉，到底是做了一场好事呢还是做了一次罪孽，五魁眼泪就淌下来。

这是为什么呢？一个菩萨般的女人，人见人爱，原本是有最好的郎君，是有最大的福享，命运却如此不济，在真正要成为女人的第一天里就遭匪抢，到了婆家，丈夫又残，这是会使多少男人愤愤不平的事啊！五魁为自己痛恨，更为着女人而惋惜，也想到那个白风寨的唐景得知了这个消息后又不知怎样的一声浩叹呢？

当女人进入洞房，看见了等待自己的就是没了双腿的一块肉疙瘩，做女儿时多年来的蓬蓬勃勃情焰被一瓢冷水浇灭，一派鸳鸳鸯鸯的憧憬一时化为乌有的女人会想到些什么呢？能不能怀疑起自己一个贫贱的与柳家无亲无故的驮夫怎么能冒死去匪窝救她出来的动机呢？女人一定要认定柳家少爷的残废在前，娶她在后，被土匪抢去，他五魁必是拿了柳家重金赎她而回，又得了柳家一笔可观的酬金的。啊啊，他五魁的一切英雄行为原却是一场阴谋的大骗局了，五魁在女人的眼里是个恶魔，是个小人，是个一生一世永远要诅咒的人了！

五魁想很快能到柳家去，他要把一切实情告知女人。

但五魁没有理由去柳家，除了红白喜丧事，一个穷鬼是不能随便就踏进柳家院门的。五魁便见天清早拾粪，三次经过柳家门前的大场，或是远远地站在大场前的河对面堤畔，看着柳家门前的动静。终一日，太阳还没有出来，村口、河岸一层薄雾闪动着蓝光，五魁瞧见女人提着篮子到河边洗衣服了。女人还是那么俊俏，脸却苍白了许多，挽了袖子将白藕般的胳膊伸进水里来回搓摆，那本来是盘着的发髻就松散了，蓬得像黑色的莲花。后来一撮掉下来，遂全然扑散脸前，发梢也浸在河面了。女人几次把乱发撩向脑后，常常手搭在脑后了，却静止着看起水面发呆。五魁想，那脑袋稍稍再抬高一些，就能看见蹲在河之对岸看着她的他了，但女人始终是那么个姿势。五魁看看四周，远处的沟峁上有牛的哞哞声，河下游的水磨坊里水轮在转着，一只风筝悠悠在田畔的上空荡，放风筝的是三个年幼的村童，五魁就生了胆儿，提了粪筐轻脚挪近河边，出山的日头正照了他的身影印过河面，人脸印在女人的手下了。

女人发了一阵呆，低头看见水里有了一个熟悉的人脸，以为还浸在长长的回忆之中而产生了幻影，脸分明红了一下，忙用手打乱了水面，加紧了搓洗衣服。可是，就在她又发呆之时，那人脸又映在水里，她这下是吃惊了，猛地抬起头来。五魁瞧见的是一脸的瀑布似的乌发，女人湿淋淋的手拨开乌发，嘴半张了，却没有叫出声来。

“柳少奶奶，”五魁说话了，“大清早洗呀？”

女人说：“啊。”

五魁却再没了词。

女人说：“是五魁呀，多时不见你了，你不住在寨子里吗，怎不见你来坐坐？”

五魁说：“我就在寨里的三道巷住的，我怕柳家的那狗。”

女人笑了一下，但再不如接嫁路上的美妙了。五魁看见她的眼睛红红的，似乎是肿着，他明白她哭的原因，心便沉下来了。

“五魁，你过得还好？”女人倒问他。

“我，我……”五魁想起自己的罪过，“柳少奶奶，事情我都知道了……这事我真不知道是那样的……你还好吗？”

女人的眼睫一低，两颗泪水就掉了下去，同时也轻轻笑了一下，说：“还好，他伤口已经不痛了。”

五魁这才注意到女人洗的并不是衣服，而是一堆沾满了血滴和药汤斑渍的布带子。有一条在说话间从石头上溜下去。要顺水冲去了，女人伸手去抓，没有抓住。

五魁就要从河面的列石上跳过来帮她去打捞，列石被水冲得七扭八弯，过了一次，没能跳过，女人说：“过不来的，过不来的！”

女人越说过不来，五魁的秉性就犯了，他偏要证明能过来，后退几步猛地加力，一个跌子跳过来。但他还是没能捞住那冲走的布带子，遗憾地直跺脚。

“算了，冲了就冲了，”女人说，“你住在三道巷，我几时去谢你，你和你哥哥分家了吗？”

五魁：“我一个人过的。我那地方脏得没你好坐的。”

女人说：“那你就常来我家喝杯茶呀！你对柳家是有恩的人……我以后听到狗叫，会出来接你的。”

女人说完，拾掇了布条在篮子，扭身回去了。上大场的那斜坎，回头看五魁还站那里看着她走，半边乌发遮盖的脸上无声地闪一个笑，五魁记得了那个眼笑起来特别细，特别翘。女人似乎知道五魁还在看她，步子就不自然起来，手脚有些僵，却更有了一种味道。

再是五魁依旧过了河去对岸地畔捡粪，列石怎么也跳不过去，弄湿了鞋和裤管儿。

十天之后吧，做光棍的五魁又为寨子里一家人当驮夫接回来了一位新娘，照例是被朱砂水涂抹了花脸。还未洗去，请来坐了上席的柳掌柜对他说：“五魁，你是我家的功臣哩，一直要说再酬谢你的，但事忙都搁下了。你要悦意，你来我家喂那些牛吧，吃了喝了，一年给你两担麦子。嘿嘿，权当柳家就把你养活了！”五魁毫无精神准备，一时愣了，心想柳家有八头牛，光垫圈、铡草、出粪就够累的了，虽说管吃管喝，可一年两担麦子，实质是一个长工，算什么“柳家把你养活了”？！正欲说声“不去”，立即想到若长年住到柳家，不就能日日见着柳家少奶奶了吗，且柳家突然提出要他去，也一定是少奶奶的主意。便趴下给柳掌柜磕一个头，说多谢掌柜了。

去柳家虽是个牛倌的份儿，但毕竟要做了柳家大院中的人，接亲的一帮村人就起了哄，这个过来摸摸五魁剃得青光的脑袋，那个也过来摸摸脑袋。五魁说：“摸你娘的奶头吗？男人头，女人脚，只准看，不准摸！”

村人说：“瞧五魁爬了高枝，说话气也粗了，摸摸你的头沾沾你的贵气呀！”

五魁说：“我有脚气！”

村人说：“五魁脚气是有，那是当驮夫跑得来，往后还能让柳家的人当驮夫吗，你几时让人给你当驮夫呀？”

五魁说：“我那媳妇，怕还在丈人腿上转筋哩！”

村人说：“你哄人了，现在听说有八个找你的，可惜身骨架大了些，要是脾气不犟又不抵人，那倒真是有干活的好力气！”

说的是柳家的八头牛了，五魁受奚落，气得一口唾沫就喷出来，众人乐得欢天喜地。

翌日中午，五魁果真夹了一卷铺盖来到柳家大院内的牛棚来住了，他穿上油布缝制的长大围裙，牵了八头牛在太阳下用刷子刷牛毛。太阳很暖和，牛得了阳光也得了搔痒，舒坦地卧在土窝里嗷叫，五魁也被太阳晒得身子发懒，靠了牛身坐下去，感觉到有小动物在衣服下跑动得酥酥，要脱衣捉虱子，柳少奶奶却看着他嗤嗤地笑。

女人来院中的晾绳上收取清晨照例洗过的布带儿，看见五魁和牛卧在一起，牛尾就一摇一摇赶走了趴在牛眼上的苍蝇，也赶了五魁身上的苍蝇，她觉得好笑就笑了。五魁立即站起来说："少奶奶好！"

女人说："中午来的？午饭在这儿吃过的吗？"

五魁说："吃过的。"

女人说："吃得饱？"

五魁说："饱。"

女人说："下苦人，饭好赖吃饱。"

五魁说："嗯。"

五魁回过话后，突然眼里酸酸的了，他长这么大，娘在世的时候对他说过这类话，除此就只有这女人了。他可以回说许多受了大感动的言语，可眼前的是柳家的少奶奶，他只得规矩着："多谢少奶奶了！喂这几头牛活不重的，少奶奶有什么事，你只管吩咐是了。"

女人在阳光下，眼睛似乎睁不开，说："五魁你生分了，不像是背我那阵的五魁了！"

五魁想起接亲的一幕，咽了口唾沫，给女人苦笑了。

自此以后，五魁每日在大院第一个起床，先烧好了温水给八头牛拌料，便拿拌料棍一边笃笃笃地敲着牛槽沿儿，一边拿眼睛看着院里的一切。这差不多成了习惯。这时候柳家的大小才开始起床，上茅房去的，对镜梳理的，打洗脸水，抱被褥晾晒，开放了鸡窝的门，公鸡扑扇着翅膀追撵一只黄帽疙瘩母鸡的，五魁就注意着少奶奶的行踪。少奶奶最多的是要提了布带儿去河里洗涤，或是抱着被单来晾晒。五魁看见了，有时能说上几句话，有时远远瞧着，只要这一个早上能见到女人，五魁一整天的情绪就很好，要对牛说许多莫名其妙的话，若是早上起来没能看到少奶奶，情绪就很烦躁，恍恍惚惚掉了魂似的。

到了冬天，西风头很硬，河的浅水处全结了冰，五魁就起得早，去河里挑了水，在为牛温水时温出许多，倒在柳家人洗澡的大木盆里，就瞅着少奶奶又要去洗布带子了，过去说河水太冷，木盆里有温水哩。少奶奶看了他半天，没有固执，便在盆里洗起来。五魁这阵是返回牛棚去吃烟，吃得蛮香。等到一遍洗完要换水了，五魁准时又提了一桶温水过来，女人说："五魁，这样太费水哩！"

五魁说："没啥，水用河盛着的。"

女人说："你要会歇哩。"

五魁说："我有力气，真有力气呢，那个碌碡我也能立起来的。”

女人说：“五魁喂牛也会吹牛！”

五魁就走过去，将一个拴牛的平卧的碌碡双手搂了，列一马步，一个嗨字就掀得立栽成功，女人尖声说：“二杆子，可别闪了腰！”五魁偏还显能，再要去掀另一个碌碡，一扎马步，裤子的膝盖处嘣地裂开来，窘得五魁跑到牛棚半日没敢出来。

午饭后，柳家的人睡午觉，五魁穿了背夹，挽了破了膝盖的旧裤在牛棚出粪，正干得一头一脸的热汗，少奶奶趴在牛棚边的木杆上叫五魁，五魁忙不迭地就擦脸，女人说：“你不要命了吗，一日干不完还有二日嘛。我收拾了少爷的一件旧裤子，他也是穿不成了，你就穿吧。可能你穿着长，我改短了一下，不知合适不合适，已放到你的床上了。”女人说完话要走，却又返回来说：“这事我给老掌柜已说过了，你穿吧，别人不会说你偷的。”同时笑了一下，左眼还那么一挤，转身又走，却不想一头牛在槽里吃草，一甩头，将草料和汤水甩了她一脸。五魁急扑过去拉牛头，女人擦着脸已走开了，五魁一腔激情无法泄出，抄了一根木棍就打牛，牛因为缰绳系在柱子上，受了打跑不脱，就绕着柱子转，五魁还是撵着打，那柱子摇晃起来，尘土飞扬，吓得鸡叫狗也咬了。厅房里柳掌柜午休起来，提了裤带去茅房，看见了训道：“这不是你家牛就不心疼吗？！”五魁说：“掌柜，这牛抵开战了！”棍子一丢，脚下顺势踢到牛棚角里。

五魁试穿了柳少爷的裤子，裤子当然是旧的，但于五魁来说却是再新不过的了，他惊奇的是少奶奶并没有量过他的身材，却改短之后正好合体。五魁先是穿了脱下，再穿了再脱了，不好意思走出牛棚去。当少奶奶见着他问他为啥不穿那裤子呢，他终是鼓了勇气来穿，一出门，双手不知哪里放，腿也发硬走了八字步，女人说：“好，人是衣服马是鞍，五魁体面多了！”五魁就自然了。除了在院内忙活牛棚的事，又忙活院内杂事，他也穿了这裤子牵了牛出大院去碾子上碾米。掌柜无聊，也到碾子边来，在旁的人就羡慕五魁的裤子好，五魁说：“托掌柜的福哩！”掌柜说：“五魁是我们柳家人嘛！年终了，还要给五魁置一身新的哩！”回到大院，掌柜却说：“五魁，这衣服虽是你家少爷穿过的，但只穿了一水，原来是四个银元买的布料，就从二担麦子中扣除四升，让你拾个便宜，谁让五魁是柳家的人呢！”

这件事，五魁只字不给少奶奶说，凡是看见少奶奶在院中的太阳下做针线或在捶布石捶浆布，五魁就在牛棚脱了旧裤，穿上这件裤子走出来。他当然是牵了一头牛假装要给牛去院子里的土场上刷毛的，这样，他们互相有话可说，又有事干，五魁就不显得那样紧张和拘束。这时候，少奶奶常常取笑了五魁的一些很憨的行为后就自觉不自觉地看着五魁，五魁心里就猜摸，她一定是在为自己改做的裤子合适而得意吧。但是，女人那么看了一会儿，脸色就阴下来，眼里是很忧愁的神气了。五魁便又想：可怜的女人，是看见我穿了裤子便看见了少爷未残废前的样子吗？如今裤子穿在我的身上，跑出走进，而裤子的真正主人则永远没有穿裤子的需要了，她的心在流泪吗？五魁的情绪也就低落下来，他要走回牛棚脱了那裤子，却又不忍心在女人难受时自己走掉，他说："少奶奶，你还好？"

女人说："不好。"

五魁的话原本是一句安慰话，如果女人说一句"还好"，五魁心也就能安妥一分，但女人却说出个"不好"，五魁竟没词再说下去。

女人看着五魁，眼泪婆娑而下。

女人一落泪，五魁毫无任何经验来处理了，慌了手脚，口笨得如一木头，也勾下头去了。脚前是一只细小的蚂蚁在搬动了什么，看清了，是一只死亡了的蚂蚁。这死去的蚂蚁是那只小蚂蚁的丈夫吗，妻子吗？一个弱小的躯体搬运与己同样大的尸体行动得够艰辛了，五魁猜想小蚂蚁的心灵一定更有比躯体大几倍十几倍的创伤吧，眼泪也吧嗒嗒掉下来。女人突然低声说："掌柜过来了！"双手举起来假装搓脸而擦了泪水，同时大声说："五魁，这条牛是几个牙口了？"却不待五魁反应过来，已站起身，迎着公公问今日中午吃什么饭，她要去伙房通知厨娘呀，掌柜才没走过来，而五魁还在那里独自落泪。

这一夜又一次失眠了的五魁，细细地回想了与少奶奶的初识和每一次相见的情景，女人对自己的关心这是无疑的了。菩萨一样美好的女人，同时有一颗慈母般的心肠，这使五魁已浸淫于一种说不出也说不清的欢悦之中。中午女人当着面说了她的“不好”，当他的面流了眼泪，五魁感受到了这女人待他是敞开了心扉，完全是把他当作了亲人或知己了。但是，五魁一个下人，一个柳家的牛倌，能为她做些什么呢？如果能换了腿去，五魁会决不吝啬地把自己的双腿给了少爷，而只要这女人幸福。但这怎么可能呢？

使五魁稍稍心安的是，女人虽没有幸福的小日子好过，可柳家毕竟是鸡公寨最富有的大家，做了少奶奶的女人在这个家里地位也不能说低微，一切下人，甚至村寨里的男女老少没有不恭敬的，她是不会像一般人家的媳妇去田地耕犁翻种，施肥收割，也不会上山割草砍柴，一日三顿吃的虽不是山珍海味，却也白米细面。这是鸡公寨多少女人所企羡不已的福分。正因为怀有这份心思，五魁在原先是同全村寨的人一起妒忌过和仇恨过柳家的富裕的，现在却希望柳家的日月不败。他作为一个长工式的牛倌，也不再学别人的样子消极怠工，当然盼望的是柳家牛马成群，五谷满仓，而这一切均为少奶奶所有，让掌柜，让掌柜婆，甚至包括那个无法再变成完整人形的柳少爷都快些蹬脚闭眼去吧！若到那时，少奶奶再招一个英俊的主人进门，他五魁就永世为她喂牛，甚至死后，也情愿变作一头牛就来到她家供她使唤。

所以，再当少奶奶和柳家的公婆在厅房里吃着有鸡鸭的干饭时，少奶奶总是在饭桌上说鸡没煮烂，公公要把鸡头、鸡爪倒给狗去吃时，她就主张让下人吃去，端出来，当着院中吃着包谷糊汤的下人高声喊："来，来，我爹让把这些东西叫大伙尝尝！"却全部交给了他五魁，说："你不要嫌弃，总比你碗里的强。"他五魁明白女人的心意，就要当着她的面可口无比地咬嚼剩肉，讨得她喜欢，甚至说："你不要顾着我，只要你吃好，我喝凉水也会长膘的！"

能说出讨女人喜欢的话来，五魁对自己也惊奇了。女人就在一次他说过话伸手点了他的额头，很撒娇地噘了嘴："你嘴还抹蜜哩！"

这撒娇使五魁去了许多怯，生了无数的胆，言语也渐轻狂起来，他希望这样的撒娇每日赐予他，但往后却再没有发生。

到了阳春三月，柳少爷能被人背了出来在院中晒太阳，看云中的鸟了。五魁很久很久没有见过少爷，猛地见了，确实吓了一跳。少爷头发蓬乱，脸色浮肿寡白如发酵面团，一条被子裹着整个身子在躺椅上，俨然一颗冬瓜模样。而躺椅前的小桌子上，少奶奶端放了茶水、水烟袋，又正砸着一碗核桃，砸一个仁儿交给他嚼吃。五魁就走过去，躬腰问候：“少爷，你晒太阳了！”

少爷看见了五魁，五魁高高大大站在自己面前，嘴要启开说话，没有说，眼睛就闭上了。五魁不知怎么啦，走也不是，不走也不是，女人说：“五魁你蹲下来砸核桃吧！”五魁一时明白让他蹲下来，一定是少爷不愿看见一个下人端端直直站在他的面前，就蹲了下来。少爷果然眼又睁开，却立即看见了五魁穿的是自己曾穿过的裤子，乜眼就看女人，鼻子里发出“嗯？！”，女人立即说：“这是爹让给的。”少爷却对五魁吼了一声：“你滚！我是你的牛吗，我让你来喂我吃吗？！”女人咬了咬嘴唇看着五魁，五魁起身走了。他听见身后的少爷脾气更焦躁了，连声骂女人把核桃全砸碎了，随即砰的一声。五魁回过头来，少爷推翻了小桌，正扬一把核桃打在女人的脸上。女人呜呜地哭起来，而从厅房走出的柳太太却在说：“你哭什么呀，他是你男人，你不知道他心情不好吗？”五魁急步回跑到牛棚里自己的卧屋，扑在床上，头埋被窝里无声地流泪了。

从那以后，五魁每天可以看见女人抱了少爷到院中的躺椅上晒太阳，除了那一颗硕大的脑袋，纤弱的女人犹如抱了一个孩子，然后服侍他吃喝。这个时间，院子里不能有人走过，甚至后来不能有牛羊猪狗走动，凡是看见除了父母和自己女人外，任何有腿的东西都要引起他的烦躁，院子里以致后来只有碌碡、石头或蒲团。

不久掌柜放出风来，说自己的儿子伤彻底好了，又不久就购买了两个粗壮的丫环在少爷跟前伺候。五魁见到了女人，说："有了丫环你就轻省了。"女人却哇地哭出了声，说："你不要说，你不要说！"平生第一次对五魁发了脾气。五魁一脸灰气，只好回坐到牛棚发了半天的呆。

想不通女人这是怎么的啦，五魁一连好多日在纳闷着，夜里更睡不着，起身坐在牛槽边，听吃了夜草的老牛又把胃里的草料泛上牛嘴里反嚼，还是琢磨不出女人发脾气的原因，倏忽什么地方就有了幽幽的哭声。五魁凝神听了听，声音是从厅房左边的套间里发出的，似乎就是少奶奶在哭，便挪脚往那里走，隐身于鸡圈的后墙处，看见了少爷的卧房窗口还亮着灯，果然是少奶奶的哽咽声，同时听见了少爷在大声骂："你是我的老婆！你是我的老婆！"接着有很响的耳光，旋即窗纸上人影晃动。少奶奶的哽咽声起起伏伏断断续续，静夜里十分凄凉。天明，五魁起得早，在院子里第一个就碰见了女人，女人的脸上有几道血痕，眼肿得如烂桃一样。五魁不敢相问，想起那日的训斥，扭身要走，女人却说："五魁，五魁，你也不理我了吗？"五魁吃了一惊，站住说："少奶奶，你怎么啦，跌在哪儿吗？"女人说："打的。"五魁一脸苦楚："昨夜我听见你哭了。"女人说："你是知道了？"

五魁并不知道他们为什么打架，只恨少爷的脾气古怪暴躁。可是一个晚上，又一个晚上，女人都是很晚很晚了在房中哭泣，哭泣中还夹杂了殴打声。终于在一个中午，五魁正在牛棚垫圈，远远看见女人又陪着少爷在晒太阳，少爷就反复要求着女人把头发梳好，还要抹上油，敷粉施胭脂，女人都依了，少爷就笑着问身边的两个丫环："少奶奶美不美？"丫环说："美。"少爷再问："怎么个美？"丫环说："像画上走下来的。"少爷又问："你们见过谁家的媳妇比少奶奶还美？"丫环说："再没见过。"少爷就让女人前走几步，转过身来近走几步，嘿嘿地笑。女人始终没有笑，机械得像个木偶，忽见狗子从大门口走过来，说："它在门口，怎么进来了，我去拴好！"就走去了。少爷却说："抱我回去！"两个丫环抱着回去了，立即一个丫环在那里喊："少奶奶，少爷叫你了！"女人说："他要吃酒，你去给他倒呀！"丫环说："他不吃酒，他要干那个……事哩！"女人不言语，头也不回地还是走她的路。另一个丫环又跑过来喊："少奶奶，少爷发脾气了！"果然卧房里就有了少爷狼一样的嚎叫。女人依旧往大门口走。大门口却站住了刚刚从外进来的柳太太，竖了眼，说："你男人叫不动你吗？回房去，回去！"女人站住了，却抱住了那里的一棵树说："我不回去！"柳太太一个耳光打过来，叫道："你是反了吗，柳家娶你为了啥？你那个 × 是要留给外人吗？！"便哗啦关了院门，喝令两个丫环把她拉回屋。两个丫环架了女人走，柳太太一边在后边骂，一边用手拧女人的屁股，到后，卧房里就传出凄厉的哭声。

五魁明白了女人在受着怎样的罪了。

于是，他不愿意再见到少奶奶，不忍心看见她而想到自己的过失所造就给她的不幸，也不忍心见了她而她看着他时的脸上的悲苦和难堪。五魁除了担水、运土和背驮草料，其余的时间就把自己困在牛棚里，或是架了铡刀，双脚站在分叉的铡刀架狠命地铡草。他想起了一个很古老的谜语："一个姑娘十七八，睡下腿分叉，小伙有劲只管压，老汉没劲压两下。"谜底说的是铡草，谜面的描写却是男女交合。遂想，少奶奶如果嫁的是一个老汉也还说得过去了，而少爷算什么呢？柳掌柜为儿子购置的两个粗笨丫环，就是抱了那一个肉疙瘩来发泄性欲吗？五魁不禁一个冷战，一身的鸡皮疙瘩都起来了。

夜里的哭声如幽灵一样压迫着五魁，白日的丫环的每一次呼喊："少奶奶，少爷叫你哩！"五魁更紧张得出一身汗，就跑进自己的睡屋拳击墙壁，墙壁泥皮便一片一片掉下来。一日，他把一大片泥片击打下来，精疲力尽地瘫坐在了地上，屋门哗啦地被推开了，几乎像倒柴捆一样，少奶奶披头散发地顺着门扇倒在地上，放开了声地哭。五魁惊叫着扑来把女人扶起，女人的头却压在他怀里哭声更大，眼睛鼻涕湿了他一胸口，五魁把女人抱住了，像远久出门的爹抱住了委屈的孩子。女人说："我受不了了，我实在受不了了，你把我带来的，你把我再带走吧！我去当尼姑，去要饭，我也不当柳家的少奶奶了！”

“少奶奶！”女人的一句话，使五魁惊恐了，他一个下人，又是在柳家的大院里，柳家的少奶奶却在自己怀里，五魁触电般地挣脱了身，站起来，但五魁无言以对。

门在开着，门道里射进着白光光的太阳，女人瞧见五魁的呆傻样，越发嚎啕了。

“你不要哭，你一哭，他们知道你到我这里来了。”五魁紧张地说。

“你把我带走，你把我带走！”女人不哭了，却死眼看着他。

这不是说小儿话吗？五魁是什么人，怎么敢带走一个少奶奶？怎么带？往哪儿带？带出去干啥？五魁看看女人，又看看院外，五魁急得也掉眼泪了。

女人却突然双手攥了拳，狠劲捶打自己的一双缠过的小巧玲珑的脚，她没有翅膀，也没有一双能跑动的脚，只好双手开始抓自己的脸，已经抓破了一道血印，五魁就握住了她的双手，说：“你不能这样，你不能这样！”

女人往回抽手：“都怪我这张脸，我成丑八怪了，让他休了我去！”

五魁只是抓了她的手不放。

柳掌柜领着人横在门口了。五魁忙丢开女人，静立一边，听掌柜在骂道："柳家世世代代还没这个门风哩！捆起来，给我往死里打这贱货！"

女人立即被一条绳索捆了，五魁跪下说："掌柜，这不怪少奶奶，要打就打五魁！"

掌柜说："你瞎了心，也是我瞎了眼，原本我也要打死你这个穷鬼在这里，念你还对柳家出过力，你滚吧，滚，永远不要到我柳家来！我也告诉你，你要在外胡说少奶奶来你这里的事，我会拧了你的嘴到屁股眼去的！滚！"

五魁把自己的铺盖一卷，夹在胳膊下走出门，走出门了，回头看了一下女人，说："掌柜，那我走了，五魁最后求求你，你把少奶奶放开吧，她还是柳家的人嘛！"掌柜一脚踢在他的屁股上，同时听到了噼里啪啦的鞋底扇打女人脸面的声音。

五魁回住到他的老屋，第三日就逮到风声，说柳家的少奶奶得了病，瘫痪了，整日安安静静地躺在床上。有人就说，柳家真是倒了霉了，少爷没了腿终日睡床，少奶奶有腿也在床上睡。有人也说，柳家爱收藏古玩，这少奶奶成了睡美人，如今可是柳家的一件会说话的赏玩品了吧。五魁知道少奶奶为什么就瘫了，这么一瘫，少爷就可以随时让两个丫环抱了他来享用女人了，不禁黑血翻涌。

到这个时候，五魁才是后悔，为什么女人求他带着出逃，他竟没有应允呢？这该是一种什么缘分，一个下人偏今生与这个女人有恁多的瓜葛，第一次没有听她的话过河逃亡，这一次还是没有听她的话逃出柳家，就眼睁睁地看着她一次次在苦难中沉下去，五魁仇恨起自己的孱弱和丑恶了！

夜里，他独自躺在床上，总听见有人在叫着“五魁”，叫得殷切，叫得怨恨，叫得凄惨不堪。五魁明白这是一种幻觉，幻觉却使他整夜不能安生。是的，完全变成了一个供人发泄性欲的工具的女人那么睡在床上终日在想些什么呢？她清楚不过地知道大天白日在柳家大院内跑到五魁的卧屋痛哭是做少奶奶的危险，但还是跑去了，去了在他怀里放声大哭，她是忍无可忍了，她是勇敢的，是把五魁看作了一个男人，一个有能力保护她的人，可是可是，窝囊的五魁……五魁为着自己伤透了一个女人的心的罪过，把头颅在炕沿上咚咚地撞起来了。

五魁再也在屋里坐不住，黑明不分地在村巷中走，看什么也不顺眼，见鸡撵鸡，逢狗打狗，旁人说一句，就张口叫骂，甚至大打出手。鸡公寨的人都认定他是疯了，叫苦着这地方脉气不对头了，尽出了些不可思议的人。也就在村人这么疑惑恐惧之时，一个晚上竟又是柳家的在村口大场上的三座高大饲料谷草堆着火了。火光十分大，冲天的烟火笼罩了鸡公寨，照得半边天都红了。柳家老少、男女用人哭喊着招呼村人去灭火，鸡公寨所有人皆忙如乱蚁，却有一个人在忙乱中溜进了柳家大院，直奔少爷的卧房。

推开屋门，少爷首先发现了，张口欲喊，来人一拳打过去，肉疙瘩窝在那里昏过去了。转身过来，女人仰躺在另一床上，窗棂透进的月光照着她美如冷玉，他扶着床沿给她笑着，眼泪却流下来。

“五魁，是你放火了？”女人聪明，女人说。

五魁点点头。

“你就为着来看看我吗？你真是不要命了！”女人说，伸出手来摸上了五魁宽宽的额角和鼻梁，“你快回去吧，让他们发现你真会没了命的。”

五魁说：“我是来要带你走的！”

女人说：“迟了，都迟了，我成了这样子，我已经认作我是死了。五魁，我不能再害了你，你快走吧！”

五魁忽地挺直腰，说：“我要带你走就要带你走！”双手将被的四角向一起裹，女人裹在被卷里，用力一耸，身子已钻在被卷下，双手趁势往后搂了顺门就走。

五魁将女人背到了很深很深的山林。

一夜的山高月小，他只是拐进一条沟，慌不择路，直走到了两边的山梁越来越低，越来越窄，最后几乎合二为一在一座横亘的大岭峰下，已是第二日的中午了。感觉到鸟飞天外，鱼游海际，柳家是不会寻得着了，坐下来歇息，啃了块从家里出走时揣在怀里的玉米面饼子，两人皆觉得没有一丝力气可以再迈动一步了。这是什么地方？翻过这黑黝黝的岭峰之后那边又将是什么地方？女人询问着五魁，五魁也茫然无答。走到哪儿算哪儿，哪儿的黄土不养人呢？五魁放下了女人，要到看不见也闻不着的地方去解手，大出意外地发现了一座坍得几乎只有四堵墙的山神庙，墙头一株朽了半部靠一溜树皮还活着的老柏，庙后的涧上桥已断去，残留了涧沿一根腐木，卧一秃鹰呆如石头，偏很响地拉下了一股白色的稀粪。五魁一时四肢生力，跳蹦着过来如孩子：“咱有住的了！”

女人眼睛也亮起来：“在哪儿？”

五魁说：“那边有个山神庙！既然有庙，必定先前住过了人，住过人就有活人处，咱们住在这儿不会死了！”

把女人背过来，钻过梢林和荒草，女人的身上、被子上、头发上沾满了一种小小的带刺的草果。五魁指着古庙在讲，屋顶虽然没有，砍些树木搭上去就是椽，苫上草编的小帘子就是瓦。瞧，从庙后的那条小路下去不是可以汲到涧中水吗？那一大片埋脚的荒草必是以前开垦过的地，再开垦了不是就种麦子收麦粒种玉米收棒子吗？满树林子里的鸟儿会来给你唱歌再不寂寞，一坡一坡的野花采来别在你的头上，蝴蝶能飞来看你的美。这草地多软，太阳出来背你睡在这里，你会看着云一疙瘩一疙瘩怎样变个小猫小狗从山这头飞过山那头，咱们再可养鸡养羊养牛，你躺着看我怎么吆喝犁地，若有黄羊山鸡来了，看我又怎样将它们打倒，熬了肉汤给你喝……

五魁说得很兴奋，在他的脑子里，一时间浮现了往后清静日子的图像，离开了柳家，他那殷勤女人的秉性就又来了，说："你不信呀？你只管信着好了，我有力气的，我不会死去就绝不会让你死去，你信吗？"

女人说："我信你的，可我肚子饥了，你还有饼吗？"

五魁在怀里掏，掏出一块干饼末儿，把腰带解下来再寻，饼是没有了，却掉下了一把小小的斧子。斧子是五魁准备着进柳家时做防身用的，一路安全无恙，他几乎就忘了还带了斧子来。

五魁虽然在安慰着女人，说了那么多似乎已是一处安谧日月的住处，可他在说这些的时候何尝不知道这一切只是日后的事呢？现在，他把她背驮到了一个荒野僻地，自由是自由了，却拿什么吃呢？晚上怎么个睡呢？假若是他一个人还罢了，而有少奶奶这样个女人，这个女人又是他英雄一场搭救出来，能让她饿死冻死在山地吗？！

女人看着发急了的五魁，她笑了："我并不饿的，真的，不饿哩！"

五魁没有接她的话，不知怎么心里酸酸的，他有些羞愧，却不愿她看见他的难堪，将目光极力放远。他看到了白云伫在远处的山林上。五魁把斧子重新别在了腰带上，说：“你好生坐着，我过会就来！”

他去了，他又回来了，带着好大一堆山桃。山桃个儿不大，颜色异常红嫩。五魁无法带得更多，是脱了外套的那件柳少爷穿旧的裤子，用藤条扎了裤管，桃就装在里边竖立了一个人字。五魁不识文墨，不知人字的好处，却看作如搭在驴背上的褡裢，架在脖子上回来了，他说：“我是王母娘娘的毛驴给你送蟠桃来哩！”

有了吃的，五魁却不吃，他在女人很响的咬嚼声中去砍做椽的树木。选中了一种长得并不粗却端直无比的栲木，斧子在下面哐哐地砍，树顶上的稀疏的黄金之叶就落下来。叶子往下落如同蝴蝶，一旋一旋画着无数个半弧。女人就想起了小时在清水潭丢石片入水的情形，叫道：“我要那叶子呢！”五魁抱了一堆叶子给她，她还要，叶子就把她埋起来，她睡在了一片灿烂的金霞上。

简直是不可思议的精力，五魁砍下了十多根栲树搭到墙头去，因为没绳，一切都是葛条在系，他手脚并用从墙头上、木椽上爬动，女人就在下面反复叮咛着小心，五魁偏不，竟要直了身来走，有几次腿一晃就掉下来，但身子掉下来了手却最后抓住了椽，女人大呼小叫，甚或变了脸唬他。五魁说：“我是逗你哩！”然后把树枝和茅草编成帘子，一层一层苫上去，一个安身的小巢屋就造成了。女人要五魁背她到屋里去看看，五魁说不急，又砍了无数细树棍来，先一排排地在屋地栽了一圈，再竖一层横一层把软树枝编上去，再铺了茅草和树叶，五魁把女人抱过来往上一丢，女人竟被弹得跳了几跳，惊喜地叫：“这是睡了棕条床嘛！”

五魁得意地唱起来，唱的一是一种很好听的小曲子，就眨了眼说：“你是应该有这么个床的。小时候爹说过故事，讲古时代一个皇后流落民间，后县官查寻时，竟有三个女人自称是皇后，县官就在床上放一个豌豆，再铺了四十九条被子让每一个女人去睡，有谁感觉到身子垫着疼，谁就是皇后。”五魁也就捡一个石子放在茅草里边。

“我不是皇后！”女人笑着说。

“可你是少奶奶！”五魁说。

“我不是少奶奶！我不是！”女人坚决地说。

五魁愣了一下，立即也说：“不是，不是柳家少奶奶，可你是菩萨！你能试出垫吗？”

女人说：“我腿全瘫了，你放上刀子也试不来的。”

五魁的心受了刺激，低下的头好久没有抬上来，就走出去又狠劲砍了树枝抱回来，在屋之中间扎起了一界墙了。

女人说：“五魁，你又要干什么？”

五魁说：“那边是你的房间，这边该是我的卧屋了。”

女人的眉宇间骤然泛红了，意识到自己并不是五魁的老婆。五魁只是救自己的一个贫贱牛倌，一个光棍。在这荒天野地的世界里，五魁能自觉地将睡窝一分为二，女人为坦白憨诚的五魁而感动了。

红日坠山，乌鸦飞来，天很快就黑了。五魁安置了女人睡好，燃起了松油节，便坐于旁边说许多豪迈的话，叮嘱夜里放心安睡，狼来了有他哩，熊来了有他哩，有他持一把斧子守在同一屋中的界墙那边，狼和熊是不敢靠近的。女人担心不下的是他没有被褥，五魁说他不会冷的，他从小就钻过茅草堆睡，做的也是甜甜蜜蜜的梦来。并说他明日就再下山，要弄来被褥、锅碗、粮食。女人一双明亮的大眼看着跳跃不已的松节灯焰，又看着那松节灯焰的光亮在五魁的黑红脸上反射出的油光，她说了一句："你快歇去吧，五魁哥！"

五魁倏忽浑身骨节酥软了，瓷眼看着女人，女人也看着他，五魁的嘴唇翕动了，颤巍巍伸出双手，但手只把女人的被角掖了掖，忽地拨大了松节灯焰，再慢慢地压灭了，轻脚退出来到界墙的那边，躺在自己的草铺上了。

五魁并没有在自己的卧屋点燃松节，他感觉到黑暗里他的世界更大。人世间有一种叫诗的东西五魁不懂，五魁心里却涌动了一种情绪，很兴奋，很受活。劳累了一夜一天的疲倦没有集中到他的眼皮上来，坐起来，实在觉得睡着太浪费，太辜负这夜了。这一种举动和想法于五魁是从未发生过的，他不明白今日是怎么啦，是完满了自己久久以来的内疚呢，还是帮助了女人解除折磨，第一次体会到了保护了女人的男人的能力呢？

墙那边的女人窸窸窣窣了一阵之后，一切归于安静。可怜的女人经历了一夜一天的惊恐和劳累是需要安眠了，她醒着的时候，温柔和气，睡着了也如猫一样安闲，发出轻轻的嗞儿嗞儿的呼吸。作为一个爱恋着女人的光棍汉五魁，在这么个晚上同一个美艳女人睡一庙内，仅一草墙之隔，能听到她的呼吸，闻到她的气息，五魁的感觉十分异样和新奇。他轻轻扭转了脖子，将头贴近了草墙，只要用刀轻轻拨动，从那间隙就可以看到椽头缝里透进月光的朦胧了的夜中的睡美人。这种欲望一经产生，五魁浑身燥热烫灼，恍恍惚惚竟站了起来，挪脚往门口走，要走进墙的那边去了。

但是，睡窝前的那一块白光忽地消失了，这白光是屋顶草隙所透射的，五魁初睡下时幻觉是一块白石头，也是走入的白月亮，现在消失了，而自己却正动步将身子处于了这白光之中，猛然获得的是一种警觉，以为受到了一种惩罚，被光罩住要照出他的心中邪念，五魁责备起自己了：这是要干什么去？去了墙的那边一下子按住了她吗，还是跪在床边乞求赐舍，那又说些什么话呢？

五魁认定了这白光实在是天意，是在监视他的一只夜之眼。

去了那边，女人会如何看待他呢？强迫是完全可以如愿的，这女人就是自己的了，可英英雄雄救她出柳家，原来是为了自己，这岂不如同土匪唐景！唐景他们抢人且公开说是为了个压寨夫人，而自己却打着救人家的名分，做乘人危难的流氓无赖了！即使女人悦意地收纳自己，在五魁做人的规矩中这又是一场什么事体呢？

五魁回身坐到了草铺，那一块白光又出现了。白光的出现使他心情平静下来，感觉到从一种罪恶的深渊重新上岸，为自己毕竟是一个坚韧的男人而庆幸了。随之而来的是坦白磊磊的荒诞之想，其兴奋自比刚才愈发强烈。试想想，自己一个什么角色，竟现在有一个美艳女人就在自己的保护下安睡入梦，这是所有男人都不曾有的福分，就是那个家有万贯的柳少爷他也没有的了。女人睡得那么安妥和放心，她是建立在对自己绝对的信赖，那么，做男人的还有什么比这更有意义呢？一只蟋蟀不知什么时候跳到了白光之中，霍霍地振翅鸣叫了。这旷野的小生命，山林精光灵气的凝化物，又喝饱了甘露在为他五魁颂什么样的赞歌吗？

五魁平身躺下，在蟋蟀的美音妙乐中迷迷糊糊坠入梦境。

不知什么时候，他突然醒来，觉得胸膛上奇痒，本能地拍了手，手心黏腻腻一股腥味，同时听到嗡嗡之声不绝。他明白深山林子里蚊子很多，入睡时或许蚊子还不曾知道这里有了人，也不知人血的滋味，在月到中夜才成团涌来的吧。五魁用唾沫涂着被叮咬的地方，立即想到墙的那边的女人也一定被蚊子欺负了，薄嫩的皮肉，所叮咬的地方恐怕不是一个红点而大若小栗的疙瘩了。五魁终于走出睡窝，蹑手蹑脚到墙的那边用火镰打着火，燃一小堆湿茅草，让浓烟为女人驱赶蚊虫。这一切做得特别小心，黑暗中女人却说："五魁哥！"

声音低却清脆，当然不是梦话。五魁忙解释："我，我不是……我是来烟熏蚊子的……"

"我知道，"女人说，"我有被子盖了头，蚊子叮不到的。"

五魁说："你是早醒了？"

女人说："我一直没有睡得着哩。"

女人没有睡觉，这是五魁难以想象了，她睡不着在想些什么呢？那么，她听见了墙那边自己曾经站起又睡下的声响了吗？五魁的脸在黑暗中又红了一下。

"夜深了，要抓紧睡的。"五魁说着，赶紧就退了出来。

一切又都安静了，五魁却没有再睡下，也没有燃湿茅草取烟，还在琢磨女人没有睡着在想些什么，是不是也同自己一样的想法呢？念头一闪，就又责备起自己的不恭。不想了，不再想下去。可是，身闲的又无睡意了的五魁越是不让自己想女人，脑子里却总是摆脱不了女人。今晚里她没有说他们就住在一个床上，也没有说出两人要分住两个地方，其实这女人已是把他当作最亲近的人了。现在蚊子这么多，那边燃了烟火，他这边偏不燃，就让蚊子都过来叮咬他吧。在一只蚊子又于他脸上叮咬得火辣辣痒痛时，五魁再不拍打，倒生出一种奇异的想法：这只蚊子或许是刚才在墙那边叮咬过了女人的，现在又叮咬了自己，两个虽然分住了两处，血却在蚊子的肚里融合一体了吧。再幻想：如果自己能变成个蚊子就好了，那就飞过去，落在她的脸上叮她，这叮当然不要她疼的，那该多好哩。或许，她能变个蚊子又过来哩，那怎么叮怎么咬也都可以了，即使这叮咬会使他五魁中毒，发疟疾，他也是多么幸福的啊！

天亮起来，脸上布满了一层小红疙瘩的五魁来告诉女人，说他下山去，女人哭了。五魁安慰女人，保证很快就能回来，女人说："我哪里是为了我，我半死不活的人却要害你！"就从头上拔了头钗，从手腕卸了银镯，说是到山下什么地方换些吃的穿的，五魁这时倒哭了。女人便笑了，说："我不哭，你倒哭，男人家的羞死了！"五魁也就不哭了，把昨日采摘的山桃一颗颗擦净放在床上，出来用木棍拴了柴门，说："我走呀。"就走了。他一路小跑下山，却并没回到鸡公寨，抄近道去了苟子坪见女人的老爹。老爹正在家长吁短叹，因为柳家派人查看少奶奶是否被偷背回娘家了。听了五魁叙说，老爹倒生了气，说女儿嫁了柳家，嫁鸡就要随鸡，嫁狗就要随狗，何况柳家何等豪富，人一生有吃有喝还不是享福吗？五魁不等说完出门就走，老爹还拉住问："你把她藏到哪儿了？"五魁说："这我不能说。"老爹说："你不说也罢，既然我女儿是个薄命享不了大福的人，我也没办法了，你就带些吃食去吧。"翻锅里瓮里却没什么可吃的，从炕洞的夹缝中抠出几个银元给了五魁。五魁下午赶到一个镇上，将头钗、银镯兑换了银钱，买了一些粮食以及锅碗油盐，再就是一把镢头。

他们就这样在深山野沟住下来了，五魁每日于庙后开垦新地，播下种子，然后挖了竹根，采了山楂野果，拔了野菜蕨芽，回来做菜糊糊饭吃。三天四天了，砍一根木头或一捆竹子掮到山下的镇落去卖，再办置生计用品，日子一天比一天开始有了眉目。

女人肤色明显地是不如先前了，但精神挺好，每日五魁开垦地，就让背她出来，靠一棵树坐了，她不能帮五魁去劳动，却知道五魁喜欢她，喜欢来了就能解他的乏，她就不断地说许多话给他，还给他唱歌。她的手能动的，又懂得女人美在头上，就拿了新买来的梳子不停地梳各种各样的发型，让五魁瞧着好看不。五魁说："你怎么个梳都好看！"就折一朵花来让她插。女人偏要五魁给她插。五魁为难了，女人噘了嘴生气，不理五魁，五魁的憨相就暴露了，不知所措。女人抬头，五魁只是蹴在那里看她，说："你生气了也好看哩！"还是噘着嘴。五魁就说："你不高兴了，我给你翻个跟头你看吗？"就一连翻了五个跟头，女人倒忍不住噗噗哧哧笑了。

一日没风，暖暖和和的，五魁挖了一阵地，地头上的女人在叫他："五魁哥，你要歇着！"

五魁说："我不歇。"

女人说："我要你到这边来哩！"

五魁走过来，女人把头发解了，扑撒满头，又将衣领窝进去，露出长长的白细脖子，说："你给我分分头发畔儿。"五魁只好蹴在她身后分发畔。柔软光洁的头发揽在手里，五魁的心就跳起来，女人问："我头发好吗？"五魁说："好。"女人说："怎么个好？"五魁说不上来，拿眼睛看见了头发拢起了的后脖，甚至从脖的圆浑白腻的边沿看见了前边解了领口扣子的地方，那愈往下愈起伏的部位，在阳光下有细小的茸毛晕成了光的虚轮，能想见到再下去的东西会有怎样的弹性，散发着怎样的芬香。五魁禁不住浑身酥颤起来，越是要控制，越是酥颤得厉害，那手中的头发就将这酥颤传达到了另一个人的身上。女人问："你冷吗？"五魁说："不冷。"站起来，却一身的汗，说天气怪好的，坐在一边掏起了耳屎。

掏耳屎是五魁的一种发明，他往往在最骚动不安，或是害怕了女人瞧见了他裤子的某一部分出现异常而不致两人尴尬的时候，就要坐下来掏耳屎，将注意力转移到另一个地方去。

但是，女人却说："你笨手笨脚的，让我替你掏吧。"

他不肯过来，女人手一伸，牵了耳朵过来。掏了又掏，女人让他坐得更近，竟将他的头侧按在了自己怀里在掏了。头侧睡在女人怀里，五魁一切皆迷糊了，温馨馨的热气从女人身上涌入他的鼻中，看见了衣服内部有肉团在咕涌着，他很窘，却觉得到处的石头到处的树木都是人，都是用眼睛在瞧他，他的那只被掏着的耳朵就火炭一样地彤红起来。

“好了。”他架开了女人的手，把头抽出来了。

女人明白他的意思，不禁绯红了脸面，要说什么了，却没有说，假装看见了远处林子里飞动了一只五彩的山鸡，一口气轻轻吁出。

这吁出长气，五魁是看见和听见了，他觉得时间突然很长起来，想岔开来说些别的话，一张口却说起往昔接嫁的一幕，女人突兀兀冒了一句：“唐景倒不是个坏人哩。”

“不像个土匪。”五魁说，真心也这么认为了。

“可他怎么就当了土匪呢？”女人还在说。

也就是打这以后，他们常常便说到了土匪，而差不多话题都是由女人首先提到的。五魁想，女人说到唐景的好话，或许是与那个柳少爷做对比的。是的，唐景土匪真是个人物，他闹得天摇地动的事业，官家也惹他不起，却偏偏是那么一个俊俏的脸面，抢得女人又被他五魁三言两语谎话所骗，放人或许也是可能的，没想竟动也未动女人一下就放了。他们虽然这么论说着唐景，土匪唐景毕竟是遥远之事，五魁就又想到，女人这么提说唐景，莫非日子是太寂寞了吗？尤其是他下山去购买东西或上山去砍柴捡菌子，留下一个走不动的她在草房里，她是没有个可说话解闷的人了。因此，他又一次下山，花了钱买来一只狗子。

狗子非常地漂亮，一条大尾巴弯过来，可以搭到头上，黄毛若金，却在眼睛上部生出两个圆圆的白毛斑。女人叫狗子为四眼。

四眼初来，性子很野，总是乱跑，五魁怕它逃散，拿绳拴在一块石头上，而它一听见山林起风就狂吠不已，竟要拖了石头扑腾。女人解了石头，拉到身边拿手抚摸那软软的耳朵和长长的毛，不住地唤“四眼，四眼”。四眼不再狂躁，只要女人锐声叫着它，即使它已经跟着五魁到了山林，也闪电一般返来摇尾了。五魁常常劳作回来，总看见狗卧在女人身边如一孩子，女人正给它说着话，似乎一切话皆能听懂，女人竟格格笑起来。五魁就说：“四眼是咱的一口人了！”

女人说：“四眼好通人性的，它不仅听得懂我的话，连心思都猜得出来哩！”就拍了狗子头：“去呀，你爹回来了，快给他个蒲团歇着。”四眼果然把一个草编蒲团叼给了五魁。

五魁说：“我怎么是狗的爹？”

女人说：“你不是说四眼是一口人吗？”

五魁说：“那你该是四眼的什么呢？”

女人说：“我做四眼娘！”

五魁说：“可不敢胡说！”

女人一吐舌头，羞得不言语起来，眼睛却还看着五魁，五魁也就看着她。四眼站在两人之间，也举了头这边看看，那边也看看，末了却对五魁汪汪吼叫。女人说了一句：“四眼向着我哩。”把狗子招过来抱在怀里，那金黄黄的狗尾就如围巾一样缠了女人一脖颈。

女人是不寂寞了，而使五魁愈来愈不安的是女人一日不济一日地消瘦起来，五魁又想是饭食太差，虽然每次做饭，他总是要先给她捞些稠的，但她吃着的时候常说：“这菜要炒一下就特别香了！”五魁就十分难受。女人在柳家的时候，她是从未吃过这种清汤寡水的饭食，五魁即使尽最大努力，自是与柳家不能论比，他不禁怀疑了这样下去能是什么结果呢。原本是救了女人出来让她享福，而反倒又在吃苦，尤其在他每每回来看见了她的泪眼，而一经看见他了又要对他笑，他就猜测女人一定是为往后的日月犯愁了。于是，就在女人时不时提到土匪唐景，五魁突然感到自己认为英雄了一场救她出来，是不是又犯了大错呢？他倒希望在某一日那个唐景会蓦然出现，又一次发现了女人而把她抢走！土匪的名声是不好听，但自己一个驮夫出身、一个没钱财没声望没武功不能弄来一切的人，名声还真不如唐景。也正是有这一条原因，他五魁才自己说服了自己，压迫了自己的那方面欲望。而唐景呢，虽是个土匪，可是多英俊的男人，闹多大的事业，又有足够的吃的穿的戴的……

五魁心里说：好吧，既然我对这女人好，那就再躲过一段时间，等山下柳家的寻找无望而风波平息，我就把女人背到白风寨去，我权当做了她的亲哥哥，哥哥把妹妹嫁给唐景。或许，唐景以为她仍是白虎星，不愿接娶，那就说明一切，甘愿受罚，要嫌她成了瘫子，他也会说服唐景的：她瘫了，她也是睡美人，世上哪儿还能找下这么美的人呢。况且她菩萨般心肠，天下还能有第二个吗？

有了这种心思的五魁，却没有把心思说给女人，而是加紧劳作，接二连三掮了木头和竹子下山赶镇市，宁愿自己少吃少喝，为她弄来可口的食物，一面暗暗打听鸡公寨的动静以及白风寨的消息。

或许是努力的报应，或许感动了上苍，山神破庙中的东西丰富起来，女人脸上的气色红润起来。在太阳温和的中午，女人被背到庙前的草地上，五魁也看见了女人起伏的身躯恢复到接嫁时的模样，那隆起的前胸愈加饱满起来了。五魁却黑瘦如烧焦的木柴，显得嘴大，鼻子大，眼白特多。但五魁十分得意了，感觉里他现在最磊磊坦白，无私心邪念，他所做的一切是伟大的，如给黑夜以月亮，如将一轮红日付给白天。他平生第一回出口叫女人是“妹妹”，无拘无束地为她分发畔。烧了水给她洗头洗脖还洗了脚，甚至下定决心在他背她走下山去的时候，一定得把以前贱卖出去的头钗和银镯再给她买回来。

进入冬天，到处都驻了雪，五魁在房中生燃了柴火，自己就往山上去捕杀岩鸡子。五魁没有枪也没有箭，但他摸清了岩鸡子的特性，仍可以赤手空拳弄到这种美味的东西。他翻过了一条沟，又爬一面坡，在一处树木稀少的土壑地带，果然发现了就在那并未避风的一个低岩上站有十多只岩鸡。他就手脚并用爬到壑沟中间，捡了石头掷向左岩，大声叫喊，受惊的岩鸡扑啦啦向对面岩上飞，岩鸡是飞不高也飞不远地落在了对面岩上。他就又掷石子向右岩，大声叫喊，岩鸡又飞向左岩。如此只会笨拙地向两边飞停的岩鸡，就在他永不休止的掷打叫喊中往复不已，终有三只四只累得气绝，飞动中突然在空中停止，如石子一样垂直跌死在涧底。五魁捡了岩鸡，一路高唱着往回走，直走到山神庙后了突然捂了口，他想冷不防地出现在女人面前，然后一下子从身后亮出肥乎乎的岩鸡，让她吃惊不小，要问是怎么猎得这么多。那时候，他，五魁哥，就开始一边烧水烫毛，动刀剖鸡，一边讲他的聪明与能干，当然要夸大其词，从她的眼里读出一篇英雄的颂词来啊。

但是，当五魁走近了房前，却无一点声息，连四眼也没有听到动静而来迎接，本来是要按捺下收获后的激动，仍禁不住轻狂的五魁还是先从柴门缝中要看看睡在里边的女人。

这一看，却使五魁长长久久地冻僵住了。

草房里的女人还是睡在被窝里，而那四眼竟也同女人一样睡在被窝，且前爪分叉在女人的头的两边撑着，身子却在动。五魁先是惊奇，待明白了一点什么，就弯身去捡被雪已埋了一半的台阶上的斧子，而斧子冻在地上一时捡不起，这一瞬间他停住了。然后悄声走到房后的雪地里，开始大声地咳嗽和跺脚，制造他刚刚返回的气氛。

这一个下午，五魁照样熬过岩鸡汤，两人吃过后，他假说到后山去捡些柴火去，一个人离开了草房坐在雪地上痛哭了，中午眼见的事情，无疑对他的打击太残酷，他简直不敢想象，女人怎么会干这种事呢？是看花眼了吗？他这么想，或许是看花了眼，女人不正是为了逃避柳少爷的糟践而痛不欲生吗，怎么会同一只狗？！五魁的脑子炸起来，要竭力地做这么一次一次的或许，却始终不能消除那噩梦般的场面：女人的眼睛是微闭了的，口半合半启的，一双手就搂在四眼的背上……

那么，女人原本就是一个淫荡的雌儿吗？这怎么可能，若是那样，为什么死死活活要让他背她出逃？！

无法解释得清的五魁回想着他与女人先先后后的接触，尤其到了这里，女人是对自己有过多次的表示，他五魁何尝没有冲动，几乎数次要干出越轨的事体。但他明白自己的身份，更明白怕引起帮她而成了为自己的现实而从此活着的内疚。难道女人就是在自己的理智制约下而冷落了她才使她这样吗？可不管怎样，她怎么就能到这一步呀？！

这是怎么啦？怎么会这样？自以为是了解了女人的五魁不明白了女人到底是什么，女人到底怎样才是女人！

终于得出结论：一切罪恶源于狗子四眼！这狗子买下时就觉得与别的狗不同，偏偏在双眼上还有一对白毛斑。五魁认定了这狗子是精而托变的鬼魂，它出奇地通人性，出奇地喜欢在女人身边，必是以妖法迷惑了女人，然后在女人的迷糊中……

五魁想到这里，举起双拳来揍自己了！狗子是自己买来的，自己又一次害了女人，害了女人的身子，害了女人的贞洁，害了女人做人的德行！

他咬着牙站起来，要回去立即用斧砍了恶狗。但走回草房了，五魁打消了念头，如果那么气势汹汹地当着女人的面杀了四眼，女人受得了吗？那么把狗子拉出来处死，女人问起来怎么回答？不点明狗子的罪恶，女人没有自省自己的过失，作为他这么一个哥哥，又怎么起到保护她珍惜她的作用呢？

三天后，太阳把地上的雪差不多晒薄晒稀，世界再不是一片银白，而一块一块露出黑的土地和杂乱的草木。五魁说："妹妹，外边太阳好红的，我背你出去看看吧。"女人说："雪下得人心好憋。"五魁就背了女人，却也牵了四眼一块出来，一直走到了深得不可久看的沟涧边，把女人放在地上的一堆干草上。

五魁说："妹妹，这地方多好。"

涧上是早已搭好了的两根长竹。

女人说："这有什么好看的？"

五魁说："瞧涧那边的冰锥结得多大，我让四眼过去叼一根过来，对着太阳看，里边有五颜六色的哩！"

就把一条长长的绳索系在四眼的脖子上，又将绳索的一头挽个环儿套在竹竿上，给四眼指点了涧那边的冰锥，撵它从竹竿上过去。四眼走到竹竿上，却不愿过去，五魁推，推不动，五魁让女人给它发话，女人说："四眼不要怕，能过去的！"四眼就走了上去，摇摇晃晃走到了中间，那绳索环儿也随着套到竹竿中间。五魁突然在这边将竹竿使劲一分开，四眼掉了下去，绳索一头勒着脑袋，一头套在竹竿上，四眼就吊在空中四蹄乱动了。

女人锐叫道："快，快，快把竹竿拉过来！"

五魁没有看女人，没有动。

四眼先是汪地叫了一声，一双红眼直向女人看着。

女人说："五魁哥，五魁哥，四眼会死去的！"

五魁说："这狗子不吉利的，它也是该死的了！"

女人啊了一声沉默了。天地间一个特大特大的静，五魁感到自己呼吸也停止了，却同时听见女人在低低地说："五魁……

你这是要让我看吗？”

五魁痛苦地说：“不，不是，不是的，你瞧那面坡，树枝结了冻，太阳一晒多像是玉做的，啊，妹妹。”

五魁心慌口慌地说着，始终没有回过头来。他不愿看见女人一时的羞愧，但却在心里说：“原谅我这样做吧，我的好妹妹，我不能不这样做呀！你是少奶奶，你是我的妹妹，不，你是菩萨一样圣洁的女人，我怎么能害了你呢？”但是他听到了一声不大也不小的响声，以为是涧那边的冰锥断裂了，看着涧的那边，太阳依旧光明，冰锥依旧银洁。回过头来，却见女人正爬到了涧边，双手在抓自己的脸面，抓出了深深的血印。五魁惊叫着扑过来，就在要抓住还未抓住的时候，女人双手一撑，反过身掉向涧下去了。

一年后，山神庙改造的草房扩建成了有十多间木屋的小寨子，小寨子里聚集了一伙土匪。这股土匪队伍虽比不得白风寨的唐景庞大，但他们匪性暴戾，常常冲下山林去四方抢劫，而抢在寨子中来的压寨夫人已经有十一位。官府在县城的大街上和县境的所有村寨路口贴满了悬赏缉拿的布告，但布告上的首匪不是唐景，而赫然写着两个字：五魁。

阿吉

阿吉原名叫阿鸡，从城里打工回来后村人才知道他已经改名了。

城里人将妓女称作鸡，这使初次进城的阿鸡很没体面，虽掏了五元钱在环南十字路口的卦摊上求了个“吉”字，但字改音未改，仍被人瞧不起，只能在建筑工地上当和灰的小工。工人们一边劳作一边要说些荤段子，阿吉呆听着就捉了锨把不动，老总便骂阿吉懒，不出四个月，结算了三百元，让他走人。

阿吉在城里浪逛了一天，无事可做，将一泡屎拉在草帽里，把草帽又摔在一堵砌了瓷片的墙上，离城回家。

回家要坐一天的火车，三百元钱藏在鞋垫下，不敢随便买吃喝。同椅上和对面椅上是三男两女，衣着鲜亮，又啃着烧鸡，阿吉就很孤独，把鞋脱了，抱起双膝在座位上做瞌睡状，心里在骂："好东西都叫狗吃了！好女人都叫狗 × 了！"骂着骂着，心理平衡下来，真的便瞌睡了。一觉醒来，刚好车快到站，赶忙要穿鞋往车门口去，却怎么也找不着自己的鞋了。

"鞋呢，我的鞋呢？"椅下满是皮鞋，阿吉急出一头水。

旁边人问："你是什么鞋？"阿吉说条绒面，布底子。那人说："就是那双破鞋呀？臭死人了，早从窗口扔出去了！"阿吉质问："谁扔的？"拳头便提了起来。但阿吉很快就松开了手，因为他面前站起了三个男人，又粗又高，拿眼睛盯住他。阿吉说："扔了……就扔了。"人站在车外了，却对着车窗破口大骂："扔我鞋的，我 × 你妈！"骂一句，跳一下；再跳一下，站台上一块玻璃碴子扎了脚，扎出血来。

阿吉并不可惜那双鞋，鞋确实是破鞋了，他也是可以打赤脚从小站上走十里路回村的，但阿吉遗憾的是鞋垫子下藏着钱，硬咯铮铮的三百元钱。

阿吉赤了脚到小站东边的席棚里去找阿狗。阿狗是阿吉的同胞哥哥，父母死的时候，阿狗待阿吉还好，发誓说他卖豆腐也要供弟弟念完高中念大学，可阿狗一娶了婆姨就听婆姨话了，分家过活，搬到小站卖豆腐了。阿吉也瞧不起阿狗，进城时跑过豆腐棚就恼得去打招呼。现在，他只好向哥哥借钱了。阿狗听阿吉说了恓惶，扇了他一个耳光，却把五十元钱捏一疙瘩塞给他，低声说：“别让你嫂子看见。”

阿吉说：“屎，我会还你的！”

原本阿吉要买双板儿鞋的，想了想，一怒买了双人造革皮鞋，二十元。又三元钱买了一副墨镜。镜一戴上，眼前蓝哇哇的，感觉换了个人似的。

阿吉回到村里，天已麻麻黑，老远看见巷口村长家的窗口亮了灯，灯光映在山墙外的碾盘上，阿米和小安蹴在碾盘上赌红桃四。阿吉咳嗽了一声，端端走过去。阿米“哈”地咋呼了一下，说：“是鸡哥回来了？！”

阿吉说：“从城里回来了！”

阿米抬起身要摘墨镜看看，阿吉喊了一声：“臭手！”阿米就不敢动了。

小安说：“我手才臭哩，叫他赢了十元了！”

阿米说：“这靠智力哩，又不是抢的。”

阿吉说：“你以为你是谁，看我收拾你！”

阿米是村里的上门女婿，阿吉没进城前就眼里没有他。婚后的第二天，牡丹引着新夫阿米来给本家子各户认门磕头。到了阿吉家，阿吉问：“贵姓？”阿米说：“免贵，姓米。”阿吉就笑了。阿米说：“大哥的大名？”阿吉说：“说了嫌你怕怕哩！”阿米说：“莫非大哥叫老虎？”阿吉说：“老虎倒不是，叫鸡，往后你不要惹了我！”从此阿米果然害怕阿吉。阿吉去城里打工的时候，阿米就求过能不能跟着一块去，阿吉没有理他。

一张牌一块钱，三个人赌了几个来回，阿吉果然赢了。阿米嚷着再来，阿吉说行么，我也不嫌钱多了扎手，却一定要验资。小安是没钱了，只好袖了手在旁当牌警。阿吉和阿米两个人一来二去继续赌，阿吉把赢来的输了，又把身上的二十七元钱输掉了，一摔牌，说：“权当我要了个歌厅的小姐！”

小安说：“吉哥在城里要过歌厅的小姐？！”

阿吉说：“城里讲究夜生活嘛！”

阿米死死捏着一把钱，看着阿吉走了，一张张清点，却突然想：阿吉他是骂我哩嘛！恰好队长的公鸡天黑了从大场上回院中的架上，阿米一脚踢去，骂道：“黄鼠狼拉了你去！”往常，骂黄鼠狼阿吉是不会饶的，但现在阿吉竟不理，这使阿米有些纳闷，看着那一溜皮鞋脚印，甚至有了点失意。

阿米说：“阿吉怎么不理会？”

小安说：“阿吉见过大世面了。”

阿吉走得很远了，站住，回过头来，而且是把墨镜推架在了脑门上，说：“阿米，我告诉你，我不是鸡狗的鸡，我是吉，上边一个士下边一个口的吉！”

阿鸡改名为阿吉了，这消息很快就在村里传开来，能改了名字，肯定是在城里做了大事。园园甚至听到议论，说是阿吉在一家公司里当了什么主管，皮鞋西服那是上班的工作服，一月发一次，常陪客户去歌舞厅，要的是白脸长身的小姐，还泡过俄罗斯来的妞儿，园园就惊慌了。

因为阿吉以前曾要和园园谈恋爱，园园拒绝了他，说："你能给我盖一院像拴子家的两层水泥板楼房，我就嫁你！"拴子的舅舅在县公路局当局长，拴子的爹能长年在公路工地上包活干，是村里最富的人家。阿吉哪有和拴子家的比头，打死他也盖不了那样的房子！阿吉进城也是受了园园的打击而走的，那时阿吉说："我在城里不干出个名堂就不回来！"如今阿吉回来了，一定是会羞辱她的。

园园就去找拴子，拴子和他爹正从害了肾病的刘干事家出来往回走，园园立在树后叫了一声"拴子"，自己脸都红了。园园是和拴子在他家的磨坊里亲过嘴的，说话已经不心跳，但园园怯拴子的爹。拴子的爹眉眼威严，却是开通人，说了一句"你们说话"，自己就先回去了。拴子见爹一走，急猴猴就扑过来拉园园的手，园园说："大白天的，把手收了。你知道阿吉回来了吗？"拴子说："知道。"园园说："你知道他改了名吗？"拴子说："城里的王八大三辈啦？何况他还不是城里人！"园园说："听说他在城里耍大啦，交识的都是些有头有脸的，装了一口袋名片哩！"拴子说："别听胡说！"心里却吃了一紧：现在的世事说不得，什么情况也会发生，难道阿吉还真脱胎换骨了？就拿眼睛盯着园园:“他又骚扰你了？”园园说:“这倒没。你说他这回来要干啥呀？”拴子说：“管他干啥呀，咱俩的事我爹催着待客的，你定个日子吧。”

园园很快定了日子，毛看待了十桌客。按风俗，毛看就是订婚，但订婚分两道手续，得毛看一次，男方的父母要给女方钱财首饰，再得正看一次，男方的父母还得给女方钱财首饰，方可领取结婚证，商定结婚日期。园园和拴子毛看待客的那个上午，阿吉和小安，还有小安的相好豆花，去逛镇街。小安年纪轻轻的就有了相好，阿吉气有些不顺，好的是豆花腿短屁股下坠，阿吉便让他带着豆花。豆花是石头的侄女，进乡政府院子去询问修水渠经不经过她家坟地的事，小安便问阿吉：“你觉得好不好？”

阿吉说：“鞋好。”

小安说：“鞋是我买的，脚胖了些，看不见鞋沿了。”

阿吉说：“你倒舍得！”

小安说：“咱想讨个婆姨么。”

阿吉哼哼地笑，问小安：“婆姨是什么？”小安说：“婆姨就是婆姨呀。”阿吉说:“你也学过拼音的,你念,慢点拼拼。”小安念：“婆——姨——×!”叫道：“原来婆姨是指那个呀，你怎么知道的？！”其实阿吉也是听城里人说的，城里人曾经听阿吉口里婆姨长婆姨短的，就嘲笑乡下人把女人不当人。

但现在阿吉却嘲笑小安了，为讨个“婆姨”就买那么好的一双鞋。阿吉再问小安：“你知道日子是什么意思？”小安说：“这我知道，油盐柴米醋吧。”

“你什么也不懂！”阿吉说，“你没进过城！”

小安完全是低了一辈了，他歪着头看阿吉的脸，问日子到底是什么，阿吉的脸定得平平的，什么却不说了。豆花从乡政府出来，脸色灰了一层，小安问怎么啦，豆花说水渠已定了线，是要经过她家坟地，去年才给爷爷造了新墓，又得迁移的。阿吉说：“迁移的事有你爹和你叔哩，用得了你犯愁，你操心个草帽是正事，大热天的，人都晒成红薯啦。”豆花说：“小安不给买么。”小安翻着口袋，口袋底都翻出来了，说：“哪有钱？”街上的人窝里有人戴了个新草帽，阿吉说：“豆花你要不要那个草帽？”豆花说：“要哩么。”阿吉说：“你有一条绳带没，有绳带了这草帽就归你。”

豆花把一条绳带给了阿吉，阿吉将绳带从头顶系到脖子上，还打了个结儿，就走近那个戴草帽的人。他是站在了那人的左边，右手极快地揭了草帽戴到自己头上，那人头扭向左边张望，喊：“谁抢帽子？我的帽子？！”阿吉在右边拍拍那人肩：“嫂子，这街上贼多哩，戴帽子你要系帽带么，你瞧我，有帽带儿谁抢得去？”

阿吉戴着草帽踅过来，把草帽戴在了豆花的头上，豆花眼里都放了光。

阿吉一得意就想尿尿，他去街边的公共厕所里尿得老高，但阿吉听到了两个人说话，话说得像五雷轰顶。两个人是蹲在坑边边拉屎边议论拴子家的事，一个说有钱的人都长得好，一个说那不见得，东洼村的得胜该有钱吧，脸窄得像刮刀。一个说得胜不行，他儿子拴子也不行，可拴子生下娃娃了你瞧吧，那园园就人样稀么。一个说拴子真的能娶了园园？一个说今日毛看哩你不知道，得胜昨天在银匠铺里取了戒指哩。阿吉不等尿完就提裤子，裤裆里湿了一片。他没有再去理会小安和豆花，小跑进村要查个究竟。村里果然有许多人都往拴子家走，阿吉当下拐脚回到自己家，哐啷把门关了。

阿米也是去拴子家吃席的，走到半路，牡丹让阿米回去拿个空桶，说是拴子家今日待客，肯定剩菜剩饭多，到时候盛在桶里提回来喂猪。阿米就返回去拿桶，跑过阿吉的后窗，听见屋里有吵架声，吓了一跳，放下空桶站上去从窗缝往里看，看见阿吉一个人在屋里走过来走过去，大声地说：“嗨——把我气死啦！嗨——我 × 你妈！”

阿米同情起阿吉了，他在拴子家坐了一会儿，想，这时候安慰阿吉，阿吉就不会再欺负他阿米了，便推托家里有急事，向拴子告辞。拴子大方，说那让牡丹带些饭菜给你捎回去。阿米便来敲阿吉门，什么话都不提了，只邀请到他家吃饭去。阿吉在阿米面前是不倒威的，他把皮鞋穿上了，又穿上了那一件很短的西服，戴上墨镜，说："请我去你家呀，没有肉我不去给你充脸哩！"

牡丹从拴子家带回来的是一盆米饭和一碟红烧肉，阿吉吃毕，问："有没有牙签？"阿米说："牙签？"阿吉说："瞧你，你家哪儿会有牙签？在城里用牙签惯了，吃完饭不剔剔牙就像每天不洗脸一样难受！"牡丹看着阿吉上嘴角黏着的一颗米，她不敢说阿吉你擦擦嘴，便夸奖道："吉哥不显老，嘴上不长胡子。"阿吉抹抹嘴，笑笑："是不？"米粒掉下来。牡丹说："吉哥在城里是个主管了？"阿吉说："你看我像不像？"牡丹说："我早就说了，吉哥大鼻子，不是乡里能待住的人，果然是了！东洼村最俊的女子数园园，可惜园园眼里没水，鲜花插到拴子的牛粪上了！"阿米知道底细，立即用眼睛瞪牡丹。阿吉却嘎嘎大笑："你说园园是鲜花呀？！"牡丹说："园园不是鲜花谁还是鲜花啊？"阿吉说："你没进过城，我怎么给你说呢？我告诉你，即使是我一辈子在村里，我也不会娶园园，她是个白虎哩！"这下阿米和阿米的婆姨都吃惊了："白虎？我的天！"

女人若是白虎便命硬，嫁谁克谁。阿米千叮咛万叮咛婆姨不敢把这话扬出去，可牡丹哪里能憋得住一个屁，先给隔壁的石头爹说了，石头爹又告诉了阿财的婆姨，不几天村里人都知道园园是个白虎。园园人称小观音的，毛看的时候虽然得胜一再挡客，村里仍是十分之七的人家去行情恭贺，猛一下形象坏了，好像兴善庙里的佛像在“文革”中被人砸了头，庙从此成了生产队的仓库，什么东西都可以扔在里面。大家对得胜家的敬畏没有了，也避着园园和拴子，拴子已经感觉到有些不对劲儿，但他弄不清是什么原因。

一日，小安和拴子去镇街，拴子给小安买了一碗凉粉吃，小安受感动，两人小便的时候，小安往拴子腿根看，说：“拴子你是不是青龙？”拴子说：“不是青龙怎么啦？”小安说：“不是青龙压不住白虎。”如此这般那般说了一通。拴子说：“她是白虎？”拴子的衬衣都汗湿了，当晚约了园园到村后的废砖瓦窑上，拴子和园园亲了嘴，拴子的手就往园园的裤带下钻。园园坚决不愿意，说不到洞房花烛夜，是绝不会干那事的，拴子梗着脖子不言传，两人挽缠了半天，园园只允许手伸进去摸摸，拴子摸了，倒在地上狂笑。园园说：“瞧你这瓜样！”拴子才把小安的话说了一遍。园园当下打了拴子一个耳光，说：“别人这么坏我名声，你竟然信了来验证我？！”转身跑走，拴子叫也叫不回。

这一恼，园园数天不理拴子，拴子去她家，门都是哐地关了，门外的狗还在喊：“汪！”拴子就把这事告诉了爹，得胜勃然大怒，他不允许阿吉来诋毁，就召集了曾在公路上包过活的一帮熟人要教训阿吉。

镇上的灌溉大渠开始栽桩画线，阿吉去现场看了看，正逢着邻村有人给孩子过满月，阿吉也去了，问：“是男娃女娃？”主人说：“生得不好，女娃。”阿吉说：“不就是长大了嫁给皇帝吗？！”主人高兴了这一句话，也拉他去吃席。阿吉吃得肚子多大，往回走时弯不下腰，路过一片芦苇地，墨镜掉在地上，醉眼蒙眬的，又折不了身。芦苇里出来三个人，一女两男，他说：“嫂子，帮我拾拾镜。”女的说：“你眼睛瞎了？”阿吉看了一眼，女的也是大肚子，阿吉说：“唔，嫂子也去吃席了？”两个男的便扑过来一顿打，阿吉说：“我没看清她是孕妇么，我就该打？”两个男的并不说话，又是一顿打。

“我是阿吉！”阿吉赶忙说。

一个拳头戳过来，阿吉只觉得嘭的一声，人就倒在地上，赶忙用手护头，人就像西瓜一样滚过来滚过去。滚到了芦苇丛里，两个男人解他的裤子，阿吉立即叫道：“不要不要！”害怕被割了尘根。但阿吉的裤子被拉开了，手脚同时也被压住，他看见一个人拿了剪刀，说：“就这么一点点呀！”阿吉就昏过去了。不知过了多久，阿吉醒来了，满天星斗，芦苇地里一片蛐蛐叫。“我还没有死？”阿吉想，赶忙用手摸下身，那尘根还在，却没有了毛，爬起来唾了一口：“呸，是瞎子还讲究杀人哩，剪 × 把 × 毛剪走了！”四下里瞧瞧无人，一瘸一跛回了村。

二道巷拐弯处是刘干事家，刘干事家的屋檐下燃着一堆火，火旁几个人在杀黄鼠狼。刘干事的肾病已经很严重了，中医和西医没办法，家人开始缝制寿衣，来修水渠的技术员提供了一偏方：喝黄鼠狼血，喝过十只黄鼠狼的血就会好。刘干事的婆姨哭着说：“死马当着活马治吧。”可黄鼠狼许多年不见踪影，托人去南山总算捡了一只装在铁笼里提来，却没人敢杀，正急着，阿米的婆姨看见有人从巷道走过，就喊：“那是谁？”阿吉听见了，说：“是我！”

“是吉哥？”阿米的婆姨喜欢了，“吉哥是男人，让吉哥杀！”

几个人去拉阿吉，阿吉不知道是干什么，后来听说杀黄鼠狼给刘干事治病的，挣脱了众人，说：“谁的忙不帮，刘干事的忙得帮哩。”把西服领子提了提，强忍了右腿的疼痛，走过去。一看，铁笼口被口袋套住，黄鼠狼就在口袋里乱蹬，口袋就这儿一个包，那儿一个疙瘩，阿吉就不敢下手了，说：“把口袋剪个小洞，只让头出来么。”小洞剪开了，一只黄脑袋钻出来，几乎整个身子也要钻出去，阿米的婆姨赶紧压住口袋，说：“吉哥，快拿剪子剪！”阿吉剪了一下脖子，没剪开，手一抖，黄鼠狼把剪刀咬住了，阿吉就跳开去，说：“使不得，我是鸡，黄鼠狼要吃鸡的！”

阿米婆姨说：“你不是士字头口字底的吉吗？”

阿吉说：“你知道士字是什么意思，士不杀生的。”

石头的媳妇也在场，说：“让我来！”胖身子拧过去，抓起口袋扭了一匝，黄鼠狼一动不动了，然后拿剪刀剪黄鼠狼脖子，血就流下来，而同时有屁发响，熏得众人都背过头。石头的媳妇一丢剪刀，将血手往阿吉的腮帮抹，说：“你不如个娘儿们！”却大叫：“你留胡子啦？”

众人看去，阿吉是留了胡子，两撮小八字胡。

阿吉用手摸摸，果然唇上有胡子，他也不知道这是怎么回事，却说：“少见多怪，城里的人越年轻越要留胡子哩！”

阿吉回了家，自个纳闷怎么就长了胡子，照照镜，揪了揪，发现是用胶水粘就的，忽地醒悟了，就吐了一口，还恶心，把坐席吃的酒肉全吐了出来。

阿吉一口气咽不下去，找村长告状。

村长说：“你怎么知道是拴子家找人打了你？”

阿吉说：“我说了园园是白虎。”

村长说：“你怎么知道园园是白虎？”

阿吉说：“她应该是白虎。”

村长说：“那你就应该挨打。”

告状自然是不了了之，但阿吉丢了面子，几天闷在家里不出。后来坐到村长家山墙外的旧碾盘上，招呼人来玩“红桃四”。阿米路过，阿米说他到地上摘茄子呀。叫小安，小安说让他上了茅房，进了茅房却翻过茅房矮墙跑了。阿吉坐在碾盘上，看见巷子东口走过一只狗，巷子西口也走过来一只狗，两只狗在巷子中间同时发现了一根骨头，就咬着抢骨头。阿吉便过去用脚踢狗，把骨头捡起来扔到村长家的房上。村长的婆姨一直在窗里看阿吉动静，说话了：“阿吉，你真缺德，一块骨头也不让狗啃？”

阿吉说：“干骨头有啥啃的？！”

村长的婆姨说：“狗就图个肉味嘛。”又说：“阿吉，你那胡子呢？”

阿吉拾了身就走，巷口里两个人吵吵闹闹地过来，一个说：“你把爹叫爹哩，我把爹就不叫爹？一个萝卜你两头切，这天下还有理没？！”一个说：“什么理，给了你就是理？咱寻村长么！”阿吉见是石头和石头的哥，就又坐在了碾盘上，而村长的婆姨呼地关了窗。石头和石头哥便敲村长家的院门，敲了一阵敲不开，拳头砸得门扇咚咚响。村长的婆姨在院里说：“是土匪打劫呀！”石头说：“我们找村长断个理，婶子。”村长的婆姨还是不开门，院墙上撂出一句话：“村长不在！”石头说：“村长几时回来？”村长的婆姨说：“村长就是回来，他也断不了你们家窝事！”

石头和石头的哥见敲不开门，靠着院墙闷了一会儿，阿吉拿石子在碾盘上敲，石头的哥说：“你烦不烦？！”石头就对阿吉说：“阿吉你是从城里回来的，你来评评这是个什么理儿！”

石头的哥说："让阿吉评就让阿吉评！"

阿吉来了精神头，说："等等。"阿吉把墨镜取下来，收了镜腿儿装在上衣口袋，说："谁先说，啥事么，说截快些。"石头就先说，说得满口白沫，石头的哥又说，也说得满口白沫。阿吉终于听明白了，原来是石头的娘死得早，埋在老坟里，剩下一个爹八十多了，兄弟俩分家时讲好爹轮流着在儿子家吃饭，而爹将来死了，石头的哥管待造坟制棺，石头管待埋葬时的待客吃喝。石头的哥前年春上就选了新墓址，这新墓就得迁移。当然，迁移新墓乡政府给迁移费的，迁移费石头的哥拿了石头没意见，可新坟四周栽了二十棵小柏树，乡政府一棵树赔十元钱，二十棵树赔了二百元，石头便提出二百元一人该分一半，石头的哥死活不愿意，两人吵闹了两天吵闹不清。阿吉说："就为这事？"

石头的哥说："墓是我造的，树是我栽的，为啥要给他分一半？"

石头说："你要这么说，爹死了待客的事我就不管了！"

阿吉还是问："就为这事？"

石头和石头的哥说："就为这事。"

阿吉说："这是打的事么，吵个熊哩？！"

村长家的院门哐啷打开了，门口站着的是村长，村长竟一直就在他家里，黑着脸说："阿吉你真个是臊嘴，你就这样评理哩？打起来你还要不要安定团结啦？！”

阿吉瓷在那里，说：“你安定团结哩，你还不就是个倚老卖老的专制呀！”

村长说：“该专制就专制哩！”把石头和石头的哥拉进院去，回过头还说：“你往一边冷着去！”

阿吉灰不塌塌回坐在自己家里，拿瓢在水瓮里舀水喝，喝得牙根疼，喝得肚子和心都凉了。他突然觉得在村里难待下去了，可不在村里待又能到哪儿去呢？阿吉实在不愿意再往城里去打工。蹴在地上，用柴棍在地上画，画着画着，画出阿吉两个字，猛地想到吉字上半部是士，自己也多少有文化的，下半部是口，莫非该要我做口力工作者？阿吉这么想去，精神振作了，重新穿好了西服和皮鞋就出门，走到门外又回来，从柜盖上拿了墨镜戴上。

阿吉去的是镇街上的龟兹班。龟兹班主一脸麻子，先是在县剧团唱黑头，剧团没了演出，工资发不开，他就拢了一帮人吹龟兹，逢着谁家婚嫁，给老人祝寿，为孩子过满月，或者死了人葬埋和过三年忌日，被请去吹吹唱唱，赚三二百元，吃三顿饭，末了还能带一条烟一瓶酒的。麻子的龟兹班在这一带还挺红火。阿吉去麻子家，麻子正在他家山墙边的茅房里蹲坑。茅房的挡墙低，头能露出来，阿吉一进院，麻子就看见了，麻子没有理。阿吉却瞧着麻子在对他笑哩。

“麻哥——”阿吉把墨镜摘下来。

麻子的脸还在笑着，一颗颗麻子红纠纠的。

“麻哥——!”阿吉回笑了一下。

一阵扑里扑咚响，麻子的脸不笑了，阿吉才明白麻子刚才不是对他笑，是努了力拉屎哩。麻子说：“你是不是阿吉，谁又死了？”

阿吉说：“人倒没死的，我想跟着你哩。”

麻子说：“你会干啥？”

阿吉说：“我能唱。我唱一版《张连卖布》。”将一口稠痰唾给脚下的鸡，唱了起来，鸡立即跑远了。

麻子说：“好了，你甭唱了，该做啥就做啥去！”

阿吉一时眼前乌黑，想起了城里工地上老总的训斥，再勉强说了一句：“我……我还会说段子。”

麻子说：“你说说我听。”

阿吉想了想，说道：“说的是两头牛，一头公牛一头母牛，犁完地后没有回村，在村外河边吃草哩。吃着吃着，公牛说回吧，母牛说你要回你回，我还要再吃哩，公牛就蹶子一尥一尥回村了。但公牛很快便从村里跑出来了，一边跑一边喘着气，牛鼻子都歪了。母牛问：‘咋啦咋啦？’公牛说：‘县上来了几个干部，嚷道着要吃牛鞭呀！’母牛说：‘噢，那与我无关，你就在这儿躲着，我回呀。’母牛回去了，母牛很快也从村里跑了出来。公牛问：‘你怎么就也出来啦？’母牛说：‘干部说了，吃了牛鞭今晚吹牛 × 呀！’”

麻子用粪铲将坑槽里的屎往下捅，忍不住扑哧哧笑了，拿着粪铲在矮墙上磕，说：“你狗日的阿吉，嘴比这屎还臭！”

阿吉从此留在龟兹班。龟兹班始终是坐在过事人家的院子里，面前蹾着茶壶，耳朵上别着烟，敲板鼓的敲板鼓，拉二胡的拉二胡，麻子和一个女的脖子上暴了青筋地唱。吹唱之后，轮到阿吉说段子，以麻子的想法，要用白粉给阿吉按个白眼圈儿，阿吉坚决反对，他就戴墨镜。阿吉的本事是嘴皮子利，说得别人笑了他不笑。豆花来听了一场，豆花就佩服得不得了，说：“吉哥，你真行，你也给小安教教呗。”阿吉说：“小安那猪嘴！”小安的嘴唇是厚，豆花就丧气了，豆花说：“那我拜你为师。”

阿吉领着豆花去镇街的饭馆里吃麻辣粉，一个盆里你夹一筷子，我夹一筷子，吃着吃着，一条长粉一人吸了一头，像两只鸡争吃着一条蚯蚓。豆花一松口，阿吉把整条粉吸进了肚，他看着笑得整个下巴呼噜呼噜抖肥肉的豆花，说：“再有场合了，你把园园也叫上。”

豆花立刻不笑了，说：“你请我吃饭，原来是要我叫园园啊？！”

豆花赌了气离开饭桌，阿吉再喊也不回头。

阿吉到底没有在场合上碰见园园，阿吉肚子里的段子也差不多掏空了，重复老一套，听者就生了腻歪，常常一开口，说上三句，有人就跟着一块往下说。阿吉急了，说：“我这段子可是从城里听来的！”主人说：“我这钱也不是我家印的！”主人不高兴，麻子自然分给阿吉的钱少，赚来的烟，别人可以分得一盒，麻子也只给他几支。

麻子说：“阿吉，屁放三遍都没味了，你得说些大伙儿爱听的么。”

阿吉说:“我又不是每个人肚里的蛔虫,我咋知道爱听啥？”

麻子说：“农民么，你说联合国的事鬼听呀，你不会编些东家长西家短的事儿？”

阿吉开了窍，编造起本乡的趣闻逸事，这阿吉是在行的，比如谁家的公公天一黑就给儿媳拿了尿盆呀，谁家的婆姨把丈夫打得钻在炕洞呀，谁家的两个儿子都是结巴，两个结巴吵架，一个比一个如何地能换气呀。阿吉成了长舌男，逮住个影儿就编造得云山雾罩，听的人蛮起哄，阿吉的嘴成了名嘴。

阿吉终于发现了自己的天才，每说过一个段子，自己也被自己感动得热泪盈眶。正流泪着，被作践了的人骂阿吉：“阿吉阿吉你嘴里就吐不出个象牙来？！”阿吉还未回应，听众就说:“这你就气量小了，说笑说笑就是说一说笑一笑嘛！”有众人叫彩，阿吉就轻狂了，越发要哗众取宠。往后的场合上，有的事说上，没有的事也捏上，肆无忌惮，凡是编造了谁的段子，犯不上法也出不了人命，但尿泡打人不疼，臊气重哩。每次场合前，就有人来求阿吉：“你今日把某某给咱糟蹋一下。”或者，有人就提前打招呼：“阿吉，你今日可别作践我啊。”阿吉说：“这我考虑考虑，你去买一包烟吧。”

没有了场子，阿吉在家里用锅煤子涂鞋帮，人造革皮鞋磨出了一片白，思谋着是不是去买一双真皮子的，就听到巷口有人吵架。一个说：“你没文化，这事我不和你说了！”一个说：“你有文化，不就是个民办教师么，你给学生教课，你说光，光，光明的明……”一个说：“你污蔑！”一个说：“我污蔑？阿吉当着那么多人都说了，我污蔑？！”阿吉就得意了喝酒。喝酒把酒瓶子提着蹲在院的碌碡上喝，阿米提了粪笼从村外回来，阿吉就说：“阿米拾粪起得早？”

阿米说：“石头他爹那老家伙没瞌睡，他拾过一遍了，你说说，墓都给他造了两回了，咋还不死嘛！”

阿吉说：“你要当皇帝哩，当了皇帝天下的粪都归你拾！”

阿吉把酒往嘴里灌，灌过了从口袋掏钱数，一张，一张，对着天空辨真假。

阿米说：“哇，这么多钱？”

阿吉说：“常言说，钱难挣屎难吃，屎真的难吃，钱倒好挣的。”

阿米说：“吉哥的日子和拴子家一样了！”

阿吉说：“甭提他！”

阿米说：“我有气哩么，都在一个地里，都是农民，他日子恁好过，我日子恁难过？！”

阿吉说：“你恨他哩？”

阿米说：“我咬牙哩！”果然嘴里响，吐出一颗蚀了一半的黑牙。

阿吉拉阿米坐在了碌碡上，把酒给他喝，阿米一口气灌下二指深，顿时耳朵都红了。阿吉说：“慢慢喝，这半瓶你拿上，让小安也喝几口了，都归你。你晚上和小安来我家说说话。”阿米喜欢地走了，继续喝酒，一条巷没走完，把酒全喝光了。

晚上，阿米和小安就来了。小安一进门便骂得胜，说他去向得胜借钱，得胜有的是钱却不借给他。阿吉说：“他不借你钱，让他留着买药吃么。”小安：“他吃人参哩，身体壮得很！”阿吉就关了门，叽叽咕咕地给阿米和小安出主意，末了说：“这话就烂在咱肚子里了，小安你要漏了风儿，我和阿米就一口咬定是你干的，阿米你要漏了风儿，我和小安就指证你，指证你懂吗？”阿米说：“不懂。”阿吉说：“就是吃不了兜着走，你是上门女婿，你该知道轻重！”一条烟拆开，一人给撂了一包。

自后的日子里，阿米见了得胜，说：“叔，你咋啦，脸色这不好？”得胜说：“胡说了，拉条牛看你扳得倒还是我扳得倒？”小安见到得胜了，说：“叔哎，要那么多钱干啥呀？”得胜说：“咋啦？”小安说：“你也买些好东西吃么，瞧瘦成啥了！”得胜说：“我是瘦人，肚子里吃头牛也不胖。”得胜回到家就照镜子，纳闷怎么几个人说我瘦了，气色不好。又过了几天，阿米碰上得胜，说：“得胜叔你越来越瘦了，你得去医院看看，到了这个岁数突然消瘦就有问题了。”得胜握握手腕，也似乎觉得有些瘦，回来窝在家里休息了几天。得胜是闲不住的人，休息了几天，就觉得身上不自在，吃饭也觉得不香。小安在镇街上当着很多人的面还是说得胜气色不好，而且问周围的人是不是气色不好，众人也说有一些，得胜心里就有了慌。如此阿米、小安逢人就说得胜有了病，许多人倒跑来问候，得胜嘴里说没事没事，却背了负担，饭量越来越少，两腿也沉起来，终于去找镇街上的跛子医生抓了七服中药。

拴子家门外的巷子十字口开始每日倒一摊药渣，阿吉约了阿米到镇街的酒馆去喝酒，两人坐在条凳上，说起得胜婆姨近日脸上的愁苦相，高兴得呱呱大笑，笑过了，就比着努屁。阿米先努响了一个，阿吉就努了连声响，阿米再努，没有成功，阿吉憋了一口气，一抬屁股又是一个，虽然嘶哑，却使酒馆的掌柜都听到了。掌柜说：“阿吉，啥事这么高兴，捂了嘴用尻子笑哩！”

阿吉说：“笑掌柜要给我们免这一壶酒钱哩！”

掌柜说：“我这小生意可免不起的。”

阿米说："要是乡长来你免不免？"

掌柜说："阿米，我晓得你，你是上门女婿，你可不是乡长！"

阿米登时蔫了，阿吉说："阿米是试试你德性哩，你以为我们掏不起一壶酒钱吗？"从口袋里掏出一张钱往桌上拍，拍出来却是五角钱，再掏，是五十元，拉了阿米顺门便走："多余的，不用找啦！"

阿吉和阿米到了街上，坐在一家屋檐下的台阶上了，阿米还在说："那一壶酒十元钱，两碟小菜六元钱，你就给他五十元？"阿吉说："你为啥穷，你眼窝子浅嘛！"阿米不言语了，手伸进怀里搓垢甲，搓一个泥球儿出来，说："吉哥有钱么，有一句话我想给你说的。"阿吉说："啥事？"却大声叫道："老侯哎！"

邻村的老侯披着一件褂子，从斜对面的裁缝铺出来，抬头看了，骂道："阿吉，你狗日没进城前叫我侯叔哩，从城里回来了叫我老侯，赶明日发财了就该叫我侯老尿了？！"

阿吉就嘿嘿地笑，走出去，他喝了酒，鼻子里就流清涕，捏了一把趁机在拍打老侯的后背时抹了上去，说："咱这乡上，我最服气的还不就是你，听说你当了工头了，县医院门前的那一条下水道是你修的？几时也让我给你帮个下手么！"

老侯说："我可不敢请你！给我当下手？干不了一个月真说不定谁成谁的下手！"撇开阿吉，径自走了。

阿吉尴尬地回坐到台阶上来，呸了一口，说：“他还真以为我去给他当下手啊？！”仄过头问阿米：“你刚才要给我说啥话？”阿米说：“姓侯的就靠胡煽乱吹着办事哩，修了个下水道，整天吹嘘他认识县上这个头头那个脑脑，你现在要给他说帮买个原子弹吧，他也会说没问题，我给你去挑一个没把儿的！”阿吉说：“我问你要给我说啥话的？”阿米说：“你能不能给麻子说说，让我也去龟兹班吧。”阿吉扳过阿米的脸，看了一会儿，说：“你瞧着我潇洒啦？”阿米说：“牡丹老唠叨我挣不来钱么。”阿吉掏出一支烟叼在嘴上，阿米立即用打火机给点着了，阿吉就眯着眼看街上行人，说：“看见那并排的一男一女吗，你给我说说，他们是什么关系，是夫妻，还是情人，还是男的拐来谁家的婆姨？你说说，你能不能编一个段子？”

阿米说：“这我咋知道人家是干啥的？”

阿吉说：“是吃哪碗饭的料就吃哪碗饭吧，你好好把地种好，早上起早些多拾些粪……”

阿吉突然间不说了，因为阿吉看见了园园从街东头走了过来，手里提着一大袋中草药包，阿吉就站了起来，软软地叫：“喂！”园园瞥了一眼，立即斜侧了身，假装在看对面街房的门面，腿换得很快地走过去了。阿米说：“园园走路水上漂一样，把人看得骨头都酥了。”

阿吉重新坐下来，一口一口吐烟圈，说：“阿米，哥在城里要过小姐，你信不信？”阿米说：“信的。”阿吉说：“你想不想听哥咋要来？”阿米说：“咋要来？”阿吉拉了阿米就走，园园远远地在前边走，阿吉和阿米慢慢地在后边走，阿吉没有再说他是如何要小姐的。走出镇街，走过了一片包谷地，远处的园园回头看了一下，阿吉拉了阿米躲身到一棵树后，园园钻进包谷地里不见了。

阿米说：“你是要看园园哩？”

阿吉说：“我是看她提草药包子的，她一定是给得胜抓的药。哼，她现在就是洗得白白的睡到我的炕上，我理都不理呢！她到包谷地做啥去了？”

阿米说：“是不是去尿了？”

约摸过了五分钟，包谷地里又走出了园园，还是回头看看，然后提着草药包顺着小路走，拐了一个弯，消失了。阿吉和阿米便走过来，阿吉竟也钻进了包谷地，阿米一时纳闷，哎哎地叫阿吉。阿吉不理，只管往包谷地里走。阿吉也已经猜出园园钻进包谷地一定是尿了一泡，果然在一个地塄和一个地塄的中间处有了一处湿，阿吉就端详着那片湿，看着像一块地图。像哪一个国家的地图他没看出来，却猛地听到左边地塄上有人急促地跑开，踏倒了一溜包谷秆。阿吉大声问：“谁？”那人也不管，还是跑。阿吉斜插着过去，跌了一跤还未爬起来的是小安。

阿吉揪着小安的耳朵从包谷地里出来了。

小安说："我不是故意的，我在地塄上扳甜秆吃，是园园在地塄下尿哩，她碰到我眼里了么。"

阿吉说："你看见什么啦？"

小安说："我看见她的脑壳。"

阿吉说："胡说，往下说！"

小安说："看见脖子。"

阿吉说："胡说，往下说！"

小安说："看见了腰杆。"

阿吉说："胡说，往下说！"

小安说："看见了大腿。"

阿吉说："胡说，往上说！"

小安说："我看见毛啦。"

阿吉扇了小安一个嘴巴，骂道："把你眼窝咋不瞎了哩！"拉了阿米就走，小安再叫"吉哥吉哥"，阿吉就是不理。

阿吉恼得不理小安，阿吉并不担心小安会把他们密谋的事漏出风去，反倒是小安惶惶不可终日了。第三天，小安硬让阿米作陪来见阿吉，说："吉哥，我想来想去，我没有啥错么，就是看见园园光着尻子尿尿，园园又不是吉哥的婆姨，我咋就错了！"阿吉说："你还没错？！"小安说："好，好，就算我错了，吉哥没看到我看到了，我赔个罪儿，我还要给吉哥说一件大喜事哩！”阿米说：“小安真有个大喜事哩，你笑笑，让小安给你说。”阿吉皮笑肉不笑了一下。小安告诉道：“得胜原本是承包了水渠二里长的一段工程，这一病，眼看着修不成了，许多人就吵闹着寻乡政府要重新承包，争得最厉害的就是邻村那个姓侯的，听说乡政府也动了心，要再研究哩。”

阿米说：“得胜这一下亏得多了！这不是喜事？”

阿吉说：“这倒还是个喜事。我阿吉命硬着哩，谁要和我作对，没有不栽了的！”

阿吉这一夜没有睡着，他冲动起了一个念头：既然得胜承包不了水渠工程，别的人要重新承包，我阿吉也可以去重新承包么！阿吉就盘算着若要自己包了，工程三个月即可完成，工程若是一里十万元，二里就二十万，三分之一买钢筋、水泥和石料，三分之一付做工的钱，三分之一就全是盈了的利！阿吉想着想着却叹气了：乡政府肯让我承包吗？承包了能招来做工的吗？阿米是跟着干的，小安也可以，石头和石头的哥肯不肯呢……阿吉不去想了，天也就亮了。

天亮起来，阿吉便去找老侯。阿吉去找老侯是要探探承包的事，而老侯却刚刚从乡政府大院回来，粗着声给几个人说："论能力，县城的下水道我是干过的，我修不了一条水渠？论担保，我一院子房，青堂瓦舍的，还不够抵押？况且我有电视机，我还有存款哩，谁比得了我？可乡长就会说要研究要研究，还有啥研究的，他要研究给他的熟人啊？！”阿吉一听，扭头就走，心里说：“毕了毕了，我拿啥担保呀？”走到村口，却收住脚又往老侯家去，一进门喊：“侯叔！”

老侯说：“又叫侯叔了？肯定有求我的事了！”

阿吉说：“求着给你送钱哩！”

老侯说：“你要送钱，钱也是被药水煮了的！”

阿吉说：“你是不是想承包水渠工程？”老侯说：“想哩。”阿吉说：“是不是还没有承包上？”老侯说：“是没有。”阿吉说：“这事你包在我身上好了，明人不做暗事，我要给你争取到了承包，你得给我二千元。”老侯说：“行么，再给你添二百！”阿吉当下就趴在柜盖上写了约定书，说：“口说无凭，咱以城里的行规办。”自个儿咬破中指按了一个指印，让老侯蘸了他的血也按了一个指印。

现在，倒轮到阿吉来求小安了，小安把刘干事叫姑父，刘干事是可以给乡长写推荐老侯的条子的，但小安在家里坐着，阿吉喊了三声，小安都没理。阿吉说：“啥，我来了你不拿烟倒茶，连理都不理了？”小安让了座，说他生豆花的气哩，豆花刚才还在这儿，他要亲嘴哩，豆花不让亲，他把嘴洗了还是不让亲，说嫌他黑，人长得黑那是能洗白的吗？阿吉说：“她是老鸦笑猪黑哩！你给哥说，你把她放展过没有？”小安说：“没有，要亲个嘴把脸都抓烂了。”小安的鼻子上果然有道指甲印。

阿吉说："没出息！你得硬下手哩！"小安叫苦没有个环境，豆花家他不敢去，他家里又有个老娘，总不能把豆花往包谷地里拉吧！阿吉说："哥给你寻地方，你就在哥屋里！"小安简直不敢相信，眼睛珠子都要掉下来了。阿吉说："这你得办件事哩。"将想法道出，小安当下出门就要去找姑父，却又回来，说："豆花不去你家怎么办？"阿吉说："你就说我叫她哩。"

小安真的去了刘干事家，央求姑父给乡长写个推荐老侯承包的条子，刘干事的婆姨就骂小安："你姑父病成这样子了还写什么条子？姓侯的承包不承包与你有屁干系？！"再骂，小安就是纠缠，刘干事趴在炕沿把条子写了。

小安把推荐条交给了阿吉，就去找豆花，豆花一个人先去了阿吉家，豆花说："你叫我来的？你眼里只有个园园，叫我来干啥？"阿吉说："你往我眼里看，看到底里边是谁？"豆花竟真凑近来，看见了阿吉的眼球里有一个小人儿，是她豆花，就嗤嗤地笑。阿吉顺手把那个胖奶子握了一下。豆花一对小拳便在阿吉的胸上打："吉哥你坏！吉哥你坏！"院门外一声干咳，小安进来了，小安脸红彤彤的，才喝了酒。豆花登时安稳了，噘嘴坐到一边，阿吉就把一筐陈年老包谷棒子拿出来，说："小安来了更好，你们给我帮着剥剥包谷颗儿，我出去割些豆腐，今日就在我这儿吃饭啊！"一出院门，却喊小安，让小安把院门关了，隔了门缝说："成不成是你的事。你记着，你得把被褥揭了，若在被褥上留下不干净的东西，我可饶不了你！”

阿吉把小安和豆花关在了自己的家里，心里总不是个滋味，见着了阿米，要阿米跟他一块去乡政府找乡长。两人走着走着，就低声嘟囔道：“有贼心的时候没贼胆，有贼胆的时候没贼钱，贼心贼钱是有了，贼却不行了。”阿米说：“你贼不行了？”阿吉说：“你贼才不行了！”

走到乡政府，乡政府的大门口拥了许多人，吵吵嚷嚷地要往里进，而大门口站着三个派出所的警察，黑着脸说县上来了领导了，谁也不能去干扰，把人往散着赶。阿米腿有些发软。

阿米说：“咱回吧。”

阿吉说：“我在城里看电影从来没买票哩！”

阿吉就把西服的扣子系上，墨镜也戴上了，端端地朝着大门口走，竟一直走了进去，然后站在那里还给阿米招手：“进来呀，从这边走，从这边走！”

阿米脸色煞白，走进大院子颜色还未变过来。阿米说：“怪了，他们怎么就不挡你？”阿吉说：“这得有气质！”阿米说：“啥叫气质？”阿吉说：“说句你能懂的话，老虎天生下是吃肉哩，老鼠就只会溜墙根。”阿米说：“来了县上领导，乡长还会不会见咱们？”阿吉说：“有县上领导，咱还见他乡长干啥？！”阿米就跟着阿吉走。

走过院子，拐一个墙角，是后院招待楼门口，还往里走，有人很快跑过来挡住了门。阿吉不认识这人，说要找县上领导。当然阿吉、阿米这回不得进去了。阿米说:“这是阿吉!”那人说:“什么阿鸡阿狗的，领导正吃饭哩，要告状明日寻你们乡长好了!”阿吉说:“我不是鸡，是士字头口字底的吉，我哪里是告状了，要告状我能进了大院吗?”一吵嚷，乡长出来了，乡长头梳得油光光的，正和县长领导碰杯照相着，见着是阿吉，定着脸问阿吉怎么进来的。

阿吉眨巴眨巴眼，说:“乡上招呼领导哩，需要不需要龟兹班来热闹热闹?”

乡长说:“这是啥场合，用得着你吹龟兹?”

阿吉便把干事伯的推荐条子交给乡长。乡长看了看，说:“他病成那样子，还操心这事?!”收了条子，转身就走。阿吉赶紧说:“乡长乡长!”乡长已经站到饭厅门口了，说:“事情我知道了，回去好好伺候老刘，好吃的就让他吃，好喝的就让他喝，就说有空了我去看他!”阿吉却大了声说:“我想和领导照个相哩，行不行?”

声音响亮，饭厅的领导就听见了，问乡长谁要和他照相呢?乡长说:“决定修水渠，群众高兴得不得了，自发成立了自乐班，每天晚上唱戏哩，现在知道您来了，派两个代表想和你合张影的。”领导说:“好么好么。”阿吉和阿米就赶紧进了饭厅。

领导原来是个白胖子，这让阿吉和阿米肃然起敬，拍照的时候，阿米的头发乱，在手里唾着唾沫往头上抹，脸上的肉是硬的，摄影师叫他笑，他紧张得不会笑了。阿吉说：“领导，咱农民要给你们修庙哩，这水渠可修好啦！”

白胖子说：“干部就是为群众办事么！修渠是大家的事，大家都来关心和支持，这水渠就能修得快，修得好！”

阿吉说：“就是就是，得胜他病了，可不敢让他的病延误了工程。”

白胖子就问乡长：“得胜是谁？”

乡长说：“得胜是工程承包人，现在突然病了，我们正考虑让别的人重新承包哩。”

白胖子说：“那就得抓紧物色人，可不得误了工期！”

乡长说：“这不会的，误了工期你把我这乡长撤了去！”就推了阿吉、阿米出去。阿吉说：“那我们走了呀！”眼瞧着饭厅的门就关了。

阿吉一出了乡政府大院，直脚往老侯家去，阿米也要去，阿吉拒绝了，说：“你回去，回去了不要洗手，让牡丹也瞧瞧，你阿米也是和县上领导握了手的！”阿吉到老侯家，端了桌上的茶壶就喝。老侯说：“阿吉，你怕是走错了门了吧，这可不是你家！”阿吉慢条斯理地说了他怎样托干事伯给乡长写了条，又如何见到县上领导直接反映了得胜有病而工程要让你老侯承包，再是乡长说了什么话，表了什么态，末了说：“你老侯这茶喝得喝不得？”

老侯说：“我现在又不是你侯叔了？”

阿吉说：“你现在的任务一是这两天直接去找乡长去落实，二嘛，给我付二千二百元吧。”

老侯揭了炕席，炕席下压着一沓钱，但老侯只数了一千元给阿吉。阿吉脸长起来。老侯说：“你就靠两片嘴皮子挣这么多钱呀？即使现在事情十有八成，那也只能付给你一半呀！”

阿吉说：“八成比五成多三成。”

老侯说：“八成可能事不成，这和五成有啥区别？”

阿吉说：“那二百呢？”

老侯从炕席下又拿了一百元给了阿吉，说：“阿吉你心沉得很。”阿吉走出门，吐了一口：“这侯老屄！”

三天后，老侯如愿揽成了水渠工程，喜欢得念了佛，借着他生日过寿要待客庆贺，就请龟兹班去热闹。阿吉曾鼓动着麻子不要去给侯家凑兴，但麻子说，姓侯的给的钱多，又说，姓侯的承包水渠工程，势头压过了得胜了，这号人不要得罪。阿吉也只好跟了去。

龟兹班在老侯的院子里吹吹唱唱后，阿吉就开始卖嘴了。众人说：“阿吉，今日咬谁呀？”

阿吉说：“逮住谁咬谁！”

众人说：“老侯绊了跤拾了个金疙瘩，咬老侯！”

阿吉说："我是咬哩，可我有个原则，以势欺人的我咬，村盖子我咬，别人不敢咬的我咬，别人咬不动的我咬，你说不能咬的我偏咬！"

众人说："阿吉倒成了纪检委的人了？！"

阿吉说："你以为我只为混个小钱来的？要挣钱我进城去了，我又不是没挣过大钱！"

众人就嚷嚷："得胜是没有咬也咬不动的人，你把得胜外派外派。"阿吉说："得胜叔现在病了，水渠工程也干不了，外派他我心里不忍，但得胜叔前日请了南山的大夫，大夫让他每日喝钱哩。"

麻子拿敲板鼓的棍儿敲了一下阿吉的头，说："你说着说着就胡扯了，有喝钱的药方？"

阿吉说："我听说了我也不信，昨日早起，我去看我得胜叔，我没敢进去看，站在窗外看的，我那婶子真的是把一沓一百元的票子剪成碎末儿，冲了水让我得胜叔喝。得胜叔喝不下去，我婶子放了些红糖，他就喝了。喝毕了，我婶子问，还吃啥呀不？得胜叔摇了摇头。我婶子又问，还喝啥呀不？得胜叔摇了摇头。我婶子再问，还干呀不？得胜叔说话了，得胜叔说的话是：那你活活把我放上去啊……"

众人哄然大笑。老侯骂道："你狗日的缺德！"却把一瓶酒塞在了阿吉的怀里。

阿吉在老侯家外派得胜，当然有人就传到东洼村。阿吉问过阿米："拴子家什么反应？"阿米说："倒能沉住气，没动静。"阿吉说："他害怕了！"

阿吉认为拴子一家害怕了，就想为啥害怕了，一定是有更大的见不得人的事，比如，他得胜为什么就长年在公路上包活干，他给县上领导行了多少贿？这回承包水渠工程为什么又首先他能承包？他和乡长有没有猫腻的事？阿吉想着想着，感到他若真能弄点情况来捅出去，他阿吉就会被乡人捧为打虎的武松了，到时候得胜的势一倒，园园就不一定还会嫁了拴子。阿吉一高兴，在院子里唱龟兹班里麻子曾唱过的一段戏：

眼看着他起高楼，
眼看着宾客宴，
眼看着楼塌了。

阿米和阿米的婆姨经过院外，阿米喊："吉哥，你段子说得好，你唱戏聒人哩！"

阿吉在院内说："你懂得屁！"

阿米和阿米的婆姨要走过了，阿吉却说："阿米，你进来，咱俩到刘伯家去落实个事！"

阿米说："哪个刘伯？"

阿吉说："还有哪个刘伯，在乡政府当干事的刘伯！"

阿米和阿米的婆姨进了院子，阿米说："刘伯家我昨儿去过，喝了七只黄鼠狼的血了，病还不回头，我看人快要毕了。今日石头的哥给他爹新墓拱好了，你去不去行情？"

阿吉说："麻子没有通知去给热闹么。"

阿米说："石头的哥舍得花钱请龟兹班？咱一个村的，再不亲，你也该去去。"

阿吉该去的。阿吉说："我拿啥礼呀？"仰起头看屋檐下一串晾着的辣子，要过去取，却一拍手说："人去了就给他壮了脸了，拿什么东西！我烦就烦咱这里提酒呀送糖的，一瓶酒一包糖又能值几个钱！"

到了石头的哥家，人来得不多，坐了三席客，席上没见石头。阿吉一见石头的爹，老人是坐在他的那副已经做好了十年的棺材上，阿吉说："老伯，你有了新房子，恭喜恭喜！"老人说："阿吉，你几时还进城呀，听石头说你在城里坐大啦？"阿吉说："那有啥哩，几时我把你老领到城里也去看看。"老人说："我不中了，都八十有六了。"阿吉说："你还能活哩，你给咱往一百上活！"老人说："活得丢人了，再活就丧德了。"

饭菜很简单，吃饭的时候，小安嘟囔没有鱼也没有鸡，石头的哥这么啬皮，到时候老伯倒了头，看谁还来帮着抬棺材呀。他说："反正我不会来啦！"石头的婶子听见了，脸不好看，舀了一勺肉片扣在小安的碗里，说："兄弟，别人我不管，你得吃好！"小安端了碗就蹴到阿吉身边，讨好地说："吉哥，这几天你见到园园了没？"

阿吉说："吃你的肉，我见她干啥？"

小安说："我看见她在镇街上买红裤带哩，买了两条，说是今年她晦运哩，要给她和拴子系红裤带避邪呀。"

阿吉说："是不是，怕快要系白腰带了吧。"

阿米也凑过来问："吉哥你是说得胜要死呀？我可没想让人家死……不会闹出大事吧？"

阿吉说："出啥事？话就多得很！"

阿米受了噎，瓷在那里，正好石头的爹叫阿米给他舀一碗汤来，阿米把汤端给老人，问了一句："今日石头呢，他没来？"

石头的哥听见了，没好气地说："我爹就我一个儿！"

阿米的婆姨就用手拧阿米的腿，低声说："你不会说话就别说话！"一时众人寂静下来，只有很响的吃饭声、咳嗽声和擤鼻声。阿米的婆姨便说："吉哥，你到处都在说段子哩，今日你也不来几句？老伯有了新房是喜事，又不是到了刘伯家看病人哩。"

阿吉就把一片肥肉未嚼碎咽下了肚，说："那我给老伯热闹几句，说啥呀，原本我要去看咱干事伯的，得知老伯新房盖好了，就又赶了过来，那我就说说干事伯的事吧。前年秋天，县长到咱乡政府来检查工作，乡政府当然就做了一桌饭菜招待县长。咱干事伯是负责伙食的，饭菜好后他就端上来，端上来时大拇指伸在菜汤里，乡长就说：‘你瞧你那指头。’干事伯说：‘指头咋啦？’乡长说：‘指头都伸在汤里了！’干事伯说：‘我这指头风湿，伸到汤里暖和么。’乡长说：‘你咋不伸到尻子里去呢？’干事伯说：‘端饭前我就在尻子里伸着呀！’”

阿米噗地把满口的饭菜喷出来，喷了对面人一身，有肉，有米，还有一片菠菜。大家就笑，阿吉说：“阿米，你也文明些，你瞧瞧喷在你婆姨身上的肉，你吃肉要嚼烂么！”

石头的爹却指着阿吉说：“你看看你，耳朵上也不挂了根粉条！”

阿吉一摸，在耳朵上真的就也挂了根粉条。

阿吉作践刘干事的段子，有人就传给了刘干事，刘干事已经喝了五只黄鼠狼的血，又托人逮来了第六只，杀了正喝血哩，听了传过来的话，说：“他阿吉谁都糟蹋！”一口气憋住，没返上来，倒在炕沿上翻白眼死了。

刘干事死了是命到头上该死，虽然死时是听了传过来的话才死的，但不能说是阿吉气死的。阿吉坦坦荡荡没有内疚，刘干事的家里人也没怪罪。尸首在家停放了三天，第三天下葬，村人从坟上回来，刘家照规矩招待吃饭，堂屋里、院子里都摆了席。

龟兹班是一早就来了，起灵时是吹唱了《诸葛亮吊孝》，也吹唱了《血染的风采》，阿吉没有卖嘴说段子。阿吉随着送葬人往坟上去的路上看见了拴子和园园，故意咳嗽着，但园园没有正眼看他。现在开饭了，阿吉心情还是不好，只闷了头扒饭，一只鸡就盯着他，掉一个米粒，鸡吃一颗，他不吃了，鸡却跳起来啄他腮帮上的一颗米，把脸啄破了。阿吉一下子躁起来，放下碗把鸡扑住就拔毛。刘干事的婆姨说："阿吉阿吉，我那鸡是下蛋的鸡！"

阿吉下不了台，呼哧呼哧出粗气。小安就打圆场："吉哥，轮到你的节目了吧！"

阿吉说："我说啥呀，刘伯不是旁人，他一死我心里难受得很，我不说了吧。"

梨子树底下坐了几个人，冒了一声："恐怕怕刘伯的鬼哩！"

阿吉明白这话指的是什么，憋着的火就攻上了心，说："我怕啥鬼哩，我阿吉这张嘴天王老子都钝不了的！"

小安说："吉哥你说，说个带彩儿的！"

阿吉说："我不说带彩儿的，今儿谁说风凉话我就说谁，刚才是拴子撂凉话了吧，拴子在学校的时候，有一天……"

拴子放下碗站起来，唾了一口，往院外走。走到院门口了，又给园园招手，园园帮着刘家人洗碗，起身也跟着走了。

阿吉说："走了？这让我很遗憾，走啥哩，阿吉是老虎吃了你？走了我就不说了？我还要说，有一天……”

堂屋台阶上一张凳子倒了，发出很大响声，从凳子上立起来的是阿财，他把阿吉的话打断了。阿财是乡小学民办教师，穿着四个兜儿的中山服，口袋里插了钢笔。阿财说：“阿吉，我整日在学校忙着，可你进了一回城回来，干了些啥事我也听说了，你也太过分了吧？谁你也作践糟蹋，你要真有能耐，你批评腐败么，你说你敢吗？老是你那一套，我也就小看你了！”

阿财的话说得很慢，但阿财把阿吉镇住了，立在那里没再能说下去，脸一阵红，一阵又白了。麻子敲了碗说：“都吃饭都吃饭！”阿吉的脸颜色缓过来了，擦了一把鼻涕，抹在了身边的桌腿上，说：“阿财老师身上插钢笔哩，是知识分子，知识分子我是尊重的。阿财老师说我不敢说腐败的事，我不敢吗？我敢！阿财老师的嘴哄娃娃哩，阿吉的嘴从来没有不正义的，今日我就说一个段子，阿财老师你听着！”

阿财说：“你说吧！”

阿吉说：“这个段子有一个背景，就是咱们乡里修水渠，原本是五里长的水渠，但乡政府上报的材料是十里水渠，县上拨款当然要拨十里水渠的款。那么，多拨的款到哪儿去了？五天前，县上来了一个领导，来了后就住在乡政府的接待楼上，请注意，故事就从楼上发生了……”

满院的人都不吃饭了，拿耳朵听，却听到堂屋里有人喊：“阿吉！”

声音尖亮，是乡长的声，乡长在群众会上总是讲话，声音是大家熟悉的，阿吉下意识应了一句：“嗯。”便说：“乡长没走？”

乡长是代表了乡政府也来给刘干事送葬的，但乡长来时在灵桌上上了香，奠了酒，没有去坟上，原本告辞了要回去，刘家的亲戚却硬留下让吃饭，就一直待在堂屋吃烟喝茶，饭时也便坐了上席在堂屋。这些，阿吉不知道，阿吉听见乡长叫他，不能不去，阿吉就到堂屋，一条腿在堂屋门槛里，一条腿在堂屋门槛外。阿米看见阿吉的皮鞋后跟一边磨损得已经很厉害了。

乡长指着阿吉说：“你在说啥哩？”

阿吉说：“我还以为你走了。”

乡长说：“我不在你就可以信口雌黄？你有事实根据吗？你有证据吗？”

阿吉赶忙笑，说：“乡长你也信我说的是真的吗？”

乡长说：“你红口白牙的当众造谣，我不信别人信不信？你如此造谣诽谤，我得告你！”

阿吉脸一下子绿了，当下就扇自己嘴，墨镜掉下来打碎了。阿吉说：“乡长，我不是诽谤你呢，你问问大伙，我在背地里常说乡长是好人，就是有一天乡长你坐监狱了，别人躲着你，我阿吉能去给你送饭的……"

乡长更火了，说："这么说，我真贪污水渠款了？我告诉你，你要送饭，我不会给你这个机会的，我永远坐不了牢！"

院子里当下混了，一部分人顺门就走，一部分人进了堂屋去拉劝。阿米也往堂屋钻，阿米的婆姨拽了他的耳朵拉回来。堂屋里，麻子扶住了乡长，让乡长坐椅子，说："阿吉的嘴上贴过 × 毛，是臊嘴，狗咬了人，人犯得着去咬狗吗？"乡长方坐下来，一拍桌子，桌子上的酒杯全跳起来。

乡长到底没有告阿吉，使阿吉躲过了一难。但乡长把麻子叫去，指示麻子开销阿吉，若阿吉还在龟兹班胡说八道，破坏社会安定，那么龟兹班就要负法律责任了。麻子当天便把阿吉除了名。

阿吉没事干了，地里的草长得比庄稼高，他是个懒身子，不去料理，嘴还是能说，但说了话没人接茬。阿吉就在自己家里骂乡长，骂阿财，骂拴子和园园，骂："'文化大革命'，我 × 你妈！"

阿米从院外经过，立住脚听了听，说："吉哥，你骂错了！"

阿吉开了院门，让阿米进来，说："我就骂啦！"

阿米说："'文化大革命'惹了你了？咱那时还穿开裆裤哩。"

阿吉说："我骂它怎么就不再来啦？！"

阿米听不懂阿吉的话，阿米有阿米的心思，他想着能几时进城打工去，说："吉哥，咱俩一样，在村里混笨了，你要进城了，给我说一声。"

阿吉说："我和你咋能是一样？你是上门女婿！"

阿米低了头就走，阿吉却说："我到十里外的火车小站上找阿狗呀，阿米你愿意不愿意跟我一块去？"阿米说："卖豆腐呀？"阿吉骂："你就只会出瞎力，我告诉你，这世上是出力的不挣钱，挣钱的不出力！"阿米点点头，说："去哩。"

阿吉说："那好，我带着你，你把你家里的莲花白给我装一口袋，不给带点东西去，我那嫂子脸比尻子还难看哩！"

阿吉在火车站东边的席棚里，他对来收管理费的人说他名字叫鸡，左边一个又，右边一个鸟的鸡。

猎人

戚子绍在礼拜五的下午去秦岭打猎时要带上一个叫夏清的女子，王老板问是不是情人，戚子绍说才认识的，应该是熟人，女熟人。王老板就认为打猎带女人不好，又累又不安全，而且三天里住宿也不方便。戚子绍噎了一句：“你舍不得花钱了？！”王老板便不再嘟囔，将车开到A路B楼外的花坛边按喇叭，一长一短地按得生响。楼道里跑出来的却是两个女人，打头儿的是个胖子，四肢短短的，跑起来像是鸭子。戚子绍迎着阳光，把眉头皱成一疙瘩，等胖子跑过来了，一边替夏清拿了大包小包，一边却对着胖子笑。

“怎么个给你拨电话也联系不上！我还担心你不能去呢。”

戚子绍说。

“怕不是吧。”胖子做着鬼脸。胖子做鬼脸的时候很性感。“认识了夏清就不想见我了？这我知道。可我和夏清是笼沿连着笼襻儿，不拆伴的！”

夏清站在车尾，抿着嘴笑，戚子绍又一次笑了。

“我怀疑你俩是同性恋！”

“或许是吧！”

王老板已经把车门打开，胖子的一只腿伸出去，又取出来，哇地叫了一下，瞧见了装在里边的长舌帽、爬山鞋、军用水壶、雨伞、毛毯、一袋子矿泉水和三支长长短短的猎枪，说：“戚处长，你还真的是个猎人了！”

“干啥就要像啥么！”戚子绍在后车厢帮夏清将一个大旅行袋放好，这是一顶军用的野营帐篷。戚子绍低声说：“是你通知了她？”夏清说：“你打电话过来时她就在旁边，我不能瞒了她。”戚子绍说：“傻女子！”夏清说：“我是傻。”蓝底碎白花的裙子在阳光里一抖，戚子绍觉得满地都是坠落的花瓣了。胖子在问王老板：“这是你的三菱吉普？多有个性的车，我就喜欢红颜色的！”王老板说：“是小了点，但爬山功能好。”戚子绍关了后车厢盖，悄悄说：“他是我的客户。”揩了夏清手背上的一点土，夏清忙把手塞进了口袋里，戚子绍却冲了胖子说：“车不错吧，老王可是个大老板喽！”胖子说：“你尽结识大老板！”戚子绍说：“也结识美女哇！”走到前面，为胖子拉开车门，很绅士地说：“请！”胖子却说：“是要我坐在前边，你们坐后边呀？我也偏坐在后边！”把吃的喝的用的东西往前边座位上堆，堆成一个小山。

“不愿意我坐后边？”胖子让戚子绍坐在后座位的中间了，自己挤进来。戚子绍说：“这盼不得么，东宫西宫，我过的是皇帝生活么！”故意摇晃着身子，将手在胖子的膝盖上拍了一下，便问：“最近做啥哩？”胖子说：“啥也没做，只做爱。”四个人都噗地笑了，戚子绍说：“这话说得好！王老板，你瞧我这女熟人有意思吧？”胖子说：“我可告诉你，下次再出来玩不首先通知我，我会生气的。你要待我好些，我可以继续给你批发美人，我是胖了点，我的女朋友却没有不漂亮的！”

戚子绍确实是先认识了胖子，然后通过胖子认识了夏清的。那日他在一个朋友家搓麻将，麻将桌上有胖子，她是一家公司的职员，询问他们银行能不能采用她经销的UPS不间断电源器，这是微机上使用的配件，一旦使用上了就能长期使用。“这有什么问题呀，”戚子绍是当场拍了腔子，“用谁的配件都是用，辞掉别的供货用你们的就是了！”但过后他却没有动静。有一天胖子又来了，领着的是夏清，夏清是一个瘦高瘦高的女子，戚子绍就有些拘谨。戚子绍是见着了漂亮的女人就拘谨的。“你是上海来的？”他舌头硬硬的说了普通话。女人说：“鄂不是。”

一听把“我”念成“鄂”，戚子绍才知道夏清是本城人，他就说西安还能有这么漂亮的女人呀，而且气质好。那天戚子绍说了许多话，都很幽默，简直是妙语连珠，胖子说：“你爱上她了？”他说：“哪里？”胖子说：“这你瞒不了我的感觉，瞧你想象力多好！”第二天戚子绍就约了夏清去茶楼吃茶，夏清应约而来，来的还有胖子。戚子绍是有了许多话想要给夏清说，但胖子老在旁边，她们总是一块来一块去，戚子绍没有了机会，但戚子绍还是帮忙推销了。

秦岭在城南五十里外，车行驶了半小时，进了沣峪口，路就在峡谷的半崖上蜿蜒盘旋，每每车在拐弯处就倾斜，坐在座位中间的戚子绍就一会靠在胖子的身上，一会挤着了夏清，夏清被挤得嗷嗷地叫。戚子绍说：“这是身子要倒的，与道德品质无关啊！”头与头要挨上的时候，戚子绍瞧着夏清的眼睛说贴这么长的睫毛，夏清说不是贴的。戚子绍用手去拔了一下，果然不是贴的，就感叹什么叫天生丽质。王老板故意把车开得很猛，三个人就颠得像在舞蹈，戚子绍就势用双臂搂住夏清和胖子，却叮咛王老板把反光镜拧上去，专心开车。王老板真的把反光镜拧了上去，声明他不会看的，他什么都没看见，就听着他们在后边说女人的高跟鞋和香水，戚子绍的观点是高跟鞋是世界上最伟大的一项发明，但香水却破坏了女人特有的体味。这话惹得胖子坚决反对，因为她今天没有穿高跟鞋而喷洒了强烈的香水。夏清即将双腿收缩在身下，戚子绍也就说了一句胖子的丝袜好，丝袜是女人的第二层皮肤。胖子说："只许看不许摸！你们常进山打猎吗？"戚子绍说："当然喽，差不多每礼拜都来！"胖子说："有钱有权的人真会生活！政府不是禁止民间有枪吗，你长长短短三支枪？"戚子绍说："这办了许可证呀！你需要办不？我可以帮你办一张。"王老板说："这可是真的，在西安市里戚处长没有什么事情他搞不定的！"夏清说："这我信的，你就是要颗原子弹，戚处长就说你要圆头的还是方头的？"车突然地一个急刹，胖子和夏清从座位上滚下去，而戚子绍一个前倾头撞在了前边的椅背上，哎哟叫了一声。一辆车从拐弯的对面擦身而过，在后面发出了剧烈的机器响。戚子绍脸色愠怒，随之解嘲说："王老板你是牺牲我呀？！瞧见了吗，刚才那辆车上坐着一位少妇！"

"你眼睛那么尖的？"胖子重新坐好，但她的丝袜被座位上的硬垫角挂破了。

"这就是猎人的眼睛！"戚子绍说，"看女人瞥一眼就知道什么模样了！那少妇倒有些姿色。"三个人扭过头了，看见那辆车在后边二十米远停住，先是司机下来查看轮胎，接着是一个女人也下来，腰身很好，但脸是刀把脸。两个女人同时地噢了一声，汽车也已转过了弯道。

"戚处长是这样个欣赏水平呀？！"

戚子绍似乎也不好意思了，从前边的座位上拿起了一支枪，向窗外做着瞄准的姿态。

“我是侧面看她的，”戚子绍说，“侧面看想犯罪，正面看了想自卫。”

“我现在也不能不怀疑你的枪法了。”胖子说。

“可以说，来秦岭打猎的没有谁能和我比枪法的！”戚子绍说，“我曾经一枪打下两只鸟的！”

“是两只鸟，”王老板作证，“鸟落了一树，一枪放上去，掉下来了一只，过一会，又掉下来了一只。”

“第二只是吓昏了的吧。”夏清说。

“不打鸟而让鸟掉下来才是高手！”戚子绍说。

两个女人却听不懂这样的话，相视着格格地笑。

“你瞧着吧，这次打猎我不往崖鸡子身上打一枪，却要猎到十只八条的！”

两个女人还是在笑。戚子绍就给女人讲他和王老板上次猎崖鸡子的经历，如何潜伏在一个土沟里，看着对面崖畔上落着一群崖鸡子，咚地朝天放一枪，崖鸡子就扑棱棱地起飞了，飞过沟就落在这畔上，咚地朝天又是一枪，崖鸡子又飞落到那边崖畔上。“崖鸡子是没脑子的，就像是夏清。”戚子绍趁机敲了一下夏清的鼻子，夏清回击了，捏了戚子绍的鼻子。戚子绍的鼻子被捏得发红，他继续说，他和王老板不停地朝天放枪，崖鸡子就不停地飞过来又飞过去，崖鸡子就累死了，接二连三地从空中像石头一样掉下来。

“哦。”两个女人终于相信戚子绍是个猎人，一个真正的猎人了。

车愈往秦岭的深处去，景色愈好，山有开有合，云忽聚忽散，两个女人兴奋不已，后悔着从来没有进过深山，这般好的去处，住十天八天也不想回城了。戚子绍说：“那就不回去了，咱们就住在山里，到时候咱们六个人……”胖子说：“四个人怎么成了六个人？”戚子绍说：“那还有孩子呀！”胖子说：“想了个美！”车从一个隧道里穿过去，一阵黑暗，隧洞外是一个小的山村。

山村河的这边有几户人家，河的那边有几户人家。河这边的人家除了路边高高地架着皮管子接引了山泉里的水，为过往车辆冲洗外，又都开着饭馆，洞开的土窗外挂着酱黑色的腊肉、干蕨菜和酱条串成的卤汁豆腐干，卖饭的男人或女人就蹴在门口的石头上。刚才车到的时候，一个肥胖的女人从厕所里出来，站在公路中间，一边系裤带一边乍了一下腿，车就地停了。肥胖女人趴住车窗往里一看，就乐了。

“是戚处长呀，不挡车你还不停哩？又来打崖鸡子啊！”

“打崖鸡子！”

“守着凤凰还要崖鸡子呀？”

“凤凰只能看不能吃么！是漂亮吧？”

“漂亮得像是狐狸变的。”

夏清低声说了句：“你是猪托生的！”下了车和胖子看这看那，看啥都稀奇。戚子绍觉得很得意，提醒着山里路不平，走路脚要抬高点，继续和肥胖女人搭讪：“近来打猎的多不多？”

“来得少了，你不知道吧，山顶上有了狗熊啦！都怕啦！”

“狗熊有啥怕的，以前又不是没出现过狗熊？！”

“这狗熊可是成了精了！上一个月来了个打猎的，也是开着辆小车来的，遇着了狗熊，狗熊一巴掌把半个屁股挖去了，人昏迷不醒地抬了下来，醒来说狗熊会说人话哩！”

“人会学着野物的声叫，哪里会有野物学人的话？”

“人都能学着野物的声叫，野物又怎么不能说人的话？”

“他一定是没打败狗熊，脸面上不能下来，胡诓哩。”

“反正是风声传得紧，来打猎的人少了。”

“那你就看着我怎么收拾这狗熊了！”夏清和胖子听到他们说狗熊，已围过来听，听得面色都苍白了，待到戚子绍说他能收拾狗熊，就问：“你打过狗熊？”戚子绍说：“当然打过狗熊的，不管是什么厉害的野物，你只要摸清它的习性，没有猎不了的。狗熊么，也是个笨，它只会直线扑，你就只拐着弯儿和它斗，如果你碰到了一群狗熊，那你就更好打了，你只需藏在一个地方向它们开枪，一枪或许撂倒一只，另一只便顺着子弹也冲过来，你姿势不动地一个一个打。再如果你能引诱着一只向你扑来，一闪身让它扑下崖畔，后边的也就一条线地扑下崖畔，你可以直接到崖畔下收获罢了！”两个女人眼里闪动了惊异的光，说道：“这太精彩，太刺激了，咱们不打那些崖鸡子了，一定要到山顶去猎狗熊！”

王老板用油布一直在擦拭着车身，他不愿意把车继续往山顶的路上开。

“怎么能不去呢？”戚子绍说，“咱们不是打过熊吗？”

王老板含糊地点着头，说要去的话只能是他和戚子绍去，两个女人就留在这儿，这儿有吃有住的，又好玩，若去山顶遇见狗熊了，是该打狗熊呀还是顾及她们呀？

“咱是老猎手，还保护不了两个女人吗？”

两个女人欢喜跳跃，说：“要去么，我们一定要去么！”

车重新发动起来，向深山钻去。两个小时后，路拐着之字形向秦岭的主峰爬，两边都是大的松树，路面上不时地出现了松鼠，但都是影子般地穿过公路。两个女人又是大呼小叫，要汽车能停下来，王老板没有听使唤，用力扳动着方向盘，因为弯道很大而路面又窄。突然间汽车油门加大，人似乎都飘起来，车的前面一只野兔在拼命地跑，嘎的一声刹住了，戚子绍首先下去，从路上捡起了一条兔子的尾巴，兔子则泥浆般贴在地上。

到了道班，天就黄昏了。山顶道班是全程公路上最小的一个道班，只是一幢三间木屋，两个上了岁数的养路工。两个女人麻雀一般地喳喳乱叫，说这里是童话的世界，就在松树林子里捡蘑菇，采繁星般的小花。夏清说：“我相信这里有各种各样动物的，动物都会说着人的话！”胖子噎道：“你相信你也会长翅膀的！”两个女人闹起了小小的别扭。

可能是养路工寂寞得太久了，他们应允了客人就歇在这里，又提供吃的和喝的，但言语不多，尤其两个城市的女人向他们问这样那样的时候，显得手脚无措。木屋分两个小房间，原本两个养路工分住着，现在腾出一间来睡胖子和夏清，而在路的北边撑了军用帐篷，只有戚子绍和王老板去睡了。夏清对睡帐篷感兴趣，但帐篷里毕竟潮湿，保不住夜里又有什么野物闯进来，胖子便把木房里的旧的被褥抱出来，替换了带来的毛毯。“如果被褥上有虱子，”她说，“让吸有钱有权人的血去！”

戚子绍换上了一身的猎装，在林子里踱过来踱过去，感觉非常地好，后来采着了一朵红色的七瓣花回到木屋，夏清已烧了一盆水洗脸洗手，戚子绍将花插在她头上了，说：“让我也洗洗。”手伸进盆了，在水里抓住了一双嫩手。夏清往出抽，抽不动，拿眼睛看了一下帐篷边的胖子，不动了，手觉得越来越小。

“要是只来你一个人多好。”

“这不可能。”

“为什么？”

“第一次见你的时候，她并不想让我见你的，后来想了想，才领我上去……”

“你要是没上来，我也不用她的配件了。”

“……”

“她真会利用你！”

“她也保护我。”

“傻姑娘！”

“……她也漂亮哩。”

“是吗？我没感觉。”

帐篷边胖子在嘎嘎地笑，王老板在系帐篷门口的绳子时说了什么趣话，胖子拿拳头捶王老板的背，嚷叫：“你坏，你坏！”夏清再次要把手抽出来，戚子绍低下头去，迅速地吻了一下那根中指，夏清就鹿一样地跑去了，叫喊着：“打牌，打牌呀！”

帐篷里的光线已经幽暗，四个人并没有玩“升级”，戚子绍要教给大家一种扑克算命法。他光是默想了一个念头算了一次，情绪颇高，胖子问：“你算的是什么？”他笑而不答，胖子说：“你不说我也知道，是谋算着夏清吧。”戚子绍说：“即便爱夏清，那也是我的权利，这没什么错呀！”夏清已经脖脸彤红，把扑克拨乱，说：“都胡说，胡说！”戚子绍趁机张狂了，当场挑明他就爱上了夏清，爱上了夏清但能不能离掉现在的老婆，会不会最后娶了夏清，这得看天意了。就以某种牌代表能结婚，以某种牌代表不能结婚，重新洗牌起牌，大家都屏了气息看翻牌的结果，竟然是代表能结婚的牌首先便翻了出来。戚子绍就说："夏清，你也是亲眼看了，你要等着我！"夏清一时无语，眼睛扑忽扑忽地闪。胖子说："夏清真老实，你以为他说的真话？"戚子绍说："信不了我也该信牌呀！"王老板就让给他的房地产生意算一下，算出来的结果也是好的，王老板就说："既然做房地产能成功，你得支持我了。"戚子绍没有回应，却问："你觉得夏清怎么样？"王老板说："好么。"戚子绍问："怎么个好？"王老板说："五官好，身架子也好。"戚子绍说："夏清有综合之美！"胖子说："呀呀，世上还有什么好词？可别忘了，这么好的人是谁给你介绍的？"戚子绍说："这一句话你说得好，得感谢你，晚饭咱要喝酒，炒熊掌吃！"

当戚子绍从帐篷里出来，似乎觉得夏清差不多已经是他的人，哼着小调往木屋去，一进门就喊："晚饭吃什么呀？"

木屋里烟雾腾腾，锅灶边只看到养路工汗油闪亮的脑袋，他还把面条往开水锅里煮。

"没有炒熊掌吗？"戚子绍说。

"哪儿会有熊掌。"养路工说。

"别的野味呢，譬如黄羊、果子狸、崖鸡子？"

"用菌子做了汤。"

“只有菌子？”

这使戚子绍很丧气。

胖子说：“瞧，他的话落实不了吧？”

拉了夏清到房间里去了。戚子绍听见夏清在房间里还说了一句“我就要吃熊掌么！”，故意提高了声音和养路工说话：“听说山上又有了狗熊呀？”

“是有吧。”养路工说。

“怎么不打了狗熊吃呢？”

“我们都在这山上。”

“你们？你是指你和狗熊吗？”

“是吧。”

戚子绍进了房间，说两个养路工是素食主义者，他们常年待在山上，认那些野物都是同类了。“我现在明白了，”他说，“山下边嚷道狗熊成精了，会说人话，一定是他们传出来的，为的是不让别人捕猎。你们没注意他们的模样也差不多快要像狗熊了，腰粗屁股圆的，行动迟缓，还不停地吭哧吭哧着。”

戚子绍说没有道理，夏清却仍在说：“我偏要你给我熊掌吃！”

“我会的，小姐！”

“戚处长，这可是你说的，”胖子说，“吃不到熊掌我们就不走啦！”吃过面条，两个女人就在房间的炕上歇下了，她们光着脚，披散了头发，脱去了外套而紧窄的内衣使身体该瘦的地方都瘦下去，该胖的地方都胖起来。戚子绍和王老板在房里赞美了一通女人形体的艺术，对面房间里的养路工就起了鼾声，屋外十分地安静，偶尔有车辆呼啸地从公路上驶下山去，听到的就是松塔落地的声音。说好的今晚上都不要睡，直聊到天亮，两个女人却很快就显出倦容。慵懒的姿态是特别惹人爱怜的，戚子绍满嘴的口水，言语开始放荡，王老板就说他是困了，打了哈欠去了帐篷。王老板一走，两个女人就并排靠在炕头上和戚子绍说话，越说身子越往下溜，后来就躺下去，而且胖子的眼睛也合上了。戚子绍真想胖子是睡着了，他就敢去和夏清接近一番，但胖子偏是躺在炕的边上，让夏清躺在靠墙的里边，又不知道胖子是真的睡着了还是假睡，他不敢造次。

“养路工在山上待久了，真的能和野物和平共处吗？”夏清说，“那么，山上所有的野物都能认识他们了？”

“动物都是有灵性的。”

屋外有什么鸟在叫，一声长一声短，长长短短的。

“听见了吗，鸟在说话了！”

“你能听懂它们的话？”

“我是猎人呀！”

“这鸟在说什么？”

“一个说：你在哪儿？一个说：在你心里。一个说：干啥哩？

一个说：想你哩！”

夏清挤了一下眉眼，她知道戚子绍在给她骚情，戚子绍却走过来，一下子捏住了她伸在炕边的脚，她吓了一跳，用手指指胖子。胖子睁开眼来，说：“你去睡吧，我可困得不行了！”

“那你怎么就不睡着呢？！”

戚子绍说了一句，离开了房间，胖子猴一样跳下炕就把房间门关了。戚子绍听见了快速的关门声，心里有些不悦，站在门外了发现山顶上的夜黑，黑得伸手不见五指。这时候，公路上有一辆车驶过，他往路边闪了闪，但车依然挂了他的衣服就跌倒了。车剧烈地刹住，司机从车窗探出头来，看见他已经爬了起来，问：“没事吧？”戚子绍勃然大怒：“你是怎么开车的？你要把我轧死了，我再和你小子说！”但车却忽地一声开走了。

王老板闻声从帐篷里出来，瞧着真的没事，就说：“真把你轧死了你怎么和人家说？！”戚子绍气咻咻又骂了一句，自己也笑了。

第二天早上，四个人又坐在车里往山上行驶了一段路，戚子绍和王老板就拿了枪往树林子深处走。胖子和夏清不愿意留在车里，也要厮跟着，和王老板吵了一架，戚子绍没了办法，就叮咛王老板要寸步不离她们。他们走过了一面斜坡，草丛里就发现了熊粪，胖子不相信是熊的粪，戚子绍便用树棍拨着粪讲解，扭头见王老板和夏清还在后边，就趁势抱了一下胖子的腰。胖子说：“你不爱我，你爱夏清的。”戚子绍说：“也爱的。”胖子说：“我这腰粗，你抱不住的。”戚子绍用力抱了一下，放下了，说：“你要不是我乡党的老婆我肯定就把你……”戚子绍知道自己在应付，但胖子也是女人，需要安慰的，果然瞧见胖子高兴了，在说：“我其实不是胖，是丰满哩。”

夏清去了坡下的崖坎后小解，三个人坐在坡上等了一会儿，夏清还是没有上来，却有了一声尖叫。戚子绍立即让王老板拉了胖子往坡上去，自个就跑下崖坎。原来是夏清也发现一堆熊粪，而且熊粪是湿的。戚子绍就又喊王老板快把两个女人送回到车上，不管发生了什么事情都不要开车门下来。夏清才一走，他就提枪继续往坡上走，走了一里，果然就看见了一只狗熊，狗熊正蜷成一团在蒿草丛里睡觉哩。

“叭！”戚子绍瞄准着放了一枪。

狗熊翻了一个滚儿，滚出了草丛，窝在一块长满了苔藓的石头后。戚子绍兴奋地跑过去，他没有想到今天打猎是这么顺当和容易，在他动手去提狗熊的后腿要把它翻过来的时候，他想到这只狗熊的掌真大，是让养路工来烹饪呢，还是拿到山下那个小饭馆去爆炒？“不，养路工是反对吃荤的，”他自言自语道，“让肥胖女人做，要做得没一点腥味。”但是，戚子绍刚刚提住狗熊的后腿，狗熊却忽地站了起来，黑乎乎的一座小山一样，他被压住了，那只熊掌就踩在他的胸口，他有些喘不过气来。

“你想死还是想活？”

戚子绍听见了一句人声，扭头看看周围，周围并没有人，声音是从狗熊的口里发出的。狗熊真的会说人话呀，戚子绍眼前一阵漆黑，他知道他是遇见了那只传说中的成了精的狗熊。

“想活。”他说，他还能说什么呢？

“想活？那让我把你干一下。”戚子绍脑子里还没有转过弯来，他已经被狗熊提起来翻了个身，而且裤子就被抓了下来。他感到了屁眼非常地痛。然后，眼看着狗熊顺着一行白桦树一步步走远了。

戚子绍狼狈地返回来，他的衣衫肮脏不堪，屁股撅着，一跛一跛的。大家忙问怎么着，是碰着狗熊了吗，戚子绍说他和狗熊突然遭遇了，他打了一枪，把狗熊的前腿打折了，他去追时，狗熊却一抱头从荆棘丛里往沟下滚，他也滚，滚在半坡被树茬挡住了，只好回来。

他们回到道班的木屋里吃饭，王老板和两个女人为戚子绍敬酒，虽然没有猎到狗熊，但他们已为他的不凡的身手而佩服了，戚子绍是喝了很多酒，心里郁闷，脑袋就晕晕乎乎，说要睡觉就睡下了。一觉醒来，又是个黄昏，但这个黄昏比不得昨天的黄昏，月亮早早地就挂在西边山峰上。戚子绍听见王老板和两个女人在房间的土炕上打扑克，他就提了枪往山上去了。

越往山上去，越是风清月明，露水已经潮上来，渐渐湿了裤腿，戚子绍在林子里的一块草坪上长长吁了一口闷气，看见了狗熊在一口山泉边喝水，忙呸了一口，呸出了半截咬断的牙齿，同时开了一枪。狗熊在枪响中一只脚栽倒在了泉里，接着脑袋也栽倒在了泉里，不一会儿整个熊都栽倒在了泉里，水哗啦地扑溅出泉沿。戚子绍跑近去，才要想着怎样才能把死了的狗熊从泉里弄出来，狗熊忽地又从泉里腾跃而起将他压在熊掌下了。

"你是想死还是想活？"狗熊又在说人话。

"想活。"他说。

"那让我再把你干一次。"戚子绍自个翻了个身，把裤子拉下来，他听见了水声，屁眼更是钻心地痛。

戚子绍是踉踉跄跄地赶回来，王老板和两个女人还在木屋土炕上打扑克。他们没有知道戚子绍又出去打猎了，也没有听到枪声，当戚子绍进了木屋，他们嘲笑着戚子绍一醉竟能醉大半天，睡起来还是形容憔悴，衣衫不整！戚子绍只好笑笑，说他也要打牌的。

"你走路怎么啦！"夏清说，"匡着腿？"

"上了火，痔疮犯了。"

"烂尻子！"

两个女人哈哈笑起来，她们开始用一种暗语对话，音调极轻极快，戚子绍觉得是外语，听起来嗡嗡一团。

“请说汉语！”戚子绍有些难堪，他听不懂她们的对话，但他猜想一定是在说着他的坏话了。

“我们说的是重叠音。”夏清说。两个女人又对话了一番，戚子绍听出是把每个字音重复一次，但因为说得轻而快，他只能听出前边一句，后边的又不知说什么了，而夏清的脸顿时绯红。

“你们再这样说话，我得抽你们舌头了！”

“他俩合伙欺负我！”夏清说。

“是王老板喜欢上你的搭档了？”

“是喜欢上了，戚处长，”胖子说，“但你一定不会吃醋的，因为我们决定要牺牲夏清了！”

说罢，王老板竟揽了胖子的腰走出了木屋。

“哎哎，”戚子绍故意地叫着，却把木屋的房间门掩了，笑笑说，“再不牺牲，贷款和推销的事恐怕就吹了。”回过头来，夏清却端端直直坐在炕上。戚子绍去摸了一下她的脚，她的脚缩了，又去拉她胳膊，她往炕角退，说：“他们要牺牲我，我却不愿意哩。你坐好，咱们说说话不行吗？”

但戚子绍一时没话可说。

“说狗熊的事吧。”夏清说。

“那就说狗熊吧，”戚子绍说，“狗熊是世上最丑的野物，也是最坏的野物，我和它不共戴天，我一定要把它打死，我一定能把它打死！”

“戚处长，你怎么啦？”

“你应该叫我戚哥！”

“戚哥，你怎么突然恨起狗熊啦？”

戚子绍哦了一声，恢复了平和，说：“我是有过猎狗熊的经历的。那一年我们猎狗熊，我是没经验的，放了一枪，它竟顺着枪子朝我扑来。狗熊的掌只要抓一下你，就会抓下你一个膀子的。旁边人就喊快趴下装死！我告诉你，狗熊是不吃尸体的，但它不知道人会装死。我就趴下装死了。狗熊过来拨我的腿，我不动。狗熊又过来拨我的头，我还是不动。狗熊就把鼻子凑近我的鼻子试还有没有气儿，我闭住了气，仍是不动。我是猎人，我斗不过狗熊吗？！狗熊真以为我就是尸体了，就坐在那里发呆。我开始摸枪，拉动了枪栓，但拉动枪栓要出响声的，我必须在它扭头过来的瞬间一枪打死它，要不然狗熊即使不挖我，它一屁股坐我身上我也会被压死的。狗熊果然扭过了头，瞧我还活着，就张开了嘴要来咬我，我的枪响了，这一枪就打进它的嘴里，把它打死了。你不信？你到我家去，我家地上铺着一张熊皮，那就是我打死的狗熊的皮。”

“我信的，戚哥！”夏清说。

“好了，我可以把那张熊皮送你了！”夏清简直视戚子绍是英雄了，她的身子放松开来，一双脚从屁股下伸开来，直直地搁在炕上。戚子绍口里又汪出了水，但他的手没有敢过去。“我真的送给你！”他再一次说。

突然有了一声奇怪的嚎叫，寂静的夜里十分响亮，似乎山林里有了回音，加长了音节和嗡声，传递着一种神秘的恐惧。两个人立即停止了说话，戚子绍侧耳又听了一下，叫道：“狗熊来了！”脸色寡白，随之彤红，像喝过了酒，一下子跳起来就要往外走。夏清也跳下炕，炕下边却一时寻不着鞋，而在帐篷里的王老板和胖子已经跑了过来，他们拿了枪，惊慌地说狗熊就在附近。

“来了好！”戚子绍极快地把子弹装上膛，说，“我须报仇不可，这回我再不打死它，我就再不来打猎了！”从屋里跑了出去。

两个女人也要去，王老板这回发怒了，哐当把门拉闭，又在门栓上插上了木棍儿，提枪去撵戚子绍。夏清隔着门缝喊：“我真的要吃上熊掌了！”

戚子绍是听到了夏清的喊声，他朝林子的深处跑，他的屁股还火烧火燎地痛，仍疯了一般地跑。山坡上没有狗熊，草坪上也没有狗熊。戚子绍又跑到山泉边，狗熊还是没有。王老板是一直追着他的，但王老板没能追上，他自叹不如，就坐下来等待枪响而辨别戚子绍的方位。

戚子绍像一只没头的苍蝇，四处乱撞，越是寻不着狗熊越是复仇的火焰汹汹，又翻过一个崖嘴，终于发现了一个黑影在前边移动，他知道那是狗熊了。但这一次的戚子绍发誓要打死狗熊，又汲取了前两次的教训，他爬上了崖嘴。在崖嘴，他瞧见了月光下的一块平台石上，狗熊在那里蹭身子，就静静地瞄准着放了一枪。

“叭！”

这一枪是百分之百地打中了，狗熊是从平台石上跌了下去。戚子绍并没有立即下了崖嘴，他又瞄准了跌下去的狗熊放了一枪，狗熊就动也不动了。

“我要打烂你的 ×！”戚子绍骂着从崖嘴下去，站在了狗熊的面前，狗熊是四脚朝天地躺着，他踢了一下，已经不会动了，他端起了枪瞄准狗熊后腿中间的部位准备打三枪，不，打四枪，打它个稀巴烂！

但是，这一次仍和上两次的情况一样，当戚子绍刚刚把四颗子弹装进了膛，狗熊却一下子扑上来抱了他在地上了，这次狗熊不是一只掌压着他，而是两只掌压着了他。

“你是想死还是想活？”

戚子绍是彻底地绝望了。他想起了夏清，不能给她吃熊掌，也不能送给她一张熊皮了。狗熊张合着满是牙齿的大嘴，锋利的掌爪搭在他的脖颈，月亮下他瞧见爪甲闪闪发着白光，戚子绍没有再说“想活”，其实他哪里不想能活下去，也没有主动去拉脱裤子，他知道狗熊即使不侮辱他，也不会再让他活着离开了。

“随便吧，”他说，“要干要吃你随便吧，我只是想问你一句：你到底是狗熊还是魔鬼，这么厉害？！”

“你问我？”狗熊说，“我正想问你呢，你到底是猎人还是卖屁股的？！”

这个时候，趴在木屋窗口上的胖子和夏清听见了连续的两声枪响，欢叫如雀，急切地盼望戚子绍回来，她们可以吃到稀罕的熊掌了。

饺子馆

在西安，常常被编成段子受戏谑的是上海人和河南人。说上海人如何的小气，买烧鸡只肯买鸡爪子，买一只鸡爪子从西安上火车，一路都在嘴里啃呀，啃呀，到上海了还没有啃净。编河南人的段子就更多了，著名的是董存瑞炸碉堡：董存瑞去炸桥上的碉堡时是和他的战友一块去的，战友是河南人。河南人让董存瑞手撑着炸药包，说：“我去寻个棍儿来支。”河南人一去却再不回来，总攻的号角吹了，董存瑞只好拉响了导火索。董存瑞是一边拉导火索一边喊：“河南人——你日弄了我……”就牺牲了。西安人戏谑上海人，上海人不多理会，因为上海离西安远。河南人就不行了，骂西安人“日巴耍”。“日巴耍”是西安的土话，意思即没正经没品位。陕西和河南是邻省，西安城里五分之一又都是河南籍人，西安人和河南人就有故事啦。这个故事是在西安的一家饺子馆里开始的。

时间是中午，咚，门被脚蹬开了，胡子文领着三个中学时的女同学进来吃饺子，胡子文说：“日巴耍，这么小个饭馆！”同学说：“不小啦，再大的饺子馆还不都是只吃一肚子。”胡子文说：“那就委屈各位了！”同学说：“是荣幸，文联组联部的主任平日都是吃请，哪有过请吃的？”胡子文笑着说：“这倒是。”勾着一个指头把服务员招来，问都有什么馅儿的饺子。服务员很热情，忙说了两个“中，中”。胡子文说：“怎么说河南话？”服务员说：“老板是河南人，要求我们必须说河南话。”胡子文说：“这才是怪事，日巴耍，我就要你说西安话！”服务员说：“对不起，这是我们饭馆的特色。”胡子文有些躁了：“把你们老板叫来！”服务员转身走去，同学劝胡子文：“说河南话就说河南话吧，只要饺子好吃，生什么气呢？”胡子文就笑了笑，把眼镜卸下来放在桌上，一边松着领带一边逐个询问同学的近况。三个女同学大概说了一下，因为都混得不好，有些不好意思。胡子文说：“好日子会有的，以后就顺了。”一仰头，瞧见从收银台处有一个黑矮胖子迈着步子走了过来，就把眼镜又戴上，说：“工厂效益差，可以辞职自个儿干么，比如卖服装……”一个同学说：“老板真的来了！”胡子文已经估摸过来的是老板，哼了一下：“农民！”接着说：“人家农民进城都赚钱了，城里人倒混得没头没脑了？”那个同学一直在看着过来的老板，低声说：“这么个黑胖子，怕是黑道上的人哩。”胡子文当然不能和一个黑道上的人论理了，老板站在了桌边，张口才要招呼，胡子文偏不理会，继续给同学说道理，甚至说到了古人：“熬过一段，前景就光明了，古人也说了，‘远上寒山石径斜，白云生处有人家。’”黑胖子和蔼地说：“‘斜’字在这里恐怕不念‘邪’音，该是念‘峡’音吧。”胡子文猛然觉悟“斜”字是要念作“峡”音的，耳梢红了一下，却随之眼睛乜斜了，说：“你是这里的老板？”胖子说：“小门面，不成体统。”胡子文轻笑了：“我难道不知道会念‘峡’音吗，我是故意试试你的！西安自古居不易，我要看看一个河南人在西安怎么就办红火了一个饭馆？！还行，老板！”老板更加和蔼了，胖脸上开始出现酒窝，酒窝不是在腮上而在两眼角下，显得憨厚又滑稽，说：“我是从河南乡下来的。”胡子文说：“这看得出来。”老板说：“我小学没毕业，到西安怕人瞧不起，多认了些生僻字罢了。”胡子文说：“平日看些什么书？”老板说：“就是字典。”三个同学嘎地笑了，胡子文却说：“这倒是捷径。书用不着看得多，这如口袋上插钢笔，不插是文盲，插一支是小学生，插两支是中学生，插三支四支就成修理钢笔的了。”老板说：“说得好，先生是文化人？”胡子文把自己的名片递过去，老板立即惊乍：“是文联主任呀，我没文化，就最尊重文化人！服务员有眼无珠，她把界石当兔哩……”胡子文对同学说：“听懂了吧，这是乡下的歇后语。”老板说：“不好意思，说几句就露了底了……主任，我能不能和你照个相？”胡子文说：“行么。”服务员立马跑到后室拿来了相机，就给胡子文和老板合影，说：“主任你笑一笑。”胡子文没有笑。拍照了一张，老板说他可能眨眼了，要求再拍一次，又是咔嚓一道闪光，胡子文的眼睛被光耀得发花，一边揉着一边说：“那就和三位副处也合个影吧！”胡子文指的是三个女同学，三个女同学面面相觑。老板说：“副处？这么年轻的小姐都是副处级了？！”三个女同学笑了一团，说：“还是小姐？小姐都在家里，这里的是小姐的娘喽！”老板说：“城里人嫩面。”一阵拍摄后，老板让服务员上菜上酒，说能结识三位文化人真是三生有幸，这顿饭就算是他请了。胡子文偏把钱包掏出来，说：“那不行。”老板说：“这你就不给我面子了，难道以后不让我再求教你啦？”胡子文就把钱包装进口袋，说：“那就简单上几个菜。”

胡子文就这样认识了饺子馆的老板。老板叫贾德旺。胡子文觉得这个河南人有辅导性，往后的日子就常到饺子馆去。胡子文每次去，显得很匆忙，一只手插在裤兜里，一只手弯着抱一堆书和杂志，不是说吃罢饭要去审查一个歌手赴京参赛的节目，这个歌手是他在歌厅发现后推荐给音乐家协会的，就是说下午有一个业余作者要拜会他。他说：“这孩子潜质不错，你瞧瞧，新发表在这份杂志上的小说蛮有味道啊！”贾德旺就说他不懂小说，狗看星星一处明。胡子文说：“你还是读字典？”贾德旺说：“字典够我读一辈子了。”胡子文说：“那你就好好给咱赚钱，如果人人都只读书，社会也害怕了。”贾德旺就殷勤地把饺子端上来，又掏出两包香烟放在桌上，问照片放大了挂在墙上好看不好看。胡子文瞧着墙上已挂着的他和老板的合影，心里受活，嘴上却说：“这让我给你做了广告么！”贾德旺说：“秃子要沾月亮光呀！”胡子文吞进一颗饺子，舌头搅着，说：“沾就沾吧，不帮朋友又帮谁去？”贾德旺就忙添酒，胡子文说：“酒不敢再喝了。”又吞进一颗饺子，他觉得饺子很香。

胡子文再一次领了三朋四友去饺子馆，贾德旺没有在，他问服务员：“老板呢？”服务员在旗袍开衩处抓痒，赶忙侧身靠了墙，说：“去银行了。”一句话未落，贾德旺推门进来，一把将胡子文抱住，说：“你不想饺子，我倒想你了！”胡子文一一介绍了朋友，贾德旺说：“那几个副处没来？”胡子文说：“哪儿的副处？”贾德旺说：“一起照过相。”胡子文嘎嘎大笑：“日巴耍，我给你说个段子吧。”贾德旺说：“你们西安人爱作践我们河南人，是不是又说董存瑞的故事呀？”胡子文说：“那不是，我说的是一个干部在歌舞厅问小姐是不是处女，小姐说这该怎么说呢，要说是处女，我怀过孕，要说不是处女，我还没结婚，就算是副处吧。”贾德旺恍然大悟，拿拳头捶着胡子文的肩大笑，一笑，一排牙掉下来。贾德旺是假牙，他把假牙又塞进嘴里，说：“今日来的都货真价实？”胡子文严肃了：“虽不是干部，可尽是些文豪哩！”贾德旺便指使厨房先弄一桌菜，专挑了那个穿旗袍的服务员往上端。服务员漂亮，几个人话就多了，不说人漂亮而说旗袍漂亮：“小姐，能不能让我抱抱你那衣服？”服务员害羞，端一盘菜放下了，慌慌就退下去。胡子文说：“小姐，你得报名哩！”服务员再端一盘菜了，说：“王桂花！”又端上一盘菜放上了，说：“王桂花！”胡子文说：“让你报菜名不是报你的名！”大家就笑这是个河南农民开的店，就议论起文化界的人人事事，有人说到从北京来了个著名诗人，市上接待的规格很高，从机场接回来用警车开道哩。胡子文说：“你知道他的代表作吗？”那人说：“不知道。”胡子文说：“我也不知道，恐怕谁也不知道，他是人人都知道的著名诗人而人人都不知道写过什么诗的著名诗人！”那人说：“日巴要！不服一人或见人就服都是妄者。你是妄者。”胡子文说：“对不起，那不是妄者，是佞者。”那人说：“我把它念妄者。”胡子文说：“文化人老念错别字就丢脸了！”那人说：“好，好，你能行，我给你写个字你认认。”指头蘸了酒在桌面上写，写的还是一个“行”字，但“行”字的左右两部分写得很开，成了两个字。胡子文认不得。在座的人都认不得。胡子文说：“你说是什么字？”那人说：“我问你呢？”贾德旺端了酒杯过来要给大家敬一杯，看见桌面上的字，说：“这念‘耻’音和‘厨’音。”大家都抬起头，对贾德旺刮目相看了。胡子文趁机说：“贾老板可是满腹经纶哩！”写字的那人喉咙干咳了一下，较了真儿，伸手又在桌上写了一个字：孑。说：“这怎么念？”胡子文瞅了瞅，说：“那一笔是平的还是斜的？”那人说：“斜的。”胡子文说：“我认得它，它认不得我。”贾德旺说：“地耶杰的杰，念‘杰’音。”那人说：“错了，念‘决’音！”贾德旺说：“念‘杰’不念‘决’。”双方各持己见，争执起来。胡子文说：“以字典为准，饭馆里有字典没？”饭馆里当然有字典，服务员立即跑到贾德旺的办公室拿来了字典，字典已经污损不堪。翻了半天，查出来了，“孑”字是读“杰”音。桌面上的气氛有些尴尬，贾德旺一抹袖子，将那个字擦了，给大家斟酒，说：“关公门前耍大刀，我玩胆大哩，正好碰上我认得这个字，瞎猫碰上死老鼠了！”大家也就说：“你这个河南人不像河南人。”胡子文说：“吃羊肉图膻哩，没腥味了就不叫羊肉。”贾德旺说：“我是河南人。”大家说：“河南人把耍猴能称作文化娱乐活动，你肚里墨水不少倒还开了饭馆！”失败了的那人一时落寞，出气不顺，噘了嘴拿筷子也不夹菜，梆梆地桌沿敲节奏，旁边的一位便给他台阶下，随节奏哼了一句流行的歌：“我们的大中华，五十六个民族五十六朵花……”

“不对，”失败了的那人说，“是五十七个民族！”

“还有哪个民族？”

“担族。”

大家就拿眼睛看贾德旺。因为说担族，大家都明白是指河南人。上个世纪三十年代河南遭水灾，大量的灾民挑着担儿逃来西安，西安人便称河南人为河南担。而现在在河南人开的饭馆里吃饭，又当着饭馆的老板说担族，大家就觉得贾德旺要生气了。但是，贾德旺没有生气，脸定得平平的，说：“你还少说了一个民族。”

“哪一个？”

“要族。”

“要族？”

“要族。”

贾德旺笑笑的，一笑又出现了眼角下的酒窝，憨厚又滑稽。贾德旺笑过之后转身走了，大家猛地晓得了要族指的是日巴要族，是贾德旺在戏谑他们这些西安人。西安人的好处是爱戏谑别人而受别人戏谑了也不上怪，贾德旺戏谑得有趣，就都也笑了，倒惹得失败了的那人骂道：“真当的是日巴要！”

胡子文和他的朋友受了戏谑后，一连十天再没去饺子馆，第十一天，他却在一家茶社里拨通了贾德旺的电话。

“喂，儒商！”

“你这是在骂我哩么。”

“狗咬人不是新闻，人咬狗才是新闻。”

“可咱是卖饺子的呀！”

“你是想挣些零花钱了就回河南乡下去，还是要在西安当餐饮界龙头？”

“你要给鸡戴暗眼呀？！”

“日巴耍！”

胡子文咔嗒把电话挂断了。

电话突然挂断，还拿着听筒的贾德旺喂喂了几声，立在那里发了愣。发过愣了，拿过字典在翻，蓦地觉得不对，拔脚就赶往了茶社。

胡子文正要结茶水钱，让服务生打个折，服务生请出示打折卡，胡子文没有打折卡。没有打折卡是不能享受打折的，胡子文说：“你们老板呢，让你们老板来！”一扭头，瞧见玻璃窗外贾德旺往里瞅，一张脸压扁了个大柿饼状，挥手让服务生走了，继续吃茶。贾德旺就进来了，说：“处长生气了？”

“你要不来，我永远也不会见你了。”胡子文说，“弹琴不能给牛弹，朽木上雕花雕不成还坏我手艺哩！”

“上次冒犯了你和你的朋友，还望包涵。”

“冒犯得我要让你发大财呀！”

贾德旺就坐下来，憨厚而滑稽地笑，并且用手指将胡子文面前桌上的茶水痕拭擦了一下。两人就叽叽咕咕说起来。胡子文说话要做手势，说着说着身子就坦靠在沙发上，贾德旺先是低着头，再是抬起头，渐渐距胡子文越坐越近，末了就侧了身子，只将半个屁股坐在沙发沿上了。

“就这么吧，”胡子文说，“下午我还要开个会的。”

“到底是文化人，点石成金！”

贾德旺满怀喜悦，主动将茶水钱掏了，两人出门，又抢先把门拉开，拦了出租车，付了车费，还叮咛司机开慢点，一定要安全送到。

从此，贾德旺每天在饭馆门口竖一块广告牌，上面写着一个极生僻的汉字，注明凡是来饭馆的顾客若能认得此字，所用饭菜酒水全部免费。头三天，广告牌上的生僻字竟无一人认得，但消息却传开来，说南大街那个开饺子馆的河南人是个儒商，办的饺子馆富有文化味。越是认不得的生僻字越是有更多的人前来要认，饺子馆的生意陡然火爆，往往顾客没有座位，就在饭馆门口排长队等候叫号。到了深夜，贾德旺把饭馆的前后门关了，让三个员工在那里点钱，自己则在旁边翻字典，寻着一个生僻字，写下来，问点钱的员工：“认不认得这个字？”员工不认得。又写一个，员工还是不认得。贾德旺说：“你能认得个啥？”员工说：“我只认得钱。”贾德旺发了一声恨，却笑了，说：“这也是，认得钱就好！”寻生僻字寻到十多个了，一时再寻不出，一个员工说：“老板，我写个字也认认。”贾德旺说：“用河南话说！”这个员工是从陕西乾县招来的，学说河南话说得不好，就不说话了，拿指头在地上写了个“曌”字。贾德旺当然认得这个字念“照”音，也知道这是埋在乾县的那个武则天在生前所自造出来的字，但贾德旺的脑子一下子活了：何不也自造些字呢？于是，第二天，饺子馆门口贴了一副对联，上联七个字谁也不认得，下联七个字谁也不认得。门口时不时有了争论，贾德旺听着十分得意，专等着一伙人进来让他定夺正误，贾德旺偏笑而不语。这一日饭馆才打了烊，有服务员慌张张过来说：“对联的一半被撕了！”贾德旺说：“是谁认得了那些字？”跑出来，一只游狗就在旁边，嘴角还叼着一团纸，就乐了：“这是只文化狗嘛！”着人把狗撵到饭馆，拴在厨房后每天喂骨头养着。

一年后，这只狗养得肥头大耳，贾德旺的饭馆也扩大了门面，左右两边的店铺全部吞并，又把上边的二楼买下，饺子的品种也越来越多，发展成了饺子宴。西安的电视台请他去做过节目，贾德旺当然说的是河南话，好多人都觉得这河南话蛮好听的。任何企业有了钱，肯定就有人来要拉赞助了，比如报社需要办个征文比赛，电视台需要播放一部新片，还有音乐会，艾滋病预防宣传，书画联展，贾德旺都掏了钱，胡子文也就来了。

“生意好得很啊！”胡子文用河南话说。

“你也说河南话了？”

“现在不是春节冷清而圣诞节热闹吗，前几年广东发达了，到处是广东话，再过几年，西安恐怕要规定河南话是第二语言了。”

“都是托文化的福！”

“是要打文化品牌！”胡子文说，“听说你又给一个观赏石协会赞助了？”

“要是五年前向我借二百元钱，那我拿不出来，现在也是回报社会么。”

“小勺子也会把一头牛炒完的！如今兴建设企业文化，你为什么不在饺子文化上想些招呢？你知道不知道‘马太效应’？”

“不知道。”

“不知道算了。”

“我是狗咬汽车不用脑子！”

“不要说这农民的话！”

“可我就是农民啊！”

“你不是农民！”胡子文说，“你记住，你现在是饺子王，是西安著名的儒商！”

“那你说怎么办？”

“我想了，开一个饺子文化研讨会，把国内的一些专家学者教授请来，研讨会的规格越高，饺子馆的声名越大，将来可以去北京上海广州开饺子宴连锁店么！”

“嘿嘿嘿。”

“嘿嘿啥的？”

“我这是狗吃麦苗装羊(洋)呀！”

“又说农民话了？！”

“我能把专家学者教授请来？”

“这有我哩，以文联外联部的名义来请。”

“那你给咱整！”

“这还像个大老板的气派，办大事就得有八个字：整大，煽起，咚匀……”胡子文不说了。

“那最后可不能㞞管呀！”

“你也知道八字方针？”胡子文笑了，“我怎么能㞞管呢，我策划过的事没有不成功的。”

“那你做个计划表，看得多少钱？”

胡子文在夜里起草了一个详细计划表，各项开支用费一合计，得二十五万元，笔一挥，写成了三十万。翌日，贾德旺认认真真审核了计划表，他决定只拿出二十万元。贾德旺用一只破面口袋装了二十万元提到胡子文家里时，胡子文没在家，在朋友家里搓麻将，老婆电话里说：“贾老板给咱行贿来了，你快回来。”胡子文说：“你尽想得好，那是会议经费哩。”老婆说：“还送来一只狗，狗肥得很肥得很。”胡子文赶回来，问：“这是多少钱？”贾德旺说：“二十万元，你点点，给我打个收条，将来会毕了你拿票证来换条子，花销不敢突破这个数。”胡子文有些不高兴。贾德旺说：“我打问了，会议机票和宾馆客房都打折哩。”胡子文还是阴沉着脸。贾德旺便拍着胡子文的肩称兄道弟了，拿出一份聘书，说：“我请处长老兄当顾问，顾问当然要有顾问费，一个月一千元！你不是说嫂子喜欢狗吗，我把我的狗送来了，狗一分不取，拴狗的那条绳子是用皮子拧的，也一块送啦！”胡子文说：“我的大老板呀，你到处赞助，我以为你是出手大方的人，原来你和上海人一样，精明又小气，你要明白我这是在包装你，搭了台子让你唱戏哩，日巴要！”贾德旺说：“这我怎么不明白呢？你瞧瞧这钱，都是零票子积起来的，每张票子都油腻腻的，也不容易啊！这些钱办会可能手头不滋润，以后事情真的弄大了，有我的就有你的。你知道我贾德旺毛病不少，但能从河南乡下到西安站住脚，得益于就是爱朋友嘛！”胡子文说：“不说啦，那就这样办吧。”贾德旺说：“那你给我笑笑，你不笑，我心里不踏实。”自己先笑起来。胡子文见贾德旺黑胖脸上又出现了眼角下的酒窝，也就笑了。

胡子文真的以文联外联部的名义邀请了十多位国内著名的专家学者教授，很快地在西安召开了“饺子文化研讨会”。贾德旺很谦虚，对各位专家学者教授毕恭毕敬，他愈是这样，专家学者教授愈尊重他，开幕的那天让他坐在主席位上，贾德旺坐在主席位上只让人拍照了一张相就离开了，此后就回到饺子馆再不露面。专家学者教授对贾德旺印象极好，也满意这次会议商业味道淡，便围绕着饺子文化畅所欲言了。专家学者教授却有一个秉性，什么都要往性意识上寻究竟，认为性是世界万物的根本，自然就论起饺子的形状便是从女性生殖器逐渐演变而来的，甚至大而化之，论证了大米就是阳具形状，小麦是阴器形状，还有油条和油饼的关系，春卷和馒头的关系……会议结束了，专家学者教授揣了红包坐上飞机都走了，胡子文带着一份整理出的会议纪要和一堆票据来向贾德旺汇报。

"会开得非常成功！"胡子文说，"纪要在报纸上一发，你得加紧练练字呀！"

"练字？"

"整天有人来请你签名，你那一堆麦秸字可不行喽！"

"你说说，纪要是怎么写的？"

胡子文就把眼镜卸下来，开始讲研讨成果，饺子文化如何是性的文化，饺子的形状又怎样从女性生殖器的模样一步步演变了过来，等等等等。胡子文的喉咙就发干了，喊："服务员，倒茶来！"一抬头，瞧见贾德旺的一双脚搭在桌面上，手搓着脚指头缝。

“你有脚气？”

“往下说！”

“就这些。”

“就这些？”

“研究成果可不是和面包饺子，一包一大堆！《道德经》上有这样一句话：谷神不死是谓玄牝，玄牝之门是谓天地根，绵绵若存，用之不勤……”

“钱花完啦？”

“嗯。”

“哼，”贾德旺说，“花了二十万，就是证明我不是卖饺子而是在卖×？！”

胡子文一时噎得说不出一句话。

但胡子文的好处是干什么事情从不气馁，他骂贾德旺是农民，仍还是把纪要拿去报纸上发表了。纪要的观点使西安街谈巷议，认识贾德旺的都喊贾德旺是贾饺子。一日，饺子馆门前来了一个人，样子怪怪的，探头往里张望，服务员问：“先生吃饭吗？”那人说：“不吃饭，和你们老板做个生意。”服务员说：“做什么生意？”那人从怀里取出一个石头，石头的形状是活脱脱的阳具。服务员就踢了一脚，说：“滚！”那人不滚，却说：“你懂不懂奇石，这块石头比你小命值钱哩！别人介绍你老板肯定会买这个宝贝的。”服务员这回是扇上去一个耳光，两厢就厮打开来。门口一闹腾，拥集了一大堆人，惊动了在饭馆里吃饭的一个老者，老者虎着脸问怎么回事，旁边有人说："卖球的来配对了。"老者说："怎么是配对儿？"旁边人就说了研讨会纪要上对饺子形状的论述，大家都嘻嘻地笑。老者身边的人说："笑什么，这是政协的领导！"政协领导很严肃了，说："都散去，散去。这饺子馆办得不错么，能在饭馆把文化搞起来，能把国内那么多的文化名人请来研讨饺子文化，这老板为西安争得了荣誉嘛！"大伙见政协领导这么说，便一哄而散了。贾德旺在外办事回到饭馆，听服务员叙述了政协领导的话，大受感动，当天下午就去政协机关拜会那个领导。领导说："你是不是政协的委员？"贾德旺说："不是。"领导说："我要推荐你当个委员！"贾德旺激动得不知说什么好，末了倒退着走出领导办公室，一路上拨打手机，将消息告诉了十多个熟人。但是，在审查委员资格时出了问题，因为贾德旺是从河南乡下来的，没有西安户口，几经商议，最后作为特邀委员。特邀委员也是委员，又是餐饮界唯一的委员，贾德旺在饺子馆大摆宴席庆贺，胡子文却没有接到通知。

胡子文的老婆问胡子文："那个河南担老板把什么人都请了，怎么你没去？"胡子文说："等着吧，他会上门来请的。"

果然贾德旺西装革履地来了，胡子文没有起身，只坐在办公椅上打手机。手机并没开通，却大声说："喂，喂，什么？

市长请去他家吃家乡豆腐？那怎么不事先说一声呢，今日报社约我写文章走不开身啊！”放下手机，说：“真是的，中间人得事先打招呼才是，他市长有空了，我却没空呀！”

“市长请赴家宴你还不去呀？”贾德旺有些吃惊。

“古人说：游大人之门，谄固可耻，傲亦非兮，总不如萧然自远。”胡子文说，“你找我有事？”“你是顾问啊。”“顾问是顾不得去问的。”“问不问也得有顾问费的。今日政协组织委员视察，路过这里，我给你送钱来了。”

“你还在卖饺子？”

“又骂我了？！”

“这倒不是。”胡子文说，“我问你一个问题，你回答，回答得好了我收你的钱，回答得不好，我一个子儿不取你的。”

“你让我认字最好！”

“一个人救过一个溺水者，而他在遭受歹徒刀刺时又被另一个人救了，我现在问你，如果让他救过的人和那个救他的人其中必须死去一人，你说这个人希望谁去死？”

“你说谁去死？”

“希望救他的人去死。死了，他就再不觉得歉疚了！”

贾德旺哈哈大笑，眼角下的酒窝又出现了，过来抱住胡子文，将一千元塞在胡子文口袋，说：“我知道，你是盼我生意越做越大，当了政协委员以后再当政协主席，你就更有成就感了！”

胡子文的手也伸过去抱了一下贾德旺，将擤过鼻涕的指头在贾德旺的背上蹭了蹭，骂了一句：“你这个河南担！”

贾德旺主动上门修好了关系，胡子文也按月去饺子馆领取顾问费，胡子文的老婆也招呼三朋四友的去那里吃饭，每次去，都牵着那只狗，人在桌面上吃酒吃肉吃饺子，狗就在桌子下啃骨头。吃毕了，故意让服务员叫老板过来，说：“我埋单吧。”贾德旺说：“怎么会让你埋单？”出了饭馆，朋友说：“胡夫人的面子大，吃饭都不掏钱。”胡子文老婆说：“这饭馆是我老公一手扶持起来的呀！”回到家，就对胡子文说：“贾老板让我捎个话，说他想在饭馆墙上装饰些字画，要你联系些书画家。”胡子文说：“我忙得很，哪儿有时间？”老婆说：“你总是忙，整天不沾家！”胡子文说：“你权当嫁了个大领导，你见过哪个大领导天天在家里？”老婆说：“可你不是大领导！”胡子文说：“那就权当是生意人吧，贾德旺不但不治家，老婆娃娃还都在河南乡下哩！”老婆说：“贾德旺日进斗金，你呢？”胡子文说：“这河南担还有什么，不就是有几个钱吗？”老婆说：“人家是政协委员！”胡子文不言语了，独自坐到阳台上去喘粗气。

又是一日，贾德旺给胡子文打电话，说外地一个什么文化采风团要去饺子馆参观，而他在政协开会，让胡子文去饭馆陪陪客人。胡子文出门走的时候，老婆叮咛把狗带上，胡子文不带，老婆说："那你回来给狗捎块骨头。"胡子文说："贾德旺吝啬得很，他饭馆里的骨头上就没肉！"老婆说："狗啃骨头就嚼个味儿。"胡子文在路上想：我这是日巴要么，他贾德旺要我陪客我就来啦？这个河南担，我把他煽圆了，他竟人模狗样的比我还牛了？！在饭馆里接待着采风团，替贾德旺没来打圆场，说老板怎么忙怎么忙，从来没有睡过六小时的囫囵觉，团长指着墙上的照片，说："名人是苦人么，可他倒还这般胖的？"胡子文说："他身体好，早晚要喝一种汤的。"团长说："什么补汤？"胡子文说："钱汤。"团长就惊奇了，说："钱汤？"胡子文就说了，说他以前听别人说这话没有信，有一次和贾德旺开会睡在一个房间，天一亮贾德旺就起来，用剪刀剪什么，他就不吱声拿眼看着，贾德旺剪的是百元的人民币，剪成碎末儿冲了开水喝。团长便笑了，说："早听说西安人会编段子，胡主任你真幽默！"掏了名片，要胡子文转交给贾德旺，希望饺子馆能在他们城市开分店，他一定会鼎力相助。采风团一走，胡子文就把名片撕了。

胡子文编派贾德旺早晚喝钱汤的段子自然有服务员传给了贾德旺，传话人很愤怒地谩骂胡子文不维护老板的形象，完全是嫉妒心作祟。贾德旺倒呵呵大笑，说："你觉得有人信不信这事？"服务员说："没人能信的。"贾德旺说："就是有人肯信，说我钱多也是吉利话。”服务员说：“老板不仅是富人，当政协委员了也是贵人。”贾德旺说：“你说得好，凭这句话应该当大堂经理，可现在的大堂经理干得不错，有机会我会考虑你的。”

贾德旺虽然知道服务员打小报告是别有用心，但他记得了富贵二字，就把政协的事看得很重，积极参加着一切活动，并且每次政协开会就把一批委员请到饺子馆吃饭，贾德旺的威信很高，已经有人要帮他迁入户口，准备推选他做政协一个委员会的副主任了。贾德旺踌躇满怀，不久却又听到胡子文编派了他的一个段子。段子说贾德旺经常到城区和郊县去视察，到区上，接待他的人知道他是河南人，而河南人自小吃红薯，胃是有感情的，他一定还是爱吃红薯，就蒸了红薯请他吃。吃了一顿红薯，贾德旺没说话，去县上视察，县上人也得知他是河南人，而区上接待吃红薯，他一定是爱吃红薯的，又蒸了红薯给他吃。贾德旺还是没说话，就盼着到镇上视察时能吃一顿好的。可到了镇上，镇上的干部请示县上，县上说贾委员是河南人就是爱吃红薯，镇上依然蒸了红薯。这回贾德旺胃疼了，实在憋不住了，说：“同志，我就是在河南农村吃红薯吃怕了才到西安来的！”贾德旺听了段子生气了，一天胡子文领着一伙人来吃饺子，贾德旺当着众人直戳戳说：“胡主任，你散布我的坏话了？”胡子文说：“没有，古人说群居防口独坐守心……”贾德旺说：

“几个人都传过来你编的段子了！”胡子文说：“什么段子？”贾德旺说：“吃红薯的事，你编了没编？”胡子文睁着眼睛，扑忽扑忽看着贾德旺，说：“是吗，日巴要，这都是那几个河南担给你胡传哩！”大家嘎嘎大笑，气得贾德旺也笑了。

半个月后，政协组织委员们全面视察市文化建设工作，贾德旺要求把他分在第三小组。因为第三小组视察的重点正好是文联大厦娱乐场所。五年前，文联机关在一座旧四合院里办公，年年打报告希望市政府拨资建一个文学艺术家活动的大厦，政府多方筹资总算把大厦盖了起来，但大厦盖起后，文联便将它全部向社会出租，办成了美容美发厅，游戏厅，桑拿室，洗脚房，文联月月收租金，日子是富裕了，卖淫嫖娼却泛滥起来。得知政协委员要来视察，文联当然清楚被视察的原因，就一方面准备汇报材料，一方面派胡子文到各出租单位布置接待事项。当贾德旺他们听取完汇报又去各娱乐场所实地查看，胡子文已组织了所有娱乐场所的人员列队欢迎，胡子文说：“等委员一来，我喊一句口号，大家就跟着喊口号，要整齐，有节奏，知道了吗？”大家说：“这个谁不知道？！”胡子文说：“好！”指着一个女的说：“来视察的都是些老保守，不要把眉毛画得那么翘。”女的说：“不画眉毛我就觉得没长眉毛似的。”胡子文正要批评她，扭头看见巷口有人拿着照相机跑，就拍了一下掌，大声说：“来了来了！”众人立即有节奏地喊：“来——了！

来——了！”但巷口的一伙人却没有过来，往另一个巷子去了。胡子文说：“走了走了。”众人又是有节奏地喊：“走——了！走——了！”气得胡子文说：“看我的手势，没有手势不要乱喊！”约摸半个小时，贾德旺他们是真的来了，胡子文喊了一声：“热烈欢迎！”手从下往上一扬，众人一哇声高呼：“欢迎——欢迎！”胡子文又喊了一声：“反对嫖娼！”众人一哇声又高呼：“嫖娼——嫖娼！”委员们脸色不好看，也不做任何回应，径直就进了各个场所。胡子文也跟了进来，对着贾德旺喊：“贾老板！”贾德旺却全然不做理会。胡子文又喊了一声：“贾老板！”陪同的文联主席训道：“贾委员来视察的，你乱咋呼什么？”胡子文讨了个没趣，脸脖都红了。

视察完毕，委员们并没有在文联吃招待饭，贾德旺带人去饺子馆吃饺子。委员里有一位是区政协主席，知道贾德旺和胡子文的关系，说：“你和胡子文崩了？”贾德旺说：“没有呀。”区政协主席说：“我看你今日待理不理他的。”贾德旺说：“我故意晾他哩。”区政协主席说：“他可是能行的文化人呀！”贾德旺说：“是能行的文化人。可文化人毛病也多哩。他能帮你成事，也能给你坏事，远不得近不得，是属核桃的德性，得砸着吃。”区政协主席一高兴，说：“中，中。”贾德旺说：“你也是河南人？”区政协主席说：“老家是河南洛阳的，十二岁来的西安。”贾德旺说：“那你说西安话说得顺溜。”区政协主席说："我那单位河南籍的人少，一说河南话就遭戏谑，可我在家是说河南话的。你了不得哩，饺子馆里的员工必须说河南话，饺子馆又成了名店，你给咱河南人长了脸了！"贾德旺说："你老得多指教哩！"区政协主席说："好，好，什么都好，如果饭馆里还能卖'水席'那就更好了！"水席是河南最有名的菜类，全部的菜都是汤菜。贾德旺说他早有此意，近日就想回一趟老家招些做水席的厨师。区政协主席就鼓动开设水席越快越好，若要回老家，他可以派个小车去。

贾德旺果真就乘坐了小车回了一趟老家。小车一直从村口开过巷子到了家门口，村人已经知道贾德旺在西安混成个大人物了，都跑来看，说："德旺，这是你的车？"贾德旺笑着说："把娃娃管好，可不敢用石子在上面划道道。"村人说："贾罗锅毒命，一辈子腰直不起，他一死，儿子果然顶天立地了！"听村人提说到贾罗锅，贾德旺就怀念起自己的父亲了，他买了烧纸和高香去父母的坟上奠祭，瞧见两个坟堆平塌下去，荒草蔓生，就拿锨铲土隆了隆，跪下去焚香烧纸，磕了三个响头，说："爹，娘，我回来看你们了！你儿在西安把事弄成了，还当了官了，是政协委员。"坟头上飞过来一只鸟，喳喳喳地叫，贾德旺挥手把鸟赶飞了，又说："给你们说这些你们也听不懂，政协委员是个啥，就像刘三胜一样，你现在是刘三胜的儿！"旁边的小车司机一直笑嘻嘻的，末了说："刘三胜是谁？"贾德旺说："解放前大财东家的儿子，在郑州当过省参议，威风得很哩，戴礼帽，拄文明棍，出门有三个背枪的卫兵。"

回到西安后，小车司机把贾德旺上坟的事说开了，司机的原意在夸奖贾德旺是个孝子，但一经传开，却成了贾德旺把自己比作伪参议，被编成了段子，而且用河南话讲，讲得有声有色，听着的人听毕了，就笑着骂："这个河南担日巴要！"段子连市委书记都知道了，一次会议，市委书记在饭厅见到贾德旺，当着好多人的面说："贾德旺，你过来！"

贾德旺过来了，倾着身说："书记好！"

"听说你在你父母坟上说你现在是伪参议了？"

"这，这……书记你听谁说的？"

"你先说有没有这事？"

"我是上过坟……"

"你怎么能说这样话呢？！"

"书记，这怎么能当真呢，那是哄鬼哩么！"

周围的人哗地就笑了，但书记没有笑，大家也就停止了笑。贾德旺还要解释，市委书记却转身走了。

当再一次开政协会，没有通知贾德旺，贾德旺不再是特邀的委员。贾德旺苦闷了数日，脸就明显地瘦了一圈。终于在一个午后，胳肘下夹着一卷纸来胡子文的家，笃笃笃地敲门。胡子文从门扇的猫眼里看出去，贾德旺站在门外理头发，头发蓬乱，顺手心唾了唾沫往头上抹。胡子文说：“谁？”贾德旺说：“我。”胡子文说：“你是谁？”贾德旺说：“是我也听不出来？贾德旺！”胡子文说：“贾德旺是谁？”贾德旺说：“有理都不打上门客的！”胡子文说：“是你呀，你怎么不用河南话说？等一等，我正在厕所，还提着裤子哩！”胡子文返回厕所，在马桶上坐了吸过一支烟，过来开了门，一边系裤带一边说：“你怎么来了，给我送礼啦？”贾德旺说：“我还不至于给你送礼吧？新买了一张字画，让你鉴定鉴定。”打开了，是于右任的一副对联，胡子文念：“梦久不知身是蝶，水清安识我非鱼。”

“赝品！”

“我五千元买来的怎么是假货，假货能仿得这么真？”

“河南人什么假不了？你看没看昨天报纸，一个河南人拐卖儿童，买方买的是个男孩，回家给孩子洗澡，洗着洗着小鸡鸡就掉了，原来是个女孩。”

“这字要是假的，我就送你了。”

胡子文没有吭声，看着贾德旺将对联挂在墙上了，说：“挂在我家墙上了就算是我的，河南担，没文化就是没文化，我现在告诉你，这对联是真的。”

“你以为我认不得这是真的？我来给你行贿，你也不沏一杯好茶给我喝喝？！”

“给我行贿肯定是有事了！政协委员抹了？”

“那段子是不是你加工改造了？”

“这倒与我无关。”

“那个司机我操他娘的！”

“古人说，人有一事不妥，后来又受此事之累，如器有隙者，必漏也。”

“所以我来请主意了。”

两个彼此笑笑，坐下来吸烟喝茶又吃酒，开始起草了一份材料。临分手，胡子文说：“笼襻是离不了笼沿的，要做儒商，商就要一直和文化结合哩。”贾德旺说：“所以你始终是顾问呀！”胡子文又说：“河南出恐龙蛋化石，你那儿联系的河南人多，若能弄些恐龙蛋化石，我去见书记的时候，也不至于空着手。”贾德旺：“这个容易。”当天夜里，贾德旺就用三轮车运来了一块九颗聚在一起的恐龙蛋化石。待贾德旺一走，胡子文就将恐龙蛋化石送到了市职称评委会主任家，主任好收藏，喜欢得不得了，又觉得这礼重，问胡子文自己有没有？胡子文当然没有。主任说：“既然你没有，咱俩一分为二。”胡子文说：“只要把我的高级职称能通过，放在你这儿就等于放在我那儿了。”主任却坚持分开，胡子文便用锯子将九颗恐龙蛋锯开，主任拿六颗，他拿三颗，没想锯下来一颗发现那颗恐龙蛋底是平的，仔细看了看，原来是水泥伪造的。忙敲打另外的八颗，竟都是假的。胡子文怒不可遏，拿了假恐龙蛋去寻贾德旺，贾德旺也傻眼了，说：“这毛海子坑我了！”胡子文说：“毛海子是谁？”贾德旺说：“一个文艺工作者。”胡子文说：“文艺工作者？”贾德旺说：“就是从河南过来的一个耍猴的。”胡子文骂道：“耍猴的算什么文艺工作者，日巴耍，事情办不成，你还让我丢老鼻子人啦！”贾德旺忙自己打自己脸，说他再去找另一个人，那人以前倒贩过恐龙蛋化石，现在虽改行了，手里肯定还有存货。胡子文说：“这人现在干啥？”贾德旺说：“他说他是从事轻工业的。”胡子文说：“是不是弹棉花的？”贾德旺说：“是吧。”胡子文就笑了，要跟着贾德旺一块去。直到后半夜，恐龙蛋是买到了，虽然只有五颗，五颗确实是真的。

第二天，胡子文将恐龙蛋送给了职称评委会主任家，直脚就去拜会市委书记，先是汇报了全市文化工作的现状和今后发展的一些举措，末了便提起了贾德旺。书记说：“你也认识贾德旺，这人到底怎么样？”胡子文说：“这个河南人文化浅，有时不会说话，可有雄心大志，在西安市的河南人中享有很高的威望。”就呈交了以贾德旺的名义所写的材料。材料上写着贾德旺是如何从河南到了西安发展餐饮事业，为何经过几年奋斗成为西安餐饮界的龙头，而在西安挣了钱了，就要回报西安，为西安的城市建设做一份贡献。具体的方案是：饺子馆牵头，组织河南籍人参会，筹集资金，为古城墙贴瓷片，在城河两岸铺地砖，用红漆刷大雁塔，把东西南北城门楼镶金边。

“这个贾德旺！”书记说，“他有多少钱？”

“他钱多得能砸死人！”

“他还是好好卖他的饺子吧。”

胡子文软不塌塌回来把书记的话转告了贾德旺，两个人无言地看着，都笑了一下，笑得都没声。然后两人到贾德旺的住处喝酒，就喝醉了，贾德旺歪着头，手指蘸酒在桌上写了一个字，说：“处，处长，你文化高，你说这，这，这是个啥字？”胡子文瞅了半天，是一个“富”字，说：“不认得。”贾德旺说：“你日巴要，这个字都不认得？！”胡子文说：“啥字？”贾德旺说：“富字！”胡子文说：“‘富’字上边有一点，你这个字没那一点。”贾德旺说：“这叫富贵不能到顶。”胡子文说：“你还要咋个富呀？”也指头蘸了酒在桌上写了一个字：章，说：“立早是章，早写得出了头也念章，你懂不，这叫做写文章能出头，出头为贵，你就是再富也不可能贵，贵的。”贾德旺说：“‘贵’字下边是个贝，贝就是钱，没钱贵，贵不了，有钱总有贵，贵，贵的时候！”胡子文说：“你到底有多少钱？你说你钱多得能砸死人，你还真以为，以为你的钱多，多得不得了？！”

贾德旺就站起来，摇摇晃晃站不稳。胡子文说：“你醉了，瞧你这本事，一瓶酒就喝醉了，我把你这样子照一张照片。”就转身在沙发上找提包。胡子文觉得自己是带了提包的，提包里应该有照相机，但沙发上什么都没有。贾德旺说：“你瞧么，你瞧么！”胡子文就突然感觉他真的手里拿了照相机，手举着给贾德旺拍照。贾德旺扶着桌子作庄严状接受拍照，然后就拉胡子文到他的卧室去，胡子文手还做着拿照相机的姿势被拉进了卧室。卧室里有一张床，床前有香案，供奉着一尊瓷制的财神爷，而靠窗的墙上角是一个木架，木架上放着一个饱满的麻袋。贾德旺指着麻袋，说：“你盯，你往那里盯，你知道麻袋里装的什么？”

“什么？”

“钱！”

“钱？”

“是钱，钱，钱！现在硬币是不用了，可我积攒了这一麻袋，它是我的纪念品。”

胡子文嘴张开来，合拢不上，手还在做着拿照相机的姿势，他要求贾德旺就站在木架下，他要拍一张照片，他说他要把这张照片放得大大的公布于世，他说他要宣传贾德旺是多么有钱，而这些钱是卖饺子得来的，劳动致富了，应该成为一个贵人！贾德旺嘿嘿嘿地笑，说：“我要给你钱的，大海里舀半盆水就够你喝了！”胡子文说：“把头扬高，胸挺起来！好，好，把手抓住麻袋！你笑呀，河南担，你个日巴要怎么不笑？！”贾德旺还在说：“给你半盆水你不嫌少吧，半盆水也能喝死你的，咱们的事情弄大了，顾问费要给你涨，涨的！”

胡子文站在地上拍了几张，又站在床头柱上拍。胡子文还要拍，看见床下有一个盆儿，要取出来垫在脚下，盆子里却有半盆水，骂道："我闻得出来，这是你尿的，你早上不去倒尿，你真是不讲卫生的河南担！"胡子文从外屋端来椅子，又将另一个小方凳架上去，然后爬上去再拍。胡子文这时候发现了墙上有一行粉笔写成的字，他数了数，是十一个字：世上有一个鬼名字叫日弄。他说："这字是你写的？"贾德旺说："我写的。"胡子文说："写得好。"贾德旺得意了，说："这有个故事哩，我才到西安，身上只有二百元，一个月没寻着工作，钱也花完了，我白日讨饭，晚上在火车站的候车室椅子上睡。一个卖饺子的小老板到车站送客，问我愿不愿到他的饺子馆干活，不给工资，可以管吃管睡。我说愿意，跟着他走了。在小馆子干了十天，我才知道他卖的水饺馅儿全是瘟猪肉。我说：'咱怎么能卖瘟猪肉？'他说：'没人在馆子里吃了顺地倒，我卖的就不是瘟猪肉，你知道不知道，世上有一个鬼名字叫日弄？'我记住了这句话。后来我辞了那份工作，又去了另一家饭店打工，有了积蓄，开始自己卖饺子，我，我就把这句话写在那里了。"胡子文说："你的饺子馆也卖的是瘟猪肉？"贾德旺说："你胡说！我什么事都干过，但我没卖过瘟猪肉。我要的是日弄鬼的精神，你懂吗，精神！"胡子文说："是的，精神！你抓着麻袋，要笑，一种自豪的笑。笑啊！"

贾德旺在努力地笑，胡子文把双手举在面前，说：“我给你照呀，一，二……”还没有说出三，他听见了哐咚一声巨响。把眼往下一瞅，瞅见木架坍倒了，饱满的麻袋砸下去。胡子文嘎嘎而笑，说：“你这个河南担，用那么大的力气？！”还举了手要拍摄砸下去的麻袋，就看见麻袋下的贾德旺没有吱声，半个脑袋扁了，一股血喷出来。胡子文说：“日巴耍，你是咋啦？”脚下的椅子却晃动了，身子向前弓了一下，又往后弓，一先一后地弓，双手在空中抓，什么也没有抓住，就栽下去了。胡子文是脚朝上头朝下栽下去，撞翻了床边那个盆儿，盆里的水流开来，又聚在一个低洼处形成水潭，他从地上弹了一下又倒下去，整个脸面浸在水潭里不动了。

倒流河

有一条倒流河，河北是两个镇，河南是三个镇。河北、河南的要往来了，没有桥，只有老笨的一条船，那就得去搭船，搭吧。于是，来人在渡口喊："船过来哟——老笨。"

老笨就放下水烟锅，使劲地摇橹，力气已经不够了。但河面上空横拉着一道铁丝，船绳套在上边，船不至于被水刮走。

搭船的人往船上来，老笨认得邻村的顺顺，顺顺头上新别了一个发卡，绿莹莹的，像落上去的蜻蜓。

大家开始取笑老笨的牙，门牙没了，嘴角两边的牙便显得特别长，那是要长出象牙吗？又戏谑说："人清闲了坐在炕桌前才吸水烟锅的，你拿到船上用，是长年在水上的缘故呢，还是扎个势，要显摆？”老笨哧啦哧地笑，却说：“你们在河南好好地两条腿走路，咋就去河北趴下四条腿？”老笨还会挖苦人，大家扑过去扯他的嘴，船就晃荡不已，在河面上打旋儿。

天上满是些疙瘩子云，船到了对岸，老笨又吸起水烟锅了，一边轻吹细捻，听烟锅子里的咕噜声响，一边望着下了船的人爬到了塄畔。塄畔上一簇一簇的白花。其实那不是花，是干枯了一冬的野棉蒿裂出的绒絮。河南的樱桃已经开花了，而河北，绒絮还在风里扯着。

河北那是产煤的地方，到处都是些小煤窑。夜里如果有了流星，朝着流星坠落的方向去寻陨石，那峁呀梁呀下面会发现一个洞，洞斜着就钻进去了。这些洞差不多靠近某一个村庄，三里路或者五里路，路都是黑的。长长的白天里，驴无声地驮着煤筐走，偶尔开过的卡车和拖拉机留下了车辙，很深又很硬，驴在辙里拐了蹄，便被赶驴人日娘捣老子地骂。

骂声让石峁梁上的人听到了，那也是个赶驴的，不免相互喊话，话却在半空里就乱了，嗡嗡一团，只好你招招手，我也招招手。

沟岔底的那个洞和别的洞不一样，洞旁边搭了个棚，还种了一窝南瓜。因为有了一场好雨水，藤蔓叶大如头，竟爬上了棚顶。下面坐着一伙媳妇，她们是来送饭的，等候得久了，就数起黄灿灿的南瓜花，说哪朵是实花，花下已经有了小瓜胚子，而哪朵没结瓜，是朵谎花。顺顺当下就不数了，坐到一边去，把包着饭罐的帕帕解开了，又包上，再要解开时结紧得怎么也解不开，脸色难看。别的人赶紧使眼色，不说谎花了，说罐子，说：“咋还不出来，罐子都凉了。”

罐子都是一样，罐子里的饭却不同。有的是红豆米饭，炒了土豆丝或炖了萝卜；有的是油泼的捞面；有的是四个杠头馍，全掰开了，夹了辣子酱豆和葱，还有一疙瘩蒜，说：“我那人饭量大。”立本年前就害上了胃疼，顺顺给他摊了煎饼，为了软和，煎时在面糊里多加了西葫芦丝，饼子都煎得不囫囵，她羞于给别人看，把罐子抱在怀里了，暖着热气。

一阵响动，洞口里就扔出了个安全帽来，接着爬出来一个人，再接着五个六个都爬出来了。这些男人各自看着自己的媳妇便笑，但媳妇们看着他们都是一样黑衣服黑脸，一时倒认不清。顺顺是第一个抱着饭罐跑过来，立本的眼白多，现在更白了，比别的人都白。立本伸手就抓煎饼，煎饼上留下黑指印，顺顺说：“急死你！”扯了片南瓜叶子让先擦手。

吃过了饭，媳妇们就走了，男人横七竖八地躺下晒太阳，吸纸烟，开始说自己媳妇。一个说：“我呀，晚上回去，她就把长面捞到碗里了。”一个说：“我回去先上炕，她再忙，擦擦手也就来了。”立本说：“哼。”哼了几下，心里想：那算个屁！我一进门，顺顺一手端了饭，一手提裤子，问先吃呀还是……他就闭上眼，眯瞪了。旁边人说：“你哼啥哩？立本，立本！”立本已经睡着了。怎么叫立本都不醒，掏出一枚硬币轻轻放到他手里，手却立即攥紧了，气得大家都笑，骂：“瞧这货，这货！”

但洞口经常也有哭声。不定在什么时候，洞里爬出的人双肩上套了绳索，人爬出来了，再把绳索往出拉，就拉出个铁皮斗子，斗子里不是煤块，是另一个血肉模糊的人。洞口就呼天抢地，一片哭声。

棚边的南瓜藤蔓干枯后，露出一堆一堆纸钱灰，有的纸钱没烧尽，风吹着总往人身上沾。沾在立本的裤腿上了，立本就要呸口唾沫，说：“我和你没吵过架，也没欠钱，别寻我！”

四里外的村口一直有家小卖铺，挖煤的常在那里买酒喝。村里人把挖煤的叫煤黑子，煤黑子买了酒多半要先赊账，店掌柜就在墙上写了人名和钱数。有些账还在，人却在事故中没了，权当给烧了纸吧，墙上就在那个人名上画个叉。不久，都在传说：一个月黑风高的夜里，有三个人敲小卖铺的门，要买烟酒和方便面。掌柜见是煤黑子，说：“不赊账啊？”三人说：“给现吧！”天明后掌柜点钱，发现都是些阴票子。

从此，煤黑子的媳妇们都在租住的村屋里贴菩萨像，天天给菩萨上香。顺顺在立本上窑上时，往怀里放一个桃木节，或者一个小纸包，包着朱砂。立本爱显摆，有一回在洞里掏出纸包给别人看，里边却不是朱砂了，是一张棉布片，上面有血。大家当然知道那是什么血，取笑了一番。立本回来给顺顺发脾气，顺顺才说是村里来了个阴阳师，告诉她经血最能辟邪，立本火降下来，但碗已经拿起来要摔了，就拣了个破碗摔碎。

这个窑的煤黑子有县东的人也有县西的人，而大多是河南、河北的。河南来的八个人，不到六年，死了五个，一个断腿，还有一个躺在炕上能出气，叫不应，活成了植物。而立本活着，立本给人夸自己的那个地方长着一颗痣的，旁人说："还不是顺顺给你的平安！"立本也觉得顺顺好，回来把顺顺抱在怀里亲，还亲了她的肚子。

顺顺明白立本的意思，夜里老实得像个猫儿，任着折腾。事毕了，她要给立本去倒温水洗，立本说："不敢让流了！"给了个枕头垫在屁股下，顺顺就把头吊在炕沿下。

顺顺已经给将来的孩子起了个名字叫安然。但又过了一年，顺顺还是没怀上。

那时候，煤的市场不景气，小煤窑的煤里矸石又多，更是卖着艰难。矿主就鼓励人去推销，推销出一吨可以提百分之五的成。顺顺给立本说："你的胃病好多了，我给咱跑生意去，两个人赚着总比一个人赚着多，攒够盖新房的钱，明年就该回去了。"立本说："那我咋吃饭呀？"顺顺说："搭老魏的伙。"老魏的媳妇也是送饭的，顺顺出一份钱，老魏同意，老魏的媳妇也同意。

顺顺先回到河南。别人家的稻子都扬花了，她家的稻田遭了虫害，稻叶子一疙瘩一疙瘩锈着色，忙着三天两夜挑料虫。从田这头到田那头走一趟，料虫能挑少半筐，倒在坑里用木杵砸，而腿上却趴了蚂蟥。蚂蟥往肉里钻，捏不出来，血就顺腿流，过路人说："拍，一拍它才肯出来！"拍了三下，蚂蟥掉下来了，那人说："看把庄稼做成啥了！"顺顺觉得下煤窑没挣下钱，庄稼也荒了，让人笑话，就发誓要好好推销煤。

县城里各个单位都有着锅炉，一到冬天居民家里又烧炉子取暖，顺顺就挨家挨户给人说好话。头一两个月自己单独骑自行车，早去晚归，后来叫上立本的一个老叔一块去。老叔胖，坐在自行车后座上，顺顺便骑得一身的水，还和人撞过三次，把老叔跌下来，断了一颗牙。顺顺承诺将来要给老叔补个金牙，每次到了县城东门外，老叔跑北城片，顺顺就跑南城片，在一棵柳树后把旧袄脱下，换上一件红底碎花衫子。她喜欢这件衫子，换上了要对着城河水照几回。

在单位里和人家谈价钱，往往谈到最后了，人家就提出要回扣。回扣有五百元的，也有一千元的，顺顺老是心疼，后来灵醒了，再不给现金，运去十吨煤，打的条子上却写上十三吨。但是，卸煤时，烧锅炉的要让她请吃饭，饭就不请了，把饭钱给塞兜，还搭一包纸烟，她帮着一块卸。烧锅炉的时不时拿眼光在顺顺身上蹭，说："听说在窑里挖一年煤要尿三年的黑水？"顺顺说："你唾唾沫，唾沫也是黑的嘛。"两人都笑，说咱们这是干啥哩，老鸦还嫌猪黑？

推销得好，顺顺五天或七天了到窑上领推销款，晚上就不走，要尽女人的责任，但立本总是下了班就去喝酒。等到醉得摇摇晃晃回来了，立本很张狂，把一沓子钱往顺顺面前一甩，说："给！妈的 ×。"顺顺笑着，也从怀里掏出钱来，她的钱沓子比立本的钱沓子厚。

撑船的老笨入秋后就一直喊脊背疼，喜欢搭船的人拿鞋底给他拍。去看医生，医生说是受了潮，要求每天去镇卫生院刮一次痧。儿子用自行车带他去了一次，说："不就是用牛骨板在身上刮嘛，你把钱给我，我夜夜给你刮。"老笨哼了哼，赶紧把帽子按了按，帽壳里有着一百元的票子。

三十年前，老笨刚开始撑船，河里涨水，一条鲇鱼跳到船上，捉住了提回家，老婆正好给他生下个儿子，他就给儿子起名鱼，宋鱼。这宋鱼长大了，去城里干过传销，传销被政府取缔了才回村种庄稼，庄稼种得不好，却染上了赌博。曾经钻进包谷地里和人掷色子，掷了三天三夜，胡子长出一指长，从此就留个小胡子。

老笨说："你三更半夜不沾家，你给我刮？"

宋鱼听了爹的话，故意把自行车往一个小石头上骑，差点把老笨颠下去。骑到一个小商店门口了，却进去买了个木挠挠，木挠挠是专门搔痒的，河南人都叫它是：孝顺。宋鱼说：“我不沾家，它就替我嘛。”

老笨说：“儿呀，你这么浪荡着咋行？你也去河北下下窑嘛。”

宋鱼说：“我去下窑？当兵的是死了没埋的人，挖煤的是埋了没死的人！”

后来宋鱼赌得大了，面前放一袋子钱，和人坐在公路边上猜车号的尾数是单还是双，谁猜对了就把钱袋子提走。宋鱼输过，也赢过，幸运的是多赢了几次，就买了辆摩托，整天放着响屁地跑，还在后座上驮了女孩子，女孩子的裙子经风一吹，腿像两个白萝卜。

县城里人常有开了车来游玩的，要看倒流河的水是怎么倒流的，还要看河南的老房子。别的地方建房三十年木头就坏了，土墙也坍了，河南的房子砖砌皮，里边的土芯也是浸了米浆捶打的，百十年的民居在，而且明代的龙王庙在，清代的魁星阁在，还有一个木刻砖雕的老戏楼子。这天，就有个人停了车，端了照相机四处拍，拍到一座房子，这房子虽也砖砌皮，却椽头腐了，檐角垮了，屋顶上苫了塑料布，拿石头压着还呼啦呼啦响。对着门楼拍那匾额“积善流光”四个字，门道里卧了一条狗，龇了龇牙，没有叫。又转到房的山墙后，那里搭了一间土屋，里边站着一头牛。牛体瘦毛红，脚下垫着的土和草料被粪尿搅和成了稀泥，苍蝇乱飞，臭气烘烘。拍照的说：“这牛若是人变的，那人是囚徒。”宋鱼就跑过来，喊：“哎，干啥的，干啥？”

这房子并不是老笨的家，但宋鱼就是不让拍。照相的不拍了，却对着牛圈门口的一块石头说：“这石头是老石头。”宋鱼说：“二百年的捶布石！”照相的喜欢捶布石平整光滑，更感叹它挨了多少棒槌击打，就说：“把这石头给我吧。”宋鱼却要钱，要了一百元，他吭哧吭哧把石头抱上了汽车，狗却汪汪地叫。照相的说：“这钱应该给这家主人吧？”宋鱼说：“走你的，狗说不了人话！”

煤还是卖不动，而窑上事又不断，许多煤窑就关停了，或者廉价转售。从河北回河南的人多起来，或一脸灰黑，背着被褥卷儿，或拖家带口的，男人在前边走，媳妇拉着孩子老撵不上。老笨很忙，夜里还得撑一次船。空中的月亮一团明光，船撑到河南岸了，最后下船的是个年轻女子，怀里抱了个婴儿。老笨知道在河北挖煤挣不下钱了，但却躲过了计划生育，说：“这世道呀，娃都生娃了。”年轻女子不爱听，回过头说：“不生娃生老汉呀？”呛得老笨半天缓不过气来。

立本没有回河南，却谋划着和另一个人要把沟岔底的小煤窑买下来。两人回到河南来筹款，顺顺在新草帽上搓麻什给他们吃。顺顺的指头嫩嘟嘟的，搓出的麻什像猫耳朵，那人说：“手真好！”顺顺侧过头了，无声地笑。那人出了厨房，在院子里给立本说：“你娶了个好媳妇！”顺顺想听自己的男人怎么说，立本却只嘿嘿了一下。

立本把购窑的事说给顺顺，顺顺吓了一跳，不敢同意，立本就反复给她讲，现在的煤窑设备不行，又没有木支护，所以老出事故。矿主只会骂人，不善经营，煤就卖不出去。趁着眼下煤价落到了底，咱买了肯定是好事，一时煤卖不动，总有能卖动的时候呀。如果咱命好，那挖的就不是煤，是金，日进斗金。顺顺说：“那咱命就能好？”立本说：“我那个地方长着痣啊！”顺顺想了想，说：“我依你吧。”就同意了。

决定了买煤窑，那人出五十万，立本也要出五十万，而立本总共积攒了十万，还准备要翻修老屋的。立本去贷款，信用社不给贷，顺顺说：“我给你过三十六吧。”

三十六是男人生命中最重要的岁数，河南的乡俗就是摆宴席，亲朋众友来相贺。立本的生日原本在腊月，顺顺却给他提前过，为的是能收一笔礼，还可以向亲戚们借钱。但是，席桌上顺顺说了借钱的事，立本却站了起来，说：“这不是借钱，是让大家入股哩，有十万的入十万，没十万的五万八万也行，我给经营着，明年就给你们分红。”立本还介绍了这个煤窑的情况，也讲了它的光明前景，拍着腔子说要让大家的钱鸡生蛋，蛋生鸡，不停地生下去。亲戚们被他煽呼起来了，顺顺的二舅当下拿出五万，说他要买水泥铺院子呀，不铺了。二舅一带头，大姨父应允了五万，二姨父应允了五万，大伯五万，二伯四万，三伯三万，姑姑六万，大舅四万，三舅四万，三个侄子各五万，五个舅表姑表各四万，六个侄女和外甥女各三万。顺顺娘有个干姨妹，其儿子和女婿来了，心也热了，说："让我们也沾个光吗？"立本说："你们也是亲戚嘛，行呀。"那两人各应承了两万。

三天后，所有的钱都拿到手了，九十八万，顺顺又卖了要翻修老屋的一副大梁担，还有她的一双银镯子，共两万整数。账一笔一笔写好，账本装在一个盒子里，顺顺抱着盒子要放到屋梁上去，一只老鼠在看她，又担心老鼠会咬盒子，便把盒子用铁丝吊在梁上，铁丝上还加个旧电灯罩。天开始下雨，雨也关心着，敲得屋外树叶子响。顺顺给立本说："这不老鼠爬不下来了！"

有了自己的小煤窑，立本很辛苦，扩拓了坑道，加固了木支护，又新招了一批煤黑子，忙得小便都尿不净，裤裆里老是湿的。顺顺让老叔继续推销，自己也在窑上忙活，她办了一个大灶，媳妇们都不各自送饭了，省了的人手都运煤装车。她不愿意窑后的坡上只是野棉蒿，从河南挖了一桃树栽在那里，时常提了水去浇，希望能活。

桃树真的活了，可顺顺一年下来，人瘦了一圈，再穿那件红底碎花衫，又宽又长，衣不附体，风一吹，大家都说：“你要上天呀！”

夜里回到出租屋，立本当然还要做那事，顺顺心里不要，把身子给他，但黑暗里睁大了眼，要听着远处有没有狗咬，炕台上的电话会不会突然响起，提心吊胆着窑上出事。

月底发工资，还放一天假，煤黑子们都去喝酒了，顺顺领着一伙媳妇去坡上拾地软，嚷嚷着回去包饺子捏馄饨。等着大家都下坡了，顺顺坐在那里看桃树，几日不来，春便老了，桃花落了一地。

不觉得就春节了，回到河南，立本说：“初五把亲戚都招来吃顿饭吧。”所有出过钱的亲戚都来了，口口声声叫着立本是老板，盼望老板分红呀。饭菜吃了一半，立本给各位敬酒，却说这一年窑上的煤依然卖不动，还伤了三个人，虽生命都保住，可住院和补偿就花去了二十三万，总之，是赔了。大家面面相觑，就往顺顺脸上瞅，顺顺脸也茫然，立本又说了：“做生意就是有风险嘛，既然赔了，如果各位还要把这个窑维持住，就等待以后的大分红，那就需要各家再缴三万。”三舅说：“赔得血本都没了，还敢再缴！”立本说：“都是亲戚嘛，不愿意我也不强迫，那就不缴了，也就没股了。”

顺顺不知道该说些什么，但她得依着立本。亲戚们七嘴八舌议论了半天，都是不再缴钱了，怨恨自己当初发财心切，不该听立本的话，他只是个煤黑子，哪里是当老板的料呢？饭没吃毕，屁股一拧都出门走了。

顺顺的娘家人再不和顺顺往来，顺顺的眼泪流到了正月十五。

正月十六，村长得了孙子要过满月，宋鱼张罗着通知来客。十五的晌午他就站在村前公路上，见人便说："村长给孙子过满月呀，让请你哩！"被挡住的人说："哦，那就去随礼嘛。"也有不说去也不说不去的，却问："把你积极的，是不是村长让你承包修水渠上的那个涵洞呀？"宋鱼说："我不赚那小钱。"那人说："那你给人家的孙子出过力？"宋鱼说："他那儿媳妇……我口没那么粗吧？"嘻嘻地笑。

宋鱼骑了摩托再往另一个路口去，路上就有人和牛挡了路，中间是一个老汉，两边各一头犏牛，悠闲缓慢地走。宋鱼鸣喇叭，那老汉没反应，左边的牛却立刻走向了右边，宋鱼骑过去了骂："你不如个牛，牛都知道靠右行哩！"顺顺刚好过来，说："他是个聋子，你骂他哩？"宋鱼见是顺顺，也通知了顺顺，说："你一定得去的。"顺顺说："那为啥哩？我和他不是本家子。"宋鱼说："他是村长呀，你和立本树梢子在河北，树根子在河南呀！"顺顺回来给立本说去呀不去，立本不去，说："礼钱咱能赚回来？"顺顺明白立本在吃醋，把头低了没再多说。但第二天，她还是一个人带了礼去了村长家，把人家的小孙子抱着喜欢了半天。

村里过红白事，是乡里乡亲维持关系的平台，都去帮忙呀，上礼呀，即使有小怨小仇的也去示个好，隔隙也可修复。而村长这天村人去了多半，仍有小半没来，村长脸上挂不住，问宋鱼："你咋通知的？"宋鱼说："我再去喊。"

宋鱼又站在门外十字路口喊人，有几户来了却来的不是大人，是孩子，还有来的人把礼钱一上又顺门要走了。宋鱼说："走呀？"走的人说："礼上了。"宋鱼说："那得吃饭呀！"走的人说："为啥不吃，叫他想去！"

入了夏，河南的树荫把村都罩了，夜夜蝉声嘶叫，蛙声如雷，河北的峁梁上草长不到半尺高，牛虻却多得像苍蝇，撵着人隔衣服蜇。

窑上的生意不好也不差，收入盘点后，合伙人提出再买一个窑，立本又和顺顺商量，顺顺这回是坚决反对，因为不可能再筹到钱了。立本说："咱卖老屋房，把房卖了。"立本是入赘到顺顺家的，顺顺说了狠话："那是我爹我娘给我留的，你别打它主意！"结果合伙人拿了他的红，又抽走了当初买窑的一半钱，自己单独去干了。

大部分的钱都被抽走，煤黑子的工资发不了，原本关系还和和气气的，这下子红脖子涨脸，闹僵了，有人竟把三十个安全帽偷走了。顺顺得知那人是邻村的，并且回了河南，就也撵了去要。那人说："这不是偷，是顶账的。"顺顺说："兄弟，我用别的给你顶账，你把帽子还我，下窑没帽子你这不是卡我脖子吗？"带那人到了老屋，指着那个五格子板柜，让抬走了。板柜一抬走，顺顺趴在地上给她爹她娘磕头，爹娘下世早，只有照片挂在墙上，她就呜呜地哭。

把安全帽装了两麻袋，一袋先背着走一段路，放下来，又反身去背另一个麻袋，黑水汗流地背到老笨的船上了，头上的发卡不知道遗在了哪里，头发扑撒了半脸。老笨说："哎哟，现在兴减肥哩，顺顺你减得有效果。"顺顺说："你是说我黑瘦得没人样了？"她不敢坐到船头去，害怕水里照出影子。

仅仅是过了四个月，谁也没想到，窑上的煤突然卖得快了，而且价格越来越高，已经用不着去推销了，拉煤车在每一个窑前都排队，还是现金交易，来人提着一口袋一口袋的钱。

立本觉得奇怪，顺顺更是要呆了，晚上关了门，两个人在炕上数钱，手指头把嘴里的唾沫都蘸干了，还没数完。顺顺说："这不是在梦里吧？"立本说："我拧拧你的脸。"拧了一把，拧得重，顺顺疼得"哎哟"了一声，立本就扑过去压她，顺顺要把钱收拾了再说，他说就在钱上，钱欺负了他半辈子，他也该给钱点颜色。那几天顺顺还真来了那个，好多钱就成了红钱。

河北的羊多，镇街上有几家水盆羊肉店，立本一定要带着顺顺去吃一顿。路上顺顺说有人看他们的眼神邪邪的，是不是要打劫？立本说：“走你的路，越紧张贼越看出咱有钱了。”顺顺又操心家里的钱全放在炕洞里安全吗，立本不理她了，解开外套扣子，说：“咋这阵热的！”顺顺想笑，但她没笑，心里说：钱烧的来呗。

进了一家店，要的是包间，包间里没窗子，灯不甚亮，屋顶棚还黑乎乎的。立本喊：“来个妇女！”店主跑来了，很疑惑，立本说：“端盘子的女服务员呢，把灯泡换个瓦数大的嘛！”店主说：“应该是叫小姐。”吃了一半，立本在汤里发现了一只苍蝇，责问小姐汤里怎么能有苍蝇，小姐说：“整天杀羊哩，还能没苍蝇？”顺顺这才发现灯泡吊绳上爬满了苍蝇，而顶棚上也是苍蝇趴得多了才黑的。

这顿饭没有吃好，但是包间是木板隔的，隔板那边的包间里也有人吃饭，在说着国家改革的事。他们说南方改革的力度大呀，一个镇的财政收入抵过了西北地区一个县的财政收入。还说，现在中央政府的经济政策向西北倾斜了，给的大型基础建设项目多了几倍，一起上马，咱这里要振兴呀。顺顺不懂得振兴，却明白振兴了才使窑上的煤卖得快嘛。

立本突然大骂以前的合伙人。

顺顺说：“煤能卖了，可惜他走了。”

立本说：“他舅在县上是干部，他肯定是早知道国家的政策了才闹着要分手的。你知道不，他新买了三个窑。”

立本开始恨顺顺当时不让再买窑，顺顺也后悔，可谁能长前后眼呢？庆幸的毕竟还有着这个窑，够了，这就够了嘛。立本说：“够啥呀，风来了就要多扬几木锨啊！”他警告着顺顺：以后有决策的事，要听他的！

于是，立本谋划着再买几个窑，可跑了几个地方，窑都涨了价，是以前的五倍，而且第一次去问一个窑五百万，过了几天，又成了八百万。等到下了决心再去买吧，已经是一千二百万了。立本当然掏不起这么多钱，回来就喝酒，发酒疯，顺顺劝他，他踢凳子，把凳子腿都踢断了。

顺顺说：“你疯啦？”

立本说：“煤疯啦，河北疯啦！”

河南的人又多往河北跑，跑得像一窝蜂。老笨撑船的次数比往常多了五趟，就让宋鱼在岸边搭了个茅屋，把被褥拿来，也支了锅灶，基本上就不回家了。宋鱼十天半月来送一次米面和蔬菜。但来一次，老笨的钱就少了些，他不清楚儿子怎么就知道他把钱一卷一卷塞在那些破鞋窠里，鞋又是藏在床角的麦草里。他和儿子嚷，宋鱼说：“你要那么多钱干啥，我是你儿哩，你不给你儿花？”

老笨夜里躺在茅屋，水鸟在河滩的芦苇丛里一声声叫，他想：家里那院房子保不定什么时候就让儿子卖了，自己会不会最后就死在这茅屋呢？睡不着，起来又坐在门口吸水烟锅，成群的萤火虫在面前飞，像是星星从空里掉下来了，明的明，灭的灭。

到了六月二十四日，是荷花生日。河南的三个镇都有水田，每个村前又都有荷塘，六月二十四日就要给荷花过生日，企盼着荷花长得好了也就是水稻也收成好。老笨回了一趟家，拿了一把香在塘边刚点燃，村长就急急忙忙来喊他快去渡口："来了大领导要过河呀。"

过河的是有十几个人，大多穿着褂子，五个人却西服领带的穿戴整齐。老笨拉住村长问："那是多大的领导？"村长说："是市长和县长，你把船撑稳些。"老笨说："穿得恁厚的？"知道西服领带的就是官服，觉得那些煤黑子搭船时也有穿过西服的，但没有领带，还穿着旧布鞋，怪不得那么不好看。

船到了河心，市长对县长说："这河上得修座大桥呀。"县长说："我们已经规划了。"老笨听了，想：呀，修了大桥，我这船就撑不成了。迟疑了一下，船就顺水往下漂，赶紧摇了几下橹。却又想，这么大的河面怎么修桥呢？县长或许说说就是了。前几年县上办葡萄酒厂让河南人大种葡萄，把葡萄能增加收入的话说得天花乱坠，可葡萄种了，收葡萄时却没钱，农民把葡萄一架子车一架子车倒在县政府门口，来年全把葡萄园铲了。难道为了方便运煤，县上就给这里修大桥？咋会呢？不会。

船靠到河北，领导们上了岸，岸崖上有几辆小车在迎候，还整齐站了一排人。县长给市长介绍着这位是某某老板，那位是某某老板，都是煤老板。老笨远远地看到煤老板里有着立本，而顺顺却和一伙人走下了岸崖上船，他们要回河南去。

顺顺给老笨说：“船年头久了，该换换新的了。”

老笨说：“再耐活几年吧。”

顺顺也是回家来要给荷花过生日的，虽然有钱了，再不指靠家里的庄稼，但顺顺坚持要给荷花过生日。还有一桩心事，惦记着院子里那棵石榴树开花了没，石榴多籽，她也要拜拜，希望自己今年怀上孕。

傍晚里，河南人家家做了麦仁粥，端了饭把粥一疙瘩一疙瘩放在塘靠边的荷叶上，就眼望着这儿的一朵朵荷花开了，那儿的一朵朵荷花也开了。宋鱼在家里把粥盛在碗里，说：“我先吃一口。”院门外就进来了讨债人。宋鱼顺梯子到院墙头要逃，来人把梯子扳倒，宋鱼跌下来，说：“不就是一万元吗，我给你取。”进了堂屋，出来时手里却拿了一把刀，当着讨债人就在自己腿上开了一个大口子。讨债人说：“我不吃这个！”宋鱼说：“我不是自残赖账，你权当我是个女的，我开个肉缝给你。”那人扇了他一个耳光，又扇了个耳光，宋鱼眼前满是星星，看讨债人也是两个三个，待看清只是一个人了，他躁了，拿刀朝前一戳。

讨债人没有死，他就坐了两年牢。

两年牢出来，村里人少了许多，他更找不下个媳妇，连妇女也都往河北去了。他才知道河北现在富得流油哩，一个窑的价钱是两千万三千万，而立本也拥有了四个窑，是河南三个镇里最有钱的人。

三个镇的小学都找过立本赞助，立本先是给了一个小学十万元，又给了另一个小学十五万，剩下的那个小学去说如果能给二十万，小学就以他的名字命名，立本就给了二十万。校长领了一百多学生抬了个大匾过了河送到窑上。窑上已经有了大楼，立本的办公室很豪华，还供着一尊铜铸的关公像，说关公义气，是个财神。大匾往墙上挂时，却掉下来拦腰断了，顺顺觉得这是立本承受不了这样的大匾，给立本说："你不识几个大字，咋能把名字做校名？"立本才改了主意。

宋鱼给村长鼓动，立本钱这么多了，他应该给村里硬化道路呀，若能给十七八万，咱两个负责修，每人还不落三四万？村长却有他的想法：何不以村的名义去贷款，也买一个窑来？两人先去河北打探，一个窑已涨到三千五百万，买不起了，再去见立本，立本却迟迟不肯见。村长气得骂，宋鱼说："咱是向人家要钱呀，还怕伤脸？"他找到顺顺，让顺顺通融。顺顺劝立本，说："村里人不敢得罪，尤其是村长。"立本才同意村长和宋鱼到他办公室。

立本坐在沙发上，没给村长和宋鱼让座，也没给递纸烟，刚说起硬化村道的事，立本就开始打电话了。一个电话是让财务室催督市某某部门把两千万快打过来呀，另一个电话却是询问县长的秘书，县长来检查工作是后天上午还是下午，是爱吃烤全羊呢还是喜欢狗肉，冬天里吃狗肉喝烧酒最好。电话打完了，立本说："不就是硬化个路吗？"从抽屉里拿出了二十万。又让宋鱼回河南到三个镇里去看有没有百年的桂花树，有了，想办法买来，他要栽到公司大楼的门口，钱的事回来了报账。宋鱼应承了，却问："你还是四个窑吗？"立本说："卖了两个。"宋鱼说："一个卖三千五，你命里有钱，钱就引钱哩！"立本说："屁！人家买过去又一转手，卖到四千万了。"村长和宋鱼则暗自后悔逮不住机会，活该看着别人吃肉，自己只能舀一勺油腥汤喝喝罢了。

硬化了村道，宋鱼净落了三万，又买了两棵大桂花树，一棵一万元，给立本说一棵是两万，再落了两万。拿这些钱就在镇街上办了个商店，进的都是高档货，一般人买不起，专门供应从河北过来的老板。

立本就来买过几次，每一次都是山参呀鹿茸呀，或是名酒名烟和普洱茶，那时都兴着喝普洱茶，装满了车的后厢，开到县城去。

有一次，立本又来了，他算计着要当人大代表或政协委员，问宋鱼能不能弄到钱钱肉。钱钱肉就是驴鞭，烹制好了吃时要切成片片，样子像铜钱。宋鱼说：“这难呀，再难我给你弄去！”宋鱼去了河南再往东五十里的凤阳镇，那里能做钱钱肉，他买了大叫驴，还亲眼看着把活驴杀了取鞭，弄了五根，他想县上是四套领导班子，每个班子的一把手一根，得给自己留一根吧。

立本来取货，宋鱼吹嘘这是大叫驴的，而且别人买的都是病驴死了才割的，他这是割了才杀驴，一根一万五千元。把驴鞭摆出来，四根上都贴了纸条，上面写着书记的，县长的，主任的，主席的，还有一根写着：我。立本说：“我是谁？”宋鱼说：“我给我留的。”立本说：“你吃啥哩！”顺手也拿走了。

立本当上了县政协委员，经常要去县上开会，好多人都帮着他打扮形象，立本也慢慢会讲究了，名牌西服，名牌皮鞋和皮带，后来又戴上了外国进口的名表。当然也给顺顺买了几箱子时兴衣服，顺顺开始穿着不自在，出了门手不知道在哪儿放。立本说要给顺顺买高跟鞋，顺顺说：“这我不穿，那么细的跟，咋走路呀，咋干活呀？”但立本还是买了回来，不止是一双，是五双，逼着她穿。

立本给顺顺讲了一件事，说他认识的一个煤老板，钱都几个亿了，就是穿戴上不讲究，北京一个歌星在市里演出，有人给拉皮条，肯出一万元就能和人家共度一夜。这老板提了钱去宾馆敲门，歌星开了门，一见是个农民嘛，衣服扑稀拉沓的，嫌脏，把钱袋子扔出来门就关了。

立本说这故事的时候，耻笑那个老板给企业家把人丢了，顺顺心里想：如果那歌星不嫌呢……就把事情做了？

顺顺穿了高跟鞋，身子总挺不直，屁股就耷拉着，头一天脚就磨烂了，一回家脱下，指着骂："鞋，鞋，你害我！"但她还得穿，给立本穿，就买了一盒创可贴装在了兜里。

立本做那事时，开始有了各种姿势，这让顺顺感到不适应，她说："你折腾啥呀？"老催快点。立本就不做了，坐到桌前去喝酒，还摔烟灰缸。顺顺又觉得欠了立本的，主动说："那你来吧。"立本却自己不行了，顺顺说："这不怪我。"立本嫌她不吱声，像个死人，说："你要叫床哩，你一叫床我就很厉害。"顺顺便低声叫："床呀，床呀！"立本打了顺顺一拳头，穿衣出门走了。

这是立本第一次打顺顺，顺顺觉得委屈，决心要和立本闹一场。可立本一走五天没回来，整得顺顺没脾气了，又自己寻自己的不是：是我不好，没给他生个一男半女的，又没能满足他。她到公司去找立本，立本当着众人没有给她脸色看，却说下午要去市里办事，打发她回家。这一走，竟然走了一个月。

宋鱼的商店赚了钱，几次拿了点心给他爹，还带来三只鸡，杀了让爹熬汤喝。老笨说："买这么多东西干啥？"宋鱼说："花你的，有的是钱。"给爹又掏出一条纸烟，把老笨的水烟锅丢到河里去了。害得老笨又下河捞了半天，才把水烟锅捞回来。

老笨对儿子说：“有钱了你就攒着，你要攒不住，拿来交给我攒，攒够了娶个媳妇。”为娶媳妇，老笨急，宋鱼不急，父子俩捣了几次嘴。

村长的兄弟在镇政府工作，胖得腆个大肚子，老笨对宋鱼说：“人家和你同岁，娃都上小学了。”宋鱼说：“生娃还不容易？”老笨撇了撇嘴，又说：“三十多岁的人了，连个肚子都没鼓起来，看人家多富态！”宋鱼说：“有本事的搞大别人的肚子，没本事的才把自己的肚子搞大。”老笨就气得不和儿子说了。

从此宋鱼又不好好经营商店，往河北跑，而且每次都领着三四个年轻女子。老笨每次载儿子和年轻女子过河，他都兴奋，橹摇得特别欢。他觉得儿子是生心了，认识了这么多年轻女子，是不是和其中一个谈恋爱呢？便暗暗打量这些年轻女子，给儿子悄悄说那个穿红衣服的看着身体蛮好的，千万不要那个长腿细腰的，腿长细腰了不好生娃。宋鱼说：“去去去！”宋鱼把几个年轻女子领去河北了，几天后又带回来，再过几天重新带了几个还去河北。

又是一个清明，顺顺早早几天就催立本回河南给亡去的老人祭坟，立本也就和顺顺回了一趟村子。他们带了香烛烧纸、水果和酒，跪在坟前祭奠，阴票子印得像真的人民币，但面额都是亿元、十亿元的。顺顺说：“这么大的数怎么花呀，我爹上集吃碗凉粉得有个零钱。”还是掏出一百元的人民币在那些烧纸上一正一反地拍打了一遍。纸烧了起来，立本说：“爹呀，娘呀，我现在是政协委员了！政协委员的势儿有多大，给你们说你们也听不懂，就是当年西镇的许县长！”

许县长是民国的一个副县长，顺顺也听她爹在生前说过这人，是河南三个镇出的最大的官，那时穿着四个兜的中山装，戴着礼帽，胳膊上迟早都挂个文明杖。

立本的话让司机听到了，很快在河南、河北传开，也传到了县城。再开政协会，政协主席见了立本，说：“你怎么拿敌伪县长比政协委员？”脸色很严肃。立本慌了，赶忙解释，说：“主席，这话你都听到了？那是哄鬼哩，哄鬼哩嘛！”主席扑哧笑了，事情才安然过去。

宋鱼已经是立本公司的人了，专门负责采买礼品，比如衣服呀，烟酒呀，手表玉器甚至家具，不一定是最好的，但一定是时兴的最贵的，采买了又要亲自送到该送的人家去。在县委县政府的家属院里，宋鱼从来没有送礼送错过门，也从来没有给张三送时让李四看见。立本对宋鱼很信任，后来出门，一般就让他在身后跟着。宋鱼的眼色又活，立本要上电梯了，他肯定先小跑去摁键；立本进了厕所，他肯定在厕所门口拿着手纸；立本招待客人去歌舞厅娱乐，他会在门口组织一拨一拨坐台的女子进去陪酒。立本差不多离不开宋鱼了，一有事，就习惯地扭头看，宋鱼就说：“我在这儿。”

这一年春节，顺顺和立本都没有回河南，而河南的风俗是年三十夜里要在屋门上挂红灯，还要去祖坟上挂红灯，以彰显这家有人，鬼也不是绝死鬼。立本就支派了宋鱼去。宋鱼把最大最亮的灯笼在顺顺家的大门上挂了，也在顺顺家的祖坟上挂了，才去河边的茅屋看他爹。老笨在喝买来的包谷酒，他陪着喝，自己醉得吐了，老笨给他擦洗了半夜。

回到河北，宋鱼给立本建议：得修修老屋了，虽然人不在那里住了，但老屋修得高大堂皇了摆在那里，也是光前裕后的象征，事业干得这么大了不在村里显耀，那如锦衣夜行。立本同意了，就委派他去监修老屋。

宋鱼给立本和顺顺说：“我会把老屋修得像个祠堂。”

宋鱼到河上游的山里买了上等的木料，运不下来，就放在河里吆排，吆到村前的河滩捞取，结果吆失了三根檩木。买了砖请泥水匠先磨砖，要求每人一天只磨十块，必须棱齐面平，然后各类工匠都到齐了，给准备吃的喝的，仅辣子面就买了两斗。

老屋热热闹闹修着的时候，县委书记也交给了立本一个特殊任务。县上的领导差不多有十多年了没有被提拔高升的，请了阴阳师察看县城的形胜，说不该在修高速路时把城南的山梁挖开一个豁口，要补换风水，就得在豁口旁建一个寺或一个塔。

县委书记当然不能建寺筑塔，就让立本盖一座楼，要盖得像市里的钟楼，县上可以拨一块位置好的地让立本便宜购买。

宋鱼得到消息，心里酸得怨立本这么大的事没告诉他，也没让他去负责工程，便喝了闷酒。

闷酒是在村长家喝的，喝高了才到修老屋的现场去，风一吹，脚下发软，倒在院里的石榴树下，树枝把脸剐破了，气得起来让人拿刀砍了树。那个中午，新的房子立木上梁，苫板已经铺了，坨泥苫瓦进行了一半，宋鱼却说柱子下的顶石雕刻得不好，大发脾气，要求换掉。换柱石得把柱子用杠子撬起来，四根杠子把柱子撬起来了，抱着柱子脚的人原本有经验，以前也做过房子调整的事，可偏偏这回他在抱着的时候咳嗽了一下，身子打个闪，柱脚就斜了，听到屋梁上嘎巴嘎巴响。有人忙喊："快跑！"撬柱子的人就往外跑，而屋顶即刻塌下来，把抱柱脚的人压死在下边。

一出事，宋鱼酒醒了，也害怕了，决定这得跑了，就说："我给老板打个电话。"拿了手机放在耳朵上，一边走一边回头，走到村口撒脚就跑了。

老笨是在立本和顺顺从河北回来坐船时才知道修房出了人命，要跟着一块去现场。立本说："你去干啥，让人知道宋鱼那瞎货是你养的？"立本和顺顺走后，老笨心慌意乱，头晕得差点栽到河里。

下午，船不撑了，老笨还是去了顺顺家。立本在处理后事，顺顺坐在院子里哭，立本不让哭，给了被压死的那匠人家五十万，让入土为安，却继续要匠人们盖新房，不但要盖，还要盖得更好。老笨跟前跑后给立本赔情道歉，顺顺说："这与你没关系的。"老笨说："儿是我的儿呀！"自己打自己的脸，然后去搬砖搬瓦，黑水汗流得谁也挡不住。

顺顺没有很快回河北，她怕出这事故招村里人耻笑，特意要多待些日子，拉扯拉扯和四邻友舍的关系。她没再穿那些鲜亮衣服，更是脱了高跟鞋，没事了就和村人拉家常。四天后，一户人家给儿子结婚，又恰逢镇街逢集，她去集市上给匠人们买了烟酒，又买了些水果糖回来给孩子们散发。水果糖散发完了，才拍打着衣服要去结婚的那家坐席吃宴，村长的兄弟媳妇就拉了孩子到院里，说："快叫你富婶，你富婶给你糖呀！"孩子就叫着"婶，富婶"。顺顺没了糖，尴尬得脸都红了。那媳妇还在说："你富婶当年搞推销时，我给你富婶揉过腰，你富婶还能不给你糖？"顺顺在口袋里掏出一百元钱，塞给了孩子。

结婚的那家见了顺顺，拉着让坐上席，顺顺不，一头钻到厨房帮着洗菜淘米，端了一盆泔水倒到猪槽去。上房台阶上有礼桌，好多人去上了礼。村长说："顺顺给上过礼了？"顺顺说："还没哩。"提着盆子去上了五百元。记礼单的说："呀呀五百元！”旁边有人说：“人家五百元算个啥！”顺顺又回到厨房，村长进来了，黑脸训她：“你再有钱你不能害大家嘛！”顺顺说：“咋啦？”村长说：“你又不是没在村里生活过，村人行礼都是五十元，你一下子来个五百元，别人还活不活？”顺顺没和村长争辩，但吃饭时喉咙噎得难受，吃了半碗就回了家。

立本还是爱喝酒，却好像不胜了酒力，喝到半斤就喝多了，常常被人三更半夜地背着回来。顺顺总是埋怨送的人，埋怨得多了，立本再喝醉，送的人把立本背到门外了，使劲敲一阵门，人就跑了。立本酒醒后，嫌顺顺埋怨送他的人，影响了他的声誉，说：“我要应酬能不喝酒？我的事你不要管！”顺顺和立本吵了一顿，顺顺没有赢，她想要控制住立本，立本却拿住了她，酒照旧喝，一喝多了就不再回家来睡。

之后，凡是夜里立本没回来，那必定又喝多了。时间一长，顺顺想，我怎么成了个闲人了，老窝在家里？她去了几次公司，立本不让她干活，说都是老板的夫人了，再干活就丢身份。顺顺想想也是，又回到家里闲着，把头发烫卷了又拉直，拉直了又烫卷，也往脸上抹各种润肤油。一天，公司销售主任的老婆来家串门，说用黄瓜切了片往脸上敷能防皱纹，顺顺当下就切了黄瓜，两人睡在床上，贴了一脸的黄瓜片。两人说了一阵话，那老婆突然说：“老板还是不回来睡？”顺顺说：“他事情多呀。”

心里却想，她怎么知道立本不回来睡？那老婆说：“他不回来，你能睡得住，不想那事呀？”顺顺说：“这么大年纪了还想那事，从来都没想要过。”那老婆说：“男人和女人不一样。”顺顺想，她怎么说这话，是立本在外头胡来哩？但嘴上却说：“胡来就胡来吧，那就把咱轻省了。”说完还呵呵呵地笑。

顺顺明显地觉得自己年龄大了，头上有了白毛，腰上的赘肉也长出来了。夜里当然是睡不踏实，坐起来要吸几根纸烟，然后睡下了却一觉又能睡四五个钟头。她要求立本把存折都交给她管，她说：“我只管存折！”心里想，管好存折就管好这个家了。

河北的镇街是三天一集，集市上有个妇女在卖一窝狗娃，一只白毛黑蹄的见了她就叫，声音细得像猫儿似的，顺顺觉得可爱就买了。妇女见顺顺还买了许多东西，打发自己的女儿把狗给她送去。那女儿水灵灵的漂亮，顺顺就和那女儿说了一路的话，知道名字叫苗苗，说：“我喜欢你，给你改个名吧，叫安然。”到家后还留安然吃了一顿饭。

以后的日子，狗长得很快，顺顺也是三天两头就给安然打电话，安然便跑来陪她说话，一块吃饭，走时还要给送条丝巾呀或者一双皮鞋。安然要叫顺顺是婶，顺顺说：“叫姐。”

立本回来过一次，也见了安然，说：“河北还有这么漂亮的人？”要让安然到公司去上班，顺顺不愿意，要安然就跟着她，说：“你真喜欢她了，就给她每月发一份工资。”

终于有一夜，门外的狗叫，顺顺一听脚步声，知道是立本回来了，急得要去开门，把拖鞋穿成了对脚，开了门才发现衣服也披反了。立本又是喝多了，但这回身后没人，顺顺说：“咋没人送你？”立本说：“啊！”吐了她一怀。顺顺说：“怎么能没人送呢，真是的！”扶立本进屋到床上，要给立本脱衣服，立本却怎么都不让脱，躺在那里就睡着了。这半夜，顺顺被酒气熏着，被鼾声聒着，她有些兴奋，人回来了还是好，两个人睡觉总比一个人睡觉着好。她睡一会儿要起来捂捂立本身上的被子，又要去盛开水给立本喝，端着开水一边吹着一边看了窗外，天上正是天狗吃月亮，月亮只剩下半个细牙儿，特别白，特别亮，像是银打的簪子。

河北的矿区现在成了一个新的镇，四面八方的人全来讨生活，求发财。立本从镇街上走过，许多人都问候他，尤其河南来的人更希望能在他的公司寻个活干。立本不愿意河南人到他公司来，因为他们知道他的根根底底，又担心他们来了难管理，要干就去挖煤吧。但河南人不想挖煤，也不死心，就让媳妇们去缠立本，立本出现总是被一些媳妇们围上纠缠，镇上人就说：“瞧这个煤老板是唐僧吗，惹得白骨精多！”

立本虽然注意着体形，但毕竟还是胖了，当陪着县工业局的领导检查工作了，领导也是个胖子，两个人都凸个肚。领导问立本："你站直看得见小弟弟吗？"立本说："两年了，没看见过。"领导说："要减肥哩，下决心得减肥了。"往窑上去，沿途的电线杆上都贴着治性病的野广告，领导问："你没性病吧？"立本说："我怎么害性病？"领导说："当老板的能不害性病？你也让领导害害病嘛，害性病不是你们的专利啊！"两人哈哈大笑。

宋鱼在外跑了两年，混得不好，打听到修房死人的事早已了结，就又跑回河南。他没脸再去见立本和顺顺，却又阴谋着怎样还能在立本的身上再挣到钱。后来真找了个智障的流浪汉，让另外两个同伙带着去立本的煤窑挖煤，挖了半个月，寻机把流浪汉从一处煤层面推进一个坑里，又弄坏几根木支护，让煤块掉下去压死。窑里死了人，立本就慌了，害怕县上安监局要追究责任，影响他的政协委员，于是严格封锁消息，想偷偷联系死者家属，以私了完事。宋鱼立即又派一个同伙冒充了流浪汉的本家哥去立本的公司谈判，要求赔偿一百万。立本不同意给一百万，给了七十万。

顺顺的老叔得知亡者运回河南后是宋鱼把尸首在山坡挖了个坑埋的，把话说给了立本。立本明白了是宋鱼搞的鬼，气得破口大骂，发誓要报复，要报警。顺顺知道后，到公司去看立本，说："看你交的啥人嘛！"数说了一顿，和立本商量对策，一夜愁得头发全白了。天明时，顺顺给立本煮了一碗荷包蛋，说：

“吃饱了，脑子就清白了。”她的主意是不要报复，也不要报警，以免事情弄大了拔出萝卜带出泥，说：“咱扑索扑索心口，咽了这亏。”

立本听了顺顺的话，却窝了一口气，不久就病了。

为了让立本散心，顺顺要立本跟她去矿区西北的月亮岭上采野菊。月亮岭上的野菊全开了花，一朵花小是小，并不起眼，可一面坡上小花一朵挨着一朵密密实实铺开来，却金光耀眼，极其壮阔。立本采着采着，觉得后背疼，以为是岔了气，也没在意。回来把野菊泡水喝，喝了拉肚子，吃止泻药都不行，就去了医院治。住了三天医院，腹泻停了，顺顺说那就势把后背疼也检查一下吧。这一检查，医生说拍出的片子上在乳房部位有块阴影，怀疑是癌，乳腺癌。立本当时就躁了，说：“我怎么能患癌，一个大男人患什么乳腺癌？”

在省城的大医院经过确诊，立本确实患的是乳腺癌，很快就做了手术。手术是傍晚开始做的，顺顺在手术室外的椅子上坐不住，跑到楼下的花园里哭，哭到天黑。那一夜，天阴着没一颗星，顺顺合着掌说：“要是能出来个星星，他的病就能好的。”仰头在天上寻，寻了半个小时还是没有星星。她得去手术室门口了，仍不死心，一边往楼门道走还仰头往天上看，就在进楼门道时终于看到了小小的一颗，“啊”地叫了一声，手术室在十楼，她一口气就跑了上去。

做完了手术，立本能说话了，第一句话就问医生：“我还能活多久？”医生说：“你这是早期，而且这种病多半是能康复的。”立本说：“那我就是那多半！”顺顺也高兴立本有这种信念，说：“你当然会好的，你不是那地方长着痣吗？”立本竟然还让顺顺拿了镜子来，躺在那里照了看，说：“我死不了，县上的那座楼就继续盖，你去省城买一套商品房吧，要精装过的，出了院我就住下来做化疗。这事一定不能给任何人说，消息封牢焊死最少三个月，三个月我就回去了！”

顺顺也就在省城买了房，出院后在新房里伺候立本。伺候了半月，立本就让顺顺回河北料理公司的一摊子事，顺顺不愿意回去，立本让她必须回去。顺顺就雇了保姆，让司机也留下，她回到了河北。

顺顺突然地坐镇公司，公司里的人都莫名其妙，顺顺解释是老板出国了，去考察了。她去了窑上三次，去了销售部一次，去了财务室一次，还去了县上盖楼的施工现场一次。检查工作严肃认真，一丝不苟，检查完了却宣布发补贴发奖金，数额是立本在时的三倍。她觉得人赚钱不能太多，钱太多了就反过来伤人。

顺顺忙过了公司的事，回到家里就指教安然，安然也知道了立本的病，问顺顺几时去省城呀。顺顺说：“我不去了，这得你去。”她就每天晚上给安然讲立本爱吃什么，爱穿什么，是什么性格和脾气，手把手教安然做饭，炒菜，熬汤，如何叠衣服，如何布置房间，还有怎么站怎么坐怎么笑。有一天说到洗澡，顺顺就说：“哦，他背上以前受过伤，搓澡的时候不敢太用劲。还有，他睡觉打呼噜，别让他窝住了头。”安然说：“咋给我说这些？”顺顺说：“这有啥哩，你应该知道。”

两个月后，顺顺让司机回来，把安然送去了省城。走的时候，给安然理了刘海，说：“你真漂亮！”车一走，两股子眼泪却流下来。

立本在城里住着，三个月并没有回来，五个月也没有回来，但他几乎三天就能接到顺顺的一次电话，先是询问身体怎样，又询问安然表现怎样，末了汇报公司的情况。立本知道了煤又卖不动了，是越来越卖不动，曾经拉煤车排得像长龙一样的，如今一天来不了三辆。

立本在电话里问：“那是怎么回事？”

顺顺说：“不知道呀！”

立本又问：“是不是管理上出了问题？”

顺顺说：“别的公司都这样呀！”

立本看报纸，他看报纸字老认不全，让安然给他念，报上不断地写着美国金融危机、欧洲金融危机，全球的经济都在衰退，也影响到了中国。他去医院化疗时遇着一个年轻女子陪她母亲也化疗，交谈起来，那女子是台湾在大陆一家公司的白领。

他说：“现在真是经济衰退吗？”那女子说：“别的行业我不知道，我们公司是专卖高级酱油的，但我知道我们今年的销售量只有往年的三分之一。”

顺顺在月底的一次电话里告诉立本，有十多个公司的窑已经关停，是不是咱们的窑也关停了，或者先关停一个，因为卖出去一吨就亏本一吨，既然亏本就不卖了，既然不卖了就不挖了。

立本却在电话里说：“不能关停！我不是病也一天天康复吗，我不是有那个痣吗？挖，继续挖！”

两个窑就继续生产，煤堆了那么大的一堆，又是一堆。公司的钱没有进的，只是每日投入，所有的钱都变成了煤，堆得沟岔里到处都是煤。

去年旱了一秋，开过年到了初夏，雨却下了三场，最大的一场连下了三天四夜。沟岔里的煤被雨一层层地冲刷，高高的丘堆变成平的，又变成了槽渠。顺顺打着车去看了，她骂着天，骂着骂着却笑了，说：“这也好，好了，立本的病总该康复了。”就想到了河南的老屋。

倒流河上的船还在撑，船千疮百孔了。过河的人说：“老笨呀，你真要换换船了。”老笨说：“是该换换了。”过河的人说：“那怎么不换呢？”老笨说：“政府说修桥呀修桥呀，这几年了也没见修起来，我能换得起吗？”

过河的依然很多，是河南的去河北的少，河北的回河南的多。

三天四夜的雨后，河里更涨了水，波涛满河满船，船不能撑了，河北岸崖上还聚了好多人，他们要回河南，大声叫喊:“船过来哟——老笨！”看着船停在那里，船上没有了老笨。

老笨也没有在茅屋，茅屋三个月前就拆了，他在村里的老屋睡着，做了个梦，梦见拾到了一大筐的鸡蛋。